PAVILLON 38

DU MÊME AUTEUR

L'Empire des Illusions, Denoël, 1998.

www.editions-jclattes.fr

Régis Descott

PAVILLON 38

Roman

Le Grand Livre du Mois

Collection « Suspense & Cie »
dirigée par Sibylle Zavriew

Au docteur Magali Bodon-Bruzel

Enfermé dans le navire, d'où on n'échappe pas, le fou est confié à la rivière aux mille bras, à la mer aux mille chemins, à cette grande incertitude extérieure à tout. Il est prisonnier au milieu de la plus libre, la plus ouverte des routes: solidement enchaîné à l'infini carrefour. Il est le Passager par excellence, c'est-à-dire le prisonnier du passage. Et la terre sur laquelle il abordera, on ne la connaît pas, tout comme on ne sait pas, quand il prend pied, de quelle terre il vient. Il n'a sa vérité et sa patrie que dans cette étendue inféconde entre deux terres qui ne peuvent lui appartenir.

Michel Foucault, *Histoire de la folie à l'âge classique.*

PROLOGUE

« On a tous envie de faire quelque chose de grand. Après trente ans de reportages à la rubrique faits divers, l'occasion se présente enfin pour moi. Trente ans à sonder les égouts de l'âme et à en décrire les productions les moins attendues.

On trouve dans ces pages plus de vérité sur la nature humaine que partout ailleurs. Vérité immuable ne connaissant ni mode, ni classe sociale.

Je m'appelle François Müller.

J'ai croisé toutes sortes d'individus: coupables, victimes, suspects, témoins, flics, avocats, magistrats, violeurs, braqueurs, dealers, assassins, notables, chômeurs, ouvriers, commerçants, employés... Macchabées également. A la morgue ou sur les innombrables scènes de crimes que j'ai hantées.

J'en ai acquis la conviction que n'importe qui peut déraper.

Je n'ai jamais été en poste nulle part, jamais attaché à aucune rédaction. Je préfère l'indépendance et ma liberté de mouvement. Je vends ma came à droite à gauche. L'une des meilleures du marché. Parce que je vais au fond des choses, très au-delà des limites que mes confrères se fixent.

Au cours des douze dernières années, j'ai publié six livres, dont deux ont ma préférence. Le premier sur la cavale, le second sur le tueur de vieilles dames, Thierry Paulin, le macaque décoloré qui faisait des fêtes avec ses butins.

Mais je n'ai jamais été qu'un témoin. Alors cette fois, j'ai décidé d'agir. Et si les risques sont à la hauteur de l'enjeu, c'est pour le coup d'une vie. Parce que je ne me contente plus de raconter, mais que je précède tout le monde.

Y compris la police.

Si je parviens à mes fins, je fournirai au quai des Orfèvres l'un de ses plus beaux clients, qui pour l'instant jouit encore de la sécurité de son anonymat.

Et pourtant, ce que j'ai découvert, n'importe qui aurait pu le faire à ma place.

J'ai toujours été fasciné par les disparitions. Plus encore que par les victimes non identifiées, qui recèlent une part d'inconnu, mais dont la magie se dissout dès que l'on peut mettre un nom sur leurs visages.

La découverte de la vérité est comme un orgasme: on se retrouve soudain face à une vacuité à laquelle on préférait les possibles et la tension qui la précédaient. Au fond, nous aimons les questions sans réponse.

Les affichettes que l'on trouve placardées chez les boulangers, dans les gares ou aux péages des autoroutes, avec la photo d'un enfant à peine reconnaissable, provoquent chez moi un effet glaçant. Mais on finit par passer devant sans y faire attention. Et l'enfant ne réapparaît pas, ni celui qui l'a ramassé dans une voiture pour la dernière fois.

Aujourd'hui j'ai l'occasion d'identifier l'un de ces monstres. Pas un tueur d'enfants. Un tueur de femmes, même si pour certaines très jeunes.

C'est à ma manie d'éplucher toutes les rubriques faits divers que je dois cette découverte. Trente ans à découper la moindre brève, le moindre entrefilet, à classer, à répertorier. A force d'associations et de recoupements, on parvient à des résultats étonnants.

Certains, comme cette psychiatre, me prennent pour un charognard. J'ai toujours méprisé cette critique. Avec ces histoires, le lecteur projette ses désirs inavouables sur celui qui a exaucé ses fantasmes. Dans un ouvrage intitulé "La Folie devant les tribunaux", Henri Legrand du Saulle le déclarait de façon plus élégante: "L'image de la folie exalte les privilèges de la raison, et l'exemple du crime élève l'homme de bien."

Maintenant je touche au but. Je ressens la même exaltation qu'avant mon entrevue avec Jacques Mesrine en mai 78, après son évasion de la Santé et le braquage du casino de Deauville. J'étais jeune. Cette fois je n'ai pas rendez-

vous, et l'homme vers qui je vais est beaucoup plus dangereux.

En fait, j'aurais préféré m'y prendre autrement. Mais les choses se sont précipitées. A cause de cette psychiatre justement, et de son schizophrène. Avec son histoire elle a brouillé les pistes. Tout le monde s'est rué dans une mauvaise direction. Même moi, ça m'a troublé. J'ai perdu un temps précieux. Alors que ça ne tenait pas debout.

Dans quelques heures je risque d'être confronté au grand reptile. L'essentiel de mon livre est prêt. Je vais à sa rencontre pour écrire le dernier chapitre et accomplir ce qui doit l'être. J'espère être à la hauteur.

Paris, 21 juillet 2003
F.M.»

PREMIÈRE PARTIE

1.

Lorsque la sonnerie du téléphone retentit, le docteur Lohmann devina qu'il s'agissait de l'accueil annonçant le nouvel arrivant. Celui-ci leur était adressé par le Service médico psychologique régional de la maison d'arrêt de Fresnes. Il venait de se taillader l'oreille gauche, le nez et les parties génitales. Il s'appelait Erwan Dantec-Leguen.

Une minute plus tard, à l'ombre des marronniers du terre-plein, cinq infirmiers en blouse blanche observaient le fourgon manœuvrer pour leur présenter sa double porte arrière.

Nordine, vingt-huit ans, cheveux tondus et visage souriant. Des yeux légèrement globuleux conçus pour ne rien laisser échapper. De sa personne émanait une sérénité qui apaisait la plupart des patients.

Alexis l'Antillais et Roger, tous deux la quarantaine et le quintal, jouaient sur un autre registre. Dans le service depuis plus de quinze ans, ils avaient le même regard impassible ou éteint. La folie la plus destructrice glissait sur eux comme l'eau sur un plumage de canard. Seul signe d'usure chez Roger: aux joues des plaques légèrement violacées. Alexis lui, s'oubliait dans les mots fléchés dont un recueil dépassait toujours de la poche de sa blouse.

Matthieu, autre Antillais, arborait une coupe afro qui faisait comme un point surmontant le «i» de sa silhouette longiligne. Le regard abrité derrière des lunettes libellules à verres miroirs, il était toujours prêt à lâcher une vanne. Sa blouse masquait des vêtements estampillés années soixante-dix. Il la retirait en fin de journée pour enfiler une veste de costume assortie à son pantalon évasé, la plupart du temps à fines rayures rouges ou blanches sur fond sombre. Sa nonchalance et ses bras d'araignée représentaient les meilleurs remparts contre la maladie rongeant les patients, et leur agressivité qui parfois se déchaînait.

Trapu comme un Basque, avec ses sourcils noirs et froncés, Julien paraissait le plus concentré des cinq. Il devait son air soucieux à sa faible ancienneté par rapport aux autres, qui en dépit des apparences étaient tout aussi aux aguets.

Ils échangèrent quelques regards de soutien mutuel avant que les battants ne s'ouvrent.

Le patient était assis sur l'une des banquettes, les mains entravées, encadré par deux infirmiers du SMPR. Lorsqu'ils se levèrent, il les suivit sans faire d'histoire.

Il parut d'abord ne pas faire attention aux hommes en blanc, comme s'il n'avait pas encore noté leur présence, ce qui laissa aux infirmiers le loisir de l'observer.

Il mesurait dans les 1,80 mètre, il était fin – de type leptosome –, un pansement masquait son oreille gauche, un autre était maintenu sur son nez par un bandage lui barrant le milieu du visage, signe de sa tentative d'automutilation à l'origine de son transfert à l'Unité pour malades difficiles Henri-Colin.

Il n'avait pas trente ans. Ses cheveux bruns étaient hirsutes et son regard fuyant, braqué sur le sol ou perdu dans le feuillage des marronniers. Mais lorsque Julien lui demanda de les suivre, lui et les autres, il fut transpercé par deux yeux sombres le fixant par en dessous, derrière lesquels se profilait un abîme. Et puis plus rien, cette lueur noire à peine allumée que déjà éteinte, et lui les suivant docilement, la tête légèrement baissée, et ne prêtant aucune attention aux autres patients qui l'observaient derrière les verres securit en tapant dessus du plat de la main.

Une demi-heure plus tard, le docteur Lohmann pénétrait dans la chambre d'isolement d'Erwan Dantec-Leguen.

Comme l'exigeait la procédure, il était assis sur son lit scellé au sol au milieu de la pièce, encadré par quatre infirmiers, deux derrière lui, deux devant, prêts à le maîtriser au moindre geste suspect. Ses anges gardiens, comme elle les surnommait, grâce à la présence desquels elle pouvait tendre la main à son interlocuteur sans appréhension.

Elle l'aperçut voûté dans le pyjama couleur ciel des nouveaux arrivants, puis à son entrée redressé, pour un peu danseur, la tête paraissant soutenir les cieux. Il hésita devant la main tendue, avant de la serrer à contrecœur.

«Bonjour monsieur», lui dit-elle avant de se présenter. Face à son silence elle poursuivit: «Vous savez que vous êtes arrivé à l'hôpital... Vous savez pourquoi?» demanda-t-elle après un hochement de tête à peine perceptible. Avec un sourire contrit mais un regard exprimant tout à la fois la honte, l'ennui et le mépris pour une question aussi triviale, du bout des doigts il effleura le bandage lui coupant le visage en deux.

«Pour ça et pour le reste», répliqua-t-elle.

L'homme la regardait, elle et pas les infirmiers. La poignée de main et le mouvement vers son pansement étaient les seuls efforts qu'il avait consentis.

«Vous avez décidé de ne pas prononcer un mot?... reprit-elle. Vous êtes hospitalisé, selon une procédure qui nous permet de vous soigner, même si vous n'êtes pas d'accord... On va vous donner un traitement. Vous allez devoir le prendre... et si vous ne le prenez pas, on vous l'administrera, en injection. Quatre fois par jour... Vous avez quelque chose à dire?... Non?...»

Elle décida de mettre un terme à l'entretien, renonçant à lui tendre une deuxième fois la main.

«Vous savez, nous sommes là pour vous aider», ajouta-t-elle après s'être retournée tandis qu'elle allait quitter la pièce.

Comme les autres, elle l'avait observé tout en lui parlant. Sa peau était sombre, comme celle d'un Arabe, mais ses yeux assortis au pyjama. N'était le cadre, le lit scellé, les vitres incassables, le lavabo dans un placard fermé à clef, les verrous, l'ampoule encastrée dans le mur et protégée par une plaque de plexi, et les infirmiers gantés de plastique, seuls les pansements trahissaient sa détresse.

«Ça sera pas utile», dit-il soudain d'une voix claire, un peu nasale à cause de son pansement, l'arrêtant dans son mouvement vers la sortie, alors qu'elle lui avait déjà tourné le dos et que les infirmiers formaient un écran entre elle et lui.

Un instant il parut jouir de son effet de surprise puis, devant l'air interrogateur de la femme, avec un sourire il reprit: «La piqûre, l'aiguille.»

*

Serrés dans une chemise posée sur le bureau du docteur Lohmann, une série de documents, procès-verbaux, rapports en tous genres, résumaient l'existence d'Erwan Dantec-Leguen, vaste puzzle aux pièces éparses et pour certaines encore manquantes.

Une condamnation à huit ans de prison, en 1997, pour des faits commis deux ans plus tôt à Clichy, alors qu'il avait vingt-quatre ans: cambriolage avec séquestration de l'occupante des lieux. Il avait fait irruption dans le trois pièces de la jeune femme par une des fenêtres après avoir escaladé les trois étages de la façade. Il l'avait ensuite déshabillée et ligotée sur le lit avec des soutiens-gorge. Après avoir procédé à des attouchements, il avait tenté de la violer, sans succès. Puis il avait couvert le visage de sa victime d'un linge et vidé une bouteille de whisky trouvée dans la cuisine. Trois heures plus tard, il était appréhendé errant dans le quartier, hagard, après que sa victime eut réussi à défaire ses liens et à appeler la police. Il avait en sa possession quelques objets prélevés chez elle: un autoradio amovible, une pendulette en métal doré et une chaîne en or avec une médaille de baptême.

L'expertise psychiatrique avait conclu à la responsabilité pénale complète, avec un diagnostic de psychopathie. Etabli par le docteur Liénart, nota-t-elle en souriant. Celui qui se faisait appeler professeur, titre auquel il n'avait pas droit.

Elle venait de l'affronter quelques heures plus tôt au tribunal de Créteil pour une affaire de viol. Le sujet de leur discussion était le violeur. Il y avait eu expertise et contre-expertise. Liénart avait été chargé de la première, elle de la seconde.

Pour lui, l'homme était responsable. Son apparence plaidait pour la pleine possession de ses moyens: soigné, s'exprimant correctement, ayant une activité professionnelle régulière. Mais le «professeur» avait mal préparé son dossier. Par négligence il s'était arrêté aux apparences justement.

Et elle avait démonté point par point sa démonstration. Avec l'aide des tests effectués sur le sujet par un psychologue, elle avait démontré la schizophrénie et avait pu faire jouer le premier alinéa de l'article 122-1 du Code pénal. Il y avait bien eu viol, mais l'homme n'était pas responsable et avait besoin de soins plus que d'un séjour en prison.

Et les jurés l'avaient entendue. Le fait qu'elle était une femme avait peut-être joué. La victime et ses proches étaient repartis décomposés.

Et Jacques Liénart, le collectionneur de distinctions, expert auprès des tribunaux pour le prestige et la publicité, avait quitté le tribunal la tête baissée et la démarche nerveuse.

Elle ne s'était pas fait un ami.

Mais ce n'était pas une raison pour ignorer ses conclusions concernant Erwan Dantec-Leguen, dit Dante, enregistra-t-elle. Liénart avait mis en évidence une image narcissique dévalorisée au cours d'une enfance extrêmement perturbée. Ecroué depuis 1995, ses comportements auto-agressifs divers, qui avaient justifié son hospitalisation au SMPR, semblaient confirmer le diagnostic de son confrère.

En refermant le dossier, le docteur Lohmann soupira. L'instinct de conservation l'emportait souvent, même chez les plus aliénés, et il était plus facile de se couper l'oreille et le nez que les parties génitales.

Pour se changer les idées, elle sortit la photo de ses filles. Elle la contempla quelques instants, chercha quelque chose dans leurs postures respectives, dans leurs expressions... la confirmation de ce qu'elle savait, Angélique droite et sérieuse les pieds dans l'eau sur cette plage, Emma, sans égard pour l'objectif, le regard sur ses orteils mouillés, puis la remit dans le tiroir, invisible pour les individus qu'elle recevait dans le cadre de ses expertises.

Leur service avait beau enregistrer des progrès tous les jours, avec une majorité de patients sortant au bout de quelques mois, alors que quelques décennies plus tôt ils y auraient attendu la mort, le vertige parfois l'emportait face au flot continu de malades. Et une image s'imposait à elle: celle de naufragés à fond de cale chargés de colmater les voies d'eau d'un navire sombrant déjà.

En éteignant les lumières, elle se prit à espérer avoir bien dosé le traitement antipsychotique prescrit à Dante – elle l'appelait déjà Dante, c'était plus pratique.

De l'autre côté du mur d'enceinte, Dante justement s'apprêtait à passer sa première nuit en chambre d'isolement. En ce mois de juin, il lui restait trois heures avant l'obscurité.

*

A l'abri derrière un pupitre de plexiglas, contredisant l'adage selon lequel il n'y a pas moins bien chaussé qu'un cordonnier, Gilbert Moss figurait une parfaite représentation de ce qu'il vendait: à quarante-six ans, il avait conservé les principaux attributs physiques d'un jeune homme. Mais si certains de ses confrères négligent leur propre apparence, préférant reporter leurs efforts sur leur épouse qu'ils transforment en vitrine de leur savoir-faire, comme un décorateur le fait de son appartement, lui-même ne pouvait exercer son art sur sa femme, celle-ci n'en éprouvant pas le besoin.

De près, quelques pattes d'oie, deux rides encadrant la bouche et un léger relâchement de la peau entre la pomme d'Adam et le menton, réduisaient son rajeunissement. Mais vingt ans plus tôt, il était obligé d'annoncer son âge à celles et à ceux à qui son air juvénile n'inspirait pas confiance pour s'allonger sur la table d'opération.

Depuis le fond de la salle où elle avait pu se glisser sans faire remarquer son arrivée tardive, Suzanne s'étonnait presque de voir en cet homme celui dont elle partageait l'existence depuis près de vingt ans.

Elle sut que c'était terminé lorsqu'elle entendit les applaudissements et que l'assistance convergea vers le buffet.

Elle observa son mari descendre de son estrade, aussitôt happé par un groupe.

Intérieurement elle se mit à rire. Il n'avait peut-être pas tant changé que ça. Il était simplement devenu celui qu'il avait toujours aspiré à être. Et il n'avait jamais fait mystère de ses ambitions, ni elle douté de sa détermination.

— On peut savoir ce qui te fait rire toute seule ?

La voix ne lui était pas inconnue. Nasillarde et traînante, de ceux qui ne doutent pas de l'intérêt de ce qu'ils disent et du fait que leurs interlocuteurs ne peuvent être que pendus à leurs lèvres, quelle que soit la lenteur de leur débit. Elle se retourna et reconnut Fontana, l'avocat de son mari.

Le code et le scalpel.

Elle appréciait Fontana. Haltérophile amateur se gavant de régime protéiné qui, en plus de sa clientèle business, traitait des affaires pénales, avec une prédilection pour le grand banditisme. Muscles de fer et relations louches : certains se demandaient s'il n'employait pas des méthodes parallèles pour obtenir à ses clients des arrangements favorables. Il partageait ainsi avec elle la particularité d'avoir les pieds dans deux mondes diamétralement opposés. En dehors des tribunaux, où Suzanne à plusieurs reprises l'avait croisé, il se départait rarement d'un sourire qui pouvait agacer certains de ses interlocuteurs dits respectables. Sur ses lèvres, il signifiait qu'ils ne valaient pas forcément mieux que les « droit commun ». Son nez épaté et ses sourcils broussailleux masquant des arcades aplaties détonnaient parmi les convives.

— Tu ne trouves pas qu'on se croirait dans un congrès d'acteurs de série américaine ? Avec leur bronzage et leurs permanentes... On les verrait bien dans *Amour, gloire et beauté*.

— Le nouveau modèle de la classe dominante, ma chère. Mais tu leur préfères tes pensionnaires... dit-il en l'interrogeant du regard.

Il connaissait la réponse. Qu'elle ne formula pas directement :

— Cet après-midi, j'ai reçu un nouveau patient qui a tenté de se trancher l'oreille et le nez. S'ils étaient tous comme ça, Gilbert n'aurait plus qu'à mettre la clef sous la porte.

— L'oreille et le nez, dis-tu? Dans la neuvième bouge de l'enfer, Dante décrit un certain Pier de Medicina à qui il manque une oreille et le nez.

— Dante? Je regarderai. C'est le surnom de mon patient.

— Un lecteur de Dante? fit-il en levant les sourcils.

— J'en doute. Mais on ne sait jamais. Pour l'instant je ne l'ai vu que quelques minutes.

— C'est une lecture très ardue de nos jours.

— Certains de mes patients peuvent y voir une forme de mysticisme.

Suzanne sentit une main sur son épaule. Elle se retourna. Gilbert. Botticelli du bistouri, comme certains l'avaient surnommé, capable de changer une mère maquerelle en lolita. Mais lolita condamnée à repasser entre ses mains. Ça vous avait un côté Cendrillon: passé tel délai, la bimbo redeviendra mamie. Manière de capter sa clientèle qui lui faisait une rente.

— Où étais-tu pendant mon speech?

— Au fond de la salle, à ma place.

— Tu es arrivée en retard?

— Il m'a tout lu hier avant de nous coucher, dit-elle à Fontana.

Puis, se tournant vers Gilbert:

— Je suis arrivée en retard parce que je m'occupais d'Emma. On a lu le mythe du Minotaure.

— A son âge? Tu vas me la dévoyer, cette petite.

Elle répondit par un sourire.

Gilbert était accompagné par une de ses clientes – son nez, ses lèvres, sa peau même, le proclamaient, tandis que la voix demeurait plus marquée.

— Anne-Marie, je vous présente ma femme. Et mon avocat. Je les ai surpris parlant divorce.

Suzanne haussa les épaules. La grande femme rit poliment avant de s'exclamer:

— Mais on ne divorce pas d'un magicien! Ou si c'est le cas, je suis preneuse!

— Je n'en doute pas. Tout est de Gilbert?

La femme parut ne pas comprendre, puis s'écria:

— Oh! pas le nez!

— Excusez-moi, je vous laisse, fit Gilbert avant de s'éclipser.

Fontana l'avait précédé. La femme semblait décidée à ne pas la lâcher:

— J'ai commencé par le nez. Les lèvres ont suivi. Quand on commence, on ne peut plus s'arrêter.

— C'est pour ça que je n'ai jamais commencé.

— Ça ne vous tente pas?

— Je connais mon mari. J'aurais très peur de passer entre ses mains. Mais rassurez-moi, vous trouvez que je devrais?

— Surtout pas! lui répondit la femme en s'esclaffant de façon assez sympathique.

— Et vous, pourquoi?

— Pourquoi? Mais parce que ça m'occupe. Je trouve ce vieillissement d'un ennui. Vous savez l'âge que j'ai? Cinquante-trois ans.

Suzanne feignit l'étonnement.

— Je dois vous paraître un peu folle, non?

— Folle?

Elle la regarda de plus en plus amusée.

— J'ai passé l'après-midi d'hier à essayer de comprendre un homme qui vient de mettre la tête de sa femme dans un micro-ondes. Alors vous savez...

Une fois de plus, elle capta dans le regard cette lueur d'incompréhension précédant l'affolement. Elle l'entendit à peine s'excuser avant de s'éloigner.

Elle se dirigea vers le buffet et se fit servir une vodka avant d'être rejointe par un homme qu'elle ne connaissait pas.

— Nous n'avons pas été présentés. Alors je m'en charge. Aurélien Gacy. Et je crois savoir que vous êtes la femme de Gilbert.

— En effet.

— Je suis l'un des actionnaires de la clinique. Je ne savais pas qu'il avait une si charmante épouse.

— Dommage que vous portiez le nom d'un psychopathe, dit-elle pour elle en le détaillant par-dessus son verre.

Il n'était pas grand. Il avait des cheveux grisonnants, légèrement ondulés et dégarnis, des lunettes à montures d'écaille remontées sur le front, un nez fin et busqué, des yeux rieurs, des lèvres gourmandes et un air intelligent. En réalité, pas grand-chose à voir avec son homonyme.

— Je vous demande pardon ?

— Je me demandais si vous étiez apparenté à un certain John Wayne Gacy.

— Connais pas.

— Ça vaut mieux, fit-elle en riant. Bill Gacy, psychopathe américain, arrêté après avoir massacré plusieurs jeunes hommes qu'il invitait chez lui avant de les endormir.

Il éclata de rire en jetant la tête en arrière, ce qui permit à Suzanne d'admirer deux dents en or.

— J'étais sûr que vous étiez la personne la plus intéressante de cette assemblée. J'ai toujours eu un faible pour les jolies femmes qui ont de l'esprit.

Elle ne put s'empêcher de rire du compliment.

— J'aime ce regard qui a vu beaucoup de choses.

A nouveau elle rit. Plus franchement.

— Mais je ne plaisante pas. On m'a dit que vous soignez des fous dangereux. C'est un sujet que je ne prétendrais pas aborder dans des circonstances comme celles-ci, mais je serais ravi d'en parler avec vous, à une autre occasion, dit-il avec dans les yeux une lueur pleine de sous-entendus.

— Quelle réponse dois-je vous faire ? Celle à l'inconnu, ou celle à l'actionnaire de la clinique de mon mari ?

L'arrivée d'Antoine Bertagnac, chirurgien esthétique lui aussi associé de son mari, le dispensa d'une autre réponse que le rire dans lequel il diluait son étonnement.

— Suzanne ?

Le chirurgien tenait une femme par le bras. Blonde, bien foutue, des lunettes. Le genre à se partager entre la Sorbonne et le Racing.

— Je voulais vous présenter mon épouse, Sylvie. Elle brûlait de vous rencontrer. Quand elle a su ce que vous faisiez...

— Enchantée.

Suzanne lui renvoya un sourire figé.

— Vous vous occupez de fous dangereux? Ce doit être très...

— ... dangereux? hasarda Suzanne.

Bertagnac la regardait avec froideur.

— Mais vous n'avez pas peur pour vos enfants?

— C'est la terreur de Gilbert, dit-elle en riant. Mais mon nom n'apparaît pas, ni dans l'annuaire, ni sur l'interphone. Alors je vous rassure, il n'y a aucune raison pour que ma famille soit menacée. Vous m'excusez?

Suivie par le regard consterné des Bertagnac, elle se dirigea vers la sortie, profitant de l'assistance encore nombreuse pour disparaître sans se faire remarquer.

La curiosité malsaine dont elle faisait l'objet de la part de cette caste de happy few la fatiguait, et les pathologies lourdes de ses patients à l'UMD finissaient par lui paraître plus saines que les névroses compliquées de ces gens.

— Suzanne!

La femme approchait à grands pas. Elle eut le temps de la détailler comme elle ne l'avait pas fait plus tôt: les cheveux tirés en arrière, les seins proéminents, la taille fine, les mollets musclés. Une silhouette un peu hommasse, aux épaules larges très années quatre-vingt, mais des pommettes saillantes, le front haut et de beaux yeux marron. Riche, belle, mais seule. Pour son mari la cliente idéale.

— Je suis confuse. J'ai cru que vous plaisantiez, et je dois dire que je suis restée interdite. Je me suis demandé à qui j'avais affaire et puis... vous savez ce que c'est... Bêtement on a peur du scandale. Et je me suis renseignée. Alors je voulais vous présenter mes excuses.

— Il ne fallait pas.

— Je voulais aussi vous féliciter. Ce doit être très dur... Bon, je ne vous ennuie pas plus. On doit vous assommer de questions. Adieu ma chère, je vous laisse vous sauver.

La dernière vision qu'elle eut de cette soirée fut celle d'un Gilbert assailli par un aréopage de femmes en quête de jeunesse infinie, tel un Méphistophélès qui serait passé au commerce des âmes à la chaîne, fort du pouvoir que tant d'attentes lui conféraient. Et cette image lui rappela celle de ses propres patients formant grappe autour d'elle, avec dans les yeux d'autres espoirs et d'autres souffrances.

Arrivée chez elle, chez son mari plus exactement, son salaire ne permettant pas un tel appartement sur le parc Monceau, elle entrebâilla la porte de la chambre d'Emma, qui dormait, puis alla embrasser Angélique, l'aînée, qui regardait la télé.

Sa fille détourna la tête de l'image.

— Où est papa?

— Il était très occupé ce soir. Qu'est-ce que tu regardes?

Elle reconnut certains membres de la famille Ewing, Texans baptisés au pétrole et se débattant avec des problèmes de pétroliers. Une chaîne du câble rediffusait de vieux épisodes de *Dallas*. Angélique était trop captivée pour lui répondre. Elle referma la porte.

Dans le salon, elle se servit sa deuxième vodka de la soirée et s'affala dans un canapé, les pieds sur la table basse. Les vieilles putes pouvaient se faire découper les chairs par son mari, ça lui permettait de rouler en voiture de sport et d'avoir cette vue sur le parc. Elle balaya la pièce du regard. Elle n'avait pas le sentiment de s'être jamais trahie, mais rien de tout cela ne lui correspondait.

Sans savoir pourquoi, elle pensa au nouveau qui passait sa première nuit à l'UMD. Dantec-Leguen, dit Dante. Ça sonnait bien. Ça évoquait pas mal de choses, en premier lieu desquelles le poète italien, avec lequel pourtant le pauvre bougre ne devait rien avoir en commun. Le lendemain, elle saurait comment il aurait supporté sa première nuit. En l'espérant plus coopératif.

La remarque de Fontana lui revint à l'esprit. Elle se dirigea vers la bibliothèque, laissa courir son index sur le dos des Pléiades, puis s'arrêta sur le volume marqué «Dante». Elle revint dans le canapé avec l'ouvrage et le feuilleta, tombant, au chant XXV, sur la métamorphose d'un homme en serpent qui attira son attention par la disparition du nez et des oreilles, avant de trouver le passage évoqué par l'avocat: « *Un autre qui avait troué le col et au ras des sourcils le nez tranché, et ne gardait qu'une oreille après l'os...* »

Sur sa gauche, son œil fut capté par une photo d'Emma sur une balançoire. Image la renvoyant à une autre photo d'elle, trente-cinq ans plus tôt, dans la même position, qui dormait parmi ses affaires. Petite devenue dépositaire de tant d'histoires et de souffrances. Ce n'était pas ce que l'on rêvait de connaître à ces âges-là. Ce genre de goût venait plus tard.

Puis elle entendit la porte d'entrée. Soit la réception n'avait pas survécu à son départ, soit le temps avait passé vite en l'absence de son mari. Elle hésita à rouvrir les yeux.

2.

Le docteur Lohmann engagea sa voiture dans le centre hospitalier. Dans les allées bordées d'arbres et de pelouses, elle dépassa deux patients et en croisa un autre: démarche hésitante et look SDF. Parvenue devant Henri-Colin, elle gara son véhicule sous la fenêtre de son bureau, un cabriolet BMW série 3, cadeau de son mari pour ses quarante ans.

Elle gravit les quelques marches de l'entrée et salua Gisèle qui lui avait ouvert depuis le bocal de l'accueil. Dans le hall, trois gardiens de la paix et une femme menottée. Elle devait attendre Mangin, l'autre psychiatre avec qui elle partageait la responsabilité des patients, sous la direction de leur chef de service, le docteur Hélion.

Avec Odile, elle s'enquit du programme de la journée: une expertise à l'UMD à 14 heures, sinon la routine, les visites à ses patients, et la réunion de la Commission du suivi médical le lendemain devant statuer sur le sort de Radjaoui.

— Sinon rien de particulier?

— J'ai vu passer Penven et Caruso qui disaient qu'ils avaient rarement vu un tel bordel. Ils parlaient du nouveau. Je crois qu'ils ont eu droit à une surprise ce matin.

— Rien d'irrémédiable?

— Je crois pas. Un sacré bordel, disaient-ils. Ils avaient l'air effaré. Mais je n'ai pas de détail.

— Eh bien, je vois que la journée commence, dit-elle en soupirant.

Suzanne regarda Odile, cette rousse de quarante ans aux cheveux courts, mère de trois enfants dont les productions picturales tapissaient les murs du bureau. Veillant à ce que tous les rouages soient bien huilés, l'assistante assurait le bon fonctionnement du service, permettant aux médecins de se consacrer à l'essentiel. Le regard de Suzanne s'attarda sur les dessins. Avec leurs couleurs vives et leurs traits outrés, ils rappelaient ceux des fous, mais permettaient aussi de prendre de la distance. Il y avait des vaisseaux spatiaux fonçant vers des planètes inconnues, des pirates à crochet et jambe de bois et des princesses chevauchant des licornes rouges lancées au galop.

Odile adressa un sourire d'encouragement au docteur Lohmann qui sortit du bâtiment administratif.

De sa blouse blanche, elle tira son trousseau et introduisit la clef dans la serrure, faisant jouer le mécanisme dans un bruit métallique.

Il était 10 heures. Quelques patients du 38 déambulaient dans leur cour, séparés d'elle par le saut-de-loup. Le gravier crissait sous ses pas. La perspective de ce qui l'attendait balaya de son esprit les souvenirs de la diatribe conjugale. Il n'y avait eu ni hurlements ni insultes. Pas son style. Les reproches d'un ambitieux blessé par une femme à ses yeux indifférente à sa réussite. La faute à l'UMD, à la psychiatrie accaparant son épouse. Il s'en remettrait. Une femme intellectuelle flattait sa fierté de coq.

A nouveau elle prit son trousseau pour ouvrir la porte du 38. L'ensemble des pavillons datait de 1910, année de l'ouverture de l'unité sous l'impulsion du psychiatre Henri Colin. Derrière ces murs en meulière, dans ces bâtiments à l'aspect vétuste étaient mis en œuvre les traitements de pointe de la psychiatrie.

Révolue l'époque pas si lointaine où les nouveaux se faisaient tabasser par les infirmiers dès leur arrivée. Les médecins avaient repris le pouvoir aux infirmiers, et les traitements mis en œuvre, aux dosages constamment modifiés en fonction des résultats obtenus, étaient suivis de près par les laboratoires concepteurs de neuroleptiques. Petit à petit, à de rares exceptions près, on parvenait à circonvenir ces maladies. Pour leur partie métabolique tout du moins, le pourquoi de l'éclosion de la maladie – «folie» disait-on autrefois – chez tel sujet plutôt que chez tel autre, demeurant souvent un mystère.

Julien l'attendait.

— Ça va Julien? Que s'est-il passé avec le nouveau?

— Un sacré bordel, docteur.

— Mais encore?

— On l'a retrouvé avec des traînées d'excréments sur le buste et les bras. Accroupi sur le lit, les yeux furetant partout. Comme s'il redoutait quelque chose.

— Autre chose?

— Sa couverture de force, il l'a utilisée pour boucher les chiottes, enfin je veux dire les toilettes. Trempée et roulée en boule, et coincée sous le rebord intérieur de la cuvette. Comme s'il avait eu peur que quelque chose sorte de là.

— Et le lavabo?

— Il avait coincé sa chemise de pyjama sous la porte du placard, après l'avoir trempée, pour boucher l'interstice.

— La fenêtre?

— Fermée. Malgré la chaleur.

— C'est tout?

— Non. Des traces de sperme un peu partout sur le matelas. Il a dû se masturber cinq ou six fois dans la nuit.

— Bon, fit-elle en soupirant. Qu'avez-vous fait?

— L'équipe de nuit nous a attendus. A deux, ils pouvaient rien faire. Alors on est entré dans sa chambre à quatre et on l'a emmené à la douche.

— Il a résisté?

— Pas vraiment. Il avait l'air terrorisé.

— Par vous?

— Non, non. A la douche aussi.

— Son traitement?

— Il l'a pris.

— Donc vous ne l'avez pas mis sous contention.

— Non, non, pas la peine. Il est redescendu. Il s'est endormi dans sa chambre d'isolement. Epuisé comme s'il avait pas fermé l'œil de la nuit.

— Il va falloir que je charge un peu plus, dit-elle plus pour elle-même que pour Julien. Je voudrais y jeter un œil. Vous m'accompagnez?

Avec son passe, Julien ouvrit la porte de la grande salle qu'il fallait traverser pour accéder aux chambres. Les portes étaient ouvertes sur la cour et le soleil formait des rectangles de lumière sur le linoléum. A l'abri dans son meuble derrière le plexi, la télé était éteinte. Les haut-parleurs fixés dans les coins supérieurs de la pièce diffusaient *Bienvenue chez moi* de Florent Pagny. Sept ou huit patients étaient dans la cour, seuls ou en groupe, discutant avec les infirmiers. Quatre étaient dans la salle, l'un assis sur un banc, deux déambulant sans but, un autre assoupi sur un matelas formant un L entre le sol et le mur.

A l'apparition du docteur, une poignée d'entre eux s'agglutina autour d'elle. Elle se dégagea après avoir serré toutes les mains tendues et répondu à deux ou trois questions.

Julien ouvrit la porte menant aux chambres et la referma derrière eux. De l'autre côté, les patients se dispersèrent de leur pas ralenti. Il était soulagé d'être derrière la vitre de sûreté. Il n'aimait pas les voir converger vers le docteur et former grappe autour d'elle, avec lui seul pour la protéger. Elle-même ne s'en émouvait pas. Leur détresse lui inspirait avant tout de la compassion.

A travers la porte vitrée, le docteur Lohmann observait son nouveau patient. Revêtu du pyjama couleur ciel, il dormait recroquevillé sur son matelas, comme s'il ne s'était abandonné que résigné, redoutant dans son sommeil un danger connu de lui seul. Balayant des yeux la pièce, elle tomba sur la cuvette d'où elle vit dépasser la couverture de force. Elle se tourna vers l'infirmier qui l'observait:

— Julien, vous me préviendrez quand il sera réveillé?

Et elle reprit la direction de la sortie avec un air pensif.

*

Vers 16 heures, Nordine fit prévenir Suzanne du réveil de Dante.

Elle avait eu le temps de reprendre son dossier. Il était né en Bretagne, à Audierne, le 12 juin 1971, de père inconnu et d'une mère sans emploi, dont il portait le nom, Dantec-Leguen. Elle s'était mariée deux ans après la naissance de son fils, avec un certain Bohars, qui apparemment n'avait pas adopté le petit Erwan. Une enfance bretonne, une scolarité médiocre, le BEPC pour seul diplôme, un CAP de mécanique non obtenu, puis une biographie clairsemée, jusqu'à une première interpellation pour vol de voiture en 1987 près de Bordeaux, à seize ans, puis une seconde pour cambriolage, en présence d'un complice, en 1993 à Nice. Plus rien jusqu'à l'arrestation de 1997 à Clichy, qui lui valut son incarcération.

Bordeaux, Nice, Clichy... Il avait roulé sa bosse. Trois interpellations en une dizaine d'années, c'était peu. Ce qui pouvait sous-entendre qu'il était assez malin pour ne pas se faire prendre à chaque fois.

«*Simulateur?*»

Dans son rapport d'expertise, son confrère avait souligné une «*image narcissique dévalorisée*» avec une enfance marquée par la violence. A cet énoncé, le docteur Lohmann avait noté que vu le visage de Dante, le père inconnu devait être arabe ou maghrébin, et Dante, aux yeux de certains, un bâtard, pas forcément bien accepté par son entourage.

Parmi les éléments ayant amené Liénart à conclure à la psychopathie, la préméditation dans l'affaire de Clichy, et le regard reptilien. Les automutilations, pour lesquelles le SMPR de Fresnes l'avait adressé à l'UMD, confirmaient ce diagnostic. Mais les productions hallucinatoires en chambre d'isolement plaideraient plutôt en faveur d'une schizophrénie.

Elle le trouva assis sur son lit, les yeux dans le vide, hébété, semblant ne pas voir les infirmiers qui l'encadraient. Elle tenta d'attirer son attention en lui demandant s'il se souvenait d'elle. Pour seule réponse, elle se contenta d'une lueur dans le regard, imperceptible à tout autre, mais révélant une seconde sa conscience. A ses remarques sur son comportement de la nuit, il ne répondit rien.

Dans une dernière tentative pour établir le contact, elle lui désigna la couverture de force dépassant de la cuvette en lui demandant ce que ça signifiait. Il eut alors un sourire d'incompréhension, comme s'il ne se rappelait plus ce qui l'avait motivé à faire cette installation, puis sa bouche émit un son guttural et pâteux, quatre syllabes faites de «a», de «o» et de «an» issues d'une bande magnétique voilée. Le docteur regarda les infirmiers, mais trouva dans leur expression la même incompréhension que la sienne. Matthieu le joueur de basket au regard de libellule, Alexis et Roger aux yeux à peine plus expressifs, et Nordine, perplexe.

— Que dites-vous? hasarda-t-elle une dernière fois.

Et Dante, les yeux vides, disque rayé au débit symptomatique de la schizophrénie, répéta sur un ton monocorde, avec sa langue engourdie par les neuroleptiques, une série de «a», de «o» et de «an» doublés, derrière lesquels le docteur Lohmann crut finalement déceler «*la mort rampante*».

Aux antipsychotiques, elle décida d'associer une antihormone. Pour stopper la masturbation compulsive. *Risperdal et Androcur.* Les seules armes lui venant à l'esprit pour infléchir les hallucinations de son patient, auquel ni elle ni aucun autre membre de l'équipe n'avait encore accès.

«*La mort rampante*», crut-elle à nouveau entendre. Avant de quitter la chambre d'isolement, son regard une dernière fois s'attarda sur son patient.

3.

Quatre jours ont passé. La chimiothérapie a commencé à produire son effet: les productions hallucinatoires de Dante se sont asséchées. Dès la deuxième nuit, plus de masturbation compulsive ni de manipulation de ses excréments. Le colmatage de la cuvette des cabinets avec la couverture de force aura duré trois nuits et deux jours. Chaque matin, les infirmiers la sortaient et lui en donnaient une propre, mais après leur départ il replaçait la nouvelle comme la précédente. Ce geste était le seul vestige du délire de sa première nuit.

«Hé dis donc mon pote, lui demanda dès le deuxième jour le basketteur aux lunettes libellules, quand tu veux chier, tu fais comment? T'es obligé de retirer la couverture à chaque fois?... Tu sais que tu coûtes cher en lessive à l'Assistance publique, toi... Et si on mettait du Destop dans ta cuvette, tu crois pas que ça dissuaderait autant un éventuel intrus que la couvrante?»

Pour seule réponse, il eut droit au silence et à un regard vide.

Il a quitté sa chambre d'isolement et s'est joint au groupe des pensionnaires. Son arrivée n'a suscité aucune réaction de peur ou de rejet.

A peine une attitude de mépris de la part de Cambronne. Un paranoïaque interné à l'UMD pour avoir poignardé le fonctionnaire de l'Institut national de la propriété industrielle qui refusait de breveter son extincteur d'incendie révolutionnaire. A présent, il considère que son invention menace des intérêts énormes et que sa présence à l'UMD est le résultat de leurs manigances. S'il est toujours en vie, c'est parce qu'il a eu le réflexe de faire disparaître les documents détaillant le processus de sa trouvaille ainsi que la maquette de son extincteur.

L'infirmier au regard de libellule l'accompagne au réfectoire. Il a près d'une tête de plus que lui et se plie comme un diplodocus pour lui parler.

— Tu vois, ici t'as aucune bile à te faire. Tout est réglé comme du papier à musique, et nous les blouses blanches, on est aux petits soins. Alors profite. Lever 8 h 30, prise de ton traitement, douche, petit déjeuner, déjeuner, dîner, et enfin coucher vers 20 heures. Entre les repas, pas grand-chose, parfois un entretien avec un médecin, parfois une discussion de groupe avec le psychologue. On fait que manger, causer et dormir. Tiens, on t'a préparé une table pour toi tout seul.

Le réfectoire contient une demi-douzaine de tables en bois avec bancs solidaires. A chaque place, un plateau en plastique thermoformé avec plusieurs emplacements pour les différents plats, un verre et une cuillère à soupe. Lunettes libellules conduit Dante à sa place. Il a le regard braqué sur son plateau et ne voit pas les coups d'œil que les autres lui lancent. Il a un sourire résigné en constatant qu'il n'y a ni couteau ni fourchette et que les verres sont de ceux qui se brisent en mille morceaux inoffensifs.

— Eh oui mon pote, lui glisse la libellule à l'oreille, ni lame, ni pointe, ni éclats de verre. Tu vois, on tient à vous comme moi je tiens au casque qui me sert de chevelure et que tu admires depuis tout à l'heure. Allez, bon app'! Et prends des forces, parce que cet après-midi, tu vas avoir droit à un entretien avec le docteur Lohmann. Elle est cool, mais elle va te poser un tas de questions, et ce serait bien que tu puisses y répondre.

*

Assise en face de lui dans le bureau de consultation du pavillon 38, avec Roger pour parer à toute éventualité, le docteur Lohmann l'observe.

Avant l'entretien, Dante a ramené ses cheveux en arrière. En lui dégageant le front, cela lui donne un air de fierté fragile. Il n'arbore plus le bandage qui lui barrait le visage. Malgré la croûte de sang et les fils de suture qui en abîment l'aile droite, avec son nez, il a retrouvé son profil d'oiseau. Ses yeux fuyants témoignent de sa capitulation.

— Vous semblez apaisé depuis votre première nuit parmi nous, lui dit-elle en guise de préambule.

Les mains croisées sur les cuisses devant son ventre qui tend sa blouse blanche, Roger ne le quitte pas des yeux. Au docteur la confiance, à lui la vigilance. Le patient n'aurait pas le temps de passer de l'autre côté du bureau pour se jeter sur le docteur qu'il l'aurait déjà plaqué au sol.

Vêtu de son pyjama, l'oreille encore bandée, courbé sur sa chaise, Dante n'inspire pourtant pas la crainte. «*L'eau qui dort*», aux yeux de Roger, qui en quinze ans a tout vu.

— Maintenant, ce que je voudrais, c'est que vous m'expliquiez ce qui s'est passé la première nuit après votre arrivée ici. Maintenant que vous avez l'air d'aller mieux, j'aimerais comprendre.

— ...

— Erwan?

— On m'appelle Dante, réplique-t-il en levant les yeux vers elle.

— Bon, Dante. Vous voulez bien m'expliquer ce qui s'est passé? J'ai besoin de savoir, pour vous aider.

— M'aider?

— Vous aider à aller mieux. Vous étiez terrorisé. Ce n'est pas normal. Vous n'avez rien à craindre ici. Nous sommes là pour vous aider.

— Je sais. Libellule me l'a déjà dit.

— Qui ça?

— Le joueur de basket, avec ses lunettes qui lui font des yeux d'insecte.

— Ah oui, dit-elle sans pouvoir réprimer un sourire.

Il soupire.

— Lorsque je vous ai montré la couverture de force que vous aviez coincée dans la cuvette, vous avez dit quelque chose. J'ai cru comprendre «*la mort rampante*». C'était ça?

Nouveau silence.

— Si vous voulez qu'on vous aide, et je pense que vous ne voulez pas rester dans cet état, il faut que vous nous aidiez de votre côté.

— Vous voulez tout savoir?

Il relève la tête pour la regarder, comme s'il cherchait sur son visage un encouragement à continuer.

Des yeux elle fait signe que oui.

— Des fois, j'ai peur des serpents. La nuit surtout, et même le jour. Ils peuvent passer par les canalisations. Celles des toilettes. C'est les plus larges. Je dois les boucher, pour les empêcher de passer. Comme ça je me protège. Je les tiens à distance.

— Et pourquoi passeraient-ils par là pour venir jusqu'à vous?

Son élocution s'est améliorée. Il assimile mieux son traitement. Seul son discours témoigne de sa maladie. Quiconque assisterait à cet entretien derrière une vitre, sans saisir un mot de ce qui se dit, ne pourrait pas imaginer la folie chez l'un des deux interlocuteurs.

Une première mort en quelque sorte, dans un monde dominé par la raison. Mais une mort n'épargnant pas la souffrance.

— Ils veulent passer par les canalisations, pour achever de prendre possession de mon esprit, avant de me tuer pour de bon.

— Parce qu'ils ont déjà en partie pris possession de votre esprit?

— Comme nous tous.

— Nous tous?

— C'est le serpent qui a corrompu notre espèce, dès l'origine, et qui nous a plongés dans cet enfer.

— Vous parlez du jardin d'Éden, et d'Eve...

— De quoi pourrais-je parler d'autre? dit-il d'un air pensif, les yeux porteurs d'une tristesse résignée. Bien sûr que depuis ce jour, nous sommes tous sous l'emprise du serpent.

— Et vous trouvez que nous vivons dans un enfer?

Nouveau soupir.

— Vous êtes mieux placée que personne pour le savoir.

— Pour en revenir à vous, Dante, et aux serpents, ce sont eux qui vous ont dicté votre comportement cette nuit-là ?

— Les serpents m'ordonnent toujours d'accomplir les mêmes actes, dit-il plus calme. Il s'agit d'attraper une fille, jeune, belle, comme Eve vous voyez, une de celles qui détiennent le pouvoir. A cause de celui qu'elles ont sur les hommes. A cause de leurs attributs sexuels. De celles que je suis obligé d'attraper comme ça, pour qu'elles me regardent, pour qu'elles fassent attention à Dante.

Il est interrompu par le grincement de la chaise de Roger qui se balançait. Une seconde, Suzanne craint qu'il s'arrête. Mais, sans se retourner vers l'infirmier qui s'excuse du regard auprès du docteur, il poursuit :

— Régulièrement, le Serpent m'ordonne de lui livrer une femme.

Suzanne se souvient du crime pour lequel il a été condamné, cette jeune femme séquestrée et ligotée chez elle. Secrétaire chez un transporteur... surprise dans son appartement par un individu entré par la fenêtre...

— Pour l'avoir à ma merci, je dois la ligoter. Après je peux commencer le rituel. Toujours le même. D'abord je l'oblige à me faire une fellation, puis le Serpent m'ordonne de l'humilier, de l'insulter... Je lui ai bandé les yeux. Parfois des larmes humidifient le bandeau. Mais je les vois pas... J'aime voir ce visage aux yeux bandés engloutir ma verge dans sa bouche.

« Mais après, je dois commencer à la torturer. Avec un rasoir, lui taillader les cuisses, les mollets, le torse, préparer quelques morceaux. Elle a très mal, elle a très peur. Elle voudrait hurler. Mais le bâillon que j'ai serré contre sa bouche l'en empêche. On n'entend que des gémissements. Moi aussi j'ai peur. Et j'ai mal pour elle. Mais il y a le Serpent. Et puis j'aime ça aussi, ça m'excite.

« Après, une fois que je lui ai fait plusieurs entailles, délimitant les morceaux à prendre, et que je lui ai raconté à quoi sa viande va servir, juste avant de lui trancher la gorge, pour arrêter de la faire souffrir, et aussi moi, je peux lui enlever son bandeau. Ses yeux sont écarquillés de terreur. Pour pas prolonger son supplice, je lui tranche la gorge. Ses yeux morts me fixent, mais ça me gêne plus.

Il s'interrompt. Le docteur Lohmann hasarde un œil vers Roger au regard devenu perplexe.

Elle est abasourdie par la tranquillité, la douceur presque, avec laquelle il a exposé ce fantasme. Il y a un contraste glaçant entre ses mots, leur réalité, et le ton avec lequel il leur a raconté tout ça.

Elle parcourt les notes qu'elle a prises dans son cahier, quelques mots épars rappelant le déroulement du rituel, lorsque la voix reprend, la faisant tressaillir avant de lui faire lever la tête vers Dante, assis jambes croisées, les mains jointes sur sa cuisse gauche.

— Son regard me gêne plus. Elle peut devenir ma femme. Je la pénètre jusqu'à ce que je jouisse en elle... Quelques heures plus tard, je recommence. Elle est comme une épouse, soumise. Je la garde à ma disposition. Jusqu'à ce que sa viande sente, comme du gibier faisandé. Alors je peux lui découper les bras et les jambes, aux jointures, en cisaillant les tendons et en déboîtant les os... Et les quatre membres, je les dispose en croix gammée, chaque bras et chaque jambe plié en coude formant une des branches de la croix.

— Une croix gammée? s'entend-elle prononcer presque à son insu d'une voix atone.

— C'est le Serpent qui m'ordonne... La croix gammée est le symbole du mal. Mais ce que les gens savent pas, c'est qu'elle représente aussi deux serpents croisés, ajoute-t-il en la regardant, comme s'il mesurait sur elle l'impact de ses révélations.

«Après, reprend-il toujours sur le ton de quelqu'un détaillant une recette de cuisine, je dois ouvrir le ventre, sortir les viscères et les enrouler autour du buste. Comme un serpent. Avant de l'abandonner, je prélève des morceaux de chair, ceux que j'avais prédécoupés, pour manger cette chair faisandée et s'approprier la vitalité de la victime sacrifiée.

Suzanne ferme les yeux. Roger est pétrifié.

— Vous comprenez pourquoi j'ai peur, docteur? Peur d'aimer commettre ces crimes, et peur de le faire un jour. Parce que la voix du Serpent sera plus forte que les autres fois.

Suzanne à nouveau songe à la victime de Clichy, à ce à quoi sans le savoir elle a échappé.

— Eh ben mon cochon, entend-elle sur sa gauche Roger siffler entre ses dents.

— Erwan, euh Dante, au début vous parliez des serpents, pour ensuite ne parler plus que du Serpent. Il n'y en a qu'un qui vous donne des ordres?

— C'est l'esprit des serpents, qui peut se matérialiser en chacun d'eux. C'est lui qui essaie de me contrôler télépathiquement. C'est lui qui m'a ordonné pour mon oreille et pour mon nez, dit-il en portant sa main gauche à son pansement. Pour ressembler à un serpent.

— Et pour vos testicules également?

— Non, dit-il en rougissant légèrement. Ça c'était moi, pour essayer que ça s'arrête. J'avais trop mal. Je devenais fou... Et puis j'ai pas pu... J'avais peur, et ça faisait mal, et les gardiens sont arrivés.

— Et ce que vous venez de me raconter, c'est ce que vous vouliez faire à la jeune femme que vous aviez séquestrée chez elle à Clichy?

— Je sais plus... C'était y'a longtemps.

Il marque un silence assez long, les yeux perdus dans son monde, avant de reprendre:

— La fille se débattait plus fortement que les ordres du Serpent... C'est mieux qu'on m'ait arrêté, poursuit-il en baissant les yeux, fixant la pantoufle à son pied gauche qu'il tient entre ses mains. Parce qu'autrement, j'aurais fini par le faire. Trouver une nouvelle victime, et aller jusqu'au bout des ordres du Serpent. Il est sur le point de prendre totalement possession de mon esprit. Et la fois d'après, j'aurais plus eu peur. Ou celle d'encore après.

— Et pourquoi est-ce que le Serpent vous ordonne tout ça?

— Pourquoi?

Il la regarde avec un air mystérieux.

— C'est un grand secret que vous me demandez de vous dévoiler, docteur.

— Vous voulez me le dire ?

— Un des plus grands secrets de l'histoire de l'homme... Vous avez lu la Bible ? Vous avez parlé du jardin d'Éden. C'est depuis ce moment-là...

— Je vous écoute.

— Des générations de lecteurs érudits ont pas su la déchiffrer. Moi-même, sans le Serpent, j'aurais rien vu : c'est pas le serpent qui a tenté Eve, mais Eve qui a amené le serpent à lui proposer le fruit. C'est le plus grand mensonge de l'histoire du monde... Alors le Serpent veut se venger...

— Et vous pensez que ça ne peut pas s'arrêter ?

— Elles appellent le Serpent de tous leurs vœux. Depuis le jardin d'Éden, toutes des filles d'Eve qui veulent le séduire... Les musulmans l'ont bien compris, en les obligeant à rester à la maison, ou à sortir que masquées, avec juste le visage et les mains qui dépassent. Et encore, le visage pour celles qui portent pas la grille en tissus qui laisse rien voir, comme un confessionnal ambulant.

« Parce qu'aujourd'hui, les femmes ont acquis le pouvoir. Elles conditionnent les enfants dès le berceau pour assurer leur influence sur les générations futures.

— Mais vous, Dante, vous ne pouvez pas résister au Serpent ?

— En prison ça s'arrête, parce que je trouve pas de victime. Mais j'entends sa voix.

— Ici vous n'êtes pas en prison...

Il a un sourire indéfinissable avant de la laisser terminer.

— Vous n'êtes pas en prison mais dans un hôpital, reprend-elle, et nous allons vous aider à oublier le Serpent et toutes ces voix. Vous n'avez rien à craindre.

« *Rien à craindre ?* » répète-t-il pour lui-même. Puis il paraît sortir de sa rêverie :

— Au fait, docteur, votre traitement, vous êtes sûre que je dois le continuer ? C'est très fort, je le supporte pas bien.

— C'est obligatoire, soupire-t-elle. Cela fait partie de notre aide. On fera évoluer les doses quand vous irez mieux.

A son tour, elle sort du bureau de consultation. Un peu sonnée, elle longe le couloir vers la sortie. En passant devant le réfectoire, derrière la vitre de sûreté, elle aperçoit quelques-uns de ses patients attablés. Dante n'est plus seul. A sa table, il paraît même participer à une conversation, comme si le fait de s'être confié l'avait libéré d'un poids. A présent, c'est elle qui l'a sur les épaules.

Elle frémit. Etant donné la tranquillité avec laquelle il lui a exposé ses idées, cela ne fait aucun doute que si rien n'est tenté pour le sortir de son délire, un jour il sera capable de les mettre en application.

D'après son dossier, si la Commission du suivi médical le considérait apte à regagner sa cellule à Fresnes, il devrait être libéré aux alentours de 2003.

*

«J'arrive trop tard. Mais au moins j'arrive. Et j'ai l'impression que nos rendez-vous vont se resserrer dans le temps. Je commence à peine à te cerner, vieux frère. Je suis sans doute le seul à t'avoir repéré. Même si je ne sais encore rien de toi. De temps à autres, une de tes œuvres apparaît au grand jour, déterrée comme cette fois à l'occasion d'un chantier, ou débusquée par un chien fouineur accompagnant un amateur de champignons dans les sous-bois. Fausse note stridente dans l'apparente harmonie qui règne ici-bas. Mais l'ensemble de la partition, c'est pour moi que tu la joues. Même si je passe encore à côté de l'essentiel.»

François Müller a tenu à faire le déplacement. Les travaux de terrassement ont commencé quinze jours plus tôt. Un lotissement d'une cinquantaine de maisons individuelles dans la périphérie milanaise. Les pelleteuses et les bulldozers ont déjà bien aplani le terrain. Une sorte de gigantesque croissant de lune boueux, cerné d'un côté par un bois, de l'autre par une route. La découverte a eu lieu trois jours plus tôt, à la lisière du bois, là où les terrassiers ont supprimé quelques arbres pour les remplacer par des bicoques en préfabriqué. C'est en arrachant l'un d'entre eux au bull, que le conducteur de l'engin a eu une surprise. D'abord la blancheur d'un humérus attirant son regard en dépit des morceaux de chair encore attachés. En descendant de son engin, il a vu le reste.

Trois quarts d'heure plus tard, les Carabiniers investissaient les lieux.

François Müller en a eu vent grâce au moteur de recherche recensant la plupart des faits divers intervenus dans le monde et relatés par la presse. Fenêtre en permanence ouverte sur le crime. Un outil indispensable pour quelqu'un exerçant son métier, mais qui présente également pour lui le risque de mettre son savoir à la portée du premier venu.

En l'occurrence une simple brève parue dans deux quotidiens italiens. Mais qui l'a alerté lui, parce que cela ressemblait à plusieurs affaires qu'il a déjà archivées. Une piste suivie de loin en loin depuis plusieurs années, à laquelle cette nouvelle découverte donne une actualité brûlante.

Le corps avait été enterré à environ un mètre sous la surface du sol. Etant donné qu'un arbre a eu le temps de pousser au-dessus, et que certaines de ses racines ont plongé jusqu'autour des os, l'expertise d'un médecin légiste n'a même pas été nécessaire pour dater, à minima, la mort. Six ans, vu l'âge de l'arbre, un mélèze.

Müller a contacté l'un de ses confrères milanais qui a consenti à l'amener sur les lieux du crime. Dix ans plus tôt, le gars était correspondant pour plusieurs organes de presse italiens à Paris. C'est à cette occasion qu'ils s'étaient liés. L'homme est journaliste politique. Müller et lui ne pêchent pas dans les mêmes eaux. L'Italien n'ira pas lui disputer sa piste, ni poser trop de questions. Pas trop précises en tout cas.

La scène est cernée par un cordon de plastique rouge et blanc qui frémit au vent. Une dizaine d'engins de terrassement jaune vif sont alignés à environ trois cents mètres de là, à côté des baraques de chantier. Les ouvriers doivent avoir quitté les lieux une heure plus tôt, et les deux hommes sont seuls.

Le reporter savait pertinemment, avant d'embarquer dans l'avion à Roissy, que la police aurait tout débarrassé. Mais il voulait se rendre compte par lui-même.

L'espace d'une seconde il s'est demandé si le reptile, dont il a commencé à suivre la trace quelques années plus tôt, a planté l'arbre après avoir enterré la dépouille de sa victime. Moyen de la cacher encore mieux, ou symbole supplémentaire... Et puis comme le coin compte des dizaines d'arbres de cette espèce, il s'est dit que c'était le fruit du hasard.

D'un point de vue strictement objectif, ce voyage s'avère décevant. Au premier abord, cette visite ne lui apprend rien. Les faits sont trop vieux. 1994 au bas mot. Il ne peut subsister aucune trace du passage du Serpent.

Le soir tombe. Dans le ciel, le vent pousse des nuages sombres. Au sol, la boue colle à ses chaussures.

Les bulldozers et les pelleteuses ont modifié jusqu'au paysage au cœur duquel son bonhomme a creusé cette sépulture.

L'une des maisons du lotissement sera sans doute bâtie sur ce qui, l'espace de quelques années, aura été une tombe. Mais le promoteur n'en fera pas la réclame.

De la sépulture il ne reste qu'un trou. Les reliefs de la victime ont été remplacés par des rubans de plastique blanc en rappelant la position : une croix gammée à la taille des quatre membres, et une sorte de trapèze pour le buste décapité.

La décomposition du corps était trop avancée pour que les auteurs de la découverte aient pu distinguer la ceinture de viscères. Et le rapport du légiste n'est pas encore tombé, ou n'a pas été rendu public. De toute façon, Müller ne dispose pas en Italie des mêmes entrées dans la police qu'en France.

Mais le corps en croix gammée lui suffit. Il s'agit de la signature de son « ami » le Serpent.

Et malgré tout, cela lui fait quelque chose, de piétiner là où il est passé quelques années plus tôt. C'est difficile à expliquer, sans doute pas très rationnel, il en convient, mais cela procède des travaux d'approche, premiers pas que deux personnes font l'une vers l'autre pour mieux se connaître.

Et puis Müller ne veut pas le décevoir. Depuis des années le Serpent adresse ces signes à quelqu'un. Et lui-même a décidé que c'est lui le destinataire. Parce qu'il est certainement le premier à avoir établi un lien entre ses différentes victimes, et qu'il est le seul à en comprendre la signification.

Désormais, le Serpent et lui sont liés par des liens indéfectibles, se dit-il en immortalisant la scène avec son appareil numérique sous l'œil intrigué de son guide. Au moins le Serpent a atteint son but: il dispose en sa personne du meilleur public qui puisse être.

Quant à lui, cette quête donne un sens à beaucoup de choses.

Zambrino, le journaliste de *La Stampa*, le regarde fourrer son numérique dans la poche latérale gauche de son pantalon de treillis. Le Français jette un dernier coup d'œil sur la croix gammée en ruban de plastique blanc posée dans la boue, puis il suit son confrère italien jusqu'à sa voiture.

— D'après toi, il s'agirait du crime d'un de ces néo-nazis? lui demande Zambrino dans un français parfait en démarrant sa Fiat. On a quelques-uns de ces groupuscules en Italie.

— Eh bien tu vois, ça m'a à peine effleuré l'esprit, réplique Müller en se tournant vers le crâne luisant de son interlocuteur. Pour moi, c'est l'œuvre d'un maniaque. La croix gammée, c'est juste pour marquer le coup. Le symbole le plus frappant et qui renvoie de la façon la plus évidente au mal. C'est réussi, non?

— Ma foi! En tout cas, il faut pas être d'aplomb, pour faire des choses pareilles.

— Ça... Mais je peux me tromper. Il est encore trop tôt pour être sûr de quoi que ce soit.

— Je crois pas que tu te trompes beaucoup pour ce genre d'histoires. Mais ce que j'ai du mal à comprendre, c'est cet aller-retour Paris-Milan simplement pour voir ce trou boueux.

— Disons que ça m'aura donné l'occasion de te revoir, répond Müller comme s'il bottait en touche.

Zambrino comprend qu'il est inutile d'insister.

— Je t'emmène dîner quelque part ? J'ai une excellente adresse.

— Je n'en doute pas.

La voiture sort de la zone de travaux et s'engage sur la route.

— Ne me dis pas que ça t'a coupé l'appétit ? fait l'Italien au bout d'un moment pour rompre le silence. La cuisine de la mère Morini propose des escalopes milanaises comme tu n'en as jamais mangé, ou encore un risotto à l'encre de seiche, mon vieux ! Une merveille.

— Excuse-moi, j'étais perdu dans mes pensées. Je me demandais qui peut avoir fait ça... Tu comprends, on n'a encore rien sur lui. Ni son âge, ni sa nationalité, rien. Et ça fait déjà dans les six ans au moins. Alors il est peut-être mort. Ou en prison. Va savoir ?

— Allons, ne me dis pas que tu as fait le trajet sans rien savoir.

— Mais non. C'est cette croix gammée justement qui m'intéresse. Tu vois, un crucifix, c'est jamais que la représentation symbolique d'un corps cloué les bras en croix à une potence. Alors pourquoi pas faire une croix gammée avec un corps ?

Sans lâcher son volant, l'Italien le regarde avec un drôle d'air. Müller lui décoche un sourire. Les yeux de Zambrino brillent de malice.

— Je vois. Mais tu le préférerais encore vivant, ton aliéné, si j'ai bien compris.

— On ne peut rien te cacher.

— Ça t'ennuierait qu'un type comme ça meure de sa belle mort. C'est comme ça que vous dites, les Français ? fait-il en se tournant vers lui.

— Il y a un peu de ça.

— Alors, je te reconnais bien là. Ton côté chasseur de primes, pas vrai ? Tu outrepasses ton rôle de journaliste, là... Je préfère encore mes histoires de politique. Même avec M. Berlusconi, c'est moins salissant. Et c'est plus sain. Ça ne m'a pas convaincu, de patauger dans la boue. Tu m'en veux pas de pas partager tes goûts ?

Pour toute réponse, François Müller esquisse un sourire que l'autre absorbé par la conduite ne remarque pas. Mais ce sourire n'a pas grand-chose à voir avec la perspective de la cloche qu'il va se taper avec Zambrino.

4.

La salle d'eau compte sur la gauche un alignement de quatre lavabos en émail blanc, surmontés chacun d'un miroir mural, et sur la droite une série d'autant de cabines de douche. Souvent le matin, malgré le vasistas ouvert, la vapeur d'eau embue les glaces que l'on doit essuyer pour se raser.

Dante est seul aux lavabos. Derrière lui sur sa droite, la dernière cabine est le siège d'ablutions musicales. Sur le rebord du lavabo qui lui fait face, une bombe de mousse à raser, un rasoir jetable, un gobelet en plastique contenant une brosse à dents et un tube de dentifrice.

A la couleur rose du gobelet et à la bombe de mousse, il a identifié Ben Machin. Il chante un air d'opéra. Il croit avoir reconnu *La Flûte enchantée*. D'habitude il chante du Johnny.

Ben Machin se rase et se lave les dents avant de se doucher. Dans cinq minutes, il devrait le voir quitter la pièce.

Dante enduit le bas de son visage de mousse. Cette barbe de savon blanc contraste avec sa peau cuivrée. Avec application, il commence à se raser. Sur ses joues les lames agissent comme un chasse-neige, laissant derrière elles une piste sombre et régulière. Sur sa droite, il n'entend plus ni l'eau ni *La Flûte enchantée*. Dans le miroir derrière lui, il voit passer le chanteur torse nu, une serviette enroulée autour de la taille.

Il vient d'être transféré au pavillon 37. Il peut voir sur son visage les effets de quatre mois de traitement, à raison de quatre prises quotidiennes de cachets. Sous la peau, la graisse fait comme un matelas moelleux dont le rasoir lui rappelle l'existence.

— Tout va bien?

Il tourne la tête sur sa gauche. Le pouce levé il rassure Julien qui disparaît.

Il a terminé. Il pose son rasoir sur le lavabo puis entre dans la cabine de douche, toujours la même, la deuxième en partant de la porte. Il est nu, sa serviette pendue au crochet. Il ouvre les robinets, attend la bonne température et fait un pas sous le jet.

La tête levée vers le pommeau, il regarde la pluie chaude lui tomber sur le front. La cabine est une bulle de vapeur, il n'entend que le bruit de l'eau. Il est bien.

Soudain, il sent un souffle d'air frais dans son dos. Il n'a pas le temps de se retourner qu'il est projeté en avant. Son front heurte à toute force la paroi carrelée de la douche. Sonné par la douleur, les mains à la tête pour évaluer les dégâts, il reçoit un coup dans les reins, un autre dans les jambes et s'écroule dans le baquet en émail.

A poil sous l'eau lui tombant dessus, il n'a d'autre alternative que de se blottir en position fœtale, dos rond, genoux sur la poitrine et poings serrés sur les oreilles pour éviter le pire. Son agresseur continue de frapper, lui occasionne des ecchymoses sur le dos, les côtes, les bras et les cuisses.

L'eau déversée à torrents accentue sa sensation d'étouffement. La bonde absorbe autant de sang que d'eau. Et l'autre, en cognant à coups de pompes, hurle des trucs qu'il ne comprend pas.

Il a à peine eu le temps de voir qui s'acharne sur lui. Un patient qu'il n'a jamais regardé plus de deux secondes d'affilée depuis son arrivée au 37.

A un moment il se sent partir. Il croit qu'il va crever. Une sonnerie lui déchire les tympans. Sans doute un coup plus mal placé que les autres. Il va devenir sourd. C'est l'alarme générale qui transperce le bruit de l'eau. Puis une cavalcade et des cris qui se précisent.

Les coups ont cessé. Il n'ose pas tourner la tête. Il a l'impression que toute la population de l'UMD hurle dans la salle des douches.

Quand le déluge s'éteint, toujours recroquevillé, il risque un œil, pour voir deux infirmiers penchés sur lui. Il attrape une main et se lève. Il a mal partout. Il comprend à peine ce qui s'est passé. Son agresseur a été emmené ailleurs. Il croit avoir entendu des «*sale pédé*» et autres «*sale suceur de queue*» pendant que les coups pleuvaient sur lui.

*

— Qu'est-ce que c'est que ce bordel, Mangin? Dante est le quatrième patient agressé par Czertok. Et à chaque fois pour des motifs délirants à thématique homosexuelle! Vous pouvez me dire ce qu'il faisait au 37?

— Je serais vous, je me calmerais, et je ne me parlerais surtout pas sur ce ton.

— Je vous parle sur ce ton parce que votre patient vient de ruiner quatre mois de thérapie au 38, et que je suis en train de me demander s'il ne faut pas que j'y renvoie le mien!

— Ne faites surtout pas ça, malheureuse! lui dit-il sur un ton soudain doucereux. Je viens d'y transférer Czertok. Vous ne voudriez pas qu'il recommence? Ce serait vraiment ennuyeux pour les progrès de ce patient, et pour l'avancement de son bon médecin.

C'est la première fois qu'ils s'affrontent ainsi. La présence des infirmiers la gêne. Lui semble plus à l'aise. Elle tente de se maîtriser et l'observe, confortablement assis les jambes croisées, se balançant presque, ses yeux rieurs fixés sur elle, regard de chat s'amusant de sa proie.

Il a le visage d'une vieille femme. Les cheveux gris coiffés en frange lui masquent le haut du front comme s'il s'agissait d'une perruque, les traits déjà en partie affaissés, des rides précoces, mais les yeux fendus brillant d'une malice teintée d'aigreur. Les lèvres et le nez constamment frémissants. Les ailes du nez se gonflant sont signe de réprobation, souvent suivie de colères redoutées par le personnel soignant.

— Il aurait surtout mieux valu réfléchir avant de le faire monter, ou peut-être revoir son traitement. Vous avez arrêté les neuroleptiques sédatifs, si j'ai bien compris?

— Tttttttt, quand vous aurez mes années d'expérience et de publications on en reparlera. Quand vous comprendrez les subtilités des prescriptions au long cours.

Elle encaisse. Au dernier congrès de l'American Psychiatry Association, Mangin a fait une brillante communication sur la chimio-résistance et la dangerosité psychiatrique, alors qu'elle-même vient d'essuyer un refus de l'*American Journal of Psychiatry* pour sa communication sur le traitement de l'agitation anxieuse, faute d'un nombre de cas observés suffisant.

— Et je remarque surtout que rien de tout cela ne serait arrivé si la surveillance avait été assurée normalement, reprend-il en regardant Nordine et Julien.

Les deux infirmiers se tournent vers le docteur Lohmann. Jusque-là, ils se sont contentés de compter les points. Maintenant ils sont directement mis en cause.

— Je reconnais qu'une boulette a été commise, intervient Julien un peu gêné.

— Une boulette? dit-il en levant les sourcils. Là vous m'amusez – mais personne dans la pièce ne l'imagine sur le point de rire. Vous appelez boulette une faute grave?

Chez l'infirmier la confusion est à son comble.

— Heu... A notre décharge, Czertok a tout fait pour détourner notre attention.

— Qu'est-ce que vous voulez dire au juste? Et surtout ne me racontez pas de salade. En l'absence d'Hélion, je vous rappelle que je suis responsable du service.

— Eh bien...

— Ne vous justifiez pas, Julien. Et vous, laissez les infirmiers en dehors de ça. Au 37 les patients ne sont pas censés se comporter comme des fauves.

— Ecoutez, docteur Lohmann, il ne s'agit pas de mettre en cause le travail des infirmiers, mais si vous ne supportez pas les incidents de ce genre, alors je vous conseille vivement d'ouvrir un cabinet pour écouter les états d'âme de la clientèle de votre mari. Je suis sûr qu'elle ne demande que ça.

Elle reste sans voix. Pour maîtriser ses tremblements de rage, elle prend une profonde inspiration. Elle préfère rompre.

— Bon, puisque vous voulez amener la discussion sur ce terrain, je pense qu'il vaut mieux y mettre un terme tout de suite, dit-elle d'une voix sourde.

Dans le couloir, Julien la remercie pour son intervention. Elle lui a sauvé la mise. Mais intérieurement elle bout. Elle n'aurait pas dû engager le fer sur la question du traitement. Pas avec lui. On peut lui reprocher beaucoup de choses, mais pas ça. D'où son coup de griffes sur la clientèle de son mari.

Elle s'inquiète pour son patient. Les blessures sont superficielles, mais les séquelles psychiques plus lourdes. Il va falloir plusieurs semaines pour le sortir de son mutisme. Elle l'imagine fermé sur lui-même, évitant tout contact avec autrui, même visuel, voyant en chaque patient un agresseur potentiel.

*

Quinze jours plus tard, le hasard désagrégea son isolement plus tôt que les prédictions de son psychiatre. C'était au réfectoire du 37. Un patient portait un plateau chargé de verres. Un autre le bouscula. Le plateau s'inclina, les verres glissèrent, trois en tombèrent. Dante plongea au sol pour ne pas les laisser se briser. En se relevant il avait commencé à jongler.

Un quatrième verre avait rejoint les premiers, puis un cinquième et jusqu'à huit sans qu'il ne s'arrête jamais de jongler. Un attroupement s'était formé. Les verres tournaient devant lui, s'envolaient au-dessus de sa tête et replongeaient vers ses mains. Ça semblait défier les lois de l'apesanteur.

Derrière sa roue de verres accrochant la lumière, il apercevait les patients et des infirmiers qui scandaient son exploit en claquant des mains.

Sans s'arrêter de les faire tourner, il reposa les verres sur une table, avec la main droite, si rapide que les autres peinaient à le suivre. On les entendait claquer ou rouler sur la table.

Lorsqu'il les eut tous reposés, il n'y avait pas un bruit dans le réfectoire. Et puis ils se remirent à l'applaudir, y compris les infirmiers, Matthieu «libellule» et Nordine, en désordre cette fois, et même Verdier, le déficient mental qui ne manifestait sa joie que lorsqu'il voyait des incendies à la télé.

«Libellule» vint le trouver avec les deux pouces levés en guise de félicitations: «Là t'es vraiment un chef, mon pote.»

L'épisode du jonglage le fit sortir de sa coquille. Il recommença à voir autre chose que de l'hostilité dans le regard des autres. Régulièrement on venait le chercher en en redemandant. Il se faisait rarement prier. Il en tirait certains avantages: une cigarette, un café, un magazine... Il s'intégrait.

5.

— Que diriez-vous de son transfert au 35 ?

— Ça me semble prématuré, dit-elle en regardant son chef de service. Je préférerais le garder encore au 37. Je voudrais m'assurer de sa stabilisation.

— Vous avez raison, je suis souvent trop optimiste. Mais c'est grâce à votre efficacité, fait-il avec un sourire en partie masqué par sa barbe. Au fait, j'ai appris hier que les infirmiers l'ont surnommé Gueule d'amour.

— C'est à cause de ça que Czertok lui était tombé dessus. Pas mal trouvé, non ?

— Roger m'a également dit qu'il se peigne avant chaque entretien avec vous. Vous avez remarqué ? Il est comment avec vous ? Timide ? Séducteur ?

— Vous parlez d'un soupirant ! Je n'ai jamais rien remarqué qui irait dans ce sens.

— Est-ce que j'ai l'air de plaisanter ? Il m'a dit qu'en face de vous, son comportement est beaucoup plus policé. Je suis sûr que vous lui faites de l'effet. Méfiez-vous, ça s'est vu des patients nourrissant une passion pour leur psy, fait-il en ponctuant sa phrase d'un léger rire.

Elle reste sans voix.

— Mais Roger ferait un excellent chaperon...

Elle lui concède un rire nerveux.

— C'est la semaine prochaine que vous partez ?

— Oui, pour dix jours, en Autriche.

— Vacances familiales ?

— Eh oui, fait-elle. Nous avons connu quelques heurts, mais vacances familiales quand même.

— La chirurgie esthétique ne fait pas bon ménage avec la psychiatrie de choc ?

— Vous avez le sens du raccourci.

— Bon, et à part ça, reprend-il sur un ton plus professionnel, que pensez-vous de l'évolution du service ?

Elle lève les yeux vers lui avant de répondre.

— Je pense que les choses évoluent bien. Le service de consultation à distance fonctionne. Les listes d'attente ont diminué d'un bon tiers... Ce qui serait plus préoccupant, à terme, c'est la raréfaction du personnel masculin. Avec le départ à la retraite de Henri, ça nous fait un infirmier de moins, remplacé par une...

— Dites-moi, la coupe-t-il, vous avez songé à prendre plus de responsabilités ?

Evariste Hélion est grand, gros et gras. Son invraisemblable prénom lui va bien. Son nez est fort, sa barbe fournie et peu taillée, ses cheveux longs et gris coiffés en arrière, ses doigts épais. Son annulaire gauche porte une alliance et une large bague en argent, autour de laquelle des mots galopent. L'annulaire droit aussi arbore un anneau, sorte de chevalière avec une pierre dure dans laquelle nage une tortue. A son poignet droit, un bracelet en poils d'éléphant tressés, avec un clip en or en guise de fermoir. Autour du cou, prisonnier d'une chaîne aux épais maillons, un scarabée d'or qui parfois se risque à l'extérieur de la chemise. Ses amulettes, comme il les appelle. Sous sa blouse blanche et ses vêtements, plus classiques que ses colifichets le laisseraient supposer, elle aurait parié gros sur la présence d'une théorie de tatouages recouvrant son buste, ses épaules et ses omoplates.

Sur son parking on se serait attendu à trouver une Harley modèle Fatboy, avec un réservoir gros comme un tanker et un guidon aussi large que des cornes de buffle. A la place, une vieille Volvo break, dans laquelle il a dû transporter sa femme et ses quatre enfants devenus grands.

Tout en lui est épais et clinquant. Sauf ses yeux, deux lasers à l'abri de lunettes cerclées de fer, à l'implacable éclat atténué par des pattes d'oie. Sa finesse de vue sous cette allure de biker surprend. Il éclate parfois d'un rire d'ogre, mais c'est avant tout un homme à l'écoute. Et l'autorité qu'on lui reconnaît repose plus sur sa capacité d'attention que sur sa corpulence. Hell's Angel ou docteur Moreau, non pas régnant sur ses créatures en son île, mais veillant en son asile au rétablissement de ses fous.

Cet aspect massif présente un avantage dont il joue: personne n'imagine la situation lui échappant. Pas de voie d'eau pour le navire, avec un tel capitaine. Pas de panique, pas d'hystérie collective. A défaut d'être un cogneur, Hélion sait encaisser comme personne. Psychiatre sac de frappe, sur lequel on peut taper. Psychiatre matelas, sur lequel on peut se laisser tomber. Avec le docteur Lohmann, au moins physiquement, ça fait un bon équilibre.

— Je ne parle pas dans l'immédiat, mais d'ici quelques années.

— Mais de quoi voulez-vous parler?

— D'un service comme celui-ci.

— Vous voulez dire que...

— Non, non.

— Mais je ne sais pas. De lourdes responsabilités, tout un travail administratif, de relations publiques... Le fait que vous me posiez la question me flatte. Mais je n'y ai jamais songé.

— C'est un tort.

— Et Mangin?

— Mangin? Je ne pense pas que cette autre partie du travail justement l'intéresse.

— Vous me mettez dans une situation délicate. Il a beaucoup plus d'ancienneté que moi... Il serait fou de rage. Déjà que nos relations ne sont pas au beau fixe...

— Mettez-vous une chose dans le crâne une bonne fois pour toutes: Mangin vous hait. Alors arrêtez votre angélisme. Il vous hait parce que vous êtes une femme et que vous marchez sur ses plates-bandes. C'est peut-être un des meilleurs psychiatres qu'il m'ait été donné de rencontrer, mais c'est un caractériel, misogyne, comme vous dites vous-même. Et à un poste comme celui que j'occupe, c'est impossible. En plus, il est bordélique. Oubliez Mangin.

Le grondement de la montagne s'est tu.

— Mais c'était dit entre nous, hein? fait-il plus calmement. Vous savez comment ça se passe. Je ne pourrai que proposer un nom. Ensuite...

— Mais vous ne songez pas déjà à partir?

— Moi non, bien qu'il m'arrive de plus en plus souvent de fatiguer. D'autres y pensent pour moi. Le temps passe. Et un jour le couperet de la retraite tombera. En tout cas, gardez ça dans un coin de votre tête. Et à l'occasion vous me direz. De toute façon, je ne m'attendais pas à une réponse immédiate. Pas votre genre...

«Mais je ne vous retiens pas plus longtemps, reprend-il après un silence. Vos filles doivent vous attendre...

— Mes filles sont encore à l'âge où elles attendent leur mère. J'en profite... Vous parliez de fatigue il y a un instant?

Hélion la regarde comme s'il jaugeait sa sollicitude, ses yeux plantés dans les siens jusqu'à la faire céder. Il se passe la main dans les cheveux du haut du front à l'arrière du crâne. Elle entend le vent que la fenêtre fermée n'étouffe pas.

— Vous êtes jeune. Vous avez la foi qui va avec. Je devrais pas vous dire ça. Au bout d'un certain temps on finit par éprouver une certaine lassitude. On ne réagit pas toujours comme avant au contact de ces maladies. Ça use, le spectacle de cette folie. Drôle d'horizon...

Elle fait mine de rire, pour atténuer la portée de ces confidences qu'il pourrait un jour lui reprocher d'avoir entendues.

— Mais vous avez le temps, ajoute-t-il. Il me reste bien trois ans avant de disparaître.

La nuit est tombée depuis un moment et il fait froid.

Suzanne s'assoit dans l'habitacle de sa voiture garée devant le bâtiment administratif. Le bureau d'Hélion est toujours allumé. C'est la première fois qu'elle a droit aux états d'âme du colosse. Le lendemain rien n'y paraîtra. Et pourtant, il n'y a pas mieux placé qu'elle pour comprendre. «*Trois ans avant de disparaître.*» Elle n'imagine pas le service sans lui, tout en sachant que c'est absurde.

Mais sur Mangin, il se trompe. Il n'aura pas le pouvoir de l'écarter de sa succession. Et Mangin fera tout pour l'obtenir.

Elle démarre et prend le chemin de la sortie. Les phares de sa voiture éclairent les allées du centre hospitalier à cette heure désertées par les malades déjà dans leurs chambres.

A la sortie de Paul-Guiraud, elle vire à gauche, dans l'avenue de la République en direction de la N7 qui la ramènera Porte d'Italie et au périphérique. La circulation est plus dense dans l'autre sens, celui des banlieusards regagnant leur domicile. Des guirlandes lumineuses font des portiques au-dessus de la voie. On aperçoit de rares ombres traverser aux feux en se pressant dans la lumière des phares. Ainsi va l'existence, les gens suivent leur chemin comme ils peuvent, à date fixe des municipalités tentent de conjurer l'hiver avec des décorations de Noël, et derrière les murs de l'UMD, ses malades tentent de se refaire pour retrouver ce quotidien auquel leur folie leur a permis d'échapper, pour trouver pire.

Dans quelques jours, son mari, leurs deux filles et elle s'envoleront pour Innsbruck où Gilbert, elle le voit d'ici, s'appliquera à la comédie du bonheur, avec notamment la photo de la famille souriante et hâlée, sous les couvertures du traîneau tracté par un cheval à clochettes les conduisant vers quelque vin chaud. Cette photo encadrée dans son bureau de la clinique témoignera de leur chance et de leurs jours heureux. Jalon du souvenir pour mémoire défaillante.

Elle n'est décidément pas douée pour le bonheur. Pour cela elle espère que ses filles ne tiennent pas d'elle.

*

Sur l'écran plasma du salon, Angélique et Emma voient leur mère apparaître, assise à une table en métal gris face à un homme, lui aussi assis, vêtu d'un pyjama bleu. Derrière cet homme, en arrière-plan, un autre, vêtu d'une blouse blanche. Leur mère aussi en porte une. Elle regarde celui que les filles supposent être son patient. Il a le haut du crâne dégarni, des favoris grisonnants masquant en partie, lorsqu'il se tourne vers la caméra et apparaît de face, ses oreilles poilues. Son nez ressemble à une patate, ses sourcils sont très fournis, et ses joues bleues. Son regard est insondable.

— Racontez-moi ce qui s'est passé samedi matin chez vous, lui demande leur mère dans le bureau aux murs nus.

Le son n'est pas très bon. Ça résonne. Elles reconnaissent à peine la voix de leur mère plus sérieuse qu'elles ne l'ont jamais vue.

— Samedi ? Il y a deux jours... Mais... Vous voulez parler de l'alien qui avait pris possession de ma maison... C'était lui ou moi, fait-il en se caressant le sommet du crâne. Heureusement, j'ai l'œil pour les détecter, vous savez.

— Quand vous êtes rentré chez vous, il vous a attaqué ?

— Eh bien, pas tout de suite.

Il s'exprime lentement, avec hésitation, marque des temps d'arrêt entre chaque réponse. Et pourtant très convaincu de ce qu'il avance. Leur mère l'écoute avec attention, approuve d'un hochement de tête.

Emma regarde sa grande sœur avec un air de dire «*est-ce qu'on ne devrait pas arrêter ?*». Angélique hausse les épaules et se concentre sur l'écran.

— Va dans ta chambre si tu veux, moi je reste.

La cadette ne bouge pas.

L'homme reprend :

— Au départ, il a tenté de m'annihiler par télépathie. C'est un de ces aliens de la catégorie des cérébraux, qui se déplacent sur roulements... normal, pour prendre l'apparence de ma femme avec son fauteuil roulant. Mais qui ont développé au maximum leurs pouvoirs télépathiques. Il m'a pas fallu trois secondes pour détecter sa présence. J'ai fait comme si de rien n'était... Vous savez, ça fait des années que je sens leur présence... Ils s'attaquent à ma voiture. Elle échappait à mon contrôle... Pour me tuer, vous comprenez ?

Leur mère hoche la tête.

— Et dans mon taxi, j'ai eu l'occasion d'en croiser certains. Je les observais dans mon rétro. A mon regard, ils comprenaient que je savais... Aucun a tenté de m'attaquer. Mais cette fois...

— Il vous a menacé ?

— Quand je suis passé derrière lui pour attraper l'extincteur, il m'a demandé de lui servir une orangeade... C'était pour détourner mon attention...

— Il vous a demandé cette orangeade avec la voix de votre femme ?

— C'était une voix de synthèse. Ma femme boit jamais d'orangeade.

— Et pour vous, cette envie d'orangeade a été le signal ?

— C'était pour me faire ouvrir le frigo. J'ai vraiment eu peur... Si j'avais obéi, je serais mort. J'ai vu ses tentacules commencer à frétiller.

— Ses tentacules ?

— Il les sort pour anéantir ses proies. Heureusement, j'ai eu le temps de lui défoncer le crâne avec l'extincteur.

De sa main droite, Emma serre la cuisse de sa sœur. Qui tressaille. A l'écran, leur mère a l'air imperturbable. Ça les rassure.

— Par derrière ? demande-t-elle.

— C'était ma seule chance.

— Bien sûr... Et ensuite vous lui avez coupé la tête. Il n'était donc pas mort ?

— Quoi ?! hurle Angélique horrifiée. Mais c'est atroce !!

— Chuut, fait Emma le pouce dans la bouche. Il va tout expliquer à maman.

La tête reposant sur ses deux mains, les yeux grands ouverts, la cadette regarde l'écran, fascinée. Angélique fronce les sourcils puis se retourne vers la télé, la moitié inférieure du visage enfouie dans un coussin.

— Je devais couper sa tête, pour la mettre dans le micro-ondes. Les ondes du four contre ses propres ondes, vous comprenez ?... Pour tuer définitivement un alien, il faut mettre sa tête au micro-ondes... Sinon, il profitera que vous soyez le dos tourné pour vous avoir... L'oubliez jamais, docteur, dit-il en la regardant fixement.

«*Je m'en souviendrai*», l'entendent-elles murmurer.

— Mais c'est immonde, gémit Angélique. Comment peut-elle parler avec des gens pareils ?

— Tais-toi.

— Et comment lui avez-vous coupé la tête ?

— Mais... avec un hachoir. Ma femme a toujours eu un hachoir dans sa cuisine. C'est rapport à son père qu'était charcutier et qui lui avait appris à s'en servir. Une fois qu'on sait, c'est pratique.

— Mais comment...

Leur mère a l'air gêné.

— Eh bien, quand j'y ai défoncé le crâne, il est tombé de son fauteuil. Au sol, c'était plus facile. J'avais un appui.

Dans le canapé, les deux filles sont pétrifiées. Elles voient leur mère fermer les yeux et se pincer l'arête du nez.

— Mais, votre belle-fille, quand elle est arrivée chez vous, et qu'elle a vu tout le... le désordre dans la cuisine, elle a cru voir votre femme... Elle a dit que c'était votre femme...

— Ma femme ? Mais non. J'y ai expliqué, à Françoise. Ce salopard avait pris l'apparence de Michèle, de ma femme je veux dire, mais c'est comme ça qu'y font toujours... Pour pas être repérés... C'est comme ça qu'y nous endorment. Mais j'ai bien regardé... Sa tête, c'était pas celle de Michèle. Dans le micro-ondes, y avait du néoprène fondu...

— Et votre femme ?

Il marque un temps d'hésitation, qui paraît aux filles plus long que les précédents.

— Ma femme ? répète-t-il, un voile de tristesse dans le regard. Ma femme... elle va s'en sortir. Oui, elle devrait s'en sortir. Je crois qu'elle est à l'hôpital. Elle va se remettre...

— Et vous, monsieur Peralta-Santos, comment vous sentez-vous, à présent ?

— Comment je me sens ?... Fatigué... J'ai l'impression d'être au bout de mon rouleau... Au bout de mon rouleau.

— Eh bien, nous sommes justement là pour prendre soin de vous.

L'infirmier se lève, de la main effleure l'épaule du patient, qui d'un pas traînant se dirige vers la porte.

Au moment où sur l'écran une neige grisâtre remplace la scène qu'elles viennent de visionner, Suzanne passe sa tête dans le salon. Angélique est en larmes blottie sur le canapé. Emma se jette sur elle.

— Maman, pourquoi M. Peralta-Santos il a coupé la tête de sa femme en disant que c'était un alien ?

Son regard tombe sur l'écran plasma recouvert de neige électronique, elle voit la VHS enclenchée dans le magnétoscope et blêmit. Un essai à vocation didactique, destiné aux étudiants en psychiatrie. Pas à ses filles de treize et six ans. Tout juste savaient-elles que leur mère s'occupe de malades mentaux dans un hôpital spécialisé. A présent les voilà fixées.

— On voulait savoir ce que tu fais à ton travail, avance la petite avant qu'elle ait eu le temps de dire quoi que ce soit.

Suzanne s'approche pour réconforter Angélique qui sanglote dans le canapé. Sa fille bondit en hurlant « Ne me touche pas ! ». Debout dans la pièce, elle regarde sa mère en la pointant du doigt comme s'il s'agissait d'une pestiférée, puis elle détale vers sa chambre. Suzanne bute sur sa porte fermée à clef.

— Angélique. Ouvre ! Ouvre-moi, chérie.

— Espèce de tarée ! entend-elle hurler derrière la porte. Je veux voir papa ! Laisse-moi tranquille !

Elle se laisse tomber dans le canapé. Elle voit Emma remettre la VHS parmi ses affaires dans le bureau puis revenir vers elle à pas mesurés.

— C'est parce qu'elle a eu peur en voyant que ton travail c'est de parler avec des gens comme ça, qu'elle s'est mise à pleurer et qu'elle est partie en colère. Elle a eu peur pour toi, alors qu'on voit bien qu'il y avait un infirmier avec toi. Moi, je trouve ça très intéressant que tu aides des gens malades comme ça.

Hagarde, Suzanne regarde sa fille sans la comprendre, puis finit par lui tendre la main. La petite s'assied à côté d'elle et prend ses doigts dans les siens. Suzanne est sans réaction.

— Maman ? Cet homme, il croyait que sa femme était un martien ? Ou il t'a dit ça parce qu'il l'aimait plus et qu'il fallait qu'il trouve une excuse pour pas aller en prison ?

Suzanne émet un ricanement désespéré. Elle a très envie d'une vodka. Elle se retient.

Semblable à son père, Angélique a eu une réaction de rejet, tandis qu'Emma paraît fascinée par ces histoires. De ses deux filles, seule la cadette semble attirée comme elle par le mystère de l'individu. Elle en frissonne. A son âge, la petite n'est pas la confidente idéale.

— Maman ? Tu réponds à ma question ?

— Quoi ? Mais non chérie, on ne tue pas sa femme parce qu'on ne l'aime plus.

— C'est pas vrai ! Philippe Nivois il a tué sa femme parce qu'elle le trompait ! Vous en parliez l'autre jour avec papa. Je vous ai entendus dans la voiture.

Suzanne soupire.

— Tu ne dormais pas, petite indiscrète. Alors maintenant, il va falloir qu'on fasse attention à tout ce qu'on dit, papa et moi. Mais ce n'est pas le cas de ce monsieur, chérie. Il ne mentait pas. Celui-là, il est vraiment malade.

— Et comment ça se voit quand quelqu'un est malade ?

Un instant elle se demande ce que sa fille est en mesure d'entendre. Elle aurait dû l'envoyer dans sa chambre. La conversation a dérapé. Elle hésite :

— Eh bien, il a un comportement bizarre. Il dit des choses bizarres. Tu vois, par exemple, quelqu'un de normal n'aurait pas inventé cette histoire et tranché la tête de sa femme avec un hach... Oh, mais qu'est-ce que je raconte moi ! dit-elle en réalisant ce qu'elle est en train d'expliquer à sa fille.

— Et ça peut pas être dangereux pour toi ?

— Non, tu as vu, il y a des infirmiers. Et puis on leur donne des médicaments pour les calmer.

— Et ça veut dire quoi, tromper quelqu'un ?

Suzanne regarde sa fille à bout de force.

— Chérie, on parlera de ça une autre fois, d'accord ? dit-elle alors que la porte d'entrée se fait entendre et qu'Angélique se précipite pour accueillir son père en pleurant.

Quelques instants plus tard, Gilbert pénètre dans le salon en traitant sa femme d'irresponsable. Elle voudrait laisser passer l'orage mais cette fois c'est sérieux. Il s'agit de l'éducation de SES FILLES, martèle-t-il avec tout le contrôle de soi d'un habitué des conseils d'administration. Lui dont les mains armées du scalpel ne doivent jamais trembler, il frémit. Pour un peu elle le plaindrait, si sérieux, si concerné. Elle pense à certains de ces hommes politiques lisses, éternels jeunes hommes imperméables aux avanies. Derrière son père, Angélique a l'air de la narguer.

En l'absence de ses filles elle se servirait un verre.

Mais si elle ne trouve pas tout de suite un argument, la sérénité de leurs vacances autrichiennes risque d'être compromise.

Gilbert s'emballe sur la nécessité de préserver les FILLES de ces horreurs, de cet intérêt malsain pour la folie dans lequel elle se complaît. Elle détourne la tête. Un livre ouvert à la main, Emma s'approche de son père, le tire par la manche et, lui désignant une double page où figurent différentes photos d'anatomies ouvertes et sanguinolentes lors d'opérations chirurgicales, lui demande de quoi il s'agit, arrachant à sa mère un sourire de reconnaissance. A eux quatre, ils figurent un modèle de la famille idéale.

6.

— Je suppose que vous savez pourquoi nous nous rencontrons aujourd'hui ?

Le docteur Roche a une cinquantaine d'années, un physique assez sec, des lèvres fines, des lunettes de métal, les cheveux tirés en arrière, l'allure d'une vieille fille sévère, pour Dante habitué au docteur Lohmann. Il sourit, comme s'il considérait que la question n'appelait pas d'autre réponse. Comme si elle le prenait pour un con. Elle note quelque chose dans son cahier. Il se retourne vers Julien avec un air interrogateur. Celui-ci lui fait un signe de tête rassurant.

Il ne présente pas le même aspect qu'à son arrivée. Plus rondouillard. Plus serein aussi. Ses yeux noirs sont cernés de graisse, son visage n'est plus cet assemblage d'angles et d'arêtes inquiétant.

— Parlez-moi de votre séjour à l'UMD.

Un sourire un peu forcé, agacé presque, pour détendre l'atmosphère et l'encourager à parler.

— Mon séjour ici ? C'est long à raconter... Je vais mieux.

— Vous allez mieux comment ?

— Je suis plus calme. Je n'entends plus ces ordres.

— On y reviendra tout à l'heure.

Il relâche ses épaules, esquisse quelques gestes en parlant. La femme en face de lui n'est plus une salope qui veut l'enfoncer. Elle veut savoir un tas de choses sur sa vie, son passé, son enfance en Bretagne, ses ennuis avec la justice et les raisons qui l'ont poussé à commettre ces délits, ainsi que sur son état général, sa maladie et la perception qu'il en a.

Par moments, il regarde Julien, après l'une de ses réponses. Mais l'infirmier se montre distant, comme s'il voulait éviter de donner à la psychiatre une impression de connivence. Elle lui pose une batterie de questions sur le déroulement de la thérapie, ses progrès, ses relations avec les autres.

Il évoque l'épisode du jonglage. Pour la première fois elle sourit d'un sourire franc dévoilant ses canines.

— Mais c'est extraordinaire, ce don, dit-elle en s'animant. Où l'avez-vous développé ?

Il sourit fièrement en rougissant.

— Dans un cirque ?

— En Bretagne. Une fois, un cirque est passé. Il y avait un clown. Il m'a appris. Ensuite, quand j'suis parti sur les routes, je jonglais pour me faire un peu d'argent.

— Vous aviez quel âge ? demande-t-elle en notant quelque chose.

Il hausse les épaules.

— Et pourquoi vous êtes parti sur les routes ?

— Pour pas rester chez moi.

— Et vous ne vous êtes installé nulle part ?

— Quand je restais quelque part, au bout d'un moment je me sentais pas bien. Alors je bougeais.

— Vous bougiez où ?

— Un peu partout.

— En France ?

— Surtout. Quelques fois ailleurs. Mais c'est plus compliqué. Avec les frontières à passer, et la langue aussi.

— Vous étiez seul ?

— Des fois oui. Des fois non. Plus souvent seul.

A un moment, elle rit carrément, quand il lui parle des groupes de parole avec le psychologue, et des interventions saugrenues que certains faisaient parfois. Elle veut ensuite s'assurer qu'il en a bien compris l'intérêt.

— Ces groupes sont faits pour nous apprendre à vivre ensemble, et pour nous montrer que c'est plus facile de discuter. Enfin, qu'on peut résoudre nos problèmes et nos conflits par la discussion... Ils appellent ça la socialisation.

A nouveau son stylo gratte le cahier.

— Un jour, vous avez été agressé dans les douches par un patient qui vous a passé à tabac. Et vous ne vous êtes pas défendu. Pourquoi ? fait-elle en relevant la tête.

— Mais...

Il cherche ses mots. Il a l'air décontenancé.

— Qu'est-ce que vous avez ressenti ?

— J'avais peur. Et j'avais mal. Il m'a surpris vous savez. J'aurais même pas pu me défendre. J'étais déjà à terre.

— Vous n'avez pas eu envie de vous venger ?

— Mais... non... Il a été puni. On l'a mis à l'isolement. Vous me demandez ça à cause de ce que j'ai pu faire, autrefois... C'est plus moi... Mais je le connaissais même pas. Je pense qu'il allait pas bien.

— Bien, dit-elle d'un air satisfait en notant quelque chose. Et maintenant, Dante, lui dit-elle en captant son regard, parlez-moi du Serpent.

Sur sa chaise il a un mouvement de recul. Ses yeux expriment l'effroi. Ses mains enserrent ses cuisses.

— Le Serpent est un souvenir lointain, finit-il par dire en mesurant ses mots. Un mauvais souvenir. Vous voulez vraiment que j'en parle ?

— Comprenez-moi. Il faut être capable d'évoquer ces choses-là. Ce n'est pas bon de les enfouir au fond de soi. Elles peuvent ressurgir.

Avec réticence il s'exécute :

— C'était une des manifestations de ma maladie... une production de mon cerveau, quand il était malade. Mais je suis sur la bonne voie à présent. Ça fait très longtemps que j'y ai plus pensé... J'espère en être débarrassé pour de bon... Mais c'est difficile d'être sûr... Vous croyez pas ?

Elle émet un sourire rapide. Puis note quelque chose.

— Ce qui nous inquiète plus particulièrement, ce sont ces projets extrêmement violents dont vous avez fait part d'abord au docteur Lohmann, puis à d'autres personnes dans le service.

– Mais... c'étaient justement des ordres qui venaient du Serpent. Moi je voulais pas... Mais maintenant que le Serpent s'est tu, maintenant qu'on a réussi à l'éloigner, y a plus de risque.

– Vous êtes passé à l'acte, pourtant. Juste avant d'être arrêté.

– Mais c'était avant... Et j'ai pas pu. J'ai pas pu lui faire du mal. J'suis parti avant... Vous avez dû le voir. J'ai pas pu. Heureusement... Maintenant, le Serpent, c'est comme s'il était mort...

Il se demande ce qu'elle peut bien noter comme ça.

– J'ai bien répondu docteur? Dites...

– Ne vous en faites pas. Il est normal que vous soyez anxieux. Et vous seriez content de quitter l'UMD?

– Content? Oui... J'ai peur à l'idée de retourner en prison. Mais je dois finir mon temps... C'est vrai que je préférerais finir ma peine à Colin, jusqu'à ma sortie définitive du système... Mais c'est pas possible... N'est-ce pas docteur?

Julien se lève. Dante regarde l'infirmier avec un air inquiet. Celui-ci lui fait un signe pour le rassurer. Le docteur contourne son bureau et lui tend la main. Il la serre. Il espère avoir été à la hauteur. Elle le pousse vers la sortie.

*

Portée à ébullition, l'eau semble vouloir s'échapper de la bouilloire électrique qui gronde et tremble comme une cocotte minute. Hélion la soulève de son socle-résistance et verse le liquide frémissant dans trois tasses américaines, en le laissant échapper de plus ou moins haut à la manière des seigneurs du désert. Suzanne se saisit de celle des Lakers, Mangin de celle des Chicago Bulls et le maître des lieux fait disparaître celle du NYPD[1] entre ses mains insensibles à la chaleur.

1. New York Police Department.

Le docteur Lohmann essore son sachet de thé en l'enserrant sur la cuillère avec son fil. Quelques larmes du liquide noirâtre tombent dans la tasse.

— Aucun regret?

Elle lève les yeux sur son patron dont elle a détaillé un instant plus tôt pour la millième fois le bureau, pièce austère au mobilier métallique peint en gris. Un calendrier et quelques pense-bête épinglés au mur, des ouvrages sur la psychiatrie et la criminologie rangés sur les étagères, des dossiers empilés sur deux tables. Un ensemble froid ne reflétant en rien la personnalité de l'occupant des lieux.

— Aucun. Ça fait plus d'un an qu'il est derrière nos murs. Il fait partie des plus anciens, et nous sommes arrivés au bout de ce que nous pouvons faire pour lui.

Le docteur Roche était convaincue de son mieux-être, de son adaptation à la vie en communauté, d'une certaine forme d'intelligence également. Mais elle était gênée par ce qu'elle considérait comme des tentatives de manipulation par l'humour: après qu'il eut réussi à la faire sourire, elle avait décelé dans son regard une satisfaction déplaisante, comme s'il jouissait du pouvoir que par ce sourire il pensait avoir acquis sur elle.

Pour le docteur Lohmann, il s'agissait d'une simple manifestation de joie face à ce que ce sourire pouvait avoir d'encourageant. Elle s'était employée plus que de coutume à imposer son point de vue. Son principal argument consistant en ce qu'il n'avait jamais démontré sa capacité à une telle barbarie, ses actes de violence véritable ayant surtout été dirigés contre lui-même, avec ses automutilations.

Le vrai point critique demeurait la question diagnostique. Etait-il un psychopathe, comme l'avait affirmé Liénart deux ans plus tôt, devenu prédateur sexuel sadique après avoir été victimisé dans l'enfance, parfois sujet à des moments de défaillance psychotique pouvant faire penser à la schizophrénie? Ou un schizophrène à l'heure actuelle sous une forme pseudo psychopathique avec des obsessions de meurtre relevant de la crudité psychotique?

Elle avait opté pour la schizophrénie, s'appuyant sur les hallucinations qu'elle ne considérait pas comme «organisation défensive» de psychopathe, comme cela arrivait parfois.

Sa réputation, ses relations avec les différents membres de la CSM[1] et l'appui du docteur Hélion avaient fait pencher la balance de son côté.

— Votre point de vue, Philippe ? demande Hélion en se tournant vers Mangin.

Suzanne préfère ne pas le regarder. Pendant le débat avec la CSM, il n'est pas intervenu. Mais chaque fois qu'elle prenait la parole, elle sentait son regard hostile braqué sur elle.

— Cette histoire de psychopathie est ennuyeuse, finit-il par répondre.

— On a tout le temps des psychopathes parmi nos patients. Ce n'est pas pour ça qu'on les garde éternellement, réplique-t-elle agacée.

— Ne vous emportez pas, dit-il en souriant. Comme je l'ai dit tout à l'heure, j'ai à peine suivi ce dossier. Mais d'après ce que j'ai pu en voir, ces projets exposés si froidement ne collent pas avec des injonctions hallucinatoires.

— L'UMD ne peut plus rien pour lui. Et en ce qui concerne mon diagnostic, je ne pense pas m'être trompée. Mais encore une fois, l'année qu'il lui reste à Fresnes va permettre de s'en assurer.

— C'est pour ça qu'on vous a accordé le bénéfice du doute. Parce qu'on n'aimerait pas lâcher dans la nature un putain de monstre prêt à jouer de la lame sous les injonctions d'un serpent. Qu'est-ce que vous en dites, docteur ?

Elle frémit sous le sourire et le regard soudain presque reptilien de Mangin.

— Et quand bien même vous vous seriez trompée, reprend-il sans faire attention à Hélion qui s'est raidi, ce ne serait pas la première erreur diagnostique de notre métier... Et s'il finissait par passer à l'acte une fois dehors, fait-il avec un mouvement des yeux vers la fenêtre, ce pourrait être aussi bien le fait d'un psychopathe s'identifiant enfin à l'agresseur de son enfance, que d'un schizophrène sujet à des hallucinations... Encore une fois, cela étant dit pour vous rassurer, ou pour dépassionner le débat...

1. Commission du suivi médical.

« Mais, reprend-il en profitant du silence que sa remarque a provoqué, s'il devait passer à l'acte et mettre en pratique ses idées, je n'aimerais pas être à notre place. Ça créerait quelques remous dans le landernau de la psychiatrie. Et même au-delà. Qu'est-ce que vous en pensez?

— N'envisageons pas le pire, fait Hélion. Et le putain de monstre n'en est pas forcément un, Philippe.

Mangin émet un sourire narquois. Ce qu'il voulait, c'était la secouer un peu. Suzanne quant à elle voit très bien ce qu'il sous-entend. Et lorsqu'il dit « à notre place », cela signifie « à votre place », la sienne en particulier. Dès son arrivée, il avait vu d'un œil méprisant cette petite bourgeoise venue se frotter aux indomptables. Ayant dû s'incliner devant son professionnalisme, il s'emploie aux coups bas.

Il reste un mois avant le départ de Dante. Ultime période pour lui permettre de revoir son diagnostic. Elle préfère ne pas y songer.

DEUXIÈME PARTIE

7.

Il ne s'est pas rendu à son travail. En quatre mois, depuis qu'il est sorti de Fresnes, c'est la première fois. Il saura bien trouver une excuse. Sa décision lui donne toutes les audaces. Il s'est rasé de près. Il s'est fait beau pour l'occasion. Il a trouvé son adresse dans l'annuaire en cherchant au nom de son mari, Gilbert Moss. A l'UMD, il avait entendu des infirmiers parler de sa clinique. En se rappelant le nom de l'établissement, il avait retrouvé celui du mari, en allant voir sur la plaque.

Le quartier dans lequel elle vit n'a rien à voir avec celui où se trouve sa chambre. Ici, il doit avoir l'air d'un clochard. Sur ces trottoirs larges comme des avenues. Et pourtant, il ne lui a fallu qu'une demi-heure à pied.

Un immeuble cossu donnant sur un parc bien tenu avec des belles grilles. Il y a fait un tour. Il était en avance. C'était plein de nounous, de poussettes et d'enfants en bas âge.

Maintenant, il l'attend sur un banc. Elle quitte l'UMD vers 19 heures. Il connaît sa voiture. Si elle n'en a pas changé, il la verra venir de loin.

Heureusement qu'il s'est habillé de propre. Les gens le remarquent à peine, assis sur ce banc avec son petit paquet cadeau posé sur les genoux. Les femmes, avec leurs bras, leurs jambes et leurs corsages déjà dénudés sont comme autant d'Eve tentatrices qui ne le voient pas. Il a l'habitude.

On lui avait dit, avant sa sortie de prison, qu'il lui faudrait éviter la solitude. Plus facile à dire qu'à faire, sans aucune connaissance, et juste assez d'argent pour payer cette chambre et survivre après.

Il en vient parfois à regretter son séjour à l'UMD, avec sa vie bien réglée, le travail en atelier, les relations avec les autres, avec les infirmiers et les infirmières. Et le docteur Lohmann. Sur une feuille de papier que de la main gauche il tient aplatie à côté de lui sur le banc, au Bic il dessine une coupelle autour du pied de laquelle s'enroulent les deux serpents symboles de la médecine. Et dessous, d'une main maladroite il écrit «Docteur Lohmann». Mais la seule chose qui le rattache à elle, ce sont les cachets qu'elle lui a prescrits et qu'il avale encore tous les jours. Cette chimie qui se répand dans son organisme et agit sur son cerveau n'est pas la marque d'amour à laquelle il aurait rêvé en provenance du docteur. Surtout, elle lui rappelle l'état de faiblesse dans lequel elle l'avait trouvé.

Depuis, il a passé un an en cellule à Fresnes, et quatre mois dehors. Mais il a toujours gardé le porte stylos en simili cuir rouge avec «Dr Lohmann» gravé dessus.

Il a vu deux filles rentrer dans l'immeuble. Ses filles, il en est sûr. A l'UMD un jour il l'a entendue en parler avec un infirmier. L'une est encore une enfant, mais l'autre commence à ressembler à une femme. Avec les jambes, le regard et l'assurance. Elles ne l'ont pas vu. Mais elle, elle va le voir. Et elle va pouvoir constater à quel point il a changé.

Le cabriolet BMW agit sur lui comme une décharge électrique. Un instant il en a le souffle coupé. Elle s'est garée juste à côté de son banc. Il se lève comme un ressort. La portière s'ouvre. Il reconnaît d'abord la chevelure auburn. Il se précipite. En le voyant se jeter sur elle, le docteur sursaute et lève un bras dans un réflexe de défense. Une seconde il lit dans ses yeux la peur.

— Docteur! C'est Dante. Vous me reconnaissez?

Elle se reprend.

— Dante? Vous m'avez fait peur. Mais que faites-vous ici?

La question lui fait l'effet d'une gifle.

— Je... J'suis venu vous apporter ça, dit-il en lui tendant son paquet cadeau... Mais j'voulais pas vous faire peur.

— Mais non, je sais bien. Qu'est-ce que c'est?

— Un cadeau que j'voulais vous faire à l'UMD avant de partir.

Elle tient le paquet de la main gauche. Elle a l'air perturbé. Elle n'a pas changé. Plus belle encore que dans son souvenir. Mais sans sa blouse blanche elle l'intimide. Sur ce trottoir il n'est pas à sa place. Sa question le lui a fait comprendre. Ce quartier tout entier le rejette. Des passants se retournent sur le couple qu'ils forment. Il se tient à plus d'un mètre d'elle. Il lui laisse son périmètre de sécurité.

— Vous l'ouvrez pas?

— Si, si, dit-elle en le déballant. Qu'est-ce que c'est?

— Un porte stylos. J'voulais vous remercier.

— Mais de quoi? demande-t-elle en fronçant les sourcils.

Il devine qu'il a fait une bêtise.

— De m'avoir soigné, ose-t-il d'une voix étranglée. Excusez-moi, j'vous ai fait peur.

— Mais non. Vous m'avez surprise, c'est tout. Je n'ai pas l'habitude. C'est gentil en tout cas... C'est joli. Ce rouge. Ça me fera un souvenir. Je vais le mettre sur mon bureau dès demain. Comme ça, je penserai à vous... Excusez-moi. Je dois y aller. Au revoir Dante... Tout va bien? lui demande-t-elle en se retournant alors qu'elle a déjà fait quelques mètres.

Il ne lui répond pas. Elle a l'air affairé. Pas de temps à perdre. Pas comme à l'UMD. Il n'est plus un de ses patients. Il ne l'intéresse plus. Elle est à la porte cochère de son immeuble, qu'elle ouvre. Et derrière laquelle il la voit disparaître.

*

Il a fait le chemin de chez le docteur à chez lui en courant. Pour un peu, il se serait perdu. Retrouver sa chambre minable l'a soulagé. Avec ses murs sales et son lavabo au robinet qui fuit. Il a beau le serrer de toutes ses forces, même enveloppé d'une serviette éponge pour avoir une meilleure prise, rien à faire. L'eau suinte toujours et parfois le réveille la nuit. En rentrant, il l'a ouvert en grand pour s'asperger le visage. Il étouffait. Il avait besoin de se rafraîchir. De se calmer. La rencontre tant attendue a tourné court. Elle ne lui a rien demandé sur lui. Ni ce qu'il devient, ni ce qu'il fait, ni où il habite. Comme si elle n'en avait rien à faire de lui. Comme si elle l'avait oublié. S'il ne s'était pas présenté elle ne l'aurait pas reconnu.

Il promène son regard sur ces neuf mètres carrés et pense à la chance qu'il a eue, à entendre le responsable du Service socio éducatif de Fresnes. La seule véritable différence avec sa cellule, c'est l'absence de cuvette, les toilettes ici étant dans le couloir. L'autre différence, c'est qu'il peut sortir quand il veut.

Le colonel à la retraite lui a trouvé un boulot. Sur des chantiers. Un travail de forçat, douze heures par jour pour vingt-cinq euros en cash tous les soirs, dont quinze partent pour la chambre. Il lui en reste dix par jour pour vivre. En comptant les samedis et les dimanches, ça fait moins.

En quatre mois, il n'a pas eu une seule conversation, à part pour aller chercher ses médicaments auprès du psychiatre au Service médico psychologique une fois par mois, et dans les magasins, pour acheter du savon, des conserves ou du pain.

Il aurait dû s'engager dans la Marine, pense-t-il en regardant le sac réglementaire autrefois blanc, dans lequel il trimballe son matériel de jonglage. En Bretagne c'est fréquent, de monter à bord des bateaux de la Royale. Ça l'aurait pas empêché de jongler. Et il aurait pu rentrer chez sa mère et chez le vieux et leur montrer. Et à l'autre salaud aussi, le beau-père, et à ses deux chiens de fils, pires que des rottweilers.

Il n'a plus besoin d'être pris en charge, ni aidé, ni quoi que ce soit. Si ça se trouve, le vieux se sert aussi sur son dos.

Il est fort, à présent. Et il n'a plus besoin de ces foutus cachets qu'on lui donne pour soi-disant l'aider. En fait pour lui maintenir la tête sous l'eau. Des drogues qui l'abrutissent et l'empêchent d'être lui-même. Un joug de plus après ceux endurés depuis l'enfance. Une sorte de chaîne. Comme si on le tenait en laisse. Et lui qui docilement les avale trois fois par jour. Même le docteur Lohmann n'a pas eu l'air content de voir qu'il va mieux. C'est pour ça qu'elle n'a pas manifesté plus de joie.

Il a pris sa décision. Il veut tirer un trait sur son passé.

Alors il prend toutes ses boîtes de médicaments, les ouvre et, avec le pouce, extrait un à un les cachets de leurs emballages de plastique et d'alu. Lorsqu'il a achevé sa besogne, il met tous les cachets et les comprimés en vrac dans un verre, enjambe le matelas posé à même le sol, pour ne pas avoir de mauvaise surprise, le sommier servant à barricader la porte pendant la nuit, puis il sort et va au fond du couloir où il vide le contenu de son verre dans les chiottes à la turque, avant d'accomplir son premier geste d'homme libre depuis des années, prémice d'un nouveau Dante: tirer la chasse.

8.

Mardi 1er juillet 2003. Cela fait plusieurs jours qu'en classe la sonnerie a retenti pour la dernière fois. Longboard sous le bras, Anselme Blankaert et Donald Descours remontent l'avenue du Président Wilson à pied, de retour de l'esplanade du Musée d'art moderne. Place d'Iéna, laissant le musée Guimet à leur droite, ils obliquent vers les jardins du Trocadéro, juste sous la cinémathèque. Dans la descente, ils remontent sur leurs longboards. Mains dans les poches, cigarette aux lèvres, deux silhouettes raides glissant le long de l'avenue au son du roulement de leurs planches sur l'asphalte. A leur gauche, la tour Eiffel lumineuse dans le crépuscule. Devant eux, la masse sombre des jardins où quelques réverbères jouent difficilement leur rôle.

— Hé, fait Donald qui suit son copain, t'es sûr de vouloir passer par là ? C'est plein de pédés qui tapinent.

— Les pédés c'est de l'autre côté. En passant là, on arrive pile devant les fontaines, avec plein de touristes, si tu vois ce que je veux dire.

Donald émet un ricanement et suit son copain dans le jardin. Arrivé à une placette avec un kiosque et des jeux pour enfants, il voit Anselme descendre de sa planche et se piquer contre une palissade.

— Qu'est-ce tu fous ?

— Ça se voit pas ? Vidange !... Hé dis donc, regarde un peu, dit-il en désignant du menton quelque chose de l'autre côté du grillage, les mains toujours occupées.

Au-delà de la clôture, Donald ne voit qu'une volée de marches descendant vers l'entrée et le guichet de l'aquarium du Trocadéro, désaffecté depuis plus de vingt ans et signalé par une enseigne aux lettres de métal, noires et hautes, à la forme caractéristique des années trente.

— Qu'est-ce qu'y a à voir?

— T'occupe!

Anselme a escaladé le grillage et dévale les marches. Donald regarde à droite et à gauche pour s'assurer que personne n'arrive. D'un côté comme de l'autre, l'obscurité à peine trouée par un réverbère, et l'impression d'être en dehors de la ville. Le bruit sec d'un ballon frappant le sol en contrebas attire son attention. La silhouette d'Anselme est en train de le faire rebondir du plat de la main comme un basketteur nyctalope.

— Hé! Qu'est-ce tu fous? crie-t-il en direction d'Anselme. Hé, tu m'entends?

— J'ai l'impression que la grille a été forcée. On peut entrer dans le bordel. Cache les planches derrière des buissons. On va aller voir ce qu'y a là-dedans... Alors, ça vient?

La nuit finit de tomber et Donald entend son copain plus qu'il ne le distingue.

— Mais on va rien voir, dit-il en le rejoignant.

— T'en as un aussi? répond Anselme en sortant son briquet.

— Et les touristes?

— Elles attendront, dit-il en passant la grille.

Sous leurs pieds, des débris de verre et des gravats raclent le sol et leur semblent faire un vacarme de tous les diables.

— Mais si la grille a été forcée, peut-être que quelqu'un habite ici.

— Ferme-la.

Anselme allume son briquet.

Au bout de son bras, la flamme anime un décor d'anciens aquariums encastrés dans des murs. Ils sont dans un couloir large de peut-être trois mètres, et obliquant au fond sur la gauche. De part et d'autre, des bacs de plusieurs mètres cubes aux parois de verre pour la plupart désagrégées. Certaines encore debout portent les marques d'impacts étoilés. Toiles d'araignées de silicium forgées à coups de masse. Le grand aquarium de l'entre-deux-guerres offre un spectacle de désolation. On s'est battu dans ce sous-sol autrefois habité par des requins, des mérous, des murènes, des raies manta et des tortues de mer. Une faune moins paisible a succédé à ces hôtes silencieux. Ces autres occupants se sont approprié les lieux à leur façon, fracassant les parois de verre, bombant les parois de graffitis, pissant sur les murs, dégueulant dans les coins et s'endormant à même les éclats épais de plusieurs centimètres. Il a dû se passer des choses moches en ce lieu. Entre poivrots, entre paumés. La lueur jaune de la flamme vacillante sort ces fantômes de leur long sommeil. Les enfants accompagnés de leurs parents, les poissons en captivité, les squatteurs.

A la nuit tombée, du temps des poissons, les lieux ne devaient pas être plus bruyants, mais cadre d'une vie artificiellement maintenue et apaisante. Et le mutisme des pensionnaires beaucoup moins oppressant que le silence de ces ruines.

L'atmosphère a entamé l'esprit aventureux d'Anselme. Il s'apprête à rebrousser chemin lorsqu'au travers d'un des bacs aux verres intacts, il aperçoit une lueur. D'abord il la prend pour le reflet de son briquet. Il le ferme et demande à Donald d'en faire autant. Une flamme autre que les leurs éclaire une partie de ce désert.

Donald entend son cœur battre dans sa poitrine. La curiosité d'Anselme reprend le dessus. Il poursuit sa progression. Sans briquet, à tâtons, évitant les gravats, le plus silencieusement possible, guidé par cette lueur comme un mage par l'étoile.

Donald s'est figé, prêt à décaniller comme un ressort vers la sortie. Au bout d'un moment, il voit l'ombre d'Anselme vaciller sur un mur.

— Anselme?

Il a peur de sa propre voix. Il prend sur lui pour le rejoindre. Lorsqu'il pose sa main sur son épaule, ce qu'il voit n'a rien de commun avec ce que son imagination a pu créer de pire.

D'abord il ne distingue pas le spectacle qu'éclaire cette grosse bougie. Puis ça s'imprime. Il se demande si ses jambes vont le porter longtemps.

Lorsqu'il file comme un fou, se cognant dans le dédale de l'aquarium, cherchant désespérément la sortie, il est seul. Son copain est resté sur place, statufié comme s'il avait croisé le regard de la Méduse.

*

Une vingtaine de personnes se presse dans l'aquarium désaffecté, à présent sous les feux d'une batterie de projecteurs. Des câbles d'alimentation électrique courent sur le sol du haut des marches extérieures jusqu'à la pièce éclairée. En dépit de l'affluence, le silence règne, entrecoupé par le déclenchement du flash d'un appareil, le raclement de pas sur le sol, et de rares et brefs échanges à voix basse.

Tout s'est passé relativement vite. La sortie enfin trouvée, Donald était parti en courant vers les fontaines à cette heure encore cernées par les touristes, où il s'était jeté sur une patrouille d'îlotiers. Quelques minutes plus tard, ces derniers trouvèrent Anselme comme l'avait laissé Donald. Deux d'entre eux vomirent avant de sortir en courant, bientôt suivis par les deux autres soutenant le garçon en état de choc.

Dix minutes plus tard, trois voitures de patrouille étaient dépêchées à l'aquarium pour établir un périmètre de sécurité et maintenir les lieux en l'état.

Entre-temps, la Division de Police judiciaire du XVIe arrondissement était avisée, et envoyait un capitaine et un inspecteur qui sur place firent appel à l'identité judiciaire.

A cette assemblée, s'est joint le substitut du procureur de permanence, venu du Palais de justice pour constater le décès et faire embarquer le cadavre à l'Institut médico-légal.

Le préfet a également été prévenu, ainsi que la Brigade criminelle au quai des Orfèvres à qui incomberait la responsabilité de l'enquête.

De son vivant, Pamela, comme les flics la surnommeraient plus tard, à cause du barbelé tatoué sur le bras gauche du cadavre, comme sur celui de Pamela Anderson, n'avait certainement jamais suscité autant d'attention.

Les deux gosses auteurs de cette découverte ont été envoyés à l'hôpital le plus proche. Ils seront entendus quand leur état le permettrait, ce qui, pour Anselme, n'était pas évident.

A part le photographe de l'identité judiciaire qui semble effectuer une danse ésotérique ponctuée par les éclairs de son flash, personne ne traîne à l'intérieur. Dès que chacun a terminé ce qu'il avait à faire, il court respirer l'air du soir d'été dans les jardins.

Blanchard, capitaine à la DPJ du XVIe et Melchior, commandant à la Criminelle, sont devant le guichet en bas de la volée de marches. Plus haut, derrière le grillage, un attroupement de curieux attirés par les gyrophares et le parfum du malheur.

— Même en interne, il va falloir mettre sur pied une cellule de soutien psychologique.

— Mouais. Si celui qui a fait ça voulait impressionner son monde, c'est réussi.

— On n'a pas souvent l'occasion de tomber sur ce type de... chose, dans l'arrondissement.

— Chez nous non plus, rassurez-vous, fait le flic de la Criminelle.

— Les gars de l'identité judiciaire disent que ça n'a pas été fait sur place. Pas de trace de sang. En tout cas, pas en quantité suffisante. D'après eux, ça peut dater d'une dizaine de jours. Mais il faut attendre la confirmation du légiste. Regardez-moi tous ces cons, dit-il en désignant les badauds. Ils ne mesurent pas leur chance de n'avoir rien vu.

— Cette affaire va faire les choux gras de la presse. Je vois les services faits divers vibrionner comme des ruches. Certains doivent déjà être au courant. On n'en a encore vu aucun sur place ?

— Pas encore non... Le substitut du proc vient de partir. Pour constater le décès... C'était pas la peine...

— Qu'est-ce qu'il a raconté, le gosse ?

— Son copain, celui qui n'a pas supporté, avait escaladé le grillage pour aller attraper un ballon qu'il avait repéré. Là, juste à nos pieds. C'est là qu'il a vu que la grille avait été forcée.

— Il est où, ce ballon ?

— On l'a mis de côté. Vous pensez que...

— On sait jamais. Ce qui me ferait penser que le ballon n'était pas là par hasard, c'est le cierge pascal. Ce genre de truc, ça brûle pendant des semaines, ce dont en l'occurrence je verrais pas l'intérêt. A moins de vouloir attirer l'attention. Parce que le ballon, la grille forcée et le cierge, ça fait un peu parcours fléché.

— Et vous croyez que le gars aurait laissé ses empreintes sur le ballon ?

— Non. Mais en vérifiant on en aura la certitude. Ils ont vu autre chose, les gars de l'Identité ?

— Sur les cuisses, des morceaux de chair ont été prélevés. Plutôt proprement d'après eux.

— De mieux en mieux, soupire le commandant de la Criminelle. Traces de viol ?

— Heu... je pense pas. Enfin, apparemment pas. A confirmer à l'IML.

— On a retrouvé la tête ?

— Pas de tête.

— Ouais, pas de papiers, pas de tête. Il aura pas voulu non plus trop nous faciliter la tâche. Quel âge, la petite ?

— La vingtaine. Un peu plus un peu moins.

— Des signes particuliers ?

— Un tatouage sur le bras gauche, un barbelé.

— Comme la pétasse de la plage.

— Pardon ?

— Non rien. Y a qu'à dire qu'ils vont pas s'ennuyer à l'Institut médico-légal. Et sur le cierge, des traces ? C'est mou, la cire, ça imprime facilement.

— Pas que je sache.

— Je te bombarde. On est tous un peu fatigués, hein ? dit Melchior avec un sourire triste. Pauvre petite... Maintenant qu'on a découvert le crime et qu'on a mis en branle tout le merdier... C'est sûrement ce qu'il voulait, ce salopard.

— Salopard ? Cinglé, ouais !

— Cinglé... Je préfère m'en tenir à salopard, si tu vois ce que je veux dire. C'est con, mais je trouve ça plus motivant, pour tenter de lui mettre le grappin dessus... On a tous nos trucs, hein ? Et puis, les considérer comme des cinglés c'est pratique, ça rassure.

Le commandant Melchior allume une cigarette. Blanchard profite de la flamme pour observer son visage constellé de taches de son et sa tignasse rousse et frisée comme un mouton avant la tonte.

Deux hommes passent devant eux, portant une civière recouverte d'un drap.

— C'est la première fois que je vois un cadavre sans tête. J'ai déjà vu une tête sans corps, après une explosion, mais le corps sans la tête, c'est pire...

— Pardon ?

— Non rien. Je parlais tout seul.

Puis, un ton au-dessus :

— Note que le lieu aussi doit signifier quelque chose. Il a pas dû choisir cet endroit au hasard. Avec une grille à forcer, le risque d'être repéré... Qu'est-ce que tu en penses ?

Mais le capitaine Blanchard ne s'adresse qu'aux étoiles et au vent dans les arbres. Le commandant Melchior l'a abandonné pour accompagner la civière et son chargement jusqu'au véhicule devant la conduire à la morgue.

9.

Jeudi 3 juillet. Suzanne a un rapport d'expertise à rendre au président de la cour d'assises du Val-d'Oise. Le cas d'une femme accusée d'avoir tué sa sœur, sans raison apparente, chez qui elle a diagnostiqué une schizophrénie hébéphrénique. Une forme rarement considérée comme une cause d'irresponsabilité, parce qu'aux symptômes discrets, et par conséquent peu compréhensible pour les néophytes composant les jurys d'assises.

Le bruit de sa plume griffant le papier répond au chant des oiseaux. Il lui reste un quart d'heure avant d'attaquer les conclusions, lorsque Mangin fait irruption dans son bureau, un journal à la main. Sa tête de vieille femme à frange affiche un air satisfait.

— Des nouvelles de Dante. Il nous adresse un grand bonjour. Vous trouverez ça à la page faits divers, ajoute-t-il comme elle reste interdite, le journal posé devant elle. A tout à l'heure. Mes patients m'attendent.

En redoutant le pire, elle cherche les faits divers qu'elle parcourt avec circonspection, lorsqu'elle tombe sur un article d'une demi-page intitulé «*Macabre découverte au Trocadéro*».

Certains détails lui sautent aux yeux: «*éviscéré*», «*intestins enroulés autour*», «*démembrée*», «*morceaux de chairs prélevés*». Il s'agit d'une victime non identifiée, âgée de vingt ans tout au plus, dont on n'a pas trouvé la tête. Sur les deux jeunes ayant découvert le corps, l'un est toujours hospitalisé. Cela se termine par un superflu «*L'enquête est en cours*».

Elle relit trois fois le papier avant de stabiliser les images dansant dans sa tête. Son cœur cogne très fort dans sa poitrine et jusque dans ses tempes. L'article ne mentionne pas la croix gammée faite de membres. Mais la police ne divulgue jamais tous les détails à la presse. Quelque chose lui dit que ce «détail» a été volontairement omis. Il suffit de vérifier. Mangin paraît si sûr. Il s'est peut-être déjà renseigné.

Son regard bute sur son porte-crayons offert par Dante en avril en bas de chez elle. Il l'avait surprise. Elle avait eu peur et l'avait éconduit de façon brutale, sans lui avoir demandé aucune nouvelle alors que cette démarche devait être importante pour lui. Elle aurait dû faire plus attention.

Il a quitté l'UMD un an et demi plus tôt et la prison un an plus tard, il y a donc six mois de cela quasiment jour pour jour. Les détails correspondent trop aux descriptions multiples qu'il leur avait faites de ses fantasmes. Il est difficile de nier l'évidence.

Elle se souvient du «*Je n'aimerais pas être à notre place*» de Mangin. Qu'il fallait entendre par «*Je n'aimerais pas être à votre place*». Elle revoit son rictus quelques minutes plus tôt. Son air satisfait. Peut-il l'être ? Dans la course à la succession d'Hélion, prévue dans six mois, une embûche comme celle-ci sur sa route à elle ne peut que le réjouir. C'est à ses yeux plus important que la réputation du service. Il ne faut attendre aucun soutien de son côté. Peut-être pire même.

Elle se lève, gagne le bureau du patron qu'elle trouve désert. Dans sa panique elle a oublié qu'il ne rentrera que le lendemain du Canada, où il est parti visiter une structure spécialisée dans le traitement des délinquants sexuels. En croisant Odile, à sa mine elle comprend que Mangin l'a mise au courant, comme il doit être en train d'annoncer la nouvelle à tous les infirmiers du matin.

Elle retourne à son bureau, laisse de côté son rapport et compose le numéro de Fontana, l'avocat de son mari. Pour l'instant, il ne s'agit que d'un article, se dit-elle en écoutant la sonnerie du téléphone, l'oreille collée au combiné. Dès que les journalistes en sauront plus, dès que quelqu'un les aura informés de l'existence des confessions de Dante, de leurs troublantes similitudes avec le massacre du Trocadéro, et du coupable optimisme du docteur Lohmann, alors ce sera la curée. L'article se transformera en pages entières, en émissions spéciales, en dossiers, en harcèlement.

A l'autre bout du fil, Fontana décroche. En tant que pénaliste, il a à la préfecture des entrées dont elle ne bénéficie pas.

— Joël? Suzanne.

— Suzanne!

— Je te dérange?

— Jamais! Je suis juste chez mon pharmacien spécialiste de la nutrition sportive. Que me vaut ce plaisir?

— Un petit service, fait-elle vivement pour décourager toute plaisanterie.

— Moi qui croyais que tu répondais enfin à mes avances, dit-il de sa voix traînante comme s'il ne l'avait pas sentie pressée, ou comme s'il voulait la faire enrager. Comment va Gilbert? Ça fait un moment qu'on ne s'est pas parlé tous les deux.

— Très bien. Affaires toujours aussi florissantes, j'ai l'impression.

— Vous m'en donnez trois boîtes.

— Pardon?

— Je parlais à M. Sebaoun. C'est l'essentiel. Bon. Tu m'as l'air dans l'urgence. Je t'écoute.

— La découverte macabre du Trocadéro, tu as entendu parler? Pourrais-tu me trouver les coordonnées du responsable de l'enquête?

— Steiner. Merci monsieur Sebaoun. Au revoir. Excuse-moi. Il est commissaire principal à la Criminelle. C'est lui qui chapeaute l'enquête. Je le sais parce qu'on en parlait hier. Drôle d'affaire, hein? Mais c'est pas mon rayon. Je préfère mes braqueurs. Plus sain. Par contre, toi, ce serait ton domaine. Tu aurais une idée de qui a fait ça?

Elle émet un soupir en levant les yeux au ciel. «*Par pitié, épargne-moi tes questions*.»

— Joël, je ne voudrais pas paraître grossière maintenant que tu m'as donné ce que je voulais, mais il faut que j'y aille. Tu m'excuses? Merci encore pour le renseignement. A bientôt. Je t'embrasse, fait-elle avant de raccrocher, en espérant qu'il n'ira pas trop vite aux conclusions.

On ne le trompe pas comme ça, l'animal. Il l'aime bien, mais il est bavard. Et sa précipitation et son refus de lui répondre sont les meilleurs moyens d'attiser sa curiosité. Ce qu'elle savait avant même de l'appeler.

— Et merde! dit-elle tout haut en décrochant à nouveau son téléphone et en composant le numéro de la préfecture de police.

Elle n'a pas de temps à perdre. Quant à Hélion, il sera toujours temps de voir sa réaction.

D'un côté il y a le secret médical à respecter, et l'interdiction de divulguer même les confidences d'un patient. De l'autre il y a le risque, pour peu qu'il s'agisse de Dante, de le voir recommencer. Entre les deux il n'y a pas d'hésitation possible.

Elle n'a jamais eu aussi peur de sa vie.

*

Marcel Baron pose son flat twin sur sa béquille. Malgré l'heure, sa BMW lui a permis de couvrir la distance du quai des Orfèvres à Saint-Mandé en vingt minutes à peine.

D'un œil averti, il inspecte la façade de la maison. Une de ces folies miniatures bâties à la fin du XIXe face au bois de Vincennes. Certaines ont été remplacées par des immeubles modernes, d'autres refaites à neuf. Celle-ci a connu des jours meilleurs.

D'une des mallettes arrière de sa moto, il sort une enveloppe format A4 en papier cartonné.

Il pousse la grille qui émet un grincement puis fait les quelques pas le séparant du perron. Il n'a pas le temps d'appuyer sur la sonnette que la porte s'ouvre. François Müller se tient devant lui, dans une chemise blanche et le pantalon de treillis qu'il lui a toujours connu.

— Entre.

— Tu me guettais?

— La grille. C'est aussi efficace qu'une alarme.

— Déformation professionnelle, hein ? Dis-moi, je savais pas que t'habitais un tel palace. Ça marche, le fait divers !

— Ça vient de ma mère. La façade aurait besoin d'être ravalée, mais j'ai d'autres priorités. On passe dans mon bureau ?

— Je te suis.

Avant de pénétrer dans la première pièce à gauche, Marcel Baron a le temps d'apercevoir au bout du hall un escalier et au pied de celui-ci, un fauteuil roulant.

Lorsqu'il pénètre dans le bureau, il émet un sifflement entre ses dents. Hormis les endroits occupés par des bibliothèques, les murs sont tapissés jusqu'au plafond de photos de scènes de crimes et de portraits anthropométriques, la plupart sans cadre, épinglés directement à même la tenture murale.

— Au moins, maintenant je saurai ce que tu en fais.

— Jolie collection, n'est-ce pas ?

— Je vois pas mal de choses qui viennent pas de moi. Et ça n'indispose pas ton entourage ?

— Je vis seul. Ma femme est partie il y a quelque temps déjà.

— Désolé.

— Y a pas de mal. Tu me montres tes derniers clichés ?

— Bien sûr. Excuse-moi.

— Ne t'excuse pas.

Le photographe de l'identité judiciaire fait glisser les images hors de leur enveloppe. François Müller se saisit d'un paquet de moyens formats noir et blanc et se dirige vers une grande table vide éclairée par une lampe d'architecte.

— Je te préviens, c'est chaud. Je suis pourtant blindé, depuis le temps, mais là, j'ai eu du mal.

— Je me doute, dit-il en commençant à faire défiler sous ses yeux les images de l'aquarium désaffecté et des restes de Pamela.

— Avec cette histoire, je fais un malheur. Tous mes clients habituels en veulent.

— Tu ne m'étonnes pas. Et tu es sûr d'eux ?

— A 100 %.

— Et à la préfecture, personne ne se doute de rien? demande-t-il le nez toujours plongé dans les images.

— Aucun risque. Je fais les tirages chez moi. Mais je suis pas le premier. Y a toujours eu des amateurs.

— Je sais.

Au fur et à mesure qu'il les découvre, il les dispose sur la table qui en est vite couverte.

— Je t'ai posé une enveloppe sur mon bureau, dit-il sans lever les yeux. Prends-la.

Marcel Baron s'en saisit. Les rideaux de la pièce sont tirés. Le regard ne peut pas s'échapper. Capté par les images de corps allongés par terre dans des mares de sang, sur des feuilles mortes, sur le bitume, sur des tapis, dans des voitures... Dans des postures parfois grotesques, parfois une arme à la main... Il remarque la voiture de Mesrine criblée de balles, deux victimes de Thierry Paulin retrouvées chez elles, des vieilles dames dans des intérieurs miteux. Sur une autre, il reconnaît l'œuvre d'Action directe, ou encore, plus récente, la dépouille de Francis le Belge abattu rue d'Artois. Des images pour la plupart jamais publiées. A l'usage exclusif des enquêteurs et de la Justice.

Les portraits anthropométriques remontent jusqu'à la Commune. Petiot et Landru attirent son attention, Francis Heaulmes également. Côté américain, il note la présence de Jeffrey Dammer. Sur une autre photo, il distingue Andreï Tchikatilo, le boucher de Rostov, une cinquantaine de meurtres sexuels à son actif. Sous une autre, il lit «Luis Alfredo Garavito», le monstre de Genova, plus de 180 meurtres.

Sur les étagères, les livres n'offrent aucune échappatoire : des ouvrages consacrés au crime. En France et à l'étranger. Des essais sur les tueurs en série, sur les mafias, des mémoires de flics ou de malfrats, des manuels de criminologie...

Pour revenir à quelque chose de plus constructif, il vérifie le contenu de l'enveloppe. Trouve quinze billets de cent euros.

— Dis donc, y a pas mal plus que d'habitude, dit-il en la mettant dans une de ses poches et en regardant Müller toujours absorbé dans sa contemplation.

— C'est parce que j'aurais quelques questions à te poser, dit-il sans détourner son attention de la table.

— Je t'écoute.

— Ce que j'aime avec tes photos, c'est qu'en les regardant on peut renifler l'odeur du sang. Tu bois quelque chose ? lui demande-t-il en posant sa loupe.

Müller a sorti une bouteille de Johnny Walker Black label et un Perrier pour le motard. Les deux hommes sont assis face à face dans deux fauteuils club au cuir rouge et brillant. Le journaliste a remonté ses lunettes sur ses sourcils, après les avoir chaussées pour regarder les photos.

— C'est pas très légal.

— Me vendre ces photos non plus.

— C'est juste... Disons qu'en répondant à tes questions, je ne franchirai qu'un barreau de plus sur l'échelle de l'illégalité.

En guise de réponse, Müller lève son verre.

— Alors, à l'illégalité.

Les deux hommes trinquent.

— Je comprends pourquoi tu m'as proposé de passer. Qu'est-ce que tu voudrais savoir ?

— Où en est l'enquête ? Est-ce que tu as entendu quelque chose de particulier ? Est-ce que vous êtes déjà sur une piste ? J'aimerais savoir tout ce qui n'a pas été dit à mes confrères de la presse.

— Et pourquoi cet intérêt particulier pour cette affaire ? Ne me dis pas que tu sais qui était la petite ?

— Penses-tu. La malheureuse... Elle-même devait à peine savoir qui elle était. Je prépare un travail sur ce type de crimes, avec mise en scène de psychopathe... En fait, je ne serais pas étonné qu'on ait affaire à un serial killer. Je voudrais être le premier à sortir l'affaire. Le gros coup. Avec livre à la clef et tout le tremblement. Ce qui vaudrait largement l'enveloppe que tu viens de toucher. C'est pour ça que dès que j'ai vu ce carnage, je t'ai appelé.

— Un tueur en série... Y a des rumeurs qui circulent à ce sujet à la préfecture. J'avais encore jamais vu une mise en scène pareille. Dis-moi, on est bien d'accord que même si je te dis quelque chose, je t'ai rien dit, d'accord?

— Cela va de soi.

Une seconde, Marcel Baron regarde Müller comme s'il tentait d'évaluer sa fiabilité. Pur cinéma. Müller ne dira rien. Jamais il n'ira brûler un contact comme lui. Trop précieux pour ses activités. En revanche, il utilisera ce qu'il lui apprendra. Sinon il n'irait pas payer ce prix-là pour des infos.

Au milieu de tous ces cadavres affichés sur ses murs, morts par balles ou d'autres morts violentes, dans sa maison désertée par ses proches, il est comme le gardien de leur mémoire. Dans son sanctuaire il a réuni les victimes et leurs bourreaux, leurs destinées à jamais liées dans le souvenir des hommes. Mais en contemplant toutes ces photos, pour la première fois Marcel Baron remarque que seuls les seconds sont sortis de l'anonymat, la plupart des premières n'ayant accédé qu'à une notoriété posthume et éphémère, leurs noms parfois à peine cités, simples faire-valoir de leur exécuteur.

— C'est drôle tu vois, dans cette pièce je m'aperçois que la société a une préférence pour les criminels.

François Müller le regarde en souriant.

— Allons, tu l'as toujours su. Ce n'est pas en étant mort qu'on devient quelqu'un. On peut s'attendrir sur un perdant, pas sur une victime. C'est déprimant. Tandis qu'un bon tueur, un vrai méchant qui a la force de se révolter contre le sort ou de laisser libre cours à ses pulsions, ça c'est réjouissant. Malgré tout ce qu'on veut nous faire avaler. Malgré la première réaction de rejet.

Marcel Baron commence à comprendre pourquoi sa femme l'a quitté.

— T'as déjà entendu parler du commissaire Steiner? C'est son groupe qui a la responsabilité de l'enquête. Un intuitif. A priori une affaire pour lui... Pour l'instant je ne sais rien. Mais je me renseigne et je te contacte. Ça marche?

— Demain?

— Je vais essayer.

Les deux hommes se lèvent.

— Je te raccompagne ?

— Dis donc, t'as plus de place sur tes murs. Où est-ce que tu vas les accrocher, les dernières ?

— Je pourrais te répondre dans ma chambre, mais je ne suis pas sûr que tu me croirais.

Marcel Baron ne sait pas s'il plaisante ou pas. Il ne répond rien. Dans l'entrée, le fauteuil roulant agit sur son regard comme un aimant sur de la limaille de fer. Müller décide de mettre fin à son supplice.

— Tu te demandes ce que ça fait là ? C'est pour mon fils.

— Mais... tu m'avais pas dit ?

— Je ne t'ai pas dit grand-chose. A part te commander des photos.

— Il... il est paralysé ?

— Dystrophie musculaire progressive. C'est la myopathie de Duchenne. Elle touche à la naissance un garçon sur 3 500 tous les ans en France. Chaque année tu vois ton garçon diminuer. A dix ans il pouvait plus monter un escalier. Les muscles respiratoires étant atteints, il est particulièrement sensible aux infections broncho-pulmonaires. Et je te passe le reste. Il vit dans une institution. Tout seul, je ne pouvais pas m'en occuper.

— Il s'appelle comment ?

— Grégoire. C'est en partie pour lui que je fais tout ça. Ça vaut une fortune, ce type d'institution. Les « Mimosas » !

— Et la Sécu ?

— Penses-tu ! C'est moi qui raque. Mais ne me regarde pas comme ça. C'est pas ce qui fait de moi un homme meilleur.

Quand ils sont sortis, le soleil n'éclairait plus que le rocher du zoo de Vincennes. Müller l'a regardé en écoutant décroître le grondement du deux cylindres à plat.

10.

— Votre réputation vous précède, dit le commissaire principal à Suzanne en se levant pour l'accueillir. Soyez la bienvenue, fait-il avec un regard pour ses chaussures, genre basket chic, qu'elle intercepte.

En guise de réponse, elle sourit distraitement, mais son regard parcourt la pièce, captivé, ne sachant où se poser. Les murs sont recouverts de cadres, dans lesquels on trouve aussi bien des coupures de presse de faits divers, des photos, de groupes, de promotions, de scènes de crime, que des diplômes et des distinctions. Il y a également une cible en forme de silhouette, des avirons appuyés contre le mur dans un coin, des gants de boxe pendus à un clou, des poupées russes disposées sur une étagère, à l'effigie des différents présidents de l'ex-URSS, un portrait de Rimbaud ainsi qu'un autre de Pouchkine, sans oublier un superbe samovar derrière lequel sont vaguement cachées deux bouteilles de Jack Daniel's. Derrière son bureau, sous la fenêtre, un petit divan, avec un plaid plié en quatre posé dessus.

Une phrase de Gérard de Nerval s'impose à l'esprit de la psychiatre: «*Il faisait très froid à Vienne la veille de la Saint Sylvestre, et je me plaisais beaucoup dans le boudoir de Pandora.*»

— Vous permettez, fait-elle en s'approchant de la cible transpercée d'impacts, dont aucun dans la silhouette elle-même. En cas de fusillade, mieux vaut encore se coucher par terre.

Puis, se tournant vers lui, après avoir une fois encore embrassé toute la pièce du regard:

— Vous au moins, vous n'avez rien à cacher.

— Mes collègues de la police appellent mon bureau la datcha. Lors des longues soirées d'hiver, tous aiment s'y tenir. Et c'est aussi pour distraire les criminels. Ça facilite les aveux, fait-il en souriant, Suzanne ne sachant s'il plaisante ou pas. Mais constatez comme ça marche, reprend-il, vous étiez très soucieuse au téléphone ce matin et il y a quelques secondes en entrant, et je vous trouve désormais détendue. Un thé?

— Par cette chaleur, un thé...

— Par cette chaleur, comme par les froids d'hiver, le thé est ce qu'il y a de plus agréable. À cette heure, je prends le mien avec du bourbon.

— Alors vous m'en mettrez aussi.

Elle ne voit pas le regard amusé que Joseph Steiner lui lance de ses yeux mi-clos.

Tandis qu'il se lève et se dirige vers le samovar, elle le détaille. Il a le physique que justifient ses souvenirs: les épaules larges et la taille élancée pour les avirons, une brioche pour ces mêmes avirons qui n'ont pas dû toucher l'eau d'un bassin depuis des années, le nez cassé pour les gants de boxe. Son visage présente une certaine ressemblance avec celui de Robert Mitchum, dans la structure, la chevelure fournie et les yeux aux paupières légèrement tombantes qui accentuent son air désabusé.

— Merci, lui dit-elle tandis qu'il lui tend une tasse d'un service en porcelaine de Saint-Pétersbourg dans laquelle il a versé un peu de bourbon. Je m'attendais à un autre accueil, reprend-elle après avoir trempé ses lèvres dans sa tasse. Les experts psychiatres comme moi n'ont généralement pas bonne presse dans la police.

— Vous croyez? Vous dites ça parce que les experts psychiatres comme vous font libérer les criminels qu'on a eu du mal à coffrer? Vous êtes drôle, vous... Nous faisons un peu le même métier. En tout cas des métiers voisins. La délinquance et le crime peuvent être une forme de folie. Et la folie dans certains cas une forme de raison. Nous travaillons tous les deux sur la bête. Alors votre point de vue m'intéresse. A la vôtre, fait-il en levant sa tasse.

Suzanne émet un sourire provoqué par ce drôle de flic.

Les clichés pris au flash permettent de se faire une idée assez précise de ce qui a été découvert deux jours plus tôt. La représentation en noir et blanc d'une certaine réalité, même à travers l'objectif d'un appareil, et dans d'autres conditions que sur place, est difficilement soutenable.

Il y a des vues d'ensemble de la salle, les aquariums encastrés, dans les vitres desquels se reflètent le flash et le cierge pascal allumé, et au sol des formes improbables. Sur d'autres clichés, ces formes qui s'avèrent être la croix gammée faite de membres, et le buste décapité au corset de viscères, chacune de ces «installations» étant prise sous différents angles.

Penchée sur le bureau, elle fait défiler les images avec le désagréable sentiment de voir matérialisés les fantasmes de son ancien patient. Elle frémit à l'idée qu'il est venu l'attendre en bas de chez elle.

A nouveau, une phrase de Mangin lui vient à l'esprit: «*Il nous adresse un grand bonjour.*» Hypnotisée, il lui semble entendre sa voix, lorsqu'il leur faisait part de ses projets. Cette voix douce, au ton monocorde, qui égrenait avec méthode et simplicité, sans l'affectation qui aurait pu les faire douter de son sérieux, les sévices qu'il avait en tête.

— Eh bien, j'ai la très désagréable impression qu'il est passé à l'acte, finit-elle par dire d'une voix blanche. Et tout cela semble prouver que je me suis trompée en beauté. Une épouvantable erreur qui aura coûté la vie à cette malheureuse. Oh mon Dieu! fait-elle sans pouvoir réprimer un sanglot.

— Trompée? répète Steiner en lui tendant un mouchoir. Ce Dante, comme vous l'appelez, vous n'alliez pas le garder à vie. Et après avoir fait son temps en cabane, il est sorti.

— Quoi? fait-elle comme s'il l'avait arrachée à une hypnose. Je parle d'une erreur de diagnostic. Lors de son jugement, il avait été considéré comme psychopathe par l'expert. A l'UMD, il nous est apparu comme schizophrène, après un an et demi de soins et d'observations. Et ça change beaucoup de choses. Le premier est considéré comme responsable de ses actes, contrairement au second. Mais vous devez savoir ça... Et nous le considérions stabilisé. Or là, qu'est-ce que je vois: un rituel macabre typique du psychopathe. Vous comprenez, ça lui sert à gratifier ses désirs narcissiques, généralement inconscients.

— Je vous demande pardon?

— Par cette mise en scène, il a l'impression de faire quelque chose de grand, de fournir une marque de sa puissance. La psychopathie, pour schématiser, c'est une forme d'égocentrisme poussée à l'extrême. Et le psychopathe a un Soi démesuré que flattent de telles mises en scène.

— Et alors? Je ne vous suis toujours pas. Le mal est fait. Quelle différence ça fait?

Elle ferme les yeux et inspire profondément.

— Commissaire, même si l'un et l'autre sont malades, le schizophrène est considéré comme tel, et le psychopathe ne l'est pas. Le psychopathe peut simuler. Dante a pu simuler la schizophrénie.

— Et il vous aurait raconté ses fantasmes?

— Mais pourquoi pas? Les choses ne sont pas si simples. Toujours est-il que si à nos yeux Dante avait été un psychopathe, les choses ne se seraient pas passées ainsi. Nous aurions orienté différemment sa thérapie, nous aurions été plus vigilants. Peut-être ne l'aurions-nous pas laissé sortir si tôt. Tandis que là, on a, j'ai, rectifie-t-elle, le sentiment de m'être fait manipuler. Et on aurait pu éviter cette horreur. Vous saisissez la différence?

Il ponctue son explication d'un sifflement. Et après quelques secondes de silence, sa voix s'élève, faible, comme s'il parlait pour lui-même, les yeux dans le vague, concentré:

— «*Comme je descendais des fleuves impassibles,*
Je ne me sentis plus guidé par les haleurs:
Des Peaux-Rouges criards les avaient pris pour cibles
Les ayant cloués nus aux poteaux de couleurs.
J'étais insoucieux de tous les équipages,
Porteurs de blés flamands ou de cotons anglais.
Quand avec mes haleurs ont fini ces tapages
Les Fleuves m'ont laissé descendre où je voulais.»

— Rimbaud, fait-il pour devancer la question que son regard précède. Ce sont les premiers vers du «Bateau ivre». Je trouve qu'ils s'appliquent bien à la folie, qui par certains aspects voisine avec la poésie. A une époque, en Allemagne les fous étaient confiés à des bateliers, formant ainsi des sortes d'asiles dérivants.

Et comme elle paraît ne pas comprendre, tout en rangeant les clichés qu'ils ont assez vus:

— Je dis également cela, parce qu'à nouveau vous êtes tendue... Vous avez votre vision de la folie, scientifique, psychiatrique, certainement la bonne pour soigner. J'en ai une autre, plus historique, plus dans la marge, mais qui présente l'avantage de dédramatiser les choses, de ne pas trop se focaliser sur des erreurs de diagnostic, et surtout de prendre du recul.

Puis, sur un ton soudain plus sérieux, comme si la digression était terminée:

— Après votre coup de fil, j'ai aiguillé l'enquête sur votre gars. Je n'ai pas encore de résultat, mais on sera vite fixé.

La sonnerie du téléphone l'interrompt.

— Steiner, fait-il.

Pendant qu'il parle avec son interlocuteur, elle voudrait se perdre dans le patchwork de souvenirs tapissant les murs, duquel se dégage une impression de vie bien remplie, accomplie. Mais la chemise marquée «PAMELA» exerce sur elle l'attraction la plus forte.

Avant qu'il ne raccroche, une phrase qu'elle suppose être en russe, appuyant ce que disent déjà le samovar et les poupées, la tire de ses rêveries: «*Ya tséioulou tibia, mamouchka*.»

— Russe?

— Eh oui, fait-il. Je le parle un peu. Quelques notions... Qu'est-ce que vous pouvez me dire sur votre gars qui pourrait nous être utile?

— Du genre?

— Je ne sais pas... signes particuliers, habitudes, éléments de son passé dont il vous aura parlé...

Elle paraît faire un effort de mémoire.

— Il jongle comme un pro. Comme s'il avait passé sa vie dans un cirque. Ce qu'il a toujours démenti... Il est né en Bretagne... J'ai cru comprendre qu'il a été routard pendant un certain nombre d'années. C'est tout ce que je vois. Désolée.

D'un trait, Steiner finit sa tasse encore fumante puis y reverse un peu de bourbon. D'un signe il lui en propose. Elle refuse.

— Mais je vous ai apporté une copie de tous les documents le concernant, dossier médical et compagnie.

— Je vois que vous trahissez allègrement le secret médical.

— Dans un cas comme celui-ci, il n'y a plus de secret médical qui tienne. J'en prends la responsabilité, en tout cas. Qu'est-ce que vous en dites ?

— Vous n'imaginez pas le temps que vous nous faites gagner, docteur. Sans votre intervention, la Criminelle était mal partie sur cette affaire. A condition que votre bonhomme soit le bon... Je peux vous déposer quelque part ? lui demande-t-il en se levant.

Elle éclate de rire sous l'œil satisfait du flic.

— Non merci. J'ai ma voiture.

— Tant pis. De toute façon, nous serons amenés à nous revoir.

— Si vous le dites. Au fait ! dit-elle une fois à la porte. Tous les bureaux de la police sont comme le vôtre, ou c'est vous qui avez une notion très développée de la touche personnelle ?

— Pas d'insolence docteur. Je vous prie de ne pas moquer mon aversion pour la norme. Avec votre savoir, vous pourriez devenir désagréable. Mais ne vous en faites pas, on va lui mettre la main dessus à votre patient. Maintenant qu'on a un nom et un signalement. Mais cette fois, vous ne le ferez pas libérer, n'est-ce pas ?

En regagnant sa voiture garée devant l'Hôtel Dieu sous les arbres, à quelques dizaines de mètres à peine du parvis de Notre Dame, elle jette un œil à ses chaussures en se rappelant le regard que le flic a eu pour elles. Des Todd's dernier cri à talon plat et lanières velcro. Un modèle confortable pour arpenter les couloirs de l'hôpital toute la journée. Elle l'imagine déjà émettant un jugement lapidaire sur la tendance actuelle à sacrifier l'élégance au confort, puis démarre.

11.

D'après le médecin légiste, la mort de Pamela remonte au 19 juin, soit treize jours avant la découverte du corps. La décomposition des chairs a été ralentie par la relative fraîcheur et le faible taux d'humidité régnant dans ces lieux.

La victime était une jeune femme de race blanche, brune, très certainement âgée d'une petite vingtaine d'années.

Les nombreuses entailles, notamment celles ayant servi à prélever les morceaux de chair disparus, comme à l'intérieur des cuisses, sont antérieures à la mort.

Provoquée par une hémorragie de la carotide, tranchée avec le couteau ayant servi à découper les morceaux de chair. Une lame longue et lisse.

La même que celle utilisée pour ouvrir l'abdomen, entaille allant du vagin au sternum postérieure à la mort.

Le tueur l'a introduit dans le sexe de sa victime pour remonter tout droit entre les côtes jusqu'à faire une ouverture de 36 cm de long, par laquelle il a ensuite sorti les viscères.

Seul organe manquant: le cœur, prélevé relativement grossièrement, artères sectionnées avec le même couteau.

Les poumons sont demeurés à l'intérieur du thorax, ainsi que les reins. Les autres organes ont été sortis sans méthode et enroulés avec les intestins autour du buste.

La tête et les membres ont été découpés avec la même lame. Des petites entailles étaient visibles à la section des cervicales, ainsi qu'au niveau des épaules et des aines, le couteau ayant essentiellement servi à couper les tendons.

Ni sperme, ni empreinte digitale. Ce qui signifie que l'homme portait des gants. Mais ce qui ne permet pas d'écarter le viol.

L'ensemble des éléments retrouvés pesait 53 kilos, ce qui sous-entend un sac à dos et un homme d'une solide constitution, ou plusieurs voyages, pour déposer tous les «restes» dans l'aquarium. Mais plusieurs voyages paraissent improbables.

Steiner n'aime pas ce genre de description. En tâchant de visualiser la scène, il se dit qu'il vaut mieux croire à la prédominance de l'âme sur la matière et à sa survie après la mort. Mais cette succession de détails cliniques et la faculté de faire revivre les événements, de détailler leur déroulement, sont riches d'enseignements.

En l'occurrence, il manque encore énormément d'éléments au puzzle, parmi lesquels la tête de la victime, son identité, les circonstances dans lesquelles elle a rencontré son bourreau, le lieu où il l'a torturée, tuée et découpée en morceaux.

Sans compter les pourquoi: pourquoi avoir prélevé des morceaux de chair et le cœur, pourquoi la croix gammée, pourquoi la disparition de la tête...

Autant de questions auxquelles la capture de ce Dante permettra peut-être d'apporter des réponses.

A condition que ce soit lui, ce dont il est prêt à convenir. A condition également qu'il soit en état de parler. Ce qui, au vu des descriptions que lui a faites la psychiatre de ses états de crise, est loin d'être gagné.

Les éléments à leur disposition sont pauvres: pour la victime, son seul tatouage, ce qui au fichier des disparitions n'a rien donné, ni dans le milieu de la prostitution passé au tamis depuis deux jours.

Si le coupable est bien ce Dante, la fille ne doit pas avoir disparu ailleurs qu'en région parisienne. Mais si par hasard on avait affaire à un autre, elle peut avoir été «prélevée» n'importe où.

Quant aux deux seuls objets trouvés sur place, le ballon n'a rien donné, et une tournée téléphonique des églises et des magasins spécialisés en bondieuseries est en cours pour le cierge pascal.

Mais bien sûr, à ces démarches fastidieuses, à l'énigme de ce massacre, on préfère la réponse toute prête apportée par le docteur Lohmann.

Midi moins le quart. Les parois de la porte métallique de l'ascenseur disparaissent pour le laisser sortir. Tour Emeraude, 15e étage. Albert Lesquin l'attend sur le pas de la porte.

Il a entendu sa voix deux fois, la première au téléphone, la seconde à l'instant, déformée par l'interphone. Maintenant il le voit.

L'homme est petit, chauve, sec, le restant de cheveux coupé très court. Les traits sont marqués, comme s'il venait de courir un marathon, ce à quoi il doit s'adonner régulièrement. Les yeux, deux fentes qui s'ouvrent pour accueillir le flic.

— Entrez commissaire, je vous en prie, dit-il en s'effaçant avec plus de souplesse que son allure martiale le laissait supposer.

La voix est assez haut perchée, claire. Steiner se demande l'effet qu'elle produisait dans les casernes, face aux compagnies de soldats figés dans leurs alignements pour le rapport.

Le colonel referme la porte derrière lui.

Une seconde, Steiner est saisi par le spectacle qu'il découvre. Sous ses yeux, au-delà de la baie vitrée, Paris. Et au-dessus, le ciel, d'un bleu teinté de gris, résultat de la pollution surchargeant l'atmosphère. Le genre de vue qui aurait pu le décider à habiter un tel endroit.

A l'intérieur, le plafond est aussi bas que le ciel est haut. Pièce anguleuse aux murs blancs parsemés de souvenirs militaires. Le fanion du 1er Rima, des photos d'opérations, la plupart prises en Afrique noire, des types en short kaki et bras de chemise posant devant des half-tracks ou des automitrailleuses.

— Je vous sers quelque chose ? Bitter Campari ?

Steiner sourit. Il n'en a bu que dans les livres de Duras. Peut-être une boisson conçue pour les coloniaux.

— Avec plaisir.

Le colonel sort deux verres et une bouteille d'un meuble bas, puis disparaît et revient avec un seau à glace Pastis 51.

— Ma femme est sortie. On est tranquille pour parler.

Il sert les verres et invite le flic à s'asseoir dans le canapé face à la vue. Steiner attrape son verre, observe la glace se dissoudre dans le liquide avant d'en absorber une gorgée.

— Alors, quel est le problème, commissaire?

— Erwan Dantec-Leguen. C'est vous qui vous en êtes occupé...

— Ah! Dante... Je lui ai donné un coup de main, oui. Je l'ai aidé à préparer sa sortie. Je suis bénévole au Service socio-éducatif depuis que je ne suis plus d'active. J'ai mis mon expérience des hommes au service de l'administration pénitentiaire, dit-il en hachant ses mots avec une rigueur militaire tempérée par un sourire.

Steiner regarde en noir et blanc le jeune homme que son interlocuteur a été dans le djebel. Pas plus mince, c'est difficile, mais les traits lisses, pas encore usés par trente ans sous le casque lourd ou le béret.

— Vous n'avez pas eu de ses nouvelles récentes, par hasard?

— Pensez-vous! Moi je m'occupe d'eux tant qu'ils sont en cabane. Je les aide pour les démarches administratives. Et puis ceux avec qui le courant passe, j'essaie de leur refiler deux ou trois tuyaux pour l'après.

— Des tuyaux?

— Professionnels. Des contacts.

— Et donc le courant est passé entre Dante et vous...

— Un brave petit gars un peu paumé, oui. Pas le genre à faire des histoires... Son séjour en ratière lui a foutu un sacré coup sur la tête... Mais pas facile non plus, la sortie, vous savez. Tous les mêmes. Ils s'en réjouissent, alors que c'est là que les difficultés commencent... J'en ai vu des tas, replonger en cabane au bout de quelques mois à peine parce qu'ils n'avaient rien voulu préparer.

«Pas un mauvais bougre, ce Dantec-Leguen. Jusqu'au prénom qui fait breton comme dans une caricature. Erwan, pensez donc. Et avec ça, une tête d'Arabe... Ça, pour en avoir connu, j'en ai connu des basanés. Mais dans le bled. C'était pas pareil. Vous pensez bien... Qu'est-ce qu'il a fait?

Le vieux colonel a stoppé net le flot de paroles par cette question soudaine. Comme s'il tentait d'endormir le flic pour mieux obtenir sa réponse.

— Vous m'en demandez beaucoup. Pour l'instant rien... L'affaire de l'aquarium du Trocadéro, vous avez entendu parler?... On est en train de se demander s'il n'y serait pas pour quelque chose.

— Cette atrocité? fait le vieux en fronçant les sourcils. Là vous m'étonnez.

— Vous connaissez ses antécédents...

— Ouais. Mais même. Je le vois pas faisant une chose pareille. Il a peut-être dérapé dans le passé, mais c'est un gentil gars. Il pensait qu'à la sortie il allait pouvoir s'en tirer en jonglant, l'oiseau. Voyez le genre? Pas malhabile d'ailleurs. J'ai eu droit à une démonstration. Mais c'est pas un métier... Une activité de zonard. Vous comprenez, ce qui leur manque à ce genre de gars, c'est de pas avoir fait l'armée. On n'a encore rien inventé de mieux pour vous former un homme.

Steiner a envie de lui parler de l'adjudant Chanal. Il préfère le laisser continuer.

— Je lui ai trouvé une place chez quelqu'un de ma connaissance. Un ancien adjudant du 1er Rima qui a une entreprise dans le bâtiment. Un vrai métier, pour le coup.

— Tout à l'heure, quand je l'ai cité, ça n'a pas eu l'air de vous étonner...

— Parce que Segar m'a dit pas plus tard qu'hier qu'il avait disparu. Segar c'est le gars chez qui je l'ai placé. Un ancien sous-off qui a servi sous mes ordres.

— Et il ne vous a prévenu qu'hier... Vous avez donc eu de ses nouvelles récentes.

— Pas directes!

Le colonel se rembrunit.

— Ah, mais attention ! Vous savez, c'est pas non plus une nounou pour enfants. Le gars, il se pointe sur le chantier, tant mieux, il se pointe pas, tant pis. C'est pas pour ça qu'on va l'appeler illico et battre toute la campagne pour le retrouver.

— Vous pourriez me passer ses coordonnées, à ce Segar ?

— Dites donc, n'allez pas le secouer, hein ? Si vous croyez que c'est facile, de trouver des employeurs prêts à accepter des Dantec-Leguen !

Steiner sourit en sortant son calepin pour noter le numéro de téléphone du sous-off. Il voit d'ici le réseau d'anciens combattants se refilant la main-d'œuvre à bas prix sortie de prison et pilotée par le vieux.

Avec mauvaise grâce, le colonel lui donne un numéro de portable, qu'il note.

Il se lève, l'amertume du Campari encore en arrière-goût. Debout, le spectacle de la ville à nouveau happe son regard comme une bonde.

— Mais dites-moi, comment se fait-il qu'un commissaire principal vienne enquêter comme ça ? C'est me faire beaucoup d'honneur, mais ce serait pas plutôt un travail d'inspecteur ? lui demande-t-il avant qu'il ne s'éclipse.

Steiner le regarde une seconde le temps de trouver une réponse :

— C'est pour avoir le plaisir de rencontrer des gens comme vous.

Une fois sur le palier, il se retourne vers le vieux :

— Rassurez-moi, vous trouvez vraiment que j'ai une tête à secouer les gens ?

Le colonel le regarde interloqué. Steiner n'attend pas sa réponse. Les portes de l'ascenseur s'éclipsent, laissant apparaître la cabine baignée d'une lumière blanche.

*

Au téléphone, l'adjudant Segar lui a donné l'adresse de son chantier du moment. Immédiatement Steiner a senti s'intensifier l'excitation du chasseur. Avenue d'Iéna, en face du musée Guimet. A quelques centaines de mètres des jardins du Trocadéro. Ça commençait à sentir bon. Pour un peu il aurait béni la jolie psychiatre. Une piste comme celle-ci au bout de deux jours à peine.

Après, il s'est ressaisi.

Il effectue ces démarches d'enquêteur avec le plaisir de ses vingt ans retrouvés. Comme l'a souligné le colonel, un commissaire principal a rarement l'occasion de faire ce genre de boulot. Mais en ce mois de juillet, une partie de son groupe est en vacances et il a du temps et l'envie de se promener.

Après les tours du XIIIe et son quartier asiatique, les immeubles haussmanniens du XVIe nord. Il n'y a pas que les bâtiments qui sont différents. Les gens aussi. Et le bruit de la rue. Il a l'impression de réviser sa géographie parisienne.

Le carillon ne fonctionne pas. La porte de l'appartement est entrouverte. Derrière, il entend un boucan d'enfer. Il la pousse et entre.

Un gars est en train de s'appliquer à défoncer une cloison à coups de masse. Un deuxième a l'air de se battre contre un radiateur en fonte. Un troisième hurle dans un téléphone portable. On ne sait pas si c'est pour couvrir le vacarme ou pour engueuler son interlocuteur.

Un appartement de Sarajevo dévasté par des semaines de tirs de snipers et de roquettes anti-char.

L'adjudant Segar finit par raccrocher. Il est aussi massif que le colonel est fluet. Le flic imagine le gros suant sous le soleil africain à l'arrière d'un half-track. Il l'imagine moins courant avec son paquetage. A moins que sa brioche date de son retour à la vie civile. Comme la sienne date de son avancement au poste de commissaire principal. L'ogre le regarde approcher avec un air mauvais. Une seconde, Steiner se demande comment le colonel a cru possible qu'il secoue cet animal. A la limite avec Melchior. Et encore, même à deux, il ne doit pas être facile à ébranler. Mais l'ancien demi de mêlée est allé faire un tour avec Francini au dernier domicile connu de Dante. En fin de journée, en confrontant les informations qu'ils auront glanées, ils devraient en savoir plus.

Après les premières secondes suivant les présentations, le flic croit déceler un peu d'humanité sur la gueule de bouledogue de l'ancien sous-off. En fait, il a paru se dérider en comprenant que le flic n'est pas là pour ses travailleurs clandestins, mais pour avoir des renseignements sur Dante.

— Disparu du jour au lendemain sans crier gare.

— Dites-moi, il a travaillé sur ce chantier?

— La première semaine, ouais. Enfin, les trois premiers jours. Il a disparu le 18 juin. On est sur ce coup depuis le 15. Et on n'a pas fini... 300 mètres carrés. Tout à démolir avant de commencer les moindres travaux. C'est une vieille qui a habité ici pendant cinquante ans. Elle a cassé sa pipe le mois dernier. Tout était d'origine. Alors vous imaginez.

— Comment vous expliquez son départ du jour au lendemain?

— Une petite nature. Pas comme mes Polacks. Des durs, eux. S'il avait pas été recommandé par le colonel, je l'aurais jamais pris dans mon équipe. C'est mieux comme ça, va. Lui, ce qui lui fallait, c'était les travaux délicats: arracher les fils électriques, démonter la plomberie, ça d'accord. Mais vous l'auriez jamais vu comme l'autre là, avec sa masse.

Torse nu, le Polack en question tape sur la cloison comme un bûcheron à coups de hache sur un chêne à abattre. Il paraît lancer son outil derrière lui pour le ramener à toutes forces dans la brique. A chaque coup, l'immeuble tremble sur ses fondations. Des gravats tombent par paquets dans des nuages de poussière et forment une sorte de champ de ruines sur le parquet défoncé. Après les meubles et les souvenirs dispersés, on est en train de réduire en morceaux les derniers restes matériels de l'ex-occupante des lieux. Le flic imagine la vieille dame secouée dans son cercueil à chaque coup de masse.

— Il a fait quoi, pour que vous lui cavaliez après comme ça?

— L'affaire de l'aquarium du Trocadéro, ça vous dit quelque chose?

— Non. Ça devrait? Pourtant c'est pas loin, le Trocadéro.

— Une victime retrouvée découpée en morceaux, ça vous évoque quoi par rapport à lui?

Le colosse le regarde en plissant les yeux.

— Il aurait fait ça l'oiseau? J'sais pas trop... Une fois, sur un chantier, on avait trouvé une pile de journaux de cul. Eh bien figurez-vous qu'un de mes Polacks l'a surpris en train de les taillader après s'être branlé dessus. Moi, sur le coup j'ai laissé pisser. Tant qu'y bossait... Enfin, je lui ai quand même passé une bonne trempe, histoire de lui apprendre les manières.

— Une bonne trempe? fait Steiner en levant les sourcils.

— Ouais, oh... je l'ai juste un peu secoué. Hé! mais je vous vois venir vous! Faut les tenir, ces gaillards, qu'est-ce que vous croyez? Apparemment, ça a pas suffi. Enfin, bon débarras en tout cas!

— Comme vous dites, hein? Sauf s'il a effectivement découpé cette fille... C'était quand, cette histoire?

— Euh... environ une semaine avant sa disparition, lui répond le colosse d'un air soudain gêné.

— Une petite semaine, hein? Voire quelques jours. Ou carrément la veille... Eh bien, à défaut d'autre chose, ça explique peut-être sa disparition. Je ne vais pas vous déranger plus longtemps. Mais au cas où, je sais où vous joindre, lui dit Steiner en désignant le portable que l'autre a gardé dans la main.

Le visage fermé, le colosse lui fait un signe de tête.

— Au fait! crie le flic pour couvrir les coups de masse, alors qu'il s'est déjà rapproché de la porte d'entrée, le Polonais qui l'a surpris en pleine séance psychotique, on peut le voir?

— Le voir oui, mais lui parler c'est une autre histoire... A moins que vous parliez polonais. Il parle pas le français. D'ailleurs vous le voyez, c'est le gars avec la masse.

Le Polonais a presque terminé de descendre la cloison. En équilibre sur des morceaux de briques, il en est aux coups de grâce. L'ensemble des muscles de son dos, de ses épaules et de ses bras saille sous l'effort. On les distingue aussi sûrement que sur une planche figurant un écorché.

— Pas français, hein? ben voyons. Et vous, vous le parlez, le polonais? dit-il en se rapprochant.

— On fait pas de la littérature, au cas où vous auriez pas remarqué. Je prends la masse, je donne un coup dans la cloison et lui finit de la descendre.

— Faites quand même attention à l'inspection du travail, termine-t-il avec un sourire. Oh! dernière question: pourquoi vous l'appelez l'oiseau? C'est une expression de la coloniale?

— Vous l'avez jamais vu? Vous comprendrez. Une dégaine d'échassier et un regard de piaf. Au fait! C'est pas plutôt un boulot d'enquêteur que vous faites là?

— C'est pour avoir le plaisir de... Non rien, dit finalement Steiner en regardant son interlocuteur.

*

Comme ils s'en doutaient, la cage est vide. Le mois payé d'avance, la concierge chargée de récolter les loyers ne s'est pas inquiétée.

Elle ne l'a pas vu depuis dix jours au moins. Ce qui ne signifie pas qu'il n'a pas dormi chez lui de tout ce temps. Elle ne fait pas le pied de grue à surveiller ses locataires jour et nuit.

Le commandant Melchior et le lieutenant Francini ont laissé la gardienne à sa loge après lui avoir emprunté une clef.

Un immeuble pour habitants pas regardants qui aurait dû être rasé dix ans plus tôt. Plomberie asthmatique, sanitaires douteux et électricité sur le point de faire des étincelles. Le genre d'endroit où l'on évite de penser à une fuite de gaz.

La piaule est à l'avenant. A pleurer. Le sommier à ressorts appuyé debout contre le mur, le matelas crasseux à même le sol, le lavabo au robinet qui fuit. La fenêtre aux vitres opaques de saleté. Pas d'effets personnels, pas de bagage. Quelques sacs en plastique noués entassés dans un coin de la pièce, et qui renferment des boîtes de conserve de maïs et de sardines, vides. Sans doute pour l'odeur.

Au plafond, une traînée de merde a l'air de figurer un serpent. Elle fait tout le tour de la pièce. Il a dû s'y prendre à plusieurs fois.

Pas d'autre meuble, à part une petite table et un tabouret. Rien à fouiller. Les deux OPJ sont sur le point d'y aller, lorsque Francini avise une feuille de papier journal roulée en boule.

— En tout cas, il était là le 3 juillet. Vise un peu, dit-il en tendant la coupure à Melchior.

— Eh bien mon vieux, siffle le commandant en découvrant l'article consacré à Pamela. Cette fois, y a plus de doute.

12.

La Coccinelle quitte le parking de l'institution médicalisée «Les Mimosas» et longe l'hippodrome de Saint-Cloud. Attentif au ronflement caractéristique du moteur de son auto, François Müller conduit vitres ouvertes, profitant de la climatisation naturelle fournie par les tourbillons d'air dans l'habitacle. Sorti des chaînes de montage trente-huit ans plus tôt, malgré le skaï craquelé des sièges, les joints de caoutchouc desséchés et la peinture passée, le véhicule à la mécanique increvable bénéficie de l'attention constante de son propriétaire. La banquette arrière et le sol côté passager avant sont jonchés de papiers, journaux, livres et enveloppes, dans lesquels le journaliste pioche dès qu'il a quelques minutes à tuer. En passant la main sous le siège, on y trouverait une vieille Olivetti portable, datant de l'époque où Müller n'hésitait pas à se glisser sur le siège de droite pour taper ses articles sa machine sur les genoux.

Dans le vide-poche central du tableau de bord, son téléphone se met à sonner. Le journaliste met son clignotant, se range sur le bas-côté et répond.

— Müller? Baron.

— Ah! Tu as mis le temps.

— Peut-être, mais tu vas être content.

— Je t'écoute.

— Je t'ai parlé du commissaire Steiner? Figure-toi qu'une psychiatre bossant pour un asile soignant des fous dangereux est venue le trouver. La mise en scène de l'aquarium correspondrait exactement aux fantasmes qu'un dingo leur aurait racontés pendant son séjour à l'asile. Elle s'est dit que ça pouvait être lui. Alors pour le moment, Steiner et son groupe sont sur sa piste. Il a quitté Fresnes il y a environ six mois. C'est tout ce que je sais pour l'instant.

— Ils y croient?

— C'est la seule piste qu'ils ont.

— Rien d'autre? Aucune trace?

— Nada.

— Qu'est-ce que tu en dis, toi?

— Je crois que la correspondance est étonnante. D'après ce qu'on m'a dit. Alors pourquoi pas?

— Et le gars a disparu?

— Dis donc, j'vais pas voir ça après-demain dans la presse?

— T'inquiète pas pour ça. C'est un travail de longue haleine.

— Il aurait disparu au moment où le crime de l'aquarium était commis.

— Tu pourrais me trouver le nom de cette psy?

— Suzanne Lohmann. Elle bosse à Villejuif, à l'Unité pour malades difficiles Henri-Colin. Ça te dit quelque chose?

— Il me faudrait aussi le pedigree du cinglé. Ce qu'il a fait avant, pourquoi il a atterri là, tout le bordel habituel. S'il est retourné à Fresnes après l'UMD, c'est qu'il avait été arrêté pour un crime.

— Il avait agressé une bonne femme chez elle. Pour les détails de son CV, ça pourrait être plus compliqué.

— A d'autres, Baron. Je suis sûr que si on fait tous les deux un effort, on y arrivera très bien. Depuis le temps, tu es connu comme le loup blanc à la préfecture. Tu dois pouvoir obtenir ce que tu veux... C'est intéressant ton histoire. Ça me plaît. Tu me fournis le dossier du type demain?

— Je fais mon possible, Müller.

— Alors à demain. Hé, Baron?... Merci! fait-il en raccrochant.

Après avoir reposé son téléphone dans le vide-poche et mis son clignotant, il fait vrombir le moteur de sa Volkswagen en reprenant la route le long de l'hippodrome.

*

Etendue sur son lit, les poignets et les chevilles entravés par une cordelette, Nadia regarde son agresseur blotti en position fœtale, le corps secoué de spasmes.

Ses poignets lui font mal. Mais les liens aux chevilles sont plus lâches, éveillant chez elle un espoir inconcevable quelques minutes plus tôt.

Il y a un quart d'heure à peine, l'homme surgissait de nulle part dans sa salle de bain et se ruait sur elle en lui enfonçant une sorte de balle dans la bouche, puis la traînait dans sa chambre avant de la ligoter et de lui bander les yeux.

Elle se frotte avec dégoût la joue contre son oreiller pour tenter d'essuyer le sperme qui la souille.

Il lui a pour cela retiré avec les doigts la balle souple qui lui maintenait la bouche ouverte, avant de la remplacer par ce qu'elle comprit être son sexe. Cette intrusion chaude et volumineuse entre ses lèvres, contre sa langue et son palais, avait ajouté l'horreur à la terreur.

Sous les insultes, d'une voix relativement haut perchée, pas aussi rauque que ce à quoi elle aurait pu s'attendre, son engin allait et venait dans sa bouche, de plus en plus vite, avec désordre, avec violence, butant contre sa glotte, corps étranger l'étouffant, cette sensation l'emportant sur l'écœurement. Sans le couteau dont elle sentait la pointe entre les deux côtes protégeant son cœur, elle y aurait planté ses dents.

Aux insultes succédèrent râles et gémissements.

Après l'éjaculation, nouvel envahisseur menaçant de se répandre dans sa gorge, elle commença à avoir vraiment peur. Lorsque la lame lui entailla la cuisse au niveau de l'aine, du périnée vers l'extérieur, comme s'il s'apprêtait à lui couper la jambe.

Alors elle paniqua. Rage du désespoir lui délivrant une énergie nouvelle, malgré le poids de l'homme et ses entraves.

Dans sa nuit à elle sous son bandeau, suffoquant, l'odeur de l'homme puant.

Et c'est à ce moment que le bandeau glissa, et qu'elle croisa son regard.

Elle doit faire vite. L'homme est toujours dans son coin. Elle ne voit pas son visage. Le couteau est à côté d'elle, le tranchant de la lame couvert de son sang. Son entaille ne lui fait pas mal. Pas encore. Trop chaude. Confusément elle comprend ce qui s'est passé. En croisant son regard, il s'est effondré, pris la main dans le sac. Sous le coup de la terreur elle a hurlé, mais à présent elle a peur, en appelant au secours, de le faire sortir de son état. Ses hurlements n'ont alerté personne. Elle n'entend que les gémissements de l'homme et la rumeur du boulevard. Il a pénétré chez elle en escaladant la façade de l'immeuble et en profitant de la fenêtre ouverte. Par la porte, elle l'aurait entendu forcer le verrou qu'elle pousse toujours en rentrant.

Elle a approché ses chevilles de la lame. Sans quitter l'homme des yeux, elle tente de couper la cordelette qui la maintient attachée. Elle se contorsionne, exécute avec ses jambes des mouvements de va-et-vient. Après plusieurs tentatives et autant de coupures, la cordelette cède.

Les mains liées dans le dos, elle se rue dans le petit couloir qui mène à la porte d'entrée. En haletant elle lève son pied nu pour abaisser la poignée. Mais le verrou du haut s'oppose à son ouverture.

Elle se retourne en sanglotant, son espoir fou à peine naissant que déjà tué par cette porte close. Elle voudrait appeler au secours mais n'ose pas crier, toujours de peur de le réveiller.

Sur la pointe des pieds, avec les dents elle entreprend de tourner la molette du verrou. Dans la chambre, elle entend un bruit puis perçoit un mouvement. De ses mâchoires elle fait une clef anglaise pour tourner le verrou. Elle doit incliner la tête à droite pour l'entraîner. Ses molaires ripent sur les striures du métal.

Derrière la cloison, l'homme s'est levé. Sa peur grandit encore. Elle s'est cassé une dent contre la molette. Pour la sixième fois elle s'y reprend et parvient enfin à déverrouiller la porte. Elle n'a plus qu'à baisser la poignée. Une lame du parquet craque dans son dos.

Il est là, immobile. Son épaule droite disparaît dans l'embrasure de la porte. Il la regarde sans paraître comprendre, ni même la voir. Elle le supplie en pleurant, son appartement devenu son propre piège. Comme il tend le bras vers elle, elle se retourne vers la porte et parvient à actionner la poignée avec son menton.

L'escalier lui tend les bras. Elle le dévale, traverse en courant le petit hall de son immeuble, sans oser se retourner, croyant l'entendre derrière elle, et fait irruption sur le boulevard Ornano, hurlant au milieu des promeneurs du dimanche qui s'écartent devant cette jeune femme hystérique en T-shirt, une jambe sanguinolente et les mains liées dans le dos, avant de l'entourer et de former un rempart contre sa propre terreur.

Six minutes plus tard, une première sirène retentit dans le boulevard depuis Barbès, bientôt rejointe par deux autres, en provenance de la Porte de Clignancourt, voitures de patrouille se faufilant dans le flot de la circulation. Les pompiers aussi ont été appelés. L'immeuble de Nadia, situé face au «43 Ornano», ancien cinéma à l'enseigne de béton, aux lettres intégrées dans la façade, est cerné par les voitures aux gyrophares attirant les curieux.

La fille a pu balbutier quelques mots dans la pharmacie qui l'a recueillie. A présent, elle se trouve dans la camionnette des pompiers, interrogée par l'un des policiers de la BAC. Personne n'a vu l'agresseur sortir sur le boulevard. Il devrait toujours se trouver dans l'immeuble.

Cinq fonctionnaires de la BAC s'engagent dans l'escalier menant chez la fille. Au deuxième étage, au-delà de la porte d'entrée ouverte ils aperçoivent un petit couloir sur lequel donnent trois portes, deux sur la gauche et l'une au fond. Arme de service au poing, un policier jette un œil dans la première pièce, un salon équipé d'une cuisine aménagée derrière un bar. Il fait un pas pour regarder derrière le bar. Pendant qu'un de ses collègues progresse dans le couloir jusqu'à la deuxième porte à gauche.

Le lit est couvert de sang. L'un des murs est barré par une traînée horizontale de près de deux mètres. Dans un coin de la chambre, une sorte de SDF danse, un couteau à la main. Il émet des gémissements entrecoupés de paroles incompréhensibles.

Les gardiens de la paix hésitent. L'homme ne les a pas vus. Son pantalon est baissé, son entrejambe dégouline de sang. Dans sa transe il brandit ce couteau à la lame souillée, longue et pointue, comme s'il tentait d'esquiver les attaques d'un ennemi invisible. Des larmes ont coulé sur ses joues maculées de sang, faisant des rigoles sur sa face qui paraît de terre cuite.

Tonfa à la main, l'un des policiers s'approche et tente d'attirer son attention. L'insensé ne le voit pas, de sa lame esquisse une arabesque dans l'air, mais dans une autre direction que celle de l'homme en treillis urbain. Puis, ayant perçu une forme grandir sur sa gauche, il brandit son arme. Le flic l'évite, d'un coup de son bâton sur le poignet lui fait lâcher sa lame, et se retrouvant derrière lui le pousse en avant pour le plaquer au sol.

13.

Lundi 7 juillet. Ecrasée par une journée de canicule, Suzanne regarde machinalement le pot à stylos offert par Dante. «DR LOHMANN» lit-elle gravé dans le simili cuir rouge.

Elle seule voudrait croire à son innocence. Sans doute plus parce que ça l'arrangerait que par conviction, mais quand même. Cette idée s'est emparée d'elle après son entretien avec le commissaire. Tel un ver dans un fruit elle s'est insérée dans son esprit pour ne plus la quitter, même après les premiers résultats de l'enquête: le chantier à deux pas de l'aquarium, l'épisode psychotique sur les revues de cul, sa disparition et l'article consacré au crime retrouvé en boule dans sa chambre.

Comme si l'humour rassurant du flic et l'atmosphère envoûtante de son bureau avaient eu sur elle l'effet d'un euphorisant: alors qu'en se rendant à la préfecture son avenir lui semblait noir comme de l'encre, publiquement rendue responsable de la mort de Pamela comme elle ne manquerait pas de l'être, la rencontre avec Steiner lui a permis de reprendre du poil de la bête.

Elle envisage les choses avec plus de combativité.

En fait, elle a du mal à admettre avoir été manipulée par Dante. Son orgueil lui dicte que c'est impossible. Ce pauvre psycho aussi effarouché qu'un oiseau, se dit-elle quand sa compassion l'abandonne, cédant à la peur du gouffre qu'il a ouvert sous ses pieds, comment aurait-il pu commettre un crime nécessitant une telle maîtrise de soi?

Et elle n'a pu que se rendre à l'évidence: ce regain d'optimisme s'accompagne de pensées centrées sur la personne du commissaire. C'est la première fois depuis qu'elle est mariée qu'elle se laisse ainsi distraire par le souvenir d'un autre, qu'elle n'a pourtant jusqu'à présent vu que trois quarts d'heure. Comme si, un événement ne survenant jamais seul, il lui fallait la diversion apportée par cette rencontre pour supporter l'angoisse que font peser sur elle le cadavre de Pamela et les soupçons qui l'entourent. Ses pensées sont peut-être innocentes, mais insistantes, même et surtout lors des repas familiaux, dans la cuisine, quand elle se trouve entre Gilbert et les filles. Et lorsque son mari lui fait part de ses interventions ou de ses projets d'investissements, de vacances ou d'acquisitions, en surimpression elle ne peut s'empêcher de voir Joseph Steiner qui à ses yeux demeure un inconnu, mais dont l'humour et le désabusement lui paraissent d'une légèreté merveilleuse. Premier signe tangible de l'influence nouvelle qu'à son insu il exerce sur elle: les chaussures Louboutin à semelles rouges qui à ses pieds ont remplacé les Todd's, allongeant de quelques centimètres sa silhouette et ayant provoqué dans le service des regards approbateurs.

Soudain, en réalisant ce sur quoi son regard s'attarde, elle a un sursaut d'angoisse. Elle attrape son téléphone et compose le numéro de chez elle. A l'autre bout de la ligne sa fille décroche.

— Angélique chérie, ta sœur et toi êtes bien à la maison?

— Mais oui pourquoi? lui répond-elle sur un ton sous-entendant que la question est absurde.

— Pour m'en assurer. Surtout n'ouvrez à personne jusqu'à mon arrivée ou celle de papa.

— Mais que se passe-t-il?

— Rien ma chérie, excuse-moi.

— Tu es sûre que ça va? lui demande-t-elle avec une certaine ironie.

— Ne t'en fais pas. A tout à l'heure.

A peine le combiné reposé sur son socle qu'elle s'en veut d'avoir appelé. Une démarche qui va revenir aux oreilles de Gilbert et lui retomber dessus. Le téléphone à la sonnerie stridente l'arrache à ses pensées néfastes. Elle décroche.

— Docteur Lohmann? prononce une voix d'homme qu'elle ne reconnaît pas.

— C'est moi, répond-elle sur la réserve.

— Je m'appelle François Müller. Je suis journaliste. J'aurais quelques questions à vous poser sur l'un de vos patients.

Intérieurement elle peste contre Odile qui n'a pas filtré l'appel. Puis elle voit l'heure et réalise qu'elle a dû partir.

— Je crains de ne pouvoir vous répondre, dit-elle pour gagner du temps. Vous devez être conscient du silence auquel nous contraint le secret médical.

— Il s'agit d'un certain Erwan Dantec-Leguen, dit Dante, je crois. J'enquête sur l'affaire de l'aquarium du Trocadéro, vous savez, Pamela... Et on m'a dit que...

— Qui vous a parlé de cet homme?

— Docteur...

— Je ne vais pas pouvoir vous parler plus longtemps...

— Vous avez tort. J'ai cru comprendre que la culpabilité de cet homme n'arrangerait pas vos affaires, n'est-ce pas?

— Qu'est-ce que vous insinuez? demande-t-elle d'une voix sourde.

— Je ne fais qu'énoncer une réalité. Et je trouverais dommage de ne pas confronter ce que nous savons chacun de notre côté.

— Ecoutez, monsieur...

— Müller.

— Si vous avez des informations sur cette affaire, je vous conseille d'aller trouver la police.

— Et si je vous disais que je doute de sa culpabilité?

Elle hésite. Il y a comme un flottement sur la ligne. Son silence donne de l'assurance à son interlocuteur. Il doit savoir qu'il a fait mouche.

— Je sais que ma démarche vous surprend. Vous ne me connaissez même pas. Mais si ça peut vous rassurer, sachez que ma source n'a rien à voir avec votre entourage.

Son silence doit être encourageant. L'homme poursuit:

— Je n'ai rien à voir avec votre milieu, lui dit-il comme s'il avait lu dans ses pensées. Je travaille dans le fait divers depuis une trentaine d'années. Alors la police n'a plus beaucoup de secrets pour moi.

— Qu'est-ce qui vous fait douter de sa culpabilité ?

Cette fois, c'est à l'homme de marquer un temps d'arrêt.

— Pour moi ça ne colle pas.

— Ça ne colle pas comment ?

— Vous m'en demandez beaucoup, docteur. Je travaille sur la question depuis longtemps. Mais si nous prenions rendez-vous pour en parler tranquillement ? Je n'aime pas beaucoup le téléphone pour évoquer ce genre de sujets.

Elle ignore s'il sait vraiment quelque chose ou s'il bluffe pour lui soutirer des informations. Il l'a déjà retenue beaucoup trop longtemps. Une seconde elle mesure le pour et le contre avant de se décider.

— Au revoir monsieur. Je suis obligée de...

— Nous parlons d'un serpent, docteur, un serpent troubadour, dit l'homme sur un ton égal et tendu qui tranche avec son propre énervement.

Elle est prise de court.

— Un troubadour ? Vous voulez dire un jongleur ? Oui, Dante sait jongler. On vous a bien renseigné. Vous féliciterez votre informateur. Mais cette conversation a assez duré. Au revoir.

Même le combiné posé sur sa base, elle a l'impression de sentir la présence de cet homme dans son bureau. Elle aurait dû en finir plus tôt. Et elle ne sait pas si ses informations ne viennent pas de l'UMD.

Quelques minutes plus tard, le téléphone sonne à nouveau. Le «Docteur Lohmann» un peu bourru de Steiner le trahirait entre mille. Mais elle n'a pas le temps de s'appesantir sur les effets de sa voix.

— Ça y est, on l'a retrouvé, lâche-t-il sur un ton neutre. Vous voulez le voir ?

— Où ça ? fait-elle d'une voix blanche.

— Il est à l'IPPP[1].

1. Infirmerie psychiatrique de la préfecture de police.

— Non, je veux dire, où l'avez-vous retrouvé?

— Chez une certaine Nadia Sénégaud, boulevard Ornano. Chez qui il est entré par la fenêtre après avoir escaladé la façade de l'immeuble et qu'il a ligotée sur son lit.

— Elle est morte?

— Elle a réussi à s'échapper.

— Ça s'est passé quand?

— Hier.

— Il est rue Cabanis?

— Je vous y retrouve.

*

François Müller regarde son téléphone en grimaçant. La psy ne lui a pour ainsi dire rien lâché. Pour la centième fois il reprend la chemise cartonnée sur laquelle il a inscrit «FEMMES SERPENTS». En 1987, il y a plus de quinze ans déjà. A l'intérieur, quelques coupures de presse, la plus ancienne découpée dans *Nice Matin* en juillet 1986, relatant la découverte du cadavre d'une jeune femme non identifiée, nue et un serpent dessiné au feutre autour du buste; la suivante issue de *Ouest France* en mai 1987, une étudiante retrouvée morte près de Bègles, nue avec la mue d'une grande couleuvre enroulée autour d'elle. Au stabilo jaune fluo, se trouvant peut-être face à l'un des éléments du mode opératoire du tueur, il avait à l'époque surligné un détail: la voiture de la gosse, une Simca 1000, avait été retrouvée en panne sèche sur le bord d'une route. Ce deuxième crime à thématique reptilienne l'avait alerté. Deux, c'était le commencement d'une histoire, et donc d'un dossier dans ses archives.

Une autre coupure des *Dernières Nouvelles d'Alsace* début mars 1990: un article décrivant la découverte, dans un bois près de Strasbourg, du corps démembré d'une jeune Alsacienne de seize ans déclarée disparue fin décembre de l'année précédente; éviscérée, ses intestins enroulés autour de son buste et démembrée.

Un article, découpé dans un quotidien écossais au cours d'un voyage en 1993, couvre l'exhumation, dans une forêt à une quarantaine de kilomètres de Glasgow, du corps d'une jeune femme décapitée, démembrée et éviscérée, les intestins enroulés autour du buste. La découverte écossaise, il la doit à un voyage de pêche au pays des rivières à saumons. Son moteur de recherche sur Internet n'existant pas à l'époque, sans ces vacances il n'aurait sans doute rien su de ce crime. Et comme il n'était pas du genre à croire aux hasards, il avait mis ça sur le compte d'un signe du ciel. La probabilité qu'il soit sur place au moment de l'exhumation du cadavre était en effet infime. Ce qui lui fit penser qu'en réalité il n'était pas venu pêcher le saumon mais le serpent. Et son intuition première avait viré à l'obsession.

Sa chemise comprend aussi une publicité découpée dans le même journal écossais pour un cirque russe en tournée en Ecosse à la même époque, ainsi qu'un entrefilet annonçant dans les *DNA* de novembre 1989 l'installation sur la commune de Strasbourg du Ludo Polis, une fête foraine, pour une durée de deux mois.

Un tirage numérique d'une photo prise dans une fête foraine italienne en 2002 montre un chapiteau à l'entrée décorée de panneaux annonçant des reptiles. Avec un point d'interrogation tracé au feutre au dos de la photo.

Les coupures de presse italiennes lui rappellent la découverte du corps disposé en croix gammée dans la périphérie milanaise où il s'est rendu. Crime toujours pas élucidé. Bien entendu. Et heureusement, se dit-il.

Plus récemment, le contenu de la chemise vient d'être enrichi de l'ensemble des articles consacrés à la découverte de l'aquarium et de deux photos de Marcel Baron montrant les «installations».

En comparant les données de son dossier avec les informations que lui a fournies Baron sur ce Dante, il a relevé deux détails: l'interpellation pour vol de voiture en mai 1987 près de Bordeaux, l'autre pour cambriolage en 1993 à Nice qui, sans correspondre à la date d'une disparition, montrent qu'il voyageait.

Autre élément troublant, celui que malgré elle la psy lui a révélé: ce simple mot de jongleur qui correspond au métier de forain qu'il soupçonnait pour l'auteur de ces crimes.

Et pourtant, à l'origine, en pensant à son Serpent voyageur, il n'imaginait pas un cinglé se laissant interner dans un asile.

A moins qu'il soit en train de simuler une affection mentale. Mais pour le savoir, il eût fallu que la psy veuille bien répondre à ses questions.

*

— Vous êtes le docteur Lohmann? Vous tombez bien. Il vous réclame.

— Quoi??!!

D'un air incrédule Suzanne regarde l'infirmier de l'IPPP qui les accueille, elle et le commissaire Steiner. Un accueil réticent, tout juste amélioré par l'autorité dont le commissaire a dû faire preuve.

— Je crois qu'on peut même dire que vous lui avez fait un effet bœuf. Un sacré ticket, rajoute-t-il goguenard.

— Et si on laissait le docteur tranquille, intervient Steiner avec le ton qu'il aurait pris pour dire «*Et si tu fermais ta gueule, connard?*».

L'infirmier hausse les épaules. Suzanne se retourne vers Steiner avec un regard reconnaissant. Tous deux suivent en silence l'infirmier qui leur montre le chemin jusqu'à la cellule occupée par Dante.

— C'est là, fait-il en se retournant avant de leur ouvrir la porte. Mais je vous préviens, juste deux minutes, hein? Vous n'êtes pas censés être là. De toute façon, vu son état, ça m'étonnerait pas que vous le récupériez. Ici, on peut le garder que jusqu'à demain. Pour la prison, il est pas en état.

Immobile dans l'encadrement de la porte ouverte, le docteur Lohmann observe son patient. Dante est sur son lit. Il n'a pas bougé. Il est endormi en position fœtale, la tête formant un angle bizarre, tournée vers le ciel de la cellule, offrant ainsi aux visiteurs son profil acéré.

La première chose qu'elle remarque, c'est qu'il a maigri, signe qu'il a interrompu son traitement. Ses cheveux sont hirsutes. Elle a l'impression de retrouver le Dante apparu à l'UMD trois ans plus tôt. Un bandage lui ceint le poignet gauche, un autre apparaît sous la veste de son pyjama relevée au niveau de la taille. Dans son sommeil il a l'air d'un grand enfant perdu, trahi par sa position recroquevillée.

En le contemplant, elle contemple son propre échec. Ce visage endormi après la tempête lui renvoie ses propres fantasmes de guérison, de victoire sur la folie et de maîtrise de l'esprit. Lorsqu'il tressaille, elle frémit. De ses yeux clos, la Folie la contemple avec un sourire sarcastique.

— On dirait que certains naissent pour créer le maximum de bordel autour d'eux.

Steiner tient à clore la contemplation. Suzanne suit le mouvement. Ils se retrouvent dans le couloir.

— Il s'est automutilé ? demande-t-elle à l'infirmier.

— Chez sa victime, intervient Steiner. Avant l'arrivée de la BAC.

— Il a beaucoup saigné, mais les blessures étaient peu profondes. C'est pourquoi il a été transféré ici.

— Qu'est-ce que vous lui avez administré ?

— Du Tercian.

— Vous avez dit qu'il m'a réclamée. Vous pouvez préciser ?

L'infirmier bedonnant émet un sourire gêné et passe sa main sous sa brosse blonde, pour essuyer trois gouttes de sueur perlant sur son front.

— En arrivant ici, il vous a demandée. « *Le docteur Lohmann, je veux voir le docteur Lohmann.* » A son réveil également. Il disait que vous seule pouviez le comprendre.

— Vous lui direz que ce n'est plus vrai, murmure-t-elle pour elle-même.

— Je vous demande pardon ? fait l'infirmier.

— Non, rien. Et à part ça, il a dit autre chose ? Il a pu être interrogé ?

— Nada. Mais comme je vous disais tout à l'heure, c'est sûrement chez vous qu'il devrait atterrir. Il refuse toute forme de soins, et il refuse de parler. Il a l'air perdu dans son monde. Et vous êtes la seule référence à son passé qu'il a mentionnée. Alors je vous souhaite bien du courage, se permet-il d'ajouter avec un air à nouveau narquois.

«Parce qu'il a dit qu'il voulait vous baiser, termine-t-il manifestement ravi de son effet.

Elle déglutit.

— Un jour on réalisera qu'il y a quelque chose de bien plus dangereux que la folie, parce que beaucoup plus partagé, fait-elle les dents serrées, c'est la bêtise. Vous venez, commissaire? Pour ma part, je n'ai plus rien à faire ici.

D'un pas vif elle refait le chemin en sens inverse de la cellule de Dante jusqu'à la sortie, tandis que le flic se retourne vers l'infirmier et que ce dernier la regarde s'éloigner, l'index droit faisant des vrilles contre sa tempe droite.

— Vous ne devriez pas le prendre sur ce ton, lui dit Steiner après l'avoir rattrapée sur le trottoir. Je ne pense pas à cet infirmier en particulier, mais les gens pourraient mal réagir. Et vous n'avez pas besoin de ça en ce moment.

— Je n'ai pas besoin de quoi, commissaire? lui rétorque-t-elle en le fixant droit dans les yeux. Pas besoin de dire ce que je pense? Quel con! Non mais quel con!

— Vous avez terminé? la coupe-t-il avec une lueur d'amusement dans le regard.

— Vous avez raison... A propos, on a pu établir sa culpabilité pour l'affaire de l'aquarium?

— Pas encore.

— Pas encore? Oui, évidemment, fait-elle les yeux levés vers la silhouette massive.

Les mains dans les poches, la chemise ouverte, la carrure d'ancien champion d'aviron et le nez de boxeur sous ses paupières tombantes, de ses yeux narquois Steiner l'observe aussi.

— Mais s'il retourne à l'UMD, ce sera à vous de nous le dire. D'autant qu'il a l'air de vouloir vous parler. Pour l'instant, on ne sait absolument rien de son emploi du temps entre le moment où il a quitté Segar et son chantier, et celui où il a fait irruption chez Nadia Sénégaud. C'est-à-dire entre le mercredi 18 juin et le dimanche 6 juillet. Tout juste cette dernière croit-elle l'avoir remarqué la suivant quelques heures auparavant, depuis le Mégastore de Barbès-Rochechouart. Entre les deux, on a près de trois semaines de trou noir au cours desquelles il a pu faire n'importe quoi... Au fait, cette insistance qu'il semble avoir manifestée à vous parler, ça signifie quelque chose de particulier ?

— Fixation érotique et instantanée sur un substitut de l'image maternelle, comme un médecin, en l'occurrence. C'est caractéristique de la schizophrénie.

— Par opposition à la psychopathie, si je comprends bien. Au moins, vous avez de la suite dans les idées.

— Vous avez remarqué ? Mais au point où j'en suis... Ça n'aura pas empêché une erreur fatale dans l'évaluation de sa dangerosité.

— C'est vous qui nous le direz, docteur...

Puis, après quelques secondes de silence :

— N'oubliez pas que jusqu'à présent, à part les gars de la BAC, c'est vous qui avez fait l'essentiel du boulot. Alors ne vous rongez pas trop. Et dites-vous plutôt qu'au moins il n'ira pas plus loin.

Elle lui adresse un sourire de reconnaissance.

— J'aimerais en être aussi convaincue que vous.

— Vous avez le temps de boire un verre, histoire de parler d'autre chose ?...

Ce sourire qui ne prend pas la peine de se dessiner. Il la détaille. Ses lèvres charnues, son nez fin, ses cheveux aux épaules, auburn, ses tendons sous sa peau mate, partant de la base de son cou aux oreilles, ou encore la naissance de ses seins, bruns également sous sa chemise blanche, ouverte par cette canicule. Il ne perd pas non plus une miette de son regard pour sa montre à son poignet fin.

Elle est sur le point d'accepter.

— Vous avez de ravissants souliers, fait-il avec un regard pour ses Louboutin comme s'il l'avait percée à jour.

— Oh merci, dit-elle avec une négligence feinte. Ce ne serait pas raisonnable. Il est déjà 9 heures. Il me reste encore deux filles dont je dois m'occuper. A bientôt. Et je vous promets de tout faire pour obtenir les souvenirs de Dante, même si je ne dois pas aimer ce qu'il a à raconter.

Une camionnette des pompiers, gyrophare et sirène en action, grandit dans la rue Cabanis, amenant un nouveau client pour l'Infirmerie psychiatrique.

Avant de s'éloigner vers sa voiture garée plus loin, elle regarde une dernière fois Steiner. Deux ou trois mètres les séparent, statues silencieuses alors que la sirène s'est tue. Dans ce désordre que son existence est à ses yeux devenue, elle trouve la proposition réjouissante.

— Dans votre datcha, je n'ai noté aucune trace féminine... C'est par discrétion, ou parce qu'il n'y a rien à voir?

Steiner éclate de rire, carcasse aux secousses irradiant des ondes de gaîté sur le trottoir aux lampadaires allumés dans le crépuscule encore clair.

— Je n'ai jamais voulu imposer ma présence à une malheureuse.

— Alors me voilà prévenue, dit-elle entamant son mouvement vers sa voiture et, sans se retourner, lâchant un «à bientôt, commissaire», en agitant sa main à son intention.

Pour rejoindre le XVIIe, d'où elle est, à deux pas de l'hôpital Sainte-Anne, autre haut lieu de la folie dans la cité, elle prend le périphérique intérieur comme tous les soirs en rentrant de Villejuif. Ceinture de béton, d'asphalte et de métal en mouvement, de bruits de moteurs et de roulements des pneumatiques sur le bitume, de gaz d'échappement, de pollution et de lumières traçantes dans la nuit. Comme des centaines de fois, elle insère sa voiture dans le flot de véhicules, un peu moins dense en juillet, le ruban du périphérique encastré dans une enfilade de barres HLM, d'immeubles de bureaux, de halls d'exposition, de tunnels plus ou moins longs se succédant les uns aux autres, le tout facticement égayé par des affiches géantes et éclairées vendant des lagons couleur turquoise, des téléphones cellulaires, des cocktails estivaux, ou encore des enseignes lumineuses surplombant les buildings et rappelant aux automobilistes des marques entrées dans le patrimoine de l'humanité consommatrice. Parvenue à l'endroit où le périphérique surplombe et traverse la Seine, elle laisse sur sa droite la percée vers le cœur de Paris, et sur sa gauche le soleil couchant et la tour TF1.

Seule dans l'habitacle de la BMW, attentive à la circulation qui la porte, elle regrette d'avoir décliné l'offre de Steiner, dont la présence rassurante déjà s'estompe, la laissant plus démunie que jamais pour affronter ses ennuis. Le visage de Dante endormi, trompeusement apaisé par l'immobilité du sommeil, qui au mieux se réveillera abruti par les neuroleptiques, au pire à nouveau hanté par son démon interne.

Dante dont le souvenir s'était évanoui dans son esprit, comme la plupart de ses ex-patients, ravivé en l'occurrence de façon machinale par la vision du pot à stylos trônant sur son bureau. Il avait su masquer ses sentiments, mais ce cadeau tardif révélait un attachement plus fort que celui d'un malade à son médecin. Ce qui n'avait rien de surprenant: rares avaient dû être les personnes, au cours de sa malheureuse existence, à lui prêter autant d'attention qu'elle. Et l'infirmier qui lui rapportait qu'il voulait la baiser...

Dante appréhendé en flagrant délit six mois après sa sortie de prison, pour un crime semblable à celui pour lequel il avait été condamné quelques années plus tôt.

Porte de Champerret, elle engage sa voiture sur la rampe de sortie et réduit sa vitesse pour l'adapter à la ville. En garant sa voiture boulevard de Courcelles, face aux grilles du parc, elle a une pensée hostile pour ce quartier aseptisé, et se dit que si tout devait voler en éclats dans son existence, au moins cela lui donnerait l'occasion de s'installer ailleurs.

Parvenue au troisième étage de l'immeuble haussmannien, après avoir emprunté l'escalier pour retarder le face à face autant que pour se détendre, elle a la surprise de trouver la porte fermée à double tour, l'alarme mise et l'appartement plongé dans le noir. Elle se précipite sur le boîtier électronique, tape fébrilement le code, entend la voix de synthèse lui souhaiter la bienvenue, allume le hall, et tombe sur un mot de Gilbert posé sur la console qui sert de vide-poches et de présentoir à courrier: «*Il était convenu que j'emmène les filles à La Baule ce soir. Nous t'avons attendue, en vain. Ton portable n'était pas branché. Je t'ai laissé un message. L'écoutes-tu toujours? Tu pourras y ajouter mes félicitations. Fontana m'a mis au courant pour ton patient.*»

En écoutant le message de Gilbert, elle parcourt les pièces de réception de cet appartement grand bourgeois, double salon, salle à manger, bureau-bibliothèque, le tout recouvert de boiseries et décoré de tableaux contemporains. Prêtant à peine attention aux paroles de son mari, téléphone contre l'oreille gauche, elle jette un œil dans la chambre de chacune de ses filles, allume les lumières pour conjurer leur absence, pousse jusqu'à la sienne, la chambre conjugale, le tout aménagé par une amie de Gilbert, architecte d'intérieur, avec le goût du moment, zen et confortable, son état d'esprit aussi désert que l'appartement, dans cet intérieur conforme à l'âme de l'époque, pratique, utilitaire, sans aspérités, exempt de fautes de goût et d'audace, lorsque son œil est attiré par une tache de couleur criarde sur le couvre-lit, à l'endroit de son oreiller, un dessin représentant une femme en blouse blanche cernée par des fous furieux menaçants, avec écrit dessous en lettres orange: «*Maman je t'aime*», le tout signé Emma qui même absente lui signifie son indéfectible soutien.

Elle supprime le message de Gilbert, ouvre quelques fenêtres pour faire un courant d'air et s'affale dans un canapé avec un verre. Elle engloutit une première rasade pour meubler cette solitude qui la prend de court.

Elle allume LCI, écoute machinalement les nouvelles, légèrement euphorisée par les effets de la vodka. Un changement de ton de la présentatrice et une image incrustée sur l'écran représentant l'entrée de l'aquarium du Trocadéro attirent son attention: «*...l'auteur du crime odieux découvert dans l'aquarium désaffecté du Trocadéro ait été arrêté. Il s'agirait d'un individu déjà condamné pour agression sexuelle, et un temps soigné dans une unité spéciale à Villejuif*».

Les effets de l'alcool ont disparu. Cette simple annonce la replonge dans ce qui fait son angoisse. Tout ce travail pour en arriver là. La bouteille sur la table basse ne demande qu'à la réconforter. Elle évite de peu l'écueil à l'idée que le lendemain, aux dires de l'infirmier, Dante va quitter l'IPPP, et qu'il y a de fortes chances pour qu'il réintègre le pavillon 38.

14.

Le docteur Lohmann a mésestimé les effets secondaires du somnifère. Elle qui se refuse à ingurgiter ce qu'elle prescrit à ses patients à longueur de journée, vues les circonstances, en a pris un. Elle s'est réveillée avec une drôle de sensation sous le crâne, comme si son cerveau en son sommet était comprimé par une force mystérieuse. Lorsqu'elle perçoit la sonnerie du réveil, elle a la surprise de se retrouver seule, avant de se rappeler le mot de son mari et sa soirée de la veille. La messagerie de Gilbert est pour elle l'interlocuteur idéal, neutre, muet et ne lui laissant qu'un temps de parole limité par une sonnerie lui signifiant qu'elle a été assez bavarde.

Périphérique extérieur, soleil déjà haut surchauffant l'asphalte et l'atmosphère.

— C'est très gentil de t'être arrachée à ton travail hier soir pour nous dire au revoir. Emma et moi avons été très touchées. Papa aussi a beaucoup apprécié.

— Angélique, je m'excuse. Je suis désolée. On ne va pas en faire un plat. D'accord?

— Non, on ne va pas en faire un plat. Et ne t'excuse pas. Je comprends que tu préfères la présence de tes malades à celle de ta famille. Ce doit être tellement plus passionnant.

— Je me suis excusée. Passe-moi ta sœur.

— Elle dort.

— C'est faux. Passe-moi Emma.

— Elle est sortie.

— On réglera ça plus tard. Je dois te laisser.

— C'est ça.

Sa fille a raccroché. A seize ans, elle a autant de repartie que son père. Suzanne est refroidie par cette banquise adolescente.

Devant Henri-Colin, un nombre anormalement élevé de voitures garées sous les arbres la fait passer en mode parano. La chaleur de l'air accroît son sentiment d'oppression, et la mine dramatique de Gisèle derrière son bureau à l'accueil fait augmenter sa cote d'alerte de plusieurs degrés.

— Ils sont dans le bureau d'Hélion.

— Qui ça?

— Mangin, un autre médecin, le président de la CSM, je crois, et d'autres. Ils vous attendent.

Dans le bureau du patron, à l'heure du briefing quotidien, l'équipe des médecins et des cadres infirmiers de Colin a cédé la place à six personnes, dont deux que Suzanne n'a jamais vues. La première chose qu'elle note, c'est l'air tendu d'Hélion, comme les cinq autres hommes qui forment cette assemblée.

— Entrez, Suzanne, lui dit-il alors qu'elle a déjà passé la tête dans l'entrebâillement de la porte.

Et, une fois qu'elle est tout entière dans la pièce:

— Je vous présente le juge Van den Brook, procureur de la République...

Suzanne serre la main au petit homme replet, mèche brune recouvrant mal une calvitie galopante, couperose lui mangeant la moitié des joues et des yeux mobiles abrités derrière des loupes aux montures épaisses et noires. Elle aurait du mal à lui donner un âge. Entre trente-cinq et quarante-huit ans.

— ... et le commandant Melchior, de la Brigade criminelle, en charge de l'enquête concernant l'aquarium du Trocadéro.

Le policier travaillant sous la responsabilité de Steiner doit avoir dans les quarante ans, 1,80 m, athlétique, le visage constellé de taches de rousseur et les cheveux frisés virant sur le roux. Une tête de rugbyman avec un accent du Sud-Ouest. Elle voit dans son regard que le commissaire lui a parlé d'elle, celle par qui les ennuis sont arrivés.

Quant aux trois autres, il s'agit de Mangin, de Liénart, qui tous deux à son intention émettent des ondes hostiles et sarcastiques, et du président de la Commission du suivi médical, qui avait tenu compte de son avis pour faire sortir Dante de l'UMD.

Elle n'a pas vu Liénart depuis leur passe d'armes au tribunal de Créteil concernant cette affaire de viol. Le bellâtre tient sa revanche.

Six hommes dans la pièce autour d'elle, parmi lesquels un soutien au pouvoir limité, sans doute un élément neutre en la personne du flic, deux ennemis déclarés, Mangin et Liénart, un cinquième lui en voulant de l'avoir convaincu d'entériner la sortie du monstre, et un sixième certainement pas beaucoup mieux disposé à son égard. Malgré la chaleur extérieure et l'absence de climatisation, l'ambiance est plus glaciale que dans une chambre froide.

— Que se passe-t-il? fait-elle pour briser le silence, en s'adressant à Hélion.

— Erwan Dantec-Leguen a été admis à l'UMD il y a une demi-heure.

— Je vois, dit-elle, freinée par les regards de marbre ou de mépris braqués sur elle.

— Ces messieurs, fait-il en désignant implicitement le procureur et le commandant, sont ici parce qu'Erwan Dantec-Leguen est le principal suspect pour le crime du Trocadéro.

En ce qui concerne la présence des deux autres, Liénart est venu se faire mousser, rappeler son premier diagnostic et jouer un rôle qui lui conférerait la notoriété. Quant au président de la CSM, il est ici dans un seul but: se dégager de toute responsabilité, et faire porter le chapeau à un autre. Elle ne se doutait pas, un an et demi plus tôt, en défendant le cas Dante, qu'elle était en train de préparer le nœud coulant qu'on allait lui passer autour du cou.

Et ce salopard de Liénart qui la regarde avec concupiscence.

Elle se sent plus en sécurité lorsqu'elle traverse la cour du pavillon 38 et que tous ses patients convergent vers elle, que dans ce bureau.

— Et vous l'avez trouvé dans quel état? demande-t-elle à Hélion avec toute la maîtrise de soi dont elle est capable.

— Prostré. C'est à peine s'il a eu l'air de reconnaître les lieux. Mais comme il vous a réclamée à l'IPPP, vous devriez être en mesure de lui faire remplir les blancs dans son emploi du temps, ajoute-t-il avec un maigre sourire.

— Mis à part le fait que ses fantasmes correspondent de façon troublante au crime, nous ne disposons d'aucune preuve, intervient le procureur avec sa voix nasillarde.

Le commandant Melchior se racle la gorge:

— Vous oubliez la coupure de presse concernant l'événement, qu'on a trouvée chez lui, et le fait qu'il travaillait sur un chantier à quelques centaines de mètres des jardins du Trocadéro.

— Certains détails le chargent. Mais aucune preuve tangible. Ni empreinte digitale ou ADN, ni pièce à conviction. Alors rien ne vaudrait des aveux en bonne et due forme, n'est-ce pas? fait-il en regardant le docteur Hélion, puis le docteur Lohmann.

Liénart émet un borborygme. Les autres se tournent vers lui.

— Si vous voulez mon avis, on pourrait s'en passer. Ce Dantec-Leguen est un dangereux psychopathe, beaucoup plus intelligent qu'il n'en a l'air, qui depuis le début brouille les cartes et simule la schizophrénie pour échapper à la sentence qu'il mérite.

«Pour ceux qui l'ignoreraient, j'ai été amené à conduire une expertise psychiatrique sur sa personne en 1997, avant le jugement qui l'a condamné à huit ans. Il était jugé pour une agression en tous points similaire à celle au cours de laquelle il vient d'être appréhendé, avec irruption chez sa victime par escalade, agression sexuelle et actes de barbarie. Et avant sa condamnation, on note une première interpellation pour vol de voiture en 1986, et une seconde pour cambriolage en 1993. Et je ne pense pas m'avancer, en affirmant qu'il s'agit là de la partie émergée de l'iceberg.

«Autrement dit, ajoute-t-il sur le ton d'un conférencier, le curriculum vitae type du délinquant qui fait son apprentissage. Rien de schizophrénique jusqu'à présent. Et même ses automutilations sont très classiques d'un psychopathe ne supportant pas sa condition de détenu.

Jacques Liénart marque une pause pour constater l'effet de sa sortie sur son auditoire. Suzanne ne bronche pas. Pour l'instant, il n'y a rien à dire. Et il le sait très bien. C'est pourquoi il affiche une telle assurance, et se permet de chercher l'assentiment d'Hélion dans son regard.

— Quant au fait que mes confrères, fait-il en s'adressant au procureur, aient diagnostiqué chez lui une schizophrénie, j'en suis à peine étonné. Une fois dans leur service, Dantec-Leguen a dû adopter une tout autre attitude pour les tromper.

«Il n'est pas rare qu'un psychopathe simule un état psychotique. Cette simulation permet de dénier des secteurs entiers de la réalité. Elle permet aussi de désavouer la responsabilité en transformant les souvenirs en expériences psychotiques. La psychose peut même procurer une rationalisation du comportement dans une situation qui l'exigerait. Vous me suivez?

— Je crois, oui, éructe le procureur.

— Cela étant dit, psychopathie et psychose ne sont pas incompatibles, et dans ce cas, au terme de simulation on préférera exagération... Et ce n'est pas le docteur Hélion, ni le docteur Mangin, qui me contrediront, dit-il pour achever son cours, en ignorant délibérément le docteur Lohmann.

— Docteur, je...

— Si vous permettez, docteur Lohmann, l'interrompt Hélion, je reconnais certains fondements dans ce que vient de nous dire le docteur Liénart, mais je reste de l'avis du procureur. Et nous allons devoir tenter d'extirper à Erwan Dantec-Leguen ses souvenirs les plus récents. Et je vous inclus dans ce «nous», docteur, puisqu'il vous a réclamée.

— Tout en sachant, s'élève à nouveau la voix nasillarde, qu'au point où on en est, et je devrais dire, où il en est, il n'y a plus aucun risque qu'Erwan Dantec-Leguen recouvre la liberté... A moins d'un autre coupable surgissant de nulle part, d'un autre crime identique au précédent commis et découvert, eh bien nous avons notre coupable, le vrai, insiste le petit homme en braquant ses doubles foyers sur Hélion.

« Simulation ou pas, avec sa récidive, on a largement de quoi le condamner et ne plus le laisser sortir. Tout du moins avant une éternité. A moins d'un non-lieu, en cas d'irresponsabilité, bien sûr... Mais dans ce cas, ce serait à vous de ne plus le lâcher, cette fois.

Le président de la CSM se redresse.

— Pour sortir, il devrait à nouveau passer devant la commission, et je peux vous assurer que cela ne se reproduira pas.

— Alors, docteur, reprend la voix nasillarde, le procureur s'étant cette fois tourné vers Suzanne, puisque d'après ce que je comprends, vous êtes ici celle qui a le plus de chances de le faire parler, le travail de fouille archéologique dans la mémoire de votre patient, si vous m'autorisez l'expression, vous ne l'entreprendrez que par acquit de conscience, pour l'éventuelle satisfaction intellectuelle du médecin, fait-il en souriant complaisamment. Mais certainement pas pour le sauver.

— Ce sera fait en tout cas pour la vérité, s'entend-elle prononcer presque malgré elle.

— La vérité ? Quelle vérité ? lui demande vivement le petit homme, lui aussi apparemment surpris de son intervention.

— Mais... la vérité, hasarde-t-elle plus très sûre d'elle-même tandis que six regards pas nécessairement amènes sont braqués sur elle.

— Alors, amusez-vous bien avec la recherche de la vérité. Avec un peu de chance, la médecine en sortira grandie. Sur ce, comme on m'attend au Palais, et que je doute fort que notre homme se mette à parler dans la matinée, je vais vous quitter. Ah ! docteur... s'exclame-t-il, je m'aperçois que je n'ai pas bu mon thé.

Le procureur Van den Brook serre la main de chacune des personnes présentes dans la pièce et disparaît derrière la porte, suivi par Liénart qui doit vouloir lui faire entendre une fois encore son point de vue jusqu'à sa voiture.

Ces deux-là en moins, Suzanne respire mieux. Elle note la présence du commandant de la Brigade criminelle qui intercepte son regard interrogateur adressé à Hélion.

— Vous vous demandez ce que je fais ici. Je suis venu pour tenter de comprendre. Et puis, malgré tous les éléments qu'on a pour le soupçonner, c'est vrai qu'on n'a ni preuve, ni aveu.

— Vous voulez dire que vous souhaitez assister aux entretiens ?

— Le commandant n'exige rien, docteur.

Elle se ravise.

— Il ne faut pas m'en vouloir si vous me trouvez agressive. Je suis un peu à cran.

— Sans gêner votre travail, on voudrait suivre cette affaire de très, très près, à la préfecture. Vous comprenez qu'un crime comme celui-là, ça frappe l'opinion. Et on n'aimerait pas avoir à se contenter du silence d'un gars qui se mure derrière sa folie.

« Le proc parlait de la découverte d'un nouveau cadavre avec la même mise en scène et tout le toutim. Faudrait pas que ça nous arrive parce qu'on aurait arrêté de chercher sous prétexte qu'on a un cinglé sous la main.

— Hélas pour nous, je parle pour nous, psychiatres, intervient Mangin avec un sourire faux à l'intention de Suzanne, je crains, commandant, que vous soyez en train de faire de la littérature.

Pour ce sourire, à cet instant elle le hait. Un poisson pris dans une nasse. Se pencher à nouveau sur le cas Dante est la seule issue qui s'offre à elle. Au moins aura-t-elle cette chance.

— En tout cas, tenez-moi au courant dès que vous aurez du nouveau.

Posé sur son bureau, un quotidien ouvert sur un article titré en caractères énormes : « *Chronique d'un massacre annoncé* ». Et en surtitre, en caractères plus discrets : « *On libère bien les fous dangereux* ». Un nœud dans l'estomac, elle se jette dessus.

L'article est signé François Müller. Une telle profusion de détails la glace. Presque tout y est. Comment a-t-il pu obtenir autant d'informations ? Il sait tout. Il ne l'a pas citée, mais c'est tout comme. Jusqu'à l'intervention de Liénart qui la hérisse.

Elle reprend les derniers paragraphes. Il a voulu faire de l'esprit mais elle suffoque comme après un uppercut dans l'estomac.

« Reste à voir si le docteur L. saura, ou plutôt voudra, le faire parler. On ne voit en effet pas l'intérêt qu'elle aurait à lui faire avouer le meurtre de Pamela. Ce serait par la même occasion reconnaître sa propre erreur.

Parce qu'on se trouve là face à une aberration du système : Erwan D. a été transféré non pas en prison, mais à l'UMD. Et l'on se prend à implorer le ciel pour que cette fois, le docteur L. ne le fasse sortir que vraiment guéri. La seule chose à espérer étant qu'elle n'ose pas tenter le diable une seconde fois, de peur que la prochaine victime soit identifiée, ce qui permettrait à sa famille de porter plainte contre le bon docteur L. Car pour l'instant la psychiatre demeure chanceuse : tant que Pamela n'a pas été identifiée, personne n'ira la poursuivre !

Au-delà de tout cela, une question demeure : dans l'hypothèse où Erwan D. ne serait pas coupable dans l'affaire de l'aquarium, d'où viendrait cette correspondance entre les fantasmes de ce schizophrène et ce massacre ? Sans preuves ni aveux, dans cet univers ô combien glissant, on peut tout envisager, même le pire. »

Elle se rue dans le bureau d'Hélion. Les trois hommes lèvent la tête à son irruption.

— C'est vous Mangin ? fait-elle en brandissant le journal.

La tension émanant de son corps indique qu'il ne faut surtout pas la pousser.

— J'ai pensé que ça vous intéresserait.

— Non, le coupe-t-elle, ça je sais que vous l'avez mis en évidence sur mon bureau. Merci. Les détails, c'est vous ?

— Mais, docteur, comment pouvez-vous oser m'accuser de...

— Oh, ça va, épargnez-moi vos...

— Pouvez-vous nous laisser, le docteur Lohmann et moi, intervient calmement Hélion.

— Il va falloir jouer très serré, Suzanne, lui dit-il une fois qu'ils sont seuls. Mangin ne vous a jamais appréciée. C'est dommage.

— C'est un euphémisme. Je vous ai déjà connu plus explicite.

— C'est pourtant un bon professionnel. Mais ce n'est pas grave. Ce n'est pas le point important. Cette histoire a fait beaucoup trop de bruit. On a voulu aider la police en mettant ces messieurs sur la voie de Dante, mais peut-être aurions-nous mieux fait de ne rien dire. On aurait pu s'abriter derrière le secret médical.

Elle voudrait dire que c'était pour éviter d'avoir à assister à une multiplication des victimes. Il ne lui en laisse pas le temps. Lui aussi prend sur lui dans cette histoire. Alors elle s'écrase.

— Ce qui est fait est fait, reprend-il. Mais au ministère, ça coince. On commence à parler de revoir le système, de fusibles à faire sauter. On commence, seulement. Mais vous savez ce que c'est.

— Vous voulez ma démission ?

— Je ne veux pas en entendre parler. Pas encore, tout du moins, se ravise-t-il en baissant les yeux.

— Alors ?

— Alors je ne sais pas. Je vais essayer de calmer les esprits. Et de votre côté, faites de votre mieux avec Dante. Pour arriver à quoi, je ne sais pas. Mais faites-le. Vous avez toute ma confiance... Et maintenant laissez-moi. Il va falloir que j'amadoue le président de la CSM.

15.

A force, il pensait pouvoir s'y faire. Ce n'est pas le cas. Face à la maladie de son fils, François Müller se sent toujours désemparé. A son annonce, il l'a prise pour un châtiment lui tombant dessus, pour avoir consacré sa vie à la face sombre de l'homme. A tous ces crimes. Un châtiment d'autant plus injuste qu'il ne le frappe pas lui directement, mais cet enfant qui n'a rien demandé à personne.

Mais avec tout ce qu'il lui a été donné de voir au cours de ses enquêtes, il est bien placé pour savoir que la justice est une notion inventée par les faibles.

Petit être désagrégé, prisonnier de son corps débile, le regardant de ses yeux avides à son entrée dans la chambre. A chaque fois, il doit dissimuler son malaise. Et pourtant, il lui rend visite au moins tous les deux jours.

A part les gens qui le soignent, il n'a que lui. En le quittant, sa femme a aussi abandonné leur fils. Elle avait mieux à faire. Et ceux qui ne les connaissent pas et ne savent pas, la comprennent. Ils pensent que la vie avec un homme comme lui devait être intenable.

Il est assis à côté de son lit dans la chambre médicalisée. La télé posée au bout de son bras fixé au mur est éteinte. Il lui a apporté un jeu vidéo et *L'Iliade* en CD audio. A treize ans, ça devrait commencer à l'intéresser. Il lui tient la main. Il n'est pas très à l'aise, parfois il baisse les yeux, mais il ne voudrait être nulle part ailleurs.

D'ailleurs, la gêne s'estompe lorsqu'il commence à parler. Ses monologues sont le fil ténu qui le rattache à son enfant. Et peut-être aussi à l'humanité.

Pour avoir quelque chose à lui dire au cours de ses nombreuses visites, il en est venu à lui parler de son travail. Entre eux c'est devenu un rite. Et quand il est pour lui l'heure de partir, ou pour son fils celle d'éteindre, la gêne, qu'à son arrivée François Müller ressentait, a totalement disparu. Les heures passées en sa présence sont une parenthèse dans son existence. Les seules au cours desquelles il a l'impression d'être bon. Sans arrière-pensées. D'avenir il n'est pas question. Celui de Grégoire est une inconnue qui hélas ménage trop peu d'incertitudes. Etant sa seule fenêtre sur le monde, il s'ingénie à lui dévoiler tous les horizons possibles.

Surtout, entre toutes, Grégoire est la personne à qui il préfère parler de son métier. Il ne lui révèle pas tout. L'aspect macabre ou violent de ses histoires ne conviendrait pas à un enfant à qui la maladie tous les jours donne un avant-goût de la mort. Mais en parler avec son fils lui permet d'apporter un peu de fraîcheur et d'innocence à cet univers noir.

François Müller transforme ses enquêtes en aventures extraordinaires, et fait de son propre personnage une sorte de héros de bande dessinée. Pour son fils, l'enquête journalistique a rejoint l'enquête policière, et ses investigations souvent permettent à la police d'arrêter les coupables. Il s'est autoproclamé l'égal des Tintin, Rouletabille et autres reporters redresseurs de torts.

Pour une fois, il n'a pas à enjoliver. Depuis le temps, Grégoire est moins naïf, il en a conscience. Mais entre eux c'est devenu un jeu, leur façon de communiquer.

— Ton père fait un drôle de métier, et en plus tu peux avoir la fierté de te dire qu'il est le meilleur. Tu te souviens de celui que j'ai surnommé le Serpent? Je t'en ai déjà parlé... Je pense enfin pouvoir l'identifier. Figure-toi qu'il s'est manifesté au début du mois. A Paris. Il a laissé sa marque secrète et un grand cierge pour que tout le monde voie bien.

«Moi je me disais que j'en savais beaucoup plus que la police. Que s'il commençait à vouloir faire parler de lui comme ça, il allait sans doute commettre des erreurs, et que je serai le mieux placé pour le trouver...

«Les choses se sont emballées à cause d'un médecin qui croit que c'est l'un de ses malades qui a fait le coup. Ce docteur travaille dans un asile pour fous dangereux. Au début j'y ai cru aussi, et j'ai eu peur. Tu comprends, c'est comme une course: pour gagner, il faut être le premier... Aujourd'hui je suis moins sûr. J'ai l'impression que la personnalité de ce fou ne colle pas avec celle du Serpent. C'est pas à un vieux crabe comme moi qu'on va raconter des salades, pas vrai?

Toujours la main dans la sienne, Grégoire la lui serre.

— Quelqu'un à la préfecture de police m'a donné le dossier de ce fou. Parce que si ce médecin a cru que c'était son malade, je me suis dit qu'il doit quand même y avoir un lien. Tu te serais dit la même chose à ma place toi, n'est-ce pas?

L'enfant sourit.

— Ensuite, j'ai appelé cette psychiatre. Comme elle ne me connaissait pas, elle n'a pas voulu me parler au téléphone, mais j'ai fini par lui faire dire quelque chose d'intéressant qui ne figurait pas dans le dossier: pour retrouver mon fameux Serpent, je dois remonter la trace d'un petit jongleur. C'est drôle, non?

Il attrape trois oranges posées sur la table de nuit, se lève et commence à essayer de jongler.

— Tu vois, moi aussi je sais jongler... enfin, dit-il alors qu'un des agrumes tombe et roule au sol, pas comme lui.

L'enfant a un petit rire qui le secoue légèrement dans ses draps. François Müller ramasse le fruit sur le lino et les repose tous les trois sur la table de chevet.

– Comme cette psy n'a pas voulu me parler, j'ai fait autrement. Dans le dossier que m'a fourni mon contact, j'ai vu que ce Dante, c'est comme ça qu'il s'appelle, avait été examiné par un premier médecin au moment de son arrestation. C'est lui que je suis allé voir. Un certain Liénart. Il a été beaucoup plus coopératif. Alors après-demain, dit-il en regagnant sa chaise, je ne pourrai pas venir te voir, parce que je dois faire un voyage pour mon enquête.

« Tu comprends, je dois aller vite pour profiter de mon avance. Parce que si la police mettait la main sur le Serpent avant moi, mon histoire ne serait pas aussi forte. C'est un gros coup, tu sais ? Si je réussis à l'identifier en premier, ce sera le plus beau coup de ma carrière.

« Tu sais, si je ne me trompe pas, ce Serpent est sans doute le plus méchant parmi tous ceux auxquels je me suis intéressé. C'est aussi pour ça qu'il faut absolument l'identifier pour l'arrêter. Tu ne diras rien à personne, n'est-ce pas ? C'est notre secret. Et si ça marche, peut-être que nous pourrons essayer de te faire revenir à la maison. Parce que j'aurai gagné beaucoup d'argent. Comme ça, on ne se quittera plus. Et puis je te raconterai mes histoires tous les jours, et tu pourras m'aider à les résoudre. Ça te plairait ?

De sa main, Grégoire exerce une pression sur ses doigts. Puis une deuxième. Son père le regarde.

— Mais bien sûr que je ferai attention. Tu sais bien que je suis le meilleur. Qu'est-ce que tu voudrais qu'il m'arrive ? Le Serpent, moi je saurai bientôt qui c'est, mais lui il ne me connaît pas. Il ne sait même pas que j'existe. Tu vois, pour lui, je serai comme l'homme invisible. Alors on n'a pas à s'en faire.

François Müller se lève et prend la main de son fils entre les siennes. Le petit est fatigué. D'une pression sur la poire, il appelle l'infirmière. En attendant son arrivée, alors qu'il entend ses pas dans le couloir, il s'approche à nouveau du lit puis se penche sur son fils et l'embrasse sur le front.

— La seule chose susceptible de donner raison à cette psychiatre, dit-il moins sûr de lui, c'est que jusqu'à présent, je n'ai détecté aucun crime qui aurait été commis au cours d'une de ses périodes d'incarcération ou d'internement en asile... Ce qui évidemment serait le meilleur moyen de le disculper.

Mais Grégoire a déjà fermé les yeux.

— Tu sais, lui chuchote-t-il tandis qu'il somnole déjà, tu es ce que j'ai de plus précieux.

*

Il est assis devant le bureau, Julien à sa droite, légèrement en retrait, de façon qu'il ait à tourner la tête pour le voir. Il a revêtu le pyjama couleur ciel des nouveaux arrivants. Ses cheveux sont hirsutes et son poignet gauche encore bandé. Il a la tête et l'élocution de quelqu'un qui émerge d'un sommeil forcé, après avoir été assommé par une dose massive de neuroleptiques. Le docteur Lohmann se trouve face à un nouveau défi: non plus remonter son passé pour comprendre l'origine de sa folie, mais faire remonter à la surface ses souvenirs les plus récents. Avec ce paradoxe qu'un succès pour elle reviendrait à signer sa propre condamnation.

— Dante? Vous savez où vous vous trouvez? Vous reconnaissez? L'UMD. Henri-Colin...

Il la regarde sans avoir l'air de comprendre.

— Tenez, je vous ai apporté quelque chose, fait-elle en sortant du tiroir le pot à stylos. C'est vous qui l'avez fabriqué, et qui me l'avez donné. Vous vous souvenez? Voyez. Moi je n'ai pas oublié. Et je l'ai gardé.

Il avance la main vers l'objet que Suzanne finit par lui tendre. Mentalement, elle pousse un soupir de soulagement. Elle comptait sur cet élément pour le faire revenir à une certaine réalité. Se demandant comment elle allait conduire cet entretien, son regard était tombé sur le cadeau de Dante.

— DR Lohmann, oui, docteur Lohmann, réussit-il à prononcer.

Puis il retourne le pot et en décolle le simili cuir, semble vérifier quelque chose et lui rend le pot en lui désignant de l'index la partie découverte. Il y a des traces de colle, mais elle distingue une spirale noire au fond du pot. Elle a marqué un point en rétablissant le contact, mais elle ne doit pas commettre une erreur maintenant.

— Un serpent? hasarde-t-elle en priant presque.

— Le Serpent, docteur. Vous vous rappelez? Je dois vous décevoir... Vous pensez j'ai pas été à la hauteur. De vos espoirs... J'ai encore fait du mal, pas vrai?

Il marque un temps d'arrêt. Elle sent son cœur cogner. Elle espère qu'il va poursuivre. Tout se déroule au mieux. Elle ne doit pas le mettre sur la voie. C'est à lui d'évoquer la victime de l'aquarium. Pour s'assurer de la validité de ses dires. «*Continue*.»

— Mais elle est pas morte, docteur. Elle a pu fuir. Elle a eu de la chance. Et moi aussi. Le Serpent a pas eu sa proie. Pas cette fois, n'est-ce pas?

— Pas cette fois?

— Mais oui, fait-il avec une légère pointe d'interrogation, comme s'il craignait d'avoir dit une bêtise.

— Mais avant, Dante? Avant la dernière? Le Serpent n'a pas frappé quelques jours avant cette fois? C'est à ça que vous faites allusion?

— Le Serpent? Oui... Je crois, fait-il apeuré.

— Il vous a ordonné de trouver une nouvelle victime? Et d'accomplir le rituel?

Il transpire, gratte le bandage à son poignet, se tourne vers l'infirmier. A nouveau il la regarde avec une supplique dans les yeux. Il s'agite sur sa chaise. Il n'a pas oublié qu'il ne doit pas se lever.

— Dante? fait-elle se voulant rassurante.

— J'ai peur, docteur. Je veux pas parler de ça, dit-il en pleurant.

A la déformation des neuroleptiques dans sa voix, s'ajoute celle des sanglots. Il en devient difficilement compréhensible. Suzanne regarde Julien et risque une dernière tentative:

— Mais qu'avez-vous fait, Dante, dans la semaine après avoir quitté votre travail?

Il secoue la tête enfouie dans ses mains. Elle répète la question. Une phrase inaudible sort de sa bouche. Elle et Julien dressent l'oreille, plus immobiles que des statues de sel, prêts à discerner le moindre son. La voix est plus rauque.

— Qu'est-ce que vous dites?

Il semble faire un effort pour articuler, et répéter en boucle ce que Suzanne et Julien finissent par comprendre comme étant «*la mer Morte*.»

Il n'ira pas plus loin. Julien lui pose la main sur l'épaule. Et Suzanne reste seule dans le bureau jaunâtre avec l'impression d'avoir approché la vérité de si près. Sphinx malade la laissant avec une énigme et la menace d'être dévorée si elle ne la résout pas. Ses mains saisissent le pot à stylos à la garniture décollée. Et ses yeux tombent sur le serpent que Dante y a dissimulé.

16.

Allongée dans le canapé Ruhlmann couleur prune, le regard embrassant une partie du plafond, un peu des boiseries et la partie haute d'un tableau abstrait, Suzanne contemple ce que son existence est devenue. Un mot lui vient à l'esprit: impasse.

Seule la voix de Robert Plant sur *Whole lotta love* lui permet de garder la tête froide. Elle a mis sur la platine *Led Zeppelin II*. L'intro l'a retournée. Elle avait oublié la force bénéfique qui se dégage des accords de guitare survoltée.

Hélion lui a demandé de prendre des congés. Autrement dit, de le laisser gérer la situation seul. Il s'agit d'un ordre plus que d'une suggestion. Et si les choses ne s'arrangent pas, la prochaine fois, c'est sa démission qu'il lui demandera. Il n'a pas eu besoin de préciser: ils se sont compris.

Le résultat de son entretien avec Dante fut pourtant considéré comme encourageant. Et puis on avait réalisé qu'on n'était pas beaucoup plus avancé. On s'était torturé les neurones sur la «*Mer Morte*». Melchior avait suggéré que ça pouvait être une façon de désigner l'aquarium désaffecté. Il avait dit ça avec la prudence d'un néophyte dans une assemblée de spécialistes. Les autres s'étaient regardés avec des airs de pourquoi pas. Mangin le premier lui emboîta le pas.

La voix de Robert Plant s'est tue. Led Zeppelin a entamé la partie instrumentale du morceau. Percussions et cymbales entretiennent une tension palpable. Des arias de guitare déchirent ce silence comme des plaintes de spectres, comme le vent mugissant ou des moteurs de F1 filant sur des lignes droites. La finesse de ce rock dur ne lui a pas frappé les oreilles depuis longtemps. Sur ses patients à l'UMD l'effet pourrait être désastreux.

Mais après cet entretien, Dante est retombé dans son mutisme. Et en l'absence d'éléments nouveaux, sa culpabilité arrange tout le monde. Comme l'a suggéré Van den Brook, les preuves dans cette affaire ne sont pas indispensables. Il existe assez d'éléments pour le charger, sans provoquer le moindre cas de conscience. Alors Hélion a commencé par éloigner sa protégée.

La batterie soudain redonne une structure à l'ensemble, précédant la voix de Robert Plant qui reprend les rênes. Musique refuge, musique sanctuaire qui sur elle agit comme l'anxiolytique dont elle a besoin, surtout depuis l'éventualité d'une enquête que le Conseil de l'Ordre pourrait conduire sur sa personne. Et celle, peut-être pire encore, d'une plainte déposée contre elle par une organisation de victimes... Hélion lui a lâché ça en évitant son regard, tant il a conscience qu'une telle idée lui est infernale.

Demain, elle va retrouver Gilbert et les filles à La Baule. Elle n'a pas encore appelé pour prévenir de son arrivée. En fait elle a besoin de tout sauf de vacances. Elle ne sait pas quelle doit être sa riposte, mais elle ne veut voir personne. Ne pas se disperser. Garder intacte sa révolte.

Ce dont elle aura le plus de mal à se relever, c'est le fait d'être à l'origine de la mort atroce de cette inconnue. Pour l'opprobre général, les ressources qu'elle a toujours trouvées dans le travail suffiront. Mais le fantôme de cette jeune femme risque de la tenir éveillée bien des nuits.

La sonnerie du téléphone l'arrache à cette perspective. La voix est enrouée par cinquante ans de Craven A, à raison de deux paquets par jour. Ces élégants paquets rouges avec la tête de chat noir se détachant dans l'ovale blanc, sans doute désormais masquée par ces hideux avertissements contre les méfaits du tabac. Elle ne l'a pas entendue depuis quatre ans, le jour où elle apprenait qu'un poste l'attendait à Henri-Colin. Le simple fait d'entendre son prénom prononcé par cette voix éclaire à ses yeux la réalité d'une autre lumière.

— Olga! C'est miraculeux.

— Que je t'appelle ou que tu décroches?

Elle coupe la musique.

— Ça me fait tellement plaisir de t'entendre. Ma vie est un tel bordel en ce moment. Et il faut que ce soit toi qui fasses le premier pas. Oh, tu vois, je suis une conne, achève-t-elle en riant.

— Je suis au courant de tes ennuis professionnels. Même si à mon âge les contacts se font plus rares, certaines personnes me tiennent encore au courant. Pour le reste, je ne sais pas.

Suzanne marque une seconde d'arrêt. Elle s'en veut de ne pas avoir donné signe de vie pendant tant d'années.

— Tu travailles toujours pour les assurances?

Elle l'entend inhaler une bouffée de tabac. A la fin de sa carrière, Olga Enguelhaert a été courtisée par une grosse compagnie pour démasquer les fraudeurs simulant une affection mentale.

— Quelques affaires. De plus en plus rares. Parfois intéressantes. Mais ce n'est pas pour parler de moi que je t'appelle. C'est pour toi que je m'inquiète.

— J'ai honte. Tu as toujours été si...

— Ne dis pas de bêtise. Tu as assez à faire pour ne pas m'appeler. Et moi, j'ai largement de quoi m'occuper pour ne pas comptabiliser qui m'appelle ou pas.

A sa retraite, elle a vendu son appartement de Ménilmontant pour s'installer à Ramatuelle. Suzanne est allée la voir, à l'époque, au milieu de ses chats, de ses fleurs, de sa collection d'insectes piqués dans des boîtes et de ses livres.

— Comment va Serge?

— Il se repose. Il a eu un problème cardiaque. On a eu peur. Mais tout va bien à présent.

Elle l'entend inhaler une autre bouffée de son tabac.

— Suzanne, tu as des ennuis. On est très seul dans ces cas-là. J'ai lu cet article. Liénart est une punaise. Mais ne t'en fais pas pour ça. Ce qui m'ennuie, c'est que tu prends les choses trop à cœur. C'est ce qui faisait de toi ma meilleure élève. Mais c'est aussi ce qui est à l'origine de tes ennuis, cette manie d'embrasser une cause et de ne plus en démordre. Et tout ça depuis que tu es une enfant, n'est-ce pas? L'origine de ta vocation, hein?

Olga n'a pas appelé pour la psychanalyser. Elle doit avoir quelque chose en tête. Suzanne ne bronche pas.

— Pour moi, cette histoire de fantasmes détaillés dans ton service et leur mise en pratique par ce schizophrène complètement perdu, ça ne tient pas debout... Parce que tu ne t'es pas trompée dans ton diagnostic, n'est-ce pas?

Non, elle ne s'est pas trompée. Personne ne peut simuler pendant un an et demi à l'UMD. Si elle a une certitude, c'est bien celle-ci. Même en découvrant le serpent symbolisé par cette spirale dissimulée dans le porte-stylos, elle ne s'est pas dit qu'il avait simulé.

— Je n'ai pas assez d'éléments, mais pour moi ça ne colle pas. Tu dois aller au fond des choses. Et pour cela, tu dois aller au-delà de ce qui a fait ce que tu es, mais qui aujourd'hui t'aveugle.

— Qu'est-ce que tu veux dire par là?

— Soit tu te dis que tu t'es trompée, et tu t'effondres, anéantie par le remords. Soit tu es sûre de toi et tu te dis que ça ne peut pas être lui. Mais tout est contre toi et tu es dans l'impasse. Je me trompe?

— Continue.

— Eh bien, la vérité est peut-être ailleurs. Mais c'est à toi de la trouver. Et personne ne t'aidera à chercher.

Les souvenirs des cours de son maître affluent dans sa tête. Au moins la vieille dame formule-t-elle une ébauche de réflexion pouvant conduire à une solution. Et Suzanne réalise que le regain d'optimisme qu'elle a connu quelques jours plus tôt était surtout dû à une simple intuition et à sa rencontre avec le commissaire.

— Même retirée des affaires depuis des années, à des centaines de kilomètres, tu nous en remontres à tous.

— Le fait d'être éloignée ne m'empêche pas de me tenir au courant, fait-elle en exhalant la fumée de sa cigarette.

— Olga, je ne sais pas ce qui va ressortir de tout ça, mais tu ne peux pas savoir à quel point cette conversation me fait chaud au cœur.

— Je ne voudrais pas que qui que ce soit te fasse du mal.

— Comment vont tes iris ?

La vieille dame a un rire las :

— C'est une passion de mon âge. Tu sais, parfois on est content d'avoir tout ça derrière soi, et puis à d'autres moments, on trouve le temps long. On regrette de ne pas l'avoir vu passer... Alors profite. Profite même de tes ennuis. Un jour tu les regretteras... Bon, je dois te laisser, je crois que Serge m'appelle.

— Dès que tout ça sera terminé, je passerai te voir à Ramatuelle.

— C'est ça, ma chérie, tu passeras.

Suzanne laisse son regard se perdre dans les frondaisons du parc. Quatre ans d'oubli. Et Olga qui attend le moment où elle a le plus besoin d'elle pour réapparaître. Elle rirait presque de cette facétie de l'existence qui veut que l'espoir lui soit redonné par la vieille dame.

Mais que peut-il y avoir derrière toute l'affaire, si ça ne colle pas ? Dante innocent ? Un autre coupable ? Une certitude : l'intuition d'Olga ne doit rien au hasard, mais à des décennies d'expérience de la psychiatrie.

« *Ça ne colle pas.* » L'expression employée par ce journaliste au téléphone. Dont l'article, derrière le venin, sous-entendait que la vérité pouvait être ailleurs. Le genre de papier qui en remuant la merde terrorise les autorités et attise leur besoin d'un bouc émissaire. D'où la perspective du Conseil de l'Ordre. Les blessures qu'il lui a infligées sont à vif. Sait-il quelque chose qu'elle ignore ? Se pourrait-il que celui qui a contribué à l'enfoncer détienne la vérité qui la sauverait ? Elle a autant envie d'entrer en contact avec lui que de se pendre.

17.

Assis sous les arcades du café Marly, la pyramide de verre à deux heures, comme disent les aviateurs, François Müller est plongé dans la lecture de son quotidien pour éviter de regarder la foule. Un mélange de touristes, de rédactrices de mode et de folles affichant leur branchitude dans ce lieu Grand Siècle que leur présence à ses yeux parviendrait à dégrader. Où que l'on se trouve dans le monde, les touristes en hordes sont les mêmes, reléguant les plus beaux édifices au rang de décors en carton-pâte, points de passage obligés sur une liste établie par des voyagistes, quant aux autres, niant par leur attitude ostentatoire tout ce qui n'est pas de leur monde, ils ne l'intéressent que lorsqu'ils deviennent objets d'étude, c'est-à-dire frappés par la violence et le malheur.

S'il ne s'agissait pas de Zambrino de passage à Paris, jamais il n'aurait consenti à s'asseoir dans un tel endroit. Mais à la vue du chroniqueur de la vie politique transalpine se frayant un passage entre les tables à coups de sourires, il en a oublié ses griefs de misanthrope. Ils se font l'accolade à la latine.

— Dis donc, te voilà redevenu touriste, pour m'imposer un lieu pareil. On voit que tu n'es plus à Paris.

— Mais ne prends pas les choses au tragique. Ça ne te dépayse pas, tous ces touristes ? Nous, c'est ce qu'on dit en Italie. Toute l'année ça donne un air de vacances à la ville.

Müller regarde son crâne poncé avec l'air d'apprécier.

— J'ai toujours admiré ta façon de porter la calvitie: aussi fier qu'un capitaine d'Alexandre coiffé d'un casque étincelant.

L'Italien éclate de rire.

— Mais quelle image! Au début j'étais un peu déconfit de voir mes cheveux tomber par poignées, jusqu'au jour où j'ai réalisé ma chance. Ce succès! Tu peux pas savoir. Tous ces mecs qui tremblent à l'idée de devenir chauves... S'ils savaient! fait-il alors qu'un serveur vêtu de noir se penche vers lui avec un grand sourire. Un demi, s'il vous plaît. On ne s'est pas vu depuis cette sinistre promenade que tu m'as inposée dans la banlieue de Milan. Il y a environ trois ans, c'est ça? Entre nous, bien pire que prendre un verre face à la pyramide de Pei. Tu t'intéresses toujours à cette histoire? Ou bien c'est fini?

— C'est d'une actualité brûlante, dit-il en se maîtrisant.

— L'assassin court toujours, comme on dit. C'est fou le nombre de crimes qui restent impunis.

— C'est ce à quoi j'aimerais en l'occurrence remédier.

— Le journaliste est devenu justicier, hein? dit-il en l'évaluant rapidement du regard. Alors peut-être que ça va t'intéresser. A l'époque je l'avais mis dans un tiroir en pensant te l'envoyer, et puis c'est resté dedans jusqu'à ce que je range quelques papiers. Et comme je devais venir ici, j'en ai profité pour t'appeler. Tu lis l'italien? lui demande-t-il en lui tendant une coupure de presse.

Müller s'en empare et tente de déchiffrer les quelques lignes.

— En fait pas du tout, fait-il au bout de quelques secondes. Je crois juste comprendre qu'on a identifié la victime, c'est ça?

— Mais tout à fait. Et tu n'as pas lu comment? Les carabiniers ont fait le rapprochement avec sa voiture qui a été retrouvée à une cinquantaine de kilomètres dans un étang. En plus, il y avait un détail curieux: son réservoir était vide, comme si elle était tombée en panne d'essence.

— Et c'était qui, la fille?

— Mais je ne sais pas. Une employée de banque, je crois. Quelle importance? lance-t-il en prenant son demi que le serveur a posé devant lui avec le même sourire, cette désinvolture face à cette inconnue faisant au passage tiquer le reporter, un tressaillement à la commissure droite des lèvres imperceptible pour son interlocuteur.

«Enfin, reprend Zambrino, j'espère que ça pourra t'aider. Tu me diras, hein?

— Je t'enverrai le premier exemplaire de mon livre, dit-il en regardant un reflet briller sur le crâne parfaitement bombé de l'Italien.

*

Le docteur Lohmann mastique un sandwich SNCF en regardant défiler le paysage. Les deux tabourets à sa gauche sont squattés par quatre garçons d'une vingtaine d'années, qui ont manifestement décidé d'occuper leur voyage à boire un maximum de ces petites bouteilles de vin rouge vendues dans la voiture bar du TGV Atlantique. Un samedi 12 juillet, il ne fallait pas rêver trouver une place assise. Le contrôleur lui a fait remarquer que sans billet, elle n'était pas censée se trouver dans ce train. Elle en a été quitte pour une amende prohibitive, surtout vu l'inconfort de son tabouret et les projets de ses voisins.

Hermétique aux voyageurs estivaux qui se pressent dans la voiture bar, plaisantent, s'interpellent et passent dans son dos avec des sandwichs pain de mie, des assiettes «Atlantique» et des gobelets en équilibre dans leurs mains, elle a suffisamment de ressources pour se concentrer sur cette affaire dont dépend en partie son existence.

Deux éléments font pencher la balance du côté de l'innocence de Dante.

Premièrement la déposition de Nadia Sénégaud, selon laquelle il a eu cette crise quand son bandeau a glissé et leurs regards se sont croisés. S'il n'a pu supporter le regard de sa victime, il serait très étonnant qu'il ait pu réaliser jusqu'au bout son fantasme.

Deuxièmement, la coupure de presse trouvée chez lui. Et s'il fallait envisager cet élément comme le déclencheur de sa crise de folie? Après sa lecture, Dante n'a plus qu'une idée en tête: trouver une victime pour assouvir son fantasme. Parce qu'à nouveau le Serpent s'adresse à lui. Parce que, comme beaucoup de patients, il a interrompu de lui-même son traitement. Dès cet instant, tout le travail entrepris sur lui n'existe plus. Son Serpent l'exhorte à trouver une femme. Il lui aura fallu plus de dix jours pour attraper sa victime, et ensuite ne pas aller jusqu'au bout. Parce qu'il n'en a jamais été capable, et qu'il ne le sera sans doute jamais.

Mais alors un nouvel élément la frappe. Une incongruité sur laquelle personne n'a buté, mais qui dans la logique de son raisonnement la choque.

Fébrilement elle compose le numéro d'Olga Enguelhaert.

— Olga? c'est moi, Suzanne!

— On ne se quitte plus. Où es-tu? Je t'entends mal.

— Dans le train. Tu as une minute? Quelque chose me frappe.

— Je t'écoute.

— C'est idiot de ne pas y avoir pensé plus tôt. Mais cette correspondance exacte, au détail près, entre ses fantasmes et ceux d'un autre, ça ne peut pas être un hasard.

— Je suppose que tu parles de ton patient. Je ne t'entends pas très bien.

— C'est la liaison qui est mauvaise! La fille décapitée, démembrée, éviscérée, les intestins enroulés autour du buste, les bras et les jambes disposés en croix gammée... ne me dis pas que deux personnes peuvent avoir ces mêmes idées chacune de son côté!

Dans la voiture bar, un silence s'est installé. Tous les yeux sont braqués sur elle.

— Excuse-moi, on nous écoute, fait-elle un ton en dessous.

— Ce que tu dis paraît logique.

— Ça nous laisse deux possibilités: soit Dante a rencontré dans le passé quelqu'un qui lui a fait part de ses projets, soit il en aura fait part à quelqu'un qui aura trouvé «amusant» d'assouvir les fantasmes d'un autre.

— Absurde! Tu vois quelqu'un épousant jusque-là la folie d'un autre? Concentre-toi sur ta première hypothèse.

— Oui... tu as raison.

— Mais tu crois qu'un simple récit aura déclenché tout ça chez ton patient?

Le téléphone rivé à l'oreille, Suzanne à cet instant n'est plus dans le TGV Atlantique. Elle est face à son maître vingt ans plus tôt, jeune interne des hôpitaux, grisée par les problèmes auxquels la soumet son professeur.

— Tu veux dire que cet autre n'aura pas fait que raconter à Dante ses fantasmes? Qu'il l'y aura fait participer?

— Ou pourquoi pas l'inverse? Pourquoi le considères-tu toujours comme une victime?

— Parce que j'ai pu l'étudier pendant un an et demi, figure-toi.

— Admettons.

— Et dans ce cas, il ne s'agirait plus de projets, comme on l'a cru à l'UMD, mais de souvenirs. Les souvenirs d'actes qu'il aurait accomplis sous la domination d'un autre, ou dont il a été témoin. Mais, dans un cas comme dans l'autre, ne l'ayant pas intégré comme une expérience propre. Peut-être sous l'emprise de l'alcool. Ou de drogues. Qu'en dis-tu?

— C'est une hypothèse à vérifier.

Soudain, l'un de ses voisins la bouscule. Son gobelet de plastique encore plein à la main, il se penche sur elle pour s'excuser en riant. Son haleine avinée l'agresse. Les trois autres observent la scène en ricanant. Elle hausse les épaules et sourit, d'un air de dire ce n'est pas grave.

— Allô? Je ne t'entends plus.

— Une embardée du train. Pour en revenir à ce que nous disions, ça signifie que Pamela a été tuée par l'autre. Que Dante a rencontré avant son incarcération. C'est-à-dire avant 1995. Un psychopathe pervers, sans doute avec un profil de chef de meute, pour avoir pris Dante sous sa coupe. Et Dante aura imprimé ce scénario au plus profond de lui-même.

— Ne t'emballe pas. Je...

Un signal émanant du portable l'interrompt.

— C'est ma batterie. Je vais devoir te laisser. Merci Olga. Merci pour tout! C'est grâce à ton coup de fil d'hier. Je te tiendrai au courant! Je t'embrasse.

Elle ne fait pas attention aux remarques des voyageurs qui convoitent son tabouret. Elle note qu'il faudra rechercher dans les archives les traces de crimes semblables à celui de l'aquarium. Sans trop d'espoir. La police a dû faire ce travail, et elle-même n'en a aucun souvenir. Ce dont elle est convaincue, c'est de l'existence d'un autre. Et Dante est le seul lien permettant de remonter jusqu'à lui. Dante, qui s'est enfermé dans le mutisme le plus profond, avec le risque d'une schizophrénie évoluant vers sa phase terminale.

L'hypothèse qu'elle vient d'échafauder correspond peut-être à ce que Müller n'a pas voulu lui dire. «*Je travaille sur la question depuis longtemps.*» Ce qui renforcerait la thèse de la série. Une série connue de lui seul?

Le train est entré en gare de La Baule. Sur le quai, des enfants aux cuisses nues, des sacs à dos, des filets à crevettes, des chiens en laisse et des chats en cage, des cadres en shorts, des vieilles en jupes à fleurs.

Du taxi qui la conduit à la maison louée chaque été, elle regarde ce spectacle de vacances et se laisse envahir par cette langueur si éloignée de ses préoccupations. Des gens flânant en tenue de plage un cornet de glace à la main, le soleil plombant les velléités, l'air de la mer agitant des fanions multicolores. Le taxi s'arrête devant la maison qu'elle trouve fermée. Elle règle la course et, son sac sur l'épaule, se dirige vers la plage à l'endroit où la famille a l'habitude de se poser. Sur le sable elle ne résiste pas à l'envie d'enlever ses chaussures. En tenue de ville elle évolue au-dessus des corps aplatis sur la grève. Morceaux de barbaques enduits de crème ou d'huile solaire grillant sous les rayons de l'astre. «*Bronzez tranquille, ce soir on découpe.*»

Son regard balaye le spectacle de gauche à droite, l'océan en toile de fond, lorsqu'elle aperçoit enfin Angélique sortant de l'eau à une quarantaine de mètres devant elle. Son corps en maillot de bain la surprend. Le dernier contact avec elle a été ce coup de fil désastreux avant la réunion dans le bureau d'Hélion. Angélique fait un signe à quelqu'un. Elle regarde dans cette direction. Gilbert est enlacé à cette femme qu'elle avait croisée au cocktail pour l'agrandissement de la clinique. Emma lit à deux pas du couple.

Une seconde elle reste interdite, plantée sur le sable avec son sac à l'épaule et ses chaussures à la main. Elle est partagée entre panique et déception. Elle se sent de trop. On l'a vite remplacée. Comme une imbécile, elle n'a jamais imaginé Gilbert capable de ça.

Personne ne l'a vue. Il n'est pas trop tard pour reculer. Elle n'a aucune envie de se manifester. Son séjour parmi les vacanciers aura été plus court que prévu.

Anne-Marie. Elle a retrouvé son nom. Qui s'était présentée comme la meilleure cliente de son mari et lui avait donné son âge, cinquante-trois ans. Ou cinquante-quatre. Ce qui doit bien lui en faire cinquante-cinq. Soit au moins cinq de plus que Gilbert, et douze ou treize de plus qu'elle. Ce salopard ne l'aura pas humiliée en s'affichant avec une fille de vingt-cinq ans. A moins que, ses nombreuses interventions aidant, il ait fini par la trouver plus fraîche qu'elle. Frankenstein lubrique assouvissant le fantasme de coucher avec sa créature façonnée à son idée. Toujours plus simple de prendre ce que l'on a sous la main, et d'en faire ce que l'on désire, que de trouver ce dont on rêve. La perversité de son mari lui arrache un sourire amer. Lui d'ordinaire si peu enclin aux manifestations d'affection, faut-il qu'elle le tienne par les couilles, cette femme qu'elle s'était surprise à trouver sympathique lors de ce cocktail. Elle se demande si elle était déjà sa maîtresse, ou si leur liaison n'a démarré qu'après. L'a-t-elle séduit pour avoir des prix sur ses interventions ? Ou est-ce le fait de l'avoir travaillée au bistouri, qui l'aurait rendue séduisante aux yeux de Gilbert? Tellement imbu de sa personne qu'il ne pourrait que succomber aux charmes d'une femme au physique devant tout à son talent. Son amertume transparaît dans son rire. C'est pour ne pas pleurer.

Elle aurait pu se montrer. Ou appeler de son portable en disant qu'elle arrivait dans un quart d'heure et observer leur débandade. Sur le moment elle n'en a pas eu l'idée. Et cela aurait abouti à une situation pourrie dont elle n'a pas besoin.

Ce qui lui fait le plus mal, c'est qu'il a impliqué les filles dans cette histoire. La simple vue d'Emma sereine lisant à deux pas de cette femme a manqué la faire défaillir. Et dans ce train qui l'éloigne, elle a un pincement au cœur à l'idée de passer un été sans les voir. Le crépuscule commence à tomber. Epuisée, elle ferme les yeux, pense à Olga, à Dante, à Hélion, à Steiner, au tueur, à Müller, et lentement s'assoupit, bercée par la vitesse à laquelle elle fonce vers sa propre nuit.

TROISIÈME PARTIE

18.

— François?
— Oui?
— Tu es bien silencieux. A quoi penses-tu?
Coquelicot est dans la salle de bain. Il ne la voit pas, son corps décharné et son absence de seins, qui malgré les traits creusés de son visage lui donnent encore un air juvénile. Cette silhouette et sa voix d'enfant mises à part, tout en elle lui inspirerait la maladie. Et pourtant, cela fait des années qu'il a réalisé qu'elle fait partie de ces êtres donnés cent fois mourants alors qu'ils vous enterreront sans doute un jour.
— Tu as des ennuis?
C'est ce qu'il aime chez elle, ce désintéressement. Une autre lui aurait reproché de faire la gueule. Pas elle, qui sait qu'en sa présence c'est impossible. Il se demande ce qu'elle fabrique. Elle est peut-être assise sur le bidet ou en train de se maquiller. Voire les deux.
Toujours allongé sur son lit, il regarde son ventre un peu mou aux poils grisonnants. Il a conscience de faire partie de la majorité de ceux qui sont mieux habillés que nus.
— Ça fait combien de temps qu'on se connaît? Quinze ans? La première fois qu'on s'est rencontré, je ne t'aurais pas donné trois années à vivre.
— Charmant! entend-il. Je te préférais encore taciturne. Si c'est pour me dire des choses comme ça...

Il émet un petit rire. Les rayons du soleil qui passent entre les rideaux dessinent des rectangles sur le parquet. Il a à peine touché à la chambre depuis la disparition de sa mère. Il réalise tout juste qu'il s'agit en quelque sorte d'un sanctuaire à sa mémoire.

— Te voilà soudain bien susceptible. Je t'ai connue plus cool, dit-il en regardant une huile représentant la Promenade des Anglais dans les années cinquante.

— C'est l'âge, mon cher. Moi aussi j'aspire au respect.

— Après avoir vendu de la coke pendant vingt ans, tu as raison.

— Je te signale que j'ai plus droit au respect que la plupart de mes ex-clients.

— Tu as raccroché ?

— Parfaitement.

— Alors tu as en effet droit au respect. La coke, c'est une drogue de tapettes.

— Ah bon ? Parce qu'il y a des drogues pour les tapettes et d'autres pour les autres ?

— Evidemment.

— Quoi par exemple ? demande-t-elle en passant la tête par la porte.

De son lit, Müller la contemple en souriant. Ses cheveux noirs sont ébouriffés et elle a repeint ses lèvres du rouge qui lui valut quinze ans plus tôt son surnom.

— C'est parce que tu es nue que tu ne te montres pas tout entière ? Le respect, la pudeur... Tu t'embourgeoises, dis-moi.

— C'est ça que tu veux ? fait-elle en apparaissant seulement vêtue de son rouge aux lèvres et pirouettant devant le lit comme un petit rat.

Il applaudit en riant.

— J'aurais dû t'épouser.

— Mais tu ne me l'as pas demandé parce que tu me voyais morte dans les trois ans.

— Même pas. Depuis quand c'est un obstacle ? Au moins le veuvage permet de changer sans les complications de la séparation. Regarde ma femme : elle serait morte que je la regretterais.

— Mais tu es ignoble! dit-elle en attrapant un drap pour s'en couvrir. Tiens, tu vois, je me rhabille. Au fait! C'est quoi les drogues qui sont pas pour les tapettes?

— Eh bien, je pourrais en citer au moins trois, à part l'alcool, qui est la plus évidente.

— Oui?

— La réflexion, le travail et le danger.

— Oh là, là! Mais quel égocentrique tu fais! Et puis c'est pas parce que tu as écrit quelques articles sur des malfrats et des tordus qu'il faut te considérer comme un bourreau de travail doublé d'un trompe la mort. Non mais, écoutez-le!

— Et ça, qu'est-ce que c'est? fait-il en montrant la cicatrice qu'il a au cou.

— Une coupure de rasoir un matin encore ivre, lâche-t-elle en haussant les épaules.

— Sauf que je n'étais pas ivre et que ce n'est pas moi qui tenais le rasoir. Viens ici, dit-il en attrapant le drap qu'elle a roulé autour d'elle alors qu'elle passe à portée de main.

Comme une toupie elle le déroule et part en courant vers la salle de bain.

— Pas touche, espèce de malade!

— Comment comptes-tu vivre?

— Mais en vendant mon corps, pardi!

— Il n'est jamais trop tard.

— Dis donc, espèce de mufle! t'es bien content d'en profiter, de mon corps. Encore une réflexion comme celle-ci et je te fesserai si fort que tu en auras le derrière aussi rouge que tes voisins les singes.

— Coquelicot?

— Oui? dit-elle en se brossant les cheveux devant la glace.

— Il faut qu'on parle.

— Oh! Oh! Tu vois que tu as des ennuis, dit-elle en s'asseyant sur le lit.

Il s'est redressé. Il est assis à angle droit et a remonté son drap jusqu'à la taille. Il la regarde droit dans les yeux.

— Tu pourrais t'occuper de Grégoire, s'il m'arrivait quelque chose?

— Mais qu'est-ce que tu racontes ? Tu as de vrais ennuis, alors.

Elle sait qu'il ne plaisante pas.

— Je pourrais compter sur toi ?

— Mais bien entendu ! Mais tu n'as personne d'autre ? Je veux dire qu'il y a plus solide. Enfin, tu sais bien...

— Est-ce que je pourrais compter sur toi ? insiste-t-il en détachant chaque syllabe.

— Tu as ma promesse, dit-elle soudain grave.

— Il n'a plus que moi, tu comprends. Sa mère est une salope, je crois que tu l'as déjà compris... Il a bien une tante, mais c'est une conne, et je sais qu'il t'aime beaucoup. Et puis je ne compte pas non plus sur toi pour assurer l'intendance... Si ça devait arriver, tu n'aurais pas à te soucier d'histoires d'argent. J'ai tout prévu. Assurance décès et testament déposé chez le notaire. Ce que je veux, c'est qu'il ait un peu d'amour, ce pauvre gosse. Les infirmières qui s'occupent de lui sont braves, mais c'est pas pareil. Avec toi au moins...

— Mais de quoi parles-tu ?

Toujours assis dans son lit comme un grand malade que l'on viendrait visiter, Müller regarde la jeune femme plus si jeune assise à son chevet.

— Est-ce que je peux te confier un secret ?

— Il me semble que ce serait la moindre des choses, après ce que tu viens de me demander. Tu sais que je ne suis pas du genre à m'engager à la légère.

Il sourit.

— Tu as raison.

Puis, après quelques secondes d'hésitation, comme s'il prenait son souffle avant de plonger :

— Ça fait des années que je vis avec le spectre d'un grand prédateur. Une enquête minutieuse. Aujourd'hui les choses se précisent. Je suis sur le point de coller un nom sur ce type... Voilà, tu en sais suffisamment... Mais si je te demande ça, c'est par superstition. Je pense au petit, tu sais. Juste pour le cas où. Mais ça n'arrivera pas.

— C'est ça ton secret ? C'est un peu court ! Je le savais depuis longtemps, que tu vis avec tes obsessions. Si tu croyais m'apprendre quelque chose, c'est raté. Et s'il est si dangereux, ton bonhomme, pourquoi tu préviendrais pas la police ?

Il la regarde comme quelqu'un qui n'aurait décidément rien compris.

— Mais pour être le premier ! Qu'est-ce que tu crois ?... Comment dire ?... poursuit-il devant son air de ne toujours pas saisir. C'est comme si j'étais amoureux d'une femme, et que j'allais prévenir le maire et le curé avant même de l'avoir abordée.

— Non mais ça s'arrange pas chez toi, dit-elle en riant.

— Excuse-moi. Ça fait longtemps que je vis avec ce secret. Pour moi tout cela est tellement évident que je ne suis sans doute pas assez clair. Et puis, je ne t'en dis pas trop non plus pour te préserver.

— Je vois surtout que la confiance règne ! Tu parles d'une confidence, dit-elle en levant les yeux au ciel.

— Tu ne comprends pas... C'est un peu ma baleine blanche, cette histoire.

— Alors tu ferais mieux de faire attention, parce que si mes souvenirs sont bons, ça lui a pas réussi au capitaine Achab.

Müller émet un sifflement admiratif.

— En tout cas, dit-elle en se levant et en esquissant un pas de danse, tout ce que je retiens, c'est que si tu finis comme lui, je n'aurai plus à m'en faire !

— Te réjouis pas trop vite, poulette. Je suis pas le capitaine Achab. Et mon gars c'est pas non plus Moby Dick.

Un instant le regard de Müller se perd dans les motifs de la toile de Jouy qui tendait les murs de la chambre du temps de sa mère et qui les tend toujours. Des scènes champêtres et galantes, beautés du XVIIIe dignes d'un Watteau faisant frémir les dentelles de leurs jupons dans l'envol d'une balançoire, au milieu desquelles sa mère a expiré son dernier souffle et où lui à présent ronfle toutes les nuits. Coquelicot est retournée dans la salle de bains. Il l'entend fredonner *Joe le taxi*. Elle s'interrompt pour lui lancer, sans doute toujours face au miroir :

— Et puis je te rappelle que tu n'as rien d'un homme d'action ! Cérébral oui, je ne dis pas. Et je suis sûre que tu vas le trouver, ton bonhomme. Mais une fois au pied du mur? Qu'est-ce que tu feras?

Cet hôtel particulier est le dernier vestige de la fortune amassée par son arrière-grand-père, industriel dont l'esprit d'entreprise et le sens de l'économie, longtemps après sa disparition, furent vantés par sa descendance moins industrieuse. Et si Grégoire en héritera, pour peu qu'il lui survive, avec lui s'éteindra définitivement la dynastie Ziegler, du nom des ateliers de mécanique générale Ziegler & fils, déjà menacée par un fils velléitaire et plein d'idées, son grand-père, une petite-fille vouée à la roulette et aux plaisirs de la nuit, sa mère, et un arrière-petit-fils que les vertiges du fait divers ont détourné d'une fabrique de cycles et d'armes à feu cinquante ans plus tôt, selon la mythologie familiale, rêvée l'égale d'un Manufrance, lui-même. Il le sait bien, qu'il n'est pas homme d'action, contrairement à l'arrière-grand-père, capable, avec un simple diplôme de mécanicien, de monter un atelier et de tenir d'une main de fer une armée de près d'un demi-millier d'ouvriers qualifiés. Mais à chacun ses aspirations: qu'aurait-il fait, l'ancêtre, face à la réalité d'un tueur comme celui-ci? Sans doute serait-il retourné à ses machines-outils, ses catalogues de vente et ses livres de comptes en se disant que les affaires ne peuvent pas attendre.

— Au fait!

— Oui?

— Si par hasard tu tombais en panne sèche, tu prends tes jambes à ton cou et tu cavales jusqu'au poste de police ou de gendarmerie le plus proche, et surtout tu ne montes pas dans la première voiture qui se proposerait de te dépanner.

— Ah oui? Et peut-on savoir pourquoi je ferais une chose aussi absurde?

— Parce qu'une employée de banque milanaise à qui c'est arrivé, a été retrouvée sept ans plus tard enterrée avec les quatre membres formant une croix gammée.

— Et c'est le genre de chose qui arrive à chaque fois qu'on tombe en panne sèche? demande-t-elle en sortant sa tête de la salle de bain.

— Non. Mais en 1987 à Bègles, une étudiante a été trucidée après une panne sèche. Alors j'ai compris que ça fait partie du mode opératoire de mon tueur. Une de ses façons d'attraper ses proies en tout cas, dit-il en imaginant un type siphonnant le réservoir d'une voiture.

— D'abord tu sais très bien que je ne conduis jamais. J'ai horreur de ça.

Coquelicot se dirige vers une des fenêtres. Il la suit du regard, son corps famélique et pâle duquel se dégage une animalité magnétique. Tout est dans ses yeux immenses et sa démarche indolente, parfois démentie par sa fébrilité pour allumer une cigarette. Il a toujours aimé sa façon de se donner, sans manière, et cette manie de déployer ses baguettes et de se lever une fois la petite affaire consommée, de sourire en regardant le ciel du plafond avec un air de fillette décryptant les nuages allongée dans l'herbe, ou d'engager la conversation, sur un sujet parmi les plus improbables.

— Il n'y a pas de victime anonyme.

— Pardon? dit-elle en se tournant vers lui à peine surprise.

— Je pense aux victimes non identifiées, comme celle de l'aquarium. Ça arrange tout le monde, de se dire qu'elles sont sans identité. Les bonnes petites consciences délicates n'ont pas à supporter le spectacle des proches affligés. Mais c'est faux. Elles ont toutes une famille, des gens qui les aiment et qui dans leur coin ne se remettront jamais de leur disparition.

— En fait, tu es un grand sentimental, malgré tes airs de charognard. Je l'ai toujours su.

— Coque?

— Oui? dit-elle, toujours nue, un oreiller plaqué sur le ventre et le regard perdu dans les arbres du bois de Vincennes à l'ombre desquels passent des promeneurs du dimanche.

— Au fond, on aime tout le monde, non? Qu'est-ce que tu en penses?

— J'en pense que tu es en train de nous couver une sacrée maladie, dit-elle en se retournant pour le regarder avec l'index faisant des vrilles contre sa tempe droite.

— Tu penseras différemment le jour où tu seras en harmonie avec toi-même comme je le suis aujourd'hui.

*

Le bâtiment administratif de Henri-Colin n'est pourvu ni de mouchard électronique, genre badge, ni de caméra de surveillance avec circuit vidéo intégré. Sa visite devrait passer inaperçue.

Suzanne ouvre l'armoire métallique où sont classés les dossiers de ses patients. Celui d'Erwan Dantec-Leguen est vide. Elle fronce les sourcils. Il n'a pas pu quitter le service.

Le bureau d'Hélion. Ou celui de Mangin.

Les deux pièces sont fermées à clef. Gisèle conserve un passe dans un de ses tiroirs à l'accueil. Pressant le pas, elle s'y rend, mais trouve le tiroir fermé à clef. Cette succession d'obstacles augmente son impatience. Etre surprise dans son bureau passe encore, mais en train de fouiller dans ceux des autres serait une autre histoire. La clef est dans le pot à stylos standard UMD, semblable à celui que lui a offert Dante. Le tiroir ouvert, elle y trouve le passe caché derrière un paquet de biscuits, un saucisson entamé et une trousse à maquillage, le tout sous un catalogue de vente par correspondance La Redoute.

Le cœur battant, elle entre chez Hélion. Eclairée par le seul crépuscule, elle cherche fébrilement le dossier. Ne le trouvant pas aux emplacements les plus évidents, et ne pensant pas son patron capable de dissimuler quoi que ce soit, elle abandonne cette pièce.

Son cœur bat à tout rompre. Mangin le solitaire, entièrement dévoué à ses malades, mais en dehors d'eux hostile à toute compagnie. Associable. Inaccessible. Et misogyne. Avec sa tête de vieille femme.

Ses mains déplacent les dossiers. Elle a entrepris une course de vitesse avec la lumière du jour déclinant, qui la force à se pencher sur les noms en écarquillant les yeux pour les distinguer.

La première fois qu'elle a vu Mangin, il était dans la cour du 38, au milieu de ses patients, de l'autre côté du saut-de-loup. Trois d'entre eux l'entouraient, vêtus de survêtements bleus et de parkas militaires kaki. Sa frange argentée brillait au soleil. Il lui avait fait l'effet d'un père bienveillant au milieu de ses enfants. Il avait une cigarette coincée entre les lèvres, et les volutes de fumée étaient emportées par le vent d'avril. De ses yeux brillants il la regardait venir à côté d'Hélion. Il devait savoir qui elle était. Et déjà la détester.

Ses doigts ont reconnu le dossier sans qu'elle ait besoin de vérifier. Le serrant contre son cœur pour que les feuilles ne s'envolent pas, elle se précipite vers la photocopieuse.

Elle commence par les documents du bas de la pile, les plus anciens, susceptibles de contenir des informations à côté desquelles elle serait passée. Par précaution, elle laisse fermé le couvercle du copieur jusqu'à l'extinction de l'éclair, ce qui ralentit son travail. Dans les ténèbres s'épaississant, elle manipule les feuilles où sont consignés divers épisodes de la vie de son patient, ceux qui ont été portés à la connaissance de l'autorité publique et qui ont retenu son attention.

Le froissement du papier et le bruit du copieur lui semblent capables de réveiller les malades qui dorment de l'autre côté de l'enceinte. Parfois, elle croit entendre un bruit vers la porte d'entrée, et se retourne, craignant, son imagination favorisée par l'obscurité, que l'un d'entre eux se soit échappé. Seule dans le noir, elle a l'impression que la nature de leur travail imprègne les lieux. Les fantômes des malheureux dont les dossiers ont transité entre leurs mains hantent les couloirs.

Les théories qu'elle a échafaudées dans le train lui reviennent à l'esprit. Et si le tueur était Mangin, inspiré par les fantasmes de Dante ? Mangin, si à l'aise avec ses patients qu'il pourrait avec eux partager une affection mentale. Ou l'un des infirmiers. Ne faut-il pas être un peu... spécial, pour s'occuper de psychotiques ? N'est-ce pas ce que tout le monde pense, en apprenant où elle passe ses journées ? Elle-même s'est surprise à éprouver une certaine fascination pour le mal, pour ces malades que la société qualifie de monstres. Alors pourquoi pas un autre, comme elle attiré par l'abîme, et exerçant la même profession qu'elle, mais qui serait prêt à passer de l'autre côté de la barrière, ou qui aurait déjà fait le grand saut ?

Dans le rai de lumière verte que le copieur laisse filtrer, elle regarde sa montre. 22 h 30. Elle doit quitter les lieux. De ses doigts elle estime le nombre de copies qu'il lui reste. Les plus récentes, comprenant notamment la retranscription de son dernier entretien. Elle coupe la photocopieuse. Dans le noir reconstitue le dossier, court le remettre à sa place chez Mangin, s'efforçant de laisser les choses en leur état d'origine, puis referme le bureau à clef, attrape ses copies dans le bac, remet le passe dans le tiroir de Gisèle et la clef du tiroir dans le pot à stylos.

Lorsqu'elle referme la porte du bâtiment et s'apprête à tourner la clef dans la serrure, un véhicule approche dans l'allée. Elle ferme les yeux pour s'assurer mentalement n'avoir rien laissé derrière elle, puis se retourne pour reconnaître la voiture de Mangin, et voir le docteur en sortir.

— Docteur Lohmann ?! s'exclame-t-il avec toute l'ironie dont il est capable en gravissant les marches. Je vous croyais en disponibilité.

— Je le suis, fait-elle dans un souffle, reconnaissant dans ce mot « disponibilité » ses manières humiliantes. Mais je suis venue chercher des papiers que j'avais oubliés dans mon bureau, fait-elle en montrant ses copies encore chaudes.

Dans la faible lueur des ultimes rayons du couchant, elle croit déceler sur ses lèvres le sourire de quelqu'un qu'on n'abuse pas.

— Et vous ?

— Un patient arrivé vendredi après votre départ. Il n'avait pas l'air bien. J'ai dit aux infirmiers qu'ils pouvaient m'appeler en cas de problème. C'est ce qui s'est passé... Vous m'excuserez mais il faut que j'y aille, dit-il en se dirigeant vers la porte en métal percée dans l'enceinte.

— Et Dante ?

— Toujours rien ! entend-elle dans le grincement de la porte. Vous pouvez partir tranquille !

Quelques minutes plus tôt, elle était bonne. Mangin venu un dimanche soir s'assurer de l'état d'un de ses patients. Le docteur dévoué corps et âme à ses malades, qu'elle s'est surprise à soupçonner. Ses craintes de tout à l'heure lui paraissent ridicules. Impressionnée qu'elle était par le bruit du copieur et des feuilles glissant dans leur rack. Comme une gamine ayant peur du noir.

Oui mais Mangin le furtif, vivant seul, connaissant tout des différentes pathologies. Largement de quoi brouiller les pistes. Mangin au sourire et à la lueur dans les yeux indéfinissables, cachant peut-être l'indicible et riant de son secret si bien gardé. Il y aurait de quoi rire en effet. Mangin qui aurait créé toute cette mise en scène pour lui nuire à ELLE ?

Une nouvelle fois elle hausse les épaules sur son imagination qui s'est emballée. C'est elle qui délire, victime des sentiments qu'a fait naître en elle l'hostilité du médecin. Elle jette un coup d'œil sur la pile de photocopies posées sur le siège passager qui la ramène à une réalité plus raisonnable.

Elle démarre, fait une marche arrière, l'allée devant elle étant barrée par les grilles du chantier de rénovation de l'UMD, avec construction de nouveaux pavillons, suppression des sauts-de-loup et tout le tremblement.

Au loin, quelques lambeaux de lumière agonisent. Elle a l'impression qu'avec eux pourraient s'éteindre les derniers espoirs de l'homme sur Terre. La masse sombre du mur de l'UMD renforce ce sentiment.

Engagée dans l'allée, elle accélère vers la sortie de Paul-Guiraud en espérant que sa présence à Colin à cette heure n'éveillera pas trop de soupçons.

19.

La télévision retransmet la revue militaire. Allongée sur son lit, Suzanne lève de temps à autres un œil sur le défilé des hommes en uniformes et des blindés. Personne ne va se risquer à tirer sur le chef de l'Etat. Après l'incident de l'année dernière, les précautions maximales ont été prises. A la suite de cet attentat, son auteur avait été transféré à Henri-Colin.

Etalées autour d'elle, les photocopies du dossier Dante: extraits de procès-verbaux, rapports de police, l'acte de sa première condamnation, le rapport d'expertise psychiatrique de Liénart... Elle coupe le son et en entreprend une énième lecture. Apparemment son premier contact avec un psychiatre. Et un élément jusque-là passé inaperçu lui saute aux yeux: à l'examen clinique, son confrère avait noté une cicatrice sur le crâne comptant une quinzaine de points de suture découverts par ses cheveux tondus. Avec sa tignasse elle n'en a rien vu. Il avait dit au psychiatre qu'il s'agissait d'une agression à Strasbourg «*dans la nuit du 24 au 25 décembre 1989*». «*Joyeux Noël*», songe-t-elle. «*Aux urgences de l'hôpital de la Robertsau. Alléluia*.»

Le ciel des Champs-Elysées est traversé par une patrouille de chasseurs. Au sol, des régiments descendent vers la Concorde en bon ordre. Elle a l'impression de regarder des images d'archives.

Pour l'instant ce n'est pas lourd, mais ça pourrait être intéressant. L'homme aurait continué à se raser la tête pour afficher les stigmates d'une nuit inconsciemment considérée comme décisive. Par téléphone, vu le temps écoulé depuis, elle n'obtiendrait rien. Sur place, avec un peu de chance, elle retrouvera quelque chose. Le fait qu'il ait retenu la date et le nom de l'hôpital après une dizaine d'années sous-entend que ça a dû être mémorable.

L'idée que son salut pourrait lui être servi par Liénart la réjouit.

*

Le Paris-Strasbourg de 10 h 45-14 h 41 traverse des paysages auxquels le docteur Lohmann tente en vain de prêter attention.

Elle doit se manifester auprès de ses filles. La vision de la plage l'en a dissuadée. A présent elle veut leur parler. L'éloignement que sa situation lui impose, comme la présence de cette femme à leurs côtés la révoltent. La messagerie d'Angélique est la seule chose qu'elle obtient. Elle inspire un grand coup puis à la tonalité se lance :

— Angélique chérie, je n'ai pas pu venir vous retrouver à La Baule... Tu dois m'en vouloir. Mais j'ai vraiment trop de travail. Une affaire que je dois régler à tout prix. Je vous expliquerai... Si tu as ce message, rappelle-moi... Vous me manquez.

Dans son élan elle appelle Gilbert. Elle revoit la grande conne transformée en vitrine, se demande si dans leurs ébats il vérifie ses sutures. Elle ne laisse pas de message. De sa droite lui parvient une musique inaudible comme en émettent les casques audio pour ceux qui ne les portent pas. Le boîtier cristal du CD de sa voisine contient *Horses* de Patti Smith dont elle reconnaît sur la pochette en noir et blanc la silhouette diaphane et androgyne, les mains graciles sur la poitrine, la veste noire jetée sur l'épaule gauche et l'air timide et hautain de la poétesse. Elle démarrait médecine. Ils écoutaient *Gloria*, *Free Money*, *Birdland* et *Land*, qu'ils se passaient en se disant que rien ne leur résisterait. Elle se rappelle l'intensité de la chanteuse, sa voix dure imprimant son rythme, à la batterie, au piano, à la guitare, à la basse, cavalant derrière, parfaitement discrets lorsque la voix s'éteint, l'accompagnant lorsqu'elle s'emballe, hachant ses mots diamants.

Un autre n'a pas oublié ses premières amours: Steiner, qui cite Rimbaud et conserve dans son bureau une reproduction de la photo de Carjat. Elle ne l'a pas revu depuis leur conversation sur le trottoir de l'IPPP. Il ne s'est pas trouvé là ensuite pour lui remonter le moral dans sa descente aux enfers. Si la piste qu'elle suit s'avère bonne, elle aura une bonne raison pour l'appeler.

La seule chose qui lui échappe, c'est la dernière scène de crime laissée en l'état, alors que jusqu'à présent, le tueur se serait toujours arrangé pour effacer toute trace de ses meurtres. A moins d'un dérèglement de son mode opératoire. Ce qui signifierait une accélération de la fréquence de ses pulsions meurtrières et un surdéveloppement paranoïaque.

*

Beaucoup lui auraient ri au nez, à l'entendre raconter qu'elle recherchait des membres du personnel des urgences de garde dans la nuit de Noël 1989. Pas le docteur Vendrolini, chef de service des urgences de l'hôpital de la Robertsau, qui écouta son histoire jusqu'au bout sans avoir l'air de la prendre pour une folle.

Le temps de son exposé, il ne la quitta pas des yeux, son regard la détaillant avec une insistance qui la fit un moment douter de son attention réelle. Un amateur de golf aux cheveux crantés, auquel elle n'aurait jamais accordé la moindre attention. Les murs de son bureau arboraient des photos de greens, et dans un coin de la pièce reposait un practice de salon.

— C'est loin, ce que vous me demandez, lui dit-il quand elle eut terminé. En ce qui me concerne, j'ai pris la direction de ce service il y a trois ans. Alors...

— Les registres du personnel, peut-être...

— C'est une drôle de démarche que la vôtre. J'ignorais que la psychiatrie pouvait conduire à de telles enquêtes sur le terrain. Si j'avais su... Moi-même, j'ai hésité à faire psychiatrie.

— Mais vous avez finalement opté pour les urgences. Et le golf.

Son sourire dévoila des dents jaunies par le tabac qu'il masqua au plus vite.

— Vous m'êtes sympathique, dit-il en regardant ses seins. Vous savez ce qu'on va faire ? Je vais vous envoyer au service du personnel pour consulter les registres, et vous reviendrez me voir avec la liste de ceux qui étaient présents dans le service à l'époque. Je vais les prévenir. Ils vont vous donner tout ça. Ensuite, nous verrons qui nous pourrons contacter.

— Je ne pouvais pas espérer mieux.

— C'est le maximum que je puisse faire, à part vous proposer de vous inviter à dîner ce soir.

Elle fit un effort pour ne pas rire. Seul un sourire trahit une seconde ses pensées.

— Docteur, il est déjà près de 17 heures, dit-elle en se levant. Si vous n'y voyez pas d'inconvénient, je vais me dépêcher d'aller au service du personnel avant qu'il ne ferme. Et je reviens vous voir ensuite.

— Mais ne refusez pas trop vite ! lui lança-t-il alors qu'elle était déjà à la porte. Je connais la ville comme ma poche. Ce serait dommage de ne pas en profiter.

Deux membres du service présents quatorze ans plus tôt en faisaient toujours partie. L'une était en vacances, l'autre devait reprendre le service le lendemain.

Le docteur Vendrolini composa le numéro d'Hélène Kirch en adressant à Suzanne un regard qui se voulait rassurant. Vendrolini l'araignée, trop heureux de cette proie tombée dans sa toile. Cible idéale ne connaissant personne à Strasbourg et qui aurait certainement besoin de compagnie pour la soirée avant de disparaître le lendemain.

— Hélène ? Docteur Vendrolini. Je vous dérange ?

Il ne poussa pas la complaisance jusqu'à mettre le haut-parleur, mais Suzanne comprit que ça ne donnait pas grand-chose. Il raccrocha, l'air agacé.

— Apparemment nous l'avons dérangée. Désolé, je n'ai rien pu obtenir. Une caractérielle. Bref, n'en parlons plus. Mais si ça vous tente, le mieux que je puisse vous conseiller, c'est de revenir demain pour la voir directement. Peut-être saurez-vous l'amadouer. Et en attendant, mon invitation tient toujours, ça vous aidera à patienter jusqu'à demain. A moins que vous ayez mieux à faire...

Au premier regard, Suzanne comprit pourquoi elle avait rencontré si peu de difficultés à convaincre Hélène Kirch. Cette blonde décolorée au nez refait avait dû subir les assiduités de son chef de service, mais de façon sûrement très insistante. Ayant compris qu'il l'appelait pour les beaux yeux d'une autre, celle-ci lui téléphonant une demi-heure plus tard, l'infirmière avait été curieuse de voir sa tête.

Elle habitait un deux pièces très soigné quai Saint-Etienne, avec vue sur le bassin de l'Ill, quelques péniches amarrées et un saule pleureur n'en finissant pas de se déverser dans l'eau.

— Alors comme ça, le docteur Vendrolini a été votre premier contact avec Strasbourg...

— Il a été très complaisant, jusqu'à ce qu'il réalise que je n'avais pas l'intention de dîner avec lui.

— Et vous avez la chance de ne pas travailler avec lui. Dire que je dois le retrouver demain...

— Il n'a pas non plus l'air de mordre.

— Non! Une fois qu'on l'a remis à sa place, il vous en veut à vie, mais c'est terminé. Vous avez dû lui taper dans l'œil, pour qu'il se risque à m'appeler.

Les deux femmes rirent.

— Je voudrais bien vous aider, mais je n'étais pas de garde. Je m'en souviens parce que ça faisait près de trois ans que j'étais dans le service, et c'était le premier Noël que je passai ailleurs qu'aux urgences.

Suzanne fit une grimace.

— En revanche, je me rappelle qui était de garde. Un infirmier en tout cas. Ça fait longtemps que je ne l'ai pas vu. Il a quitté l'hôpital il y a cinq ans. Il est à la retraite. Nous entretenions de bons rapports, malgré son penchant pour la boisson...

L'infirmier à la retraite attendait «*la jeune femme*» chez lui. Il ne savait pas ce qu'il se rappelait au juste, «*mais avec les encouragements de la jeune femme*», il devrait pouvoir faire un effort de mémoire. «*Un sacré bordel, peut-être*»... Cette fois, le haut-parleur était mis.

Puis Hélène Kirch accompagna Suzanne jusqu'à la place de l'Homme de fer, occasion pour la Parisienne d'une promenade, l'esprit ailleurs, dans le vieux Strasbourg avec ses centaines de touristes flânant dans les rues du crépuscule menaçant. A part les vitrines et les lampadaires, un dédale de rues pavées qui n'avait pas dû beaucoup changer depuis des siècles. Précisément ce que les promeneurs venaient y trouver. Un voyage dans le temps, comme elle, mais avec autre chose au bout. L'infirmière faisait le guide, lui expliquant la particularité de telle ou telle bâtisse à colombages, mais le docteur Lohmann se demandait surtout si Dante avait foulé ces mêmes pavés.

Après avoir quitté le centre-ville, le taxi s'enfonça dans les zones pavillonnaires où elle perdit tous ses repères, si tant est qu'elle en ait jamais eu en Alsace.

Un sacré bordel. L'expression que Julien avait employée le lendemain de l'arrivée de Dante à l'UMD, après sa première nuit passée en chambre d'isolement. Et la phrase de Steiner également, regardant Dante endormi à l'IPPP.

Apparemment, elle tenait sa piste.

La maison de Lucien Mauser est recouverte d'un crépi blanc, des bacs de géraniums multicolores en ornent les fenêtres et le perron. Elle se trouve au bout d'une allée rectiligne que barre une grille basse et entrouverte. Il ne fait pas encore nuit, mais à l'intérieur les lumières sont allumées.

En avançant vers les marches, un vers de Rilke appris en classe lui vient à l'esprit: «*Dieses Haus ist das letztes Haus der Welt.*» La dernière maison du monde.

Un carillon mélodieux retentit. Dès l'instant où la porte s'ouvre, elle sait que Lucien Mauser n'en a plus que pour six mois. Le teint hâve, le visage émacié, l'œil vitreux enfoncé dans son orbite, la main squelettique et hésitante: une tunique pendue à un cintre. Il n'a rien du poivrot graveleux auquel sa plaisanterie l'a prédisposée. Il a en revanche une voix douce qu'elle n'a pas perçue au téléphone, et ce malgré la quantité de tabac qu'il doit inhaler, vu l'odeur qui règne dans la maison et les deux cendriers débordant qu'elle a eu le temps d'apercevoir entre le vestibule et le salon où il la reçoit. Il perçoit le regard qu'elle a pour les fenêtres fermées.

— Excusez-moi, fait-il en souriant. C'est idiot, mais j'ai un peu froid. Alors je préfère les laisser fermées.

Elle lui renvoie son sourire, l'air de dire que ça n'a pas d'importance. Il ne semble pas à l'aise.

Une grande bouteille de bière entamée est posée sur la table. Avec un verre à côté.

— Vous m'en offrez un?

Il se tape le front du plat de la main avec une sorte de sourire rictus qui veut dire «mais où avais-je la tête», et il disparaît à la cuisine pour en revenir avec un verre scintillant comme du cristal et orné du logo rouge et or d'un brasseur local. Il le soulève dans la lumière comme s'il doutait de sa propreté, l'essuie avec un mouchoir et le remplit de bière jusqu'à ce que la mousse en épouse le bord.

— Vous ne vouliez pas autre chose?

— C'est parfait, merci.

— Je viens de la sortir du frigo. Elle est encore fraîche.

Il lui fait signe de s'asseoir. Elle s'enfonce dans un fauteuil recouvert de cuir brun, comme le canapé dans lequel il s'est assis. L'intérieur est semblable à l'extérieur. Coquet. Cliniquement propre même, malgré les cendriers. Pas un grain de poussière. Peu d'objets. Trois chromos représentant des scènes de chasse accrochés aux murs. Des rideaux à fleurs rappelant les bacs à l'extérieur. La télévision est éteinte. On n'entend pas un bruit. Sa maison est aussi propre et bien tenue que ses poumons doivent être sales et son foie foutu. L'idée que son interlocuteur est en sursis lui est désagréable. D'autant plus qu'il sait certainement sa mort proche, après une vie dans le corps médical. Sa gêne semble passée et le silence ne le trouble pas. Mais il finit par le rompre.

— Alors, vous êtes venue me poser des questions sur ce gars qui a été admis aux urgences en 1989. La nuit de Noël.

— Erwan Dantec-Leguen, oui.

— Ah, c'est comme ça qu'y s'appelait... J'avais jamais su son nom. Il avait pas la tête à avoir ses papiers. Pas une tête de Breton non plus, d'ailleurs. Enfin, ce que j'en imagine. J'en ai pas vu trop par ici.

— Qu'est-ce que vous vous rappelez au juste?

— Pas grand-chose. Après tout ce temps.

— Vous avez parlé d'un sacré bordel, à Hélène Kirch, au téléphone.

— J'ai dit ça?... Ah oui! Ah, ça oui! Un sacré bordel!

— Il est arrivé comment dans votre service?

— Police secours. Ouais. Ils l'avaient trouvé cavalant devant le bassin d'Austerlitz, si ma mémoire est bonne. Il était complètement shooté. Et il avait une très vilaine plaie au crâne. Ça pissait le sang. Il en avait sur le visage qui l'aveuglait, sur les mains, sur son torse.

— Ses vêtements?

— Il était torse nu.

— En décembre? Ici?

— Ouais madame. Et on n'a jamais su pourquoi. Il s'était peut-être fait détrousser, allez savoir. Mais comme il avait pas de papiers, qui étaient peut-être dans les habits qu'il avait pas sur lui, et qu'il était pas dans un état normal, on a commencé à le soigner avant de remplir sa fiche d'admission. Et comme après il a disparu, on n'a jamais rien su de lui...

Il s'interrompt pour avaler une gorgée de bière.

— Et puis quinze ans après, vous venez me trouver pour ça... Ça veut dire que lui, il s'en rappelait, de son passage aux urgences. Et qu'il a dû vous en parler. Sinon vous seriez pas là.

— Il en a parlé oui. Un miracle.

— Vous savez, c'est le genre de gars qu'on voit passer aux urgences en sachant qu'y reviendront un jour, ou qu'y z'auront d'autres problèmes... Mais qu'un psy vienne près de quinze ans après m'interroger, ça c'est extraordinaire.

Elle marque un temps d'arrêt, comme si elle hésitait sur sa réponse.

— Vous vous intéressez aux faits divers?

Il y a sur la table basse un numéro de *Détective*.

Il le lui désigne en disant:

— Comme vous pouvez voir.

— Est-ce qu'il y a eu à Strasbourg, ou dans les environs, une disparition à cette époque? Je parle d'une jeune femme. Ou d'une jeune fille. Peut-être une enfant? Ce jour-là ou quelques jours avant. Est-ce que par hasard ça vous dit quelque chose?...

Lucien Mauser semble faire un nouvel effort d'investigation dans les limbes de sa mémoire. Il se pince l'arête du nez entre le pouce et l'index en fermant les yeux. Puis, sans les ouvrir, il prononce un «*Mais oui putain*» qui fait se tendre le docteur Lohmann de tout son être.

— Mais oui, putain! répète-t-il. La petite Kathy. Enfin la petite... Je crois qu'elle avait seize ans... On n'a parlé que de ça pendant au moins trois semaines. Au début, ses parents ont cru à une fugue. Une connerie de ce genre. Et puis après quarante-huit heures ç'a été la panique.

Il avale une gorgée de bière.

— Après le raffut, ça a fini par se tasser. Jusqu'à ce qu'on retrouve le corps... Trois mois plus tard. Enterré dans une forêt. Les quatre membres séparés du buste. Et plus de tête, si mes souvenirs sont bons. Elle avait été coupée.

— Et elle avait disparu quand, la petite Kathy?

— Oh... la veille je crois. Hé! Me dites pas... Ce serait lui? Ah, mais ça change tout, ça!

— Dante? Je ne sais pas. Pas sûr, dit-elle en le voyant se lever comme un ressort et se presser vers la cuisine, en revenir avec une longue bouteille remplie d'un liquide transparent et deux petits verres gravés d'une multitude d'arabesques.

Il se rassoit, sert les verres. Elle trempe ses lèvres dans le sien.

— Attendez! fait-il en levant son verre comme s'il s'agissait de la chose la plus sérieuse du monde. Là, vous m'intéressez vraiment. A la vôtre, docteur!

Elle se sent obligée de ne pas le laisser seul vider son verre d'un trait. Le liquide lui brûle l'intérieur de la bouche, la gorge et l'œsophage. Après un effort surhumain pour ne pas tout recracher, elle repose son verre sur la table. La chaleur de l'alcool se répand dans son organisme. Lucien Mauser remplit à nouveau les verres.

— Et à celle de la petite Kathy, lance-t-il sur un ton plus grave.

Suzanne ne fait que tremper ses lèvres dans son verre. En le reposant, elle s'excuse: si elle boit trop maintenant, elle ne pourra pas aller jusqu'au bout. Il comprend.

— Alors ce serait pas lui, vous disiez?

— J'espère, que ce n'est pas lui, rectifie-t-elle. Mais je suis persuadée qu'il y a un lien très fort entre cette disparition et Dante.

— Vous l'appelez comment?

— Dante.

Elle note dans un coin de sa tête qu'il faudra vérifier cette histoire de disparition. Auprès des archives des *Dernières Nouvelles d'Alsace* par exemple. Ça fera toujours une pièce supplémentaire à son dossier.

— Et dites-moi, monsieur Mauser, en quoi son admission aux urgences avait été un sacré bordel?

Il la regarde en ayant l'air de réfléchir, puis se ressert un verre qu'il vide à moitié avant de le reposer sur la table.

— Ça m'aide à me souvenir, fait-il pour s'excuser.

Elle espère qu'au contraire il n'est pas en train de s'embrumer l'esprit, quand elle l'entend répondre:

— Il avait l'air terrorisé. Il se débattait. On a eu du mal à lui faire sa radio et à le recoudre, après lui avoir rasé la tête.

— La radio a montré quelque chose?

— C'était fêlé. Il a dû recevoir un sacré coup sur le crâne.

— Et il avait peur de quoi? Vous ne vous rappelez pas? Il ne disait rien? Il n'y a pas eu quelque chose qui vous aurait frappé? Je sais que c'est vieux, mais même un détail... Si par hasard ça pouvait vous aider à vous souvenir, on ne sait jamais, je pense que l'homme que vous avez soigné ce soir-là pourrait nous mener à celui qui a fait ça à Kathy. Et s'il avait peur, comme vous dites, c'est sûrement de cet autre en question.

— Il y a un détail que je me rappelle très bien, dit-il en se resservant.

Elle le regarde vider son verre, comme s'il prenait un malin plaisir à la faire lanterner, puis le reposer et s'essuyer la bouche du revers de la main. Le voyant toujours marquer une pause, elle saisit son verre et le boit cul sec.

Il a un sourire imperceptible et ressert les deux verres, celui de Suzanne puis le sien, pour porter un énième toast. La mort dans l'âme elle se soumet, avec un regard inquiet vers la fenêtre derrière laquelle il fait nuit. La pièce autour d'elle commence à tanguer. Elle espère être capable de retenir ce qu'il va lui dire.

— C'est quoi, ce que vous me faites boire ? lui demande-t-elle en désignant la bouteille.

Pour seule réponse, il cligne de l'œil, son bras décharné dans sa chemise de jean un instant suspendu, verre torchère éclairant les derniers bonheurs qu'il lui reste :

— Au grand anaconda, l'entend-elle dire avant qu'il le vide.

— Au quoi ?

— Votre verre...

Elle aura échappé aux assiduités de Vendrolini, mais pas aux désirs éthyliques de Lucien Mauser. «*Il ne ferait pas de mal à une mouche*», lui a dit Hélène Kirch quelques heures plus tôt. Alors elle s'exécute, en se promettant que c'est la dernière fois.

— Il parlait tout le temps du grand anaconda, reprend Lucien Mauser. C'est de ça qu'il avait peur. Ce doit être un surnom. Il disait que le grand anaconda avait voulu le tuer, qu'il allait le retrouver. Il était terrorisé.

— Et puis ? demande-t-elle avec un effort surhumain pour articuler.

— On l'a mis dans une chambre après lui avoir administré des calmants. Quelques heures après, j'ai été voir s'il dormait. Il avait disparu.

— Disparu ? répète-t-elle d'une voix pâteuse.

— Envolé. Pffuitt ! Le grand anaconda. Vous croyez que ça pourra vous être utile ?

20.

Lundi 21 juillet. Cinq heures moins le quart. Le Mérou ferme ses portes. Le dernier groupe de clients vient de vider les lieux. Une nuit plutôt calme pour un mois de juillet. Les soirs de chauffe peuvent mener jusqu'à des 9 heures le matin. Ce n'est pas Ibiza, mais le soleil est déjà haut quand on met le nez dehors.

Caro apprécie ces petites heures. La piste jonchée de mégots, les lumières et la musique tournant pour une salle vide. La ventilation marche à fond pour évacuer la fumée. On passe un coup de balai vite fait, histoire de ne pas retrouver un taudis quinze heures plus tard. On ramasse les verres, on met la machine en route, on replace les bouteilles sur les étagères derrière le bar.

C'est la première année qu'elle fait ce job. Originaire de Grenoble, deux semaines plus tôt elle ne connaissait rien ni personne dans la région. Aujourd'hui elle sait à qui s'adresser pour une barette de shit ou plus, et elle a ses entrées dans pas mal d'endroits à Marseille.

Elle a découvert le travail de la fête. La musique et l'excitation générale tiennent lieu de stimulants, le cœur bat au rythme de la basse. Se faufiler entre les danseurs, un plateau chargé de verres et de bouteilles en équilibre à bout de bras. Faire la navette entre les tables et le bar en traversant une mer humaine agitée au son de la techno. Observer les différents manèges, des hommes, des femmes. Les regards se croisent, des flashes multicolores déchirent la pénombre, on parle au creux d'oreilles inconnues pour se faire entendre malgré la sono. En cas de problème, Jean-Luc et Pablo sont là. Il y a une certaine ivresse à rester vigilant quand tout le monde s'oublie.

Les deux videurs jacassent au bar. Elle les embrasse puis pousse la porte qui la sépare de l'extérieur. Elle sent le regard des deux hommes rivé sur son cul, et avant de sortir se retourne pour vérifier. Ils ricanent. Elle leur renvoie leur rire avec le majeur de sa main droite dressé vers le ciel.

Sur le parking en terre battue, il ne reste plus que les voitures du personnel et la Porsche 928 du patron. Dans le ciel, les étoiles clignotent faiblement. Le jour ne va plus tarder. La Lune est invisible. Caro monte dans sa R5. Elle démarre et sort du parking pour attraper la départementale.

A mesure qu'elle progresse sur la route déserte, elle voit le ciel passer de l'anthracite au gris blafard. Les phares de sa voiture sont deux pinceaux de moins en moins utiles. Elle roule fenêtres ouvertes. L'air est frais. Seules deux lumières par moment semblent l'accompagner dans son rétroviseur puis disparaissent avant de réapparaître. En se réveillant, vers 13 heures, elle ira à la plage. Puis elle se rendra peut-être dans ce bar où Francis lui a proposé de passer, le Nautilus.

Un cahot du moteur, suivi d'un second puis d'un troisième, l'arrachent à ces projets. Elle essaie de pomper sur l'accélérateur puis de changer de vitesse. La jauge indique que son réservoir est vide. Elle a pourtant fait le plein trois jours plus tôt. Encore une fois elle pompe sur l'accélérateur, mais n'obtient que des broutements mécaniques. Elle range sa voiture sur le bas-côté et coupe le contact. Elle doit être à une dizaine de kilomètres de Marseille.

— Hé merde! lâche-t-elle.

Dans son rétroviseur, elle voit apparaître les phares de tout à l'heure. Elle met ses warnings puis descend de la voiture en faisant des signes au véhicule qui approche. Lorsqu'elle s'arrête à son niveau, elle ricane en reconnaissant la Golf customisée de Pablo. Elle lui fait signe d'attendre, en vitesse retourne à sa voiture, attrape son sac sur le siège du passager avant, la ferme à clef, puis monte dans la Volkswagen.

Une fois assise, elle a un sursaut en ne reconnaissant pas Pablo, mais un homme d'une bonne quarantaine d'années, massif, un chauve à la peau grêlée qu'elle n'a jamais vu. Elle pose sa main sur la poignée de la portière pour s'éjecter, mais il démarre en trombe et lui écrase son poing droit sur la tempe.

*

D'abord réglée très chaud, en dépit de la température extérieure étouffante, puis tiède, froide et glacée, l'eau lui frappe le crâne, les épaules, les hanches et les cuisses. Elle ruisselle sur ses seins, son ventre, son dos, ses jambes. Son corps entier se contracte. Cette maîtrise d'elle-même sous les jets devient ivresse. Elle ne sent plus le froid de l'eau. Rien ne l'atteint. Elle possède un scénario qui tient la route, et assez d'éléments pour innocenter son patient.

Fin 1989, Dante a dix-huit ans. Il est en cheville avec l'anaconda. Ensemble ils ont enlevé Kathy Beusertz. Et les choses ont mal tourné. Peut-être que Dante a flanché. Peut-être a-t-il voulu s'interposer. Et l'autre aura voulu le tuer. Mais Dante en aura réchappé. Avec le crâne fêlé. Et c'est ce traumatisme, lié à un choc psychologique trop fort, qui aura déclenché la maladie. Sans doute insidieuse avant cet événement, envahissant son esprit après, pour finalement en prendre possession. Avec des fantasmes imprimés par l'anaconda au cours de cette nuit.

Au bout d'un certain temps, elle entend la sonnerie du téléphone. Elle se précipite dans la chambre. Elle n'a parlé à personne depuis Lucien Mauser. Une autre image de l'humanité ne lui ferait pas de mal. Elle décroche.

— Steiner, entend-elle, ayant simultanément reconnu la voix.

— Vous avez eu mon message?

— Vous avez trouvé l'assassin?

— Vous ne croyez pas si bien dire. J'ai la quasi-preuve de son existence. Vous appelez d'où, là?

— Guéret. C'est dans la Creuse. Je suis allé voir ma mère. Je rentre ce soir. Nous pourrions dîner ensemble. Et vous me raconterez ce que vous avez appris.

— Ne me dites pas que c'est pour moi que vous rentrez?

Elle éloigne le combiné de son oreille pour atténuer l'éclat de son rire.

— On m'a dit que vous aviez l'air ennuyé de ne pas me trouver. Alors je me suis dit que vous deviez avoir du nouveau. Vous avez de la chance, je prends régulièrement des nouvelles de mon service. Mais vous connaissez ça, avec vos idées fixes.

— Je ne vous en demandais pas tant, fait-elle en enfilant un peignoir.

— Rassurez-vous. Je rentrais de toute façon. Ma mère est toujours aussi contente de me voir partir que de me voir arriver. Et ce dîner?

— Je ne suis pas la seule à avoir de la suite dans les idées. Quand est-ce que vous devez retourner à la préfecture?

— Lundi prochain, pourquoi?

— Alors ça me va pour ce soir.

*

— L'anaconda ne craint aucun prédateur, sinon l'homme, et il a le loisir de frapper ses proies comme il l'entend. Et le symbole est d'autant plus approprié que les psychopathes partagent avec le cérébrotype reptilien une incapacité à établir des rapports sociaux affectueux et authentiques.

Le flic ponctue la sortie de la psychiatre d'un sourire appréciateur. Depuis le premier quart d'heure, elle l'a accroché. Et ça n'a rien à voir avec elle.

— Dites-moi, fait-elle en promenant son regard sur le décor du restaurant, si je ne connaissais pas votre bureau, je me dirais que vous aimez le dépaysement. Mais en fait, ce serait tout le contraire. Votre maison aussi ressemble à une isba? Oh! Excusez-moi.

Elle attrape son téléphone.

— Angélique?

— ...

— Comment vas-tu, Emma chérie? Tu as pris le téléphone de ta sœur.

— ...

— Tout se passe bien ?

Steiner la regarde.

— Et papa ?

— ...

— Il s'égare ?... Je sais. Je vous ai vus.

— ...

— Samedi dernier.

— ...

— Je n'ai vraiment pas pu, dit-elle en rougissant.

Steiner se lève et va discuter avec la patronne.

— ... ma chérie, il ne faut pas m'en vouloir. Tu me promets ? En ce moment je ne peux pas. J'ai un travail très important à terminer.

— ...

— Un malade très dangereux à identifier pour que la police puisse le trouver.

— ...

— Oui, je te promets. Et toi, courage. Tout va s'arranger. Embrasse Angélique pour moi. Je t'aime.

Elle raccroche. Steiner la rejoint.

— Excusez-moi.

— Des ennuis ?

— Vous avez deviné...

— C'est la première fois ?

— C'est la première fois que je suis sans mes filles... Servez-moi une vodka.

Elle trempe ses lèvres dans son verre et fait une grimace.

— Décidément pas ce soir... Mais je ne vais pas vous gâcher ce dîner. Où en étions-nous ?... Je ne m'étais pas trop étendue sur le sujet au moment de la découverte de l'aquarium, cela n'aurait servi à rien. Mais on se trouve face au rituel typique d'un psychopathe. Ce rituel a pour but de gratifier certains désirs narcissiques qui demeurent en général inconscients, ou encore d'augmenter le sentiment d'être grandiose. Le psychopathe présente un sous-type de personnalité narcissique.

— Narcissique ?

— Je ne plaisante pas, dit-elle ayant cru déceler une certaine ironie. Une variante extrême et dangereuse de la personnalité narcissique. Avec des caractéristiques particulières dont, fait-elle en ayant l'air d'énumérer avec ses doigts: la gratification par l'agression en tant que seul mode significatif de rapport avec les autres. Et la présence d'un idéal du Moi maléfique ayant des racines dans un objet parental primaire cruel et agressif.

— Vous feriez une prof formidable.

— Et j'oubliais que dans des situations de stress, le psychopathe devient paranoïaque plutôt que dépressif.

— Il s'agit donc de quelqu'un qui a beaucoup souffert. Dans sa petite enfance. Et qui, si je comprends bien, n'a rien trouvé de mieux pour se défendre, que de faire du mal à d'autres...

— En gros c'est ça. Et les psychopathes ne conceptualisent pas les autres comme des individus séparés qui méritent une considération empathique, mais comme des représentations psycho dynamiques de leurs représentations de soi grandioses. D'où la violence extrême: ils ont à peine la conscience de faire souffrir leur victime.

— Et cette extrême violence, pourquoi? Pour des sévices subis au cours de l'enfance? demande-t-il en vidant son verre et en le remplissant aussitôt.

— A chaque victoire sur les autres, le psychopathe gagne un sentiment de triomphe exalté, qui masque sa propre défaite sans issue... En vieillissant il peut désirer une mort précoce, quand il se rend compte de l'échec de sa vie émotionnelle et des cycles perpétuels d'avidité, de destruction et de dévalorisation, en l'occurrence, la croix gammée et l'éviscération par exemple. Tout cela étant déclenché par l'ennui.

— L'ennui?

— Les psychopathes sont très vulnérables au sentiment chronique d'ennui, car ils vident le monde des relations qui ont un sens, justement dans le but de combattre les sentiments d'envie et d'avidité.

— Ne jamais s'impliquer pour ne jamais désirer...

— Et ce qui me fait penser qu'on pourrait se trouver face à un cas de ce genre, c'est que pour la première fois, il laisse en évidence les traces de son crime. Comme s'il voulait enfin se faire connaître au monde, ou comme si une part de lui en avait assez... En 1989 il enterrait la petite Kathy Beusertz à Strasbourg. Et ça ne m'étonnerait pas qu'il en ait fait disparaître d'autres après elle. Beaucoup d'autres, en quatorze ans.

— On en avait une, et voilà que vous nous en rajoutez... combien ?... quelques-unes, une dizaine ? Plus ?

— On peut déjà se pencher sur le fichier des disparitions... Pour le reste, je ne fais que suivre mon raisonnement jusqu'au bout. Reconnaissez que jusqu'à présent, je ne me suis pas beaucoup trompée.

— Docteur, dit-il en faisant tourner la vodka dans son verre, je vous trouve très convaincante, mais nous n'avons aucune preuve. Et votre protégé est toujours le suspect numéro un. Le coupable idéal... En admettant que je vous croie, vous dressez un profil psychologique de ce tueur encore une fois très convaincant, mais pour l'instant, on va se limiter à l'aquarium. Et ça ne nous dit pas qui il est, ni comment le retrouver.

— C'est pour cette raison que je vous propose de m'accompagner en Bretagne, réplique-t-elle sans se démonter.

A ce moment, le regard du flic décroche et se perd dans les lambris de sapin de l'isba. Machinalement, il attrape un des cornichons dans le bocal posé devant lui et l'engloutit dans sa bouche. Il se demande s'il n'est pas victime de l'attrait qu'elle exerce sur lui, s'il ne l'aurait pas déjà envoyée dans les cordes si elle avait été laide et antipathique ou si elle avait été un homme. Il a peur que son jugement soit faussé. Et ça l'agace.

— Développez, je vous écoute, lui dit-il en soupirant.

— Erwan Dantec-Leguen. C'est de là-bas qu'il vient.

— Avec un nom pareil...

— Le seul moyen que nous avons d'identifier l'anaconda, c'est de tracer Dante, de remonter le moindre de ses mouvements jusqu'à sa rencontre avec ce salopard. Plutôt hasardeux, je vous l'accorde, mais je n'ai rien d'autre à proposer. Et puis, c'est vous le flic. Moi je trouve que j'en ai fait suffisamment pour que vous preniez le relais. Vous ne trouvez pas ? rajoute-t-elle à bout d'arguments.

— Vous connaissez la Bretagne?
— A peine, lui dit-elle triomphante.
— Moi pas du tout. C'est dans quel coin?
— Finistère. A Audierne exactement. A quelques kilomètres de la pointe du Raz. C'est là qu'habitent sa mère et son beau-père. La famille Bohars.
— Ça sonne plutôt bien. Dites, je vous accompagne, mais je suis toujours en vacances. Rien d'officiel, donc.
— Moi aussi, à Strasbourg j'étais en vacances.
— Un point pour vous, concède-t-il en espérant qu'il n'est pas en train de faire une bêtise.

Une heure du matin. Ils sont les derniers clients de ce restaurant trompe l'œil où tout, jusqu'au moindre détail, pourrait donner à la clientèle l'illusion d'une téléportation dans une gargote moscovite.

Ils se retrouvent sur le trottoir de la rue Daru. Et cette sortie prolonge l'illusion: la coupole de l'église orthodoxe à cette heure donnerait à l'endroit des airs de Kremlin.

Leurs pas résonnent dans la nuit. La température est enfin agréable. Sur le long trottoir du boulevard de Courcelles, ils longent les grilles du parc Monceau. De rares voitures passent en trombe et disparaissent. Depuis le restaurant, ils n'ont pas échangé un mot. Elle habite au-delà de la rotonde. Il ne montera pas chez elle. Il voit filer des taxis comme autant d'occasions manquées. Sa voisine ne pense à rien d'autre qu'à sa quête. Sa détermination le relègue au rang de figurant. Il va devoir attendre. A son âge, il n'a plus la patience. La Bretagne. Et peut-être plus loin encore. Tout dépendra de leur pêche.

Une fois la rotonde dépassée, elle s'apprête à traverser, le remercie pour sa peine.

— Je ne vous propose pas de monter prendre un dernier verre, je suis épuisée.

Elle disparaît derrière la porte cochère de son immeuble.

Au-delà des lampadaires, le parc est une masse sombre pleine de solitude et de ressentiment.

En poussant seul sur le boulevard à la recherche d'un taxi, une jeune pute lui propose la botte. Liane blonde en équilibre sur de très hauts talons. Morceau d'étoffe rouge autour des fesses, boléro blanc sur les épaules, peau laiteuse et yeux soulignés de noir. Petite merveille égarée sur ce trottoir, promesse d'extase tarifée, elle s'agrippe à lui du regard. Il décline l'offre. Peut-être une occasion de plus qu'il vient de laisser passer.

21.

Isolée au bout d'un chemin, la maison des Bohars ressemble à l'idée que l'on se fait du nid dans lequel Dante a grandi. Une carcasse de Renault Fuego sert de niche à un berger allemand à moitié pelé et à un barouge qui en jaillissent pour aboyer sur les nouveaux arrivants. L'un des carreaux au rez-de-chaussée a été remplacé par un carton, un autre est fêlé. Quelques poules en liberté cohabitent avec les molosses. Par leurs fientes, elles ont transformé le terre-plein en porcherie.

En sortant de la voiture, d'un sourire Suzanne remercie Steiner pour sa présence. Lui-même ouvre sa portière mais reste à l'abri derrière.

— Je vous laisse passer devant. J'ai horreur de ces bêtes.

— Vous plaisantez ?

— Pas du tout. C'est vous la patronne. Je vous regarde faire.

Elle s'éloigne vers la maison, tandis qu'il l'observe essayer de calmer les chiens qui grognent après elle et l'empêchent d'avancer. La porte de la maison s'ouvre et une femme d'une cinquantaine d'années se met à crier :

— Hulk ! Gatsby ! A la niche !

Puis, s'adressant aux intrus comme à ses chiens :

— C'est pourquoi ?

Suzanne voit avec soulagement les chiens remonter dans leur épave sur cales.

— J'ai cru qu'ils allaient me bouffer !

— Vous en faites pas pour ça.

— Vous êtes madame Bohars? dit-elle en avançant vers elle.

Steiner la regarde toujours depuis la voiture.

— Qu'est-ce que vous lui voulez?

— C'est à la mère d'Erwan Dantec-Leguen que je m'adresse.

Les yeux de la femme se sont fermés comme des meurtrières. Suzanne est au pied des marches du perron. Deux planches en couvrent une partie, comme celles que les maçons disposent pour faire gravir à leur brouette les escaliers. La femme porte une robe de rayonne anciennement noire avec des fleurs roses et vertes, elles aussi passées, et des bandes molletières qui ne peuvent masquer que des varices. «Qu'est-ce que c'est?» crie une voix de vieillard de l'intérieur.

— Je suis le docteur Suzanne Lohmann. J'ai soigné votre fils...

— Alors vous devez être un de ces toubibs pour dingues. J'ai rien à vous dire.

— Qu'est-ce que c'est, Sylviane? reprend la voix avec impatience.

La femme se retourne vers l'intérieur de la maison:

— Mais tu vas te taire, toi aussi! aboie-t-elle.

Puis, s'adressant à nouveau à Suzanne:

— Et vous, vous allez me foutre le camp...

— Ecoutez... J'ai absolument besoin que vous me parliez d'Erwan. Il est en danger. Je veux l'aider. Mais pour ça, il faut que vous me parliez de son enfance. C'est pour lui...

— Me racontez pas de salades. C'est peut-être pour lui que vous faites ça, mais ce doit aussi être pour vous. D'une manière ou d'une autre. Ça existe pas, le désintéressement.

Elle ne sait pas ce qui pourrait amadouer la femme. Elle n'est pas très convaincante. Elle s'en rend compte.

— Son enfance...

Suit un long silence. La femme baisse les yeux.

— Foutez-moi le camp. J'ai rien à vous dire. Ça fait longtemps que j'le vois plus.

Steiner a fini par abandonner son observatoire. Il traverse la cour en échangeant un regard avec les chiens dans l'épave. A la vue de sa carte de réquisition barrée des bandes tricolores, la femme en ravale. Elle le regarde d'un air mauvais et lui fait:

— J'vous écoute...

— On pourrait peut-être entrer... suggère-t-il.

Elle s'efface pour leur ouvrir le passage.

Ayant remisé son agressivité, Sylviane Bohars a l'air fatigué. La pièce dans laquelle ils se trouvent sert à tout sauf à dormir et à se laver. Il y a une gazinière, un poêle, un frigo rouillé, un évier... tous les éléments d'une cuisine, un poste de télé, un canapé en cuir, une planche à repasser, un buffet en formica pour la vaisselle et une grande table en bois brut au centre. Une cocotte minute est sur le feu. De la vapeur s'en dégage en sifflant doucement. Ça sent le chou. Suzanne observe le serpentin jaune adhésif pendu au plafond au-dessus de la table. Une vingtaine de mouches ont été prises au piège. L'une d'elles au moins se débat encore en émettant un bourdonnement inutile et agaçant.

A part le serpentin, la seule note décorative consiste en trois étagères suspendues, sur lesquelles sont exposés des voiliers miniatures enfermés dans des bouteilles de verre. Ils sont l'œuvre du vieillard en fauteuil roulant qui s'est détaché de sa maquette en chantier pour observer les nouveaux arrivants. Il semble plus curieux qu'hostile. Les occasions de voir de nouvelles têtes doivent être rares.

— Mon père, fait la femme en le désignant. C'était un marin pêcheur autrefois... Bon, qu'est-ce que j'peux pour vous, lâche-t-elle finalement en levant la tête vers Steiner.

La force de persuasion, la voix grave, le quintal et le papier tricolore. Il fallait ça pour la faire plier. Suzanne n'aurait rien obtenu.

— Comme le docteur Lohmann vous l'a dit, votre fils a de graves ennuis. Il est accusé d'un meurtre qu'il n'a peut-être pas commis. Pour en être sûr, on aurait besoin d'en savoir plus sur son passé. Pour essayer de remonter jusqu'à celui qui pourrait être le vrai tueur.

Sylviane Bohars rabat une mèche grise et grasse qui s'était égarée sur son front rougi par les mauvais savons. Elle porte les traces d'un hématome sur la joue droite.

— Dis donc, l'ancêtre. Ça serait pas l'heure de ta promenade ? Allez, va donc te dégourdir les bras et prendre l'air. Ça t'fera pas de mal.

L'ancien patron de pêche obtempère comme s'il n'avait pas le choix. On entend sa chaise roulante grincer dans le vestibule, la porte s'ouvrir. Sa fille se précipite pour la refermer derrière lui. On entend les chiens japper. Elle revient dans la cuisine.

— J'veux pas qu'il entende ça. Lui l'aimait bien.

— Parce qu'on a de bonnes raisons de croire qu'ils se connaissent, reprend Steiner. Voilà. C'est pour ça qu'on est venu vous trouver. Parce que votre fils, à l'heure qu'il est, on ne peut rien en tirer. Et si personne ne tente rien à sa place, on risque pas de l'innocenter.

Sylviane Bohars hausse les épaules.

— Ce que vous me racontez m'étonne pas. J'ai toujours été sûre qu'y nous apporterait que des ennuis. Cherchez-en pas un autre. C'est lui votre coupable. Toujours à faire les pires bêtises quand il était petit. Et pas moyen de le dresser. Même au ceinturon. Y préférait les chiens à ses frères. Voyez la niche ? Souvent, il y dormait. Et aucune envie d'apprendre un métier. Même dans la Marine, y z'ont pas voulu de lui. Quelle misère, ce gosse. Quel chagrin, fait-elle tournée vers la fenêtre, les yeux dans le vide. Y préférait jongler.

— Tout ça ne fait pas forcément un gars capable de découper une femme en morceaux.

Elle hausse les épaules.

— Vous vous êtes mariée peu de temps après sa naissance. Avec Matthieu Bohars. Il a pas voulu l'adopter, le petit Erwan ?

— L'adopter ? Heureusement qu'y l'a pas fait ! Et l'autre qui lui aurait sali son nom, avec ses arrestations, la condamnation, la prison... Déjà qu'il a bien voulu me prendre avec lui et le grand-père...

— Et vous avez eu deux fils avec lui... Qu'est-ce qu'ils font ?

— Ils travaillent à l'atelier.

— Bon, fait Steiner en soupirant, on va pas rester plus longtemps... Et il est parti y a combien de temps ?

— J'sais plus. Ça doit bien faire dans les quinze ans.

— Il était pas vieux. Pourquoi est-il parti de chez lui si jeune ?

— Un oiseau sur la branche... Rien n'aurait pu le retenir. Bon à rien... S'entendant avec personne. Ni avec son père, ni avec ses frères, pas même avec moi... Juste avec le vieux.

— Votre père, hein ?...

— Son départ, c'est la meilleure chose qui pouvait arriver.

— Et jamais de visites ? Jamais de nouvelles ? Vous ne saviez pas où il était, ni ce qu'il faisait ?

— Des nouvelles, par la police ou la justice. De toute manière, c'était mieux qu'y soit loin. Ici, ça aurait mal fini.

— Mal fini ?

— Avec ses frères. Un jour, y'en a un qui y serait passé.

— Vous lui avez connu des amis, quand il était chez vous ?

— Aucun, y passait son temps le nez collé dans les livres. La Bible surtout.

— Et le jonglage, il a appris comment ?

— Un hiver, un cirque s'est installé à côté.

— Et c'est pas avec eux qu'il serait parti ?

— Non. C'était bien avant. Il est parti seul. Du jour au lendemain. Sans dire au revoir.

— Il vous parlait de serpents ?

— De quoi ? Non mais ça va pas bien ?

— Le grand anaconda. Ça ne vous dit rien ?

— Excusez-moi, mais j'comprends rien à ce que vous dites.

Sylviane Bohars a l'air au bout du rouleau. Elle est tournée vers la fenêtre, leur présentant sa nuque dégagée par un chignon graisseux. L'un et l'autre jureraient qu'elle pleure.

— C'est bon. On vous laisse, fait Steiner. Excusez-nous pour le dérangement.

En sortant devant la maison, tous deux ont un regard pour la carcasse dans laquelle Dante enfant a dû passer plus d'une nuit. Au milieu du terre-plein, Steiner se retourne vers

Sylviane Bohars qui les regarde s'éloigner depuis le pas de la porte.

— Au fait, l'atelier, comment on le trouve ?

— En sortant, prenez à droite vers l'océan. A trois kilomètres ce sera sur la gauche. Vous pouvez pas le louper.

A vingt mètres sur sa gauche, Suzanne aperçoit le vieux Dantec-Leguen qui ramasse des œufs dans un empilement de pneus usagés et les met dans une poche en plastique posée sur ses genoux. Sous le regard intrigué de Sylviane Bohars, elle s'avance vers lui pour le saluer et, sans que celle-ci puisse voir quoi que ce soit, lui glisse une carte avec son numéro griffonné dessus en lui disant qu'il peut l'appeler s'il a quelque chose à lui dire sur Erwan.

Lorsque la voiture s'éloigne dans le chemin pour rejoindre la départementale, Suzanne se retourne vers la maison des Bohars. Au-delà du nuage de poussière soulevé par l'auto, encadré par les deux chiens, le vieux paralytique fait rouler son fauteuil vers la bâtisse. Dans l'encadrement de la porte, Sylviane Bohars ne quitte pas des yeux la voiture.

Bohars et fils. L'atelier de mécanique pour moteurs de bateaux donne sur l'estuaire du Goyen. La psychiatre et le flic n'ont pas échangé un mot depuis leur visite à Sylviane Bohars et à son père. Pour un premier contact avec la Bretagne, on pouvait rêver mieux. Et vu le hangar devant lequel ils sont garés et ce qu'ils croient savoir de ses occupants, la suite ne s'annonce pas mieux.

Le beau-père et ses deux fils, trois tortionnaires forçant le petit Erwan à dormir avec les chiens. Bien que les causes de cette maladie ne soient pas toujours clairement définies, c'est la première fois que le docteur Lohmann cherche aussi loin la genèse d'une schizophrénie.

— Dites donc, lui fait Steiner, ça vous ennuie si on se partage le boulot ? Moi je vais dans le troquet en face glaner quelques infos annexes, et vous vous chargez des Bohars. J'ai fait parler la mère, vous saurez faire parler les mâles.

Le troquet doit bien être à trois cents mètres de l'atelier. Elle aurait mauvaise grâce à lui en vouloir.

La porte consiste en un grand panneau de métal. Grand ouvert, on peut y faire passer bon nombre de bateaux. En l'occurrence, il y a juste assez d'espace pour que quelqu'un s'y glisse. Elle s'y aventure.

De l'autre côté, le hangar a une ouverture sur la rivière permettant aux bateaux d'y arriver directement. A sa gauche, derrière des cloisons vitrées, une pièce qui doit servir de bureau et d'archivage pour les éléments comptables. Les armoires en fer sont tapissées de photos de femmes nues montrant tout, et pour certaines plus encore. Etal de chair sur papier glacé, fesses, cuisses, croupes, nichons, pubis plus ou moins rasés et bouches entrouvertes desquels elle arrache son regard.

Le reste du hangar est encombré de bateaux sur cales, de moteurs accrochés à des chaînes, de bidons d'huile empilés, de panneaux de liège recouverts de clefs de toutes sortes et de tous calibres, d'établis sur lesquels sont étalées des pièces de mécanique comme des entrailles lors d'une autopsie. Ça sent le gasoil, l'air marin et le bois imbibé d'eau de mer.

Le ronflement d'un fer à souder soudain brise le silence. Elle s'avance entre les coques et les moteurs suspendus au-dessus du sol comme des quartiers de bœuf. Le nez en l'air pour déterminer d'où vient ce vacarme qui la surplombe, elle met le pied dans une flaque d'huile. La toile de sa chaussure en son pourtour s'imbibe et se colore du liquide noirâtre et visqueux. Le boucan résonne dans le hangar. Sa chaussure arbore une corolle brunâtre. Elle fait deux pas en pestant, se retourne sur les traces d'huile que sa semelle laisse derrière elle. Elle lève la tête vers ce bateau aux flancs rebondis qui la dominent et sur lequel le soudeur officie. Une petite échelle appuyée à la coque permet d'avoir accès au pont. Elle s'y engage, gravit trois degrés. Derrière elle une voix la fait sursauter.

— On peut faire quelque chose pour vous ?

Elle se retourne. Un homme d'une trentaine d'années en bleu de travail campé sur ses jambes légèrement écartées et les poings dans les poches la contemple. Au-dessus de sa tête, le chalumeau fait toujours autant de bruit.

— Je cherche Matthieu Bohars, dit-elle perchée sur son échelle.

— Et on peut savoir ce que vous lui voulez ?

Elle descend les trois barreaux. Il a les yeux braqués sur son cul. Une fois qu'elle a posé le pied par terre, il fait un pas en avant. Il est grand, massif, certainement capable de prendre un de ces moteurs dans ses bras. Hostile. Seule la flaque d'huile les sépare.

— Je suis le docteur Lohmann. Je voudrais lui parler d'Erwan.

L'homme fronce les sourcils.

— Erwan Dantec-Leguen.

L'homme donne trois coups de poing dans la coque du bateau. Le chalumeau s'arrête.

— Jacques ! hurle-t-il.

Surmontée d'un masque de soudeur relevé sur le sommet du crâne, une tête émerge du chalutier.

— Ouais, qu'est-ce qu'y a ?

— Viens donc voir, y a une dame qui s'intéresse à la Crouille.

Le deuxième demi-frère de Dante se laisse glisser le long de l'échelle.

— Qu'est-ce qu'elle lui veut à la Crouille, la petite dame ? fait-il une fois à sa hauteur. Il a de la chance, qu'une jolie petite dame s'intéresse à lui. Il le sait au moins ?

Celui-là est plus petit que son frère. Plus mince. Plus rapide aussi. Il lui manque une dent. Ses yeux dégagent des ondes de violence et d'agressivité. Tous ses signaux intérieurs lui hurlent « danger ». Elle tente de réfréner sa peur. Elle se raisonne. Ils ne peuvent rien lui faire. Pas chez eux, comme ça. Ils ne peuvent pas être aussi stupides. Elle se demande ce que fait Steiner.

— Je l'ai soigné il y a deux ans. Et là je travaille avec la police. Un collègue à moi est allé poser quelques questions à côté, au café. On cherche à enquêter dans son passé pour le disculper.

— Le disculper ? De nous avoir pourri la vie, avec sa mère aussi, qu'aurait jamais dû le garder ? On n'en a rien à foutre, nous, de ce taré.

Le soudeur est collé contre elle. L'extrémité de son masque lui frôle le front. Ses yeux jaunes la jaugent en gros plan. Elle sent son souffle, petite souillure encore tolérable.

— Et si tu jouais plutôt au docteur avec ses frères, hein?

Elle fait un pas en arrière, bute contre l'échelle dans son dos. Le petit mène la danse, le grand est en retrait mais n'en perd pas une miette.

— Mais faut pas qu'elle ait peur, la fendue. On veut juste s'amuser un peu. Faut pas avoir un balai dans le cul, hein? Comme la Crouille, hein? Tu te souviens Gérard, comme il aimait ça, les balais dans le cul? Allez ma jolie, fait-il en lui attrapant le poignet et en amenant sa main sur son entrejambes. Sens mon fer à souder.

Derrière, le frère s'est approché, il a l'air de s'inquiéter.

— Dis donc, Jacques, tu vas pas...

— Mais laisse faire. Regarde-la cette salope. Elle demande que ça. Tu vois, j'lui demande rien. C'est elle qui fait tout le travail, dit-il en l'obligeant à caresser de la paume ses parties génitales.

Sous sa main, elle sent le sexe gonfler à travers la toile du pantalon et ne peut pas détacher son regard de celui de l'homme qui la tient sous sa domination. Incapable de la moindre réaction. Comme une proie fixée par un serpent. Et Steiner. Qu'est-ce qu'il fout?

Une sonnerie retentit. Sans la lâcher, son agresseur détourne la tête. De toutes ses forces, elle referme les doigts sur ce qu'elle caressait. L'homme lui lâche le poignet. Contrairement à elle. Il se plie en deux en hurlant. Son frère se précipite. Elle lâche sa prise et cavale vers la sortie. Le téléphone hurle toujours dans le hangar. Elle se faufile entre les coques, les moteurs et les caisses. Elle arrive à quelques mètres du panneau coulissant. Il se referme en grondant, dans un claquement métallique en butant contre le mur. Pourchassée par le massif elle a dû faire un détour. Pas Fer à souder, encore courbé par la douleur. Dans le bureau, le téléphone sonne toujours. Elle s'y rue, décroche en hurlant au secours. Elle n'a pas le temps de développer. Une baffe lui fait lâcher l'appareil. Elle se retrouve plaquée à l'horizontale dos contre le bureau. Le grand la maintient par les bras. Le soudeur commence à lui caresser l'entrejambe d'une main graisseuse, le pouce enfoncé dans sa chair à travers l'étoffe, et de l'autre entreprend de la déboutonner.

Le commissaire Steiner a obtenu deux ou trois renseignements anecdotiques sur la famille Bohars. Il a fini son demi et commence à parcourir le chemin le séparant de l'atelier. A cinquante mètres, il s'étonne de voir la porte fermée que dans son souvenir il voyait entrouverte. Il presse le pas. Tente en vain de la faire coulisser. Il donne de grands coups du plat de la main qui retentissent à l'intérieur.

Plaquée sur la table entourée de ces dizaines de filles s'offrant cuisses ouvertes, elle voudrait hurler, mais Fer à souder lui plaque la main contre sa bouche.

Mais la voiture est toujours là. Steiner longe la façade du hangar. De l'autre côté, il tombe sur la rivière et l'entrée grande ouverte sur la rampe qui descend dans l'eau.

Il pénètre dans le hangar en appelant. Un coup à l'estomac lui coupe le souffle et le plie en deux. Un deuxième le prend au nez. La douleur irradie dans toute la zone. Cinquante-trois ans. Plus un jeune homme et plus non plus habitué à encaisser. Il essaie de se mettre en garde. A travers les étoiles il aperçoit le cogneur qui s'apprête à remettre ça. Il a besoin d'un répit. Il sort sa carte de police. Une seconde le papier arrête son agresseur. Ça en dissuade encore certains. Il en profite pour lui en placer un dans le foie. L'autre a l'air surpris. Trop pour éviter la suite. A la tempe. Au menton. Le commissaire retrouve ses gestes. Mais pas le souffle. Son adversaire le charge façon char d'assaut. Ses os n'y résisteraient pas. Le flic esquive. Entraîné dans son élan, le blindé dégringole la rampe à bateaux et finit dans l'eau.

Sans attendre que le Panzer émerge, il fonce vers le fond de l'atelier, avise Suzanne aux prises avec le second des Bohars. Une chaise dans sa gueule et le teigneux heurte de la tête et du dos les pin up ouvertes dans un bruit métallique. Conscient de ses limites, le flic attrape la psy par le bras et l'entraîne à l'extérieur. La voiture de location les éloigne de cette zone à risques.

Steiner est au volant. Son nez a déjà viré au bleu. Il n'a pas eu le temps d'en essuyer le sang. Gros papillon aux ailes indigo se déployant sous ses yeux.

— Dites-moi, entre la mère et les deux frères, on dirait que ça lui fait des circonstances atténuantes, à votre Dante.

— Vous trouvez aussi ? Et on n'a pas vu le beau-père. Ça va votre nez ? Il vous a bien amoché.

— Ouais, je vous remercie, dit-il en se regardant dans le rétroviseur.

— Vous n'aviez pas votre arme de service ?

— Je suis en vacances, je vous rappelle. Et vous ? Je n'ai pas trop tardé ?

— C'était limite, dit-elle en frissonnant. J'ai eu une de ces peurs. Au début je me demandais ce que vous faisiez et puis après je ne pensais plus à rien qu'à sauver ma peau. Maintenant j'aurais besoin de me laver. Sales porcs.

— Vous êtes sûre que ça va ? Je vous trouve très courageuse.

— Qu'est-ce que vous voulez ? lâche-t-elle fataliste. On ne va pas faire appel à un psychologue. Dites ? On... on peut rien faire contre eux ?

— Qu'est-ce que vous voulez qu'on fasse ? On n'était pas en visite officielle.

— Je vais vous soigner.

— Vous êtes psy, non ? Je préfère pas.

Elle rit nerveusement. Tout ce chemin pour manquer être violée et voir Steiner se faire éclater le nez. Pour rien. Tout juste la confirmation de ce qu'elle pressentait au sujet de l'enfance de Dante. La voiture progresse dans un paysage de bout du monde, celui de l'Europe, que ni l'un ni l'autre ne songe à admirer.

— Ça vous ennuie, si on pousse jusqu'à la pointe du Raz ? A moins que vous préfériez rentrer à l'hôtel tout de suite.

Elle se tourne vers lui, s'attarde sur son nez en compote. L'appendice éclaté lui modifie le profil. Ses mains sont posées sur le volant. Les jointures de la gauche sont à vif. Il fixe la route.

— Ça ira.

En cet été caniculaire, la Bretagne ne présente pas l'image que l'on s'en fait. Pas de vent ni de nuage, un plafond bleu uniforme, et dans le bocage des prés verts avec par endroits des plaques d'herbe jaunie. Les maisons de granit sont autant de forteresses inutiles.

Elle allume la radio.

— Je peux ?

Il ne répond pas.

Elle reconnaît la guitare étique et la voix posée du Lou Reed de *New York*. Quatorze titres, *Dirty boulevard* en l'occurrence. C'était en 1989. Alors que la lambada faisait le tour du monde, le survivant sortait ce miracle. Des ballades urbaines chantant la ville et la rue, la dope, les flics, les putes et les dealers. Entêtant dialogue entre la voix métallique et la guitare. Et pendant ce temps disparaissait la petite Kathy Beusertz.

Les fenêtres de la voiture sont ouvertes et la brise provoquée par l'allure du véhicule emporte avec elle des bribes de musique.

A un certain moment, la route se termine sur un terre-plein. Steiner coupe le contact.

— Le reste du chemin se fait à pied.

— Je vous laisse y aller seul.

Il claque la portière, allume une cigarette et se dirige vers la pointe.

Dans la voiture, Suzanne veut remettre la radio. La clef n'est plus sur le contact. A son tour elle sort et marche sur les traces du flic qui a disparu en contrebas.

Elle l'aperçoit immobile face à l'océan expirant sur les dentelles de rocher. Une famille a eu la même idée. Pour s'apercevoir qu'une fois là, on n'a plus qu'à rebrousser chemin. Lorsque Steiner se retourne pour remonter, elle remarque que sa chemise blanche est maculée de sang.

*

— Putain ! J'y crois pas !

Pablo Ortiz donne un coup de la paume gauche dans la porte d'entrée du Mérou qui se met à battre à toute volée en faisant grincer le ressort de son groom mal huilé.

— Enculé! hurle-t-il toujours en position de combat face à la porte, prêt à passer à nouveau sur elle sa fureur.

Jean-Luc Orsini regarde cette démonstration de rage à peine contenue en hochant la tête avec un air concerné. Son copain est moins carré que lui mais deuxième dan de Shotokan. Il l'a déjà vu casser des planchettes à coups de pied retourné.

— Si je retrouve l'enculé qui m'a fauché ma caisse... Oh putain!

Il n'achève pas sa phrase. Mais l'effet de ses menaces seulement sous-entendues est pire.

— T'as porté plainte? lui demande l'autre videur.

Pablo hausse les épaules.

— Pour ce que ça change... Ouais, j'ai porté plainte. Mais qu'est-ce qu'y vont faire? Y z'en ont rien à péter de ma Golf, ces cons. Putain! Si ça se trouve, c'est un des mecs qu'on a refoulés.

— Mais je t'avais dit de la garer en vue!

Le battant de la porte s'ouvre sans que Pablo l'ait frappé. Jean Abello apparaît, la chemise blanche ouverte et les cheveux mi-longs contrastant avec les T-shirts noirs moulés sur des bras tatoués et les crânes rasés des portiers.

— Bonsoir patron.

— Salut. Toujours pas de nouvelle de Caro? On a retrouvé sa caisse au bord de la départementale.

— Putain, fait Ortiz.

— Et la tienne?

— Toujours rien, fait-il dégoûté. J'ai déposé une plainte...

— Ouais, je vois qu'on s'inquiète plus pour sa bagnole que pour sa copine.

— Copine, copine...

— En attendant, j'ai signalé sa disparition, et les flics vont étudier sa voiture en quête d'indices.

— Vous croyez que ça a un rapport avec ma Golf?

— Ortiz. Ta Golf j'en ai rien à foutre. Là, on a Caro qui a disparu. Alors m'emmerde pas avec ta Golf.

Le portier serre les poings.

— Mais cela dit, je vais quand même leur dire que ta caisse et Caro ont disparu en même temps. Je vois pas pourquoi il y aurait un lien mais je suis pas flic. Eux verront peut-être.

— Peut-être que c'est elle qui s'est barrée avec la caisse d'Ortiz, lâche Orsini en riant.

— Ta gueule! menace Ortiz entre ses dents.

22.

— Gilbert?

— Quoi?

— Je crois qu'on a un problème avec Emma.

— Un problème?... Quel problème? fait-il sans quitter des yeux le volume qu'il tient au-dessus de sa tête de façon à lui masquer le soleil.

— Un problème avec moi.

— Un problème avec toi, ou un problème avec elle? demande-t-il en s'extrayant de son livre pour la regarder.

Penchée sur elle-même à l'abri du parasol, elle s'enduit les jambes d'une crème rosée que sa peau brunâtre a tôt fait d'absorber. Il remarque que même dans cette position, courbée en deux, son ventre liposucé supporte le deux-pièces. Pas un bourrelet.

— Elle ne veut plus m'adresser la parole, dit-elle sans détourner son regard d'elle-même. Elle me fait une tête comme on n'en a jamais vu. C'est intolérable, tu sais? Elle m'a dit qu'elle n'a pas besoin d'une autre grand-mère. C'est vrai que je pourrais en avoir l'âge, mais quand même.

— Ça c'est pas gentil, dit-il en masquant son sourire. Avec tout ce que j'ai fait pour toi. Tu veux que j'aille lui parler?

— Ne me dis pas que tu n'avais rien remarqué! Je m'occupe de tes deux filles pendant que leur mère court je ne sais où, je suis gentille avec elles, et voilà ce que je récolte. Même Angélique... Je ne sais pas moi, on dirait qu'Emma l'a contaminée.

— Je t'ai demandé si tu veux que j'aille lui parler.

— De toute façon, vous les hommes vous ne remarquez jamais rien. Je me demande ce qui a pu se passer pour que leur attitude change comme ça à mon égard. Ça ne m'étonnerait pas qu'elles aient eu leur mère au téléphone et qu'elles aient parlé de moi. C'est pas de ma faute si elles ont une mère qui préfère s'occuper de malades mentaux, et dangereux en plus.

— Mais je leur ai dit que je t'avais demandé de nous accompagner.

— Elles ne sont pas idiotes, tu sais.

— Mais je le sais bien ! Je t'en prie... Essayons de ne pas compliquer les choses. Ce n'est déjà pas simple en temps normal. Là j'ai besoin de repos. Tu sais, vous devenez fatigantes à la longue. Vous ne vous rendez pas compte à quel point vous êtes épuisantes. Toute l'année déjà je m'occupe de vous toutes, à vous arranger ci, à vous refaire ça... Et là, il faudrait que je m'occupe de vos états d'âme.

— Oh, mais tu le prends sur un ton ! Ça ne te ressemble pas, ça. J'aime quand tu t'énerves comme ça ! Et puis si tu veux du repos, tu vas être servi : elles veulent partir. Emma chez sa cousine à Royan. Et Angélique sur la côte avec une amie.

— Quoi ?! Qu'est-ce que c'est que ces histoires ?

Il se redresse sur son matelas. Anne-Marie le regarde à travers ses lunettes de soleil. Il se détourne vers l'océan pour tenter d'apercevoir ses filles parties nager. Deux crétins au moins trentenaires jouant au ballon en se jetant dans l'eau, trois mémères face au large immergées jusqu'à la taille, quelques matelas et autres objets gonflables aux couleurs fluo, et peut-être au loin les têtes de ses filles par moment disparaissant derrière une vague.

— Elles m'ont demandé de t'en parler.

Il ferme les yeux. Tendues par son sourire, ses lèvres sont comme deux lames.

— Merveilleux ! Voilà que toute notre famille se disloque. Après la mère, les filles !

— Mais tu m'as, moi, fait-elle avec un geste qui se voudrait cajoleur. La seule à ne pas déserter. Toi qui voulais du repos.

— Tu parles d'un repos, dit-il en levant les yeux au ciel. Et je suppose qu'il n'y a rien à faire pour les retenir! Même Emma. À neuf ans! De nos jours, il faut croire qu'on est émancipé, à cet âge.

— Mais laisse-les donc. Elles reviendront, va! Et comme ça, je t'aurai pour moi seule, ça changera, dit-elle en lui effleurant des doigts son maillot de bain Dior enfermant une proéminence avantageuse.

— Arrête, elles peuvent nous voir, dit-il en riant.

— Raison de plus pour rester seuls.

— Pas question! Si elles partent, on avancera notre retour à Paris. J'en profiterai pour avancer du travail à la clinique. Et peut-être pour m'occuper de ce début de double menton, dit-il en se penchant vers elle et en lui pinçant la peau d'un goitre imaginaire entre le pouce et l'index.

*

Le TGV en croise un autre, claque sonore et tunnel de bruit. Voiture bar et restauration rapide, sandwich express et café chaud, pause pipi dans les toilettes où l'on n'ose s'asseoir, la main cramponnée à la poignée pour éviter d'uriner à côté, le contrôleur qui passe et poinçonne, passe et poinçonne, et malgré tout, le temps qui par instants paraît long. Vacuité des heures de ces voyages trop rapides et trop lents. La déshumanisation est en route. A grande vitesse. Les fous ne sont pas toujours ceux que l'on croit. Ceux qui ont vu. Contrairement aux autres. A tous les autres. Aveugles. Vaches embarquées dans le train voulant continuer à le voir passer. Autre train qui croise vers la Bretagne. Autre claque. Elle pense à ses filles. Embarquées comme elle dans ce train à grande vitesse. Pour quelle destination? Par quelles étapes? Angélique. Emma. Train fantôme. Dans quels wagons? Ne pas regretter. Ni pour elles ni pour elle. Nouveau train. Nouvelle claque. Sonore. Le train fait peur par la puissance qu'il dégage.

En face, Steiner et sa tête à être passé sous un train. Il porte des lunettes. Posées sur son nez de clown. Il n'a plus l'air de Robert Mitchum. Nez talon d'Achille qui brisé a fait tomber la cuirasse. Le gonflement sous les paupières lui fait un regard moins désabusé. Elle le préférerait comme ça. Loin de sa panoplie de séducteur. Il la regarde. Intrigué par ce rire qui se fêle et ce regard qui se perd. Elle ne parvient pas à détacher ses yeux de l'abîme. Mais ce regard la retient. Et sa présence. Si différente de celle de Gilbert. A l'opposé. Dix années et vingt kilos de plus, quelques centimètres également. Et des rides et des cigarettes, et des bouteilles d'alcool et des nuits blanches. Pas de nuits blanches dans la chirurgie esthétique. Pas d'urgence.

Depuis quand n'a-t-elle pas connu d'autre homme? Combien d'années? Vingt? Vingt ans à ne partager que son lit, à ne voir évoluer que son corps, souple, lisse et fin, comme son visage. Vingt années sans l'attrait de la nouveauté. Sans la découverte de ces autres corps. Tous différents. Dans leurs formes, leurs odeurs, la couleur et le grain de leur peau, leur façon de se mouvoir aussi. D'approcher. D'attraper. D'embrasser. De caresser. De se taire ou de parler. De souffler. De regarder. D'écouter. De prendre et de donner. De se défaire et de s'en aller.

Mais pas de regret pour autant. Elle s'est contentée de ces étreintes devenues accouplements de singes mécaniques. Et pourtant pas un écart.

Elle a envie d'un pain de mie saumon. Steiner la suit. Dans le tube du grand serpent qu'est le TGV. Balancée par le train, elle s'appuie par endroits au dossier d'un siège. Le regard du flic lui chatouille les reins.

Les toilettes sont libres. En ouvrir la porte. L'entraîner à sa suite. Dans la cabine exiguë l'attirer à elle, lui mettre la main entre les jambes. S'asseoir sur le lavabo, l'aider à s'insérer en elle dans les secousses du train. Grande claque d'un train croisant la faisant sursauter. L'embrasser. En aimer le goût. Obligée de s'appuyer de ses mains au rebord inconfortable du lavabo. La poignée qui s'abaisse. Quelqu'un tentant d'entrer. Leur rythme dépassant celui du train. Leurs respirations se mêlant. Lui dans son abandon grognant peut-être. Ou peut-être pas. Râle mourant couvert par le bruit du train. Puis leurs corps se détachant, et lui sortant vite, la laissant seule dans ces toilettes désespérantes de nihilisme.

Le souvenir des Bohars la ramène à une réalité plus âpre. Sans le flic elle y passait. Elle frissonne, encore sous le choc.

A la voiture-bar, il n'y a plus de saumon. Elle opte pour un thon-crudités, un Perrier et un café. Ils ont trouvé deux tabourets côte à côte. Il est déjà assis. Son nez clownesque lui fait une tête patibulaire. Elle aime la rugosité de la vie sur son visage. Le TGV tanguant sur ses rails à 300 km/heure balance ses passagers. L'un de ces écarts du train lui fait perdre l'équilibre. Elle se rattrape aux épaules de Steiner, se presse contre lui pour se redresser, et lui appuie un baiser sur la tempe. Il a l'air surpris et amusé. Leur train en croise un autre. Claque et tunnel sonore de quelques secondes.

Gare Montparnasse, ils s'engouffrent dans le même taxi. Se laissent porter sur le trajet jusqu'au parc Monceau. Regardant d'un œil distrait défiler la capitale écrasée par la chaleur. A 8 heures du soir, les gens sortent à peine. Invalides, Pont Alexandre III, Grand Palais, Champs-Elysées, Etoile. Devant son immeuble, Suzanne sort du taxi et se dirige vers la porte d'entrée pendant que Steiner paye.

— Docteur Lohmann ?

Elle sursaute et se retourne. Un homme en pantalon de treillis kaki, chemise blanche et baskets a bondi d'une voiture garée en attente et se dirige vers elle en petites foulées. Il a sur le front des lunettes cerclées de métal, des cheveux gris coupés ras et une barbe de trois jours.

— Je vous vois enfin ! On m'a dit à l'UMD que vous étiez en vacances. Comme je n'avais pas votre numéro de portable, j'ai pu avoir celui de votre mari en appelant à la clinique. Il m'a dit que vous deviez être à Paris...

— Mais comment ?...

— Je fais ce métier depuis trente ans. Alors vous savez...

— Mais qui êtes-vous ?

— Excusez-moi. François Müller. On s'est déjà parlé au téléphone.

Elle a un regard vers Steiner toujours dans le taxi. L'homme note la présence de Steiner.

— J'ai dû oublier de vous féliciter pour votre article.

— Vous oubliez mes doutes quant à la culpabilité de votre schizo et l'allusion à l'existence de l'autre.

Il mâche un chewing-gum. Il parle vite. Comme s'il voulait en avoir fini avant l'arrivée de l'homme encore dans le taxi.

— Qu'est-ce que vous me voulez? En écrire un autre?

— Savoir ce que vous savez. Ce que votre patient vous a dit. Je sais que vous êtes allée à Strasbourg. J'y suis retourné. A l'époque je pigeais pour les *DNA*.

— A l'époque?

— Décembre 1989. La petite Kathy Beusertz et le reste.

— Le reste?

— L'hôpital de la Robertsau, les urgences.

— Secret médical, je vous ai déjà dit.

— Dommage. Est-ce que par hasard votre patient ne vous aurait pas parlé de serpent? Tenez, je me dévoile un peu, dit-il nerveusement: on a retrouvé le cadavre d'une jeune femme avec la mue d'un serpent posée sur elle. Une couleuvre. Curieux, non?

Une seconde elle a l'air interdit.

— Où? Quand?

— Vous ne manquez pas d'air. A vous de me dire ce que vous savez.

Steiner s'approche, regardant sa monnaie dans sa main avant de la mettre dans sa poche et n'ayant pas encore vu Müller.

— Qui vous a prévenu pour Strasbourg, lui demande-t-elle précipitamment.

Question idiote. Il lui renvoie la monnaie de sa pièce.

— Secret professionnel. Je préserve mes sources, dit-il avec un air malin. Mais vous en faites pas, j'y arriverai, même sans vous. Allez, je vous laisse, je vois que vous n'êtes pas seule. Encore un de vos patients?

Si Steiner n'était pas arrivé, il aurait terminé sa phrase, le salopard, en lui disant qu'il lui fallait sans doute ça pour l'exciter. Son regard et son sourire sont aussi explicites. Mais il est déjà dans sa voiture.

— C'était qui? demande Steiner distraitement.

— Personne. Je préfère ne pas en parler.

Steiner la regarde étonné puis lève la tête vers l'immeuble et se retourne vers le parc avec l'air d'apprécier. Quelques instants plus tard, l'ascenseur les hisse au troisième. Ça l'amuse de découvrir l'endroit où elle vit.

Porte d'entrée. Boîtier de l'alarme sur lequel Suzanne se précipite.

— Gilbert, dit-elle. Il a une peur bleue pour sa collection. Art primitif asiatique. Ça me laisse de marbre, continue-t-elle en traversant le salon pour ouvrir les fenêtres. On étouffe! On va faire des courants d'air.

Steiner s'amuse de son agitation.

— C'est sa collection? demande-t-il en désignant des dizaines de statuettes, la plupart en terre cuite, certaines en bois, d'autres en pierre, disposées sur des étagères en verre à armatures métalliques.

— C'est ça, l'entend-il presque crier d'une autre pièce. Ça vous pose son homme, non? C'est pour ça qu'il a choisi cette spécialité. Pour se donner un vernis d'homme cultivé. Il en aime la beauté intemporelle. Le rapport avec la chirurgie esthétique! Vous voyez le genre? Vous m'excusez? Je reviens.

Dans la glace où se reflètent les idoles, il inspecte son nez barré par un sparadrap. Nez grotesque plus boursouflé que certaines des statuettes. Petites figurines symbolisant des divinités aux yeux de pierre impassibles.

Sur une commode il avise une photo des deux filles. Il s'en approche, l'attrape, s'amuse à retrouver chez l'une et l'autre quelques traits de la mère. Lui est parvenu à atteindre son âge en s'épargnant les joies de la paternité. Ce qu'il est en tout cas communément admis de qualifier ainsi. Alors que la plupart des femmes n'espèrent et n'attendent que ça, trouver un père pour leur future progéniture, il considère que c'est un tour de force, et pendant des années s'en est félicité. D'avoir su résister. N'avoir imposé ça à aucun innocent. Peut-être pas un bonheur, s'avoue-t-il de plus en plus souvent, maintenant que les occasions se raréfient, mais un tour de force.

Hélas au prix d'une solitude de plus en plus présente, ces mêmes femmes, pourtant nombreuses et charmantes au cours de toutes ces années, ayant fini par déserter les unes après les autres. « *Tu n'es pas assez aimable pour toi-même,* se dit-il en se regardant dans la glace des statuettes. *Comme géniteur tu aurais pu en retenir une, mais pas comme fruit sec.* »

Le dernier des Steiner. Au moins c'est quelque chose, moins anodin qu'un maillon perdu au milieu d'une chaîne. Mais tant d'efforts et de déchirements pour quelle raison? En souvenir de l'exil et de la ruine de ses parents à la construction du rideau de fer coupant l'Europe en deux? De la maladie de son père et du veuvage sinistre de sa mère? Pour l'Europe, l'histoire lui a donné tort, tout comme pour la ruine et l'exil, sa carrière dans la police française. A moins d'une raison plus intrinsèque alors, le condamnant à ne s'attendrir que sur les enfants des autres.

Et il se prend à envier l'optimisme béat de ces pères de famille nombreuse, qui expédient des êtres sans défense dans ce monde que le prisme de sa profession lui autorise tout particulièrement à qualifier de cruel et sans pitié.

— Je vous offre un verre?

Comme s'il s'agissait de le contredire, le docteur Lohmann lui adresse un sourire qu'il ne lui a jamais vu faire avant. Il la détaille. Elle a des dents éclatantes, le front dégagé par ses cheveux mouillés tirés en arrière. Une robe d'inspiration japonaise aux boutons de passementerie, laissée ouverte jusqu'à la naissance des seins, découvre ses mollets fins et musclés.

— Saké!

— On a!

— En fait, ce sera plutôt un scotch. Ou un bourbon. Avec de la glace. J'en ai besoin, je devenais sentimental.

Elle le regarde puis jette un œil à la photo de ses filles, avant de lui dire qu'il n'est pas trop tard.

— Regardez comme tous ces vieux pères qu'on voit partout ont l'air heureux.

— Ridicules, oui.

— Mais tellement heureux.

Il la suit jusqu'à la cuisine. Elle est parvenue à lui faire oublier son nez cassé.

Les premières gorgées achèvent le tour de passe-passe. Les jambes repliées sous elle, un verre bombé dans lequel elle fait tinter ses cubes de glace, elle le regarde avec ses yeux de chat.

La vodka l'aide à oublier Dante, les Bohars et Müller. Il se lève, s'assied sur le bord du canapé à côté d'elle, lui prend son verre des mains et le pose. Elle a un léger mouvement de recul. Il lui dit de se laisser faire. Il la fait pivoter sur le canapé pour l'allonger sur le dos. Assis derrière sa tête, il applique ses mains sur son visage, les doigts couvrant ses pommettes jusqu'à sa lèvre supérieure, ses pouces se rejoignant sur son front. Doucement ses doigts dessinent sur ses traits des courbes, des volutes, mouvements circulaires que les yeux fermés elle tente de suivre. Elle ne lui voyait pas des mains si fines, habituées aux gants de boxe, aux avirons et à la crosse de son revolver. Elle ne lui soupçonnait pas une telle douceur. Elle se demande où il a appris ça, le séducteur cogneur. Pas lors des gardes à vue, ni lors des interrogatoires et des nuits de planque. Elle s'abandonne. A ces mains qui s'aventurent sur son cou, sur sa nuque, sur ses seins. Elle retient son souffle, encore sous le choc de l'agression de la veille. Il s'arrête. Puis les doigts font sauter ses boutons de passementerie comme les dominos d'une défense de théorie.

— «*La dernière maison du village est aussi solitaire que la dernière maison du monde*», murmure-t-elle soudain.

Et Steiner reprend, sans cesser de la découvrir:

— «*La route que ne retient le village continue lentement son chemin dans la nuit. Le petit village n'est qu'un passage entre deux espaces, peuplé d'angoisse et de pressentiments – un chemin qui va le long des maisons et ne relie rien. Et ceux qui quittent le village vont très loin, et beaucoup peut-être meurent en chemin.*»

D'abord réticente, elle l'accueille.

Dans l'instant qui suit cette première fois, elle se penche vers son verre et, toujours nue, adossée au canapé, le sirote en regardant Joseph Steiner du coin de l'œil.

L'armée de statuettes l'observe et la toise, autant d'yeux de pierre, d'argile ou de bois. Et ces divinités provoquent son rire, décuplé lorsqu'elle réalise que ce qui dans la glace l'intrigue, n'est autre que l'œil de la caméra de surveillance braquée sur Steiner et elle.

Toujours sous l'emprise de ce rire elle lui montre l'œil de la caméra dissimulée dans le mur et l'emmène jusqu'au réduit où se trouvent un moniteur et tout un appareillage électronique. Elle appuie sur une touche, attend quelques secondes puis appuie sur une autre. Dans leur nudité ils apparaissent. Elle appuie sur la touche «reset».

— Prudente, hein?

— Vous auriez voulu conserver ce film? Quand on est capable de faire installer des caméras de surveillance chez soi, on est capable de beaucoup de choses. Comme de se servir contre moi du film que je viens d'effacer. Ça vous dirait, commissaire Steiner, de jouer les premiers rôles dans ce genre de productions?

A nouveau elle lui a échappé. Il sourit de la voir rire et repartir nue, dans ce salon où elle reboutonne sa robe.

— Au fait! François Müller, ça vous dit quelque chose?

Il attrape son pantalon au pied du canapé et l'enfile.

— Vaguement. Pourquoi?

— C'est l'auteur de l'article sur mon compte et sur Dante, à propos de l'aquarium.

— Et alors?

Il a sa chemise sur le dos. Il a l'air pressé.

— Vous n'avez rien à craindre. Mon mari est en vacances.

Il lève un œil vers elle. Quelque chose dans son ton l'alerte. Elle l'a piqué au vif.

— Pourquoi me parlez-vous de lui tout à coup?

— C'était lui en bas, pendant que vous étiez occupé à payer le taxi. On dirait que je ne suis pas la seule à croire à l'innocence de Dante, fait-elle avec satisfaction pour devancer sa question.

Il soupire.

— Un charognard en quête d'un bon coup. Ne vous emballez pas pour ce genre de personnage.

— Il m'a parlé d'un cadavre retrouvé avec la mue d'une couleuvre. Il avait l'air très au courant du thème du serpent.

— Quand, ce cadavre?

— C'est à ce moment que vous êtes arrivé et qu'il a filé.

— Alors n'y faites pas plus attention que ça. Un simple stratagème pour vous faire parler.

— Vous avez peur de prendre un nouveau coup ?

Une seconde il s'affaisse sous cette attaque.

— Vous êtes la mouche du coche, vous ! Figurez-vous que je n'ai aucune confiance en ce Müller et en ses semblables. Mais si ça peut vous faire plaisir, j'irai aussi jusqu'à appeler ce monsieur. Ça vous va ?

Elle veut le remercier. Il est déjà parti en claquant la porte.

23.

La première chose qui la frappe en revenant à elle, c'est la balle de caoutchouc dans sa bouche qui lui appuie sur la langue et le palais. Elle voudrait la recracher, mais une sorte de chatterton lui suture les lèvres. Elle regarde autour d'elle. Elle se trouve dans un van à l'intérieur entièrement capitonné de contreplaqué recouvert de bâches de plastique transparent. L'homme a dû la droguer et la transbahuter de la Golf à ce véhicule pendant qu'elle était inconsciente.

Le moteur ne tourne pas. Elle entend de la musique qui vient du dehors, ajoutée à des bruits caractéristiques d'une fête foraine. Elle voudrait ne pas se laisser aller mais elle est terrorisée. Ses poignets et ses chevilles sont liés avec du chatterton. Elle se demande où il peut être, son agresseur dont elle a à peine vu le visage dans la voiture à la place de Pablo.

Dans un coin du van elle découvre la présence d'un panier en cordes. Elle se demande ce qu'il peut contenir. Elle se demande également où l'homme veut en venir. Elle n'a pas le souvenir d'une fête foraine à proximité immédiate de Marseille. Ils ont dû rouler un moment. Soudain elle éclate en sanglots. Elle revoit ses parents lui faire des signes de la main devant la maison au moment de son départ en voiture pour la côte, un job d'été et quelques heures de loisirs quotidiennes sur la plage. Son père l'avait laissée partir avec réticence. Et maintenant elle se retrouve ligotée et bâillonnée dans une camionnette elle ne sait où. Elle espère que les videurs et le patron du Mérou auront donné l'alerte. Que vont penser ses parents s'ils ne l'ont pas au bout du fil d'ici demain ?

Elle veut se déplacer pour donner des coups dans une des parois pour signaler sa présence à un éventuel passant, mais elle réalise qu'elle est attachée à la structure du fourgon, condamnée à garder sa position assise dos à la paroi. En désespoir de cause elle y donne des coups avec l'arrière de son crâne. A chaque fois un bruit sourd résonne dans l'habitacle et le fait légèrement trembler. Mais elle ne peut pas frapper plus fort à moins de se faire mal. Elle continue avec la régularité d'un métronome, lorsqu'elle aperçoit dépasser du panier, la tête d'un serpent que les vibrations provoquées par ses coups auront réveillé. Elle s'arrête, figée comme une pierre. Le reptile paraît la regarder de ses yeux impénétrables, puis sa tête disparaît dans le panier comme elle était apparue. Caro sanglote, décidée à ne plus bouger un cil.

*

La fenêtre est ouverte. La porte aussi. Un courant d'air ventile la pièce ascétique. En l'absence des docteurs Lohmann et Mangin, le colosse aux bagues qui lui font des poings américains garde seul la boutique. En voyant la psychiatre débouler dans la pièce, il a poussé un cri d'exclamation à faire sursauter tous les patients de l'autre côté de l'enceinte.

— Docteur Lohmann! Vous supportez si mal les vacances ? Vous avez pourtant une mine splendide.

— La Bretagne. Je vous recommande, grince-t-elle. Et je vous rappelle que je suis en disponibilité. Pas en vacances.

— Ne le prenez pas mal. Les choses sont en train de se tasser. Qu'est-ce que je peux faire pour vous ?

— J'ai eu la faiblesse de penser que vous vous ennuyiez sans moi.

Le docteur à tête de biker part dans un rire tonitruant.

— Votre rire me manquait.

— A moi aussi, il me manquait. Les occasions sont rares. Dites donc, votre Dante, je pensais pas qu'il serait aussi encombrant.

— Agité ?

— Encombrant. Photographes en planque, demandes de reportages. Le traitement réservé aux vedettes.

— C'est pour lui que je viens vous voir.

— Sans blague ? Et vous en avez d'autres pour m'étonner ? fait-il en avançant sa barbe à travers le bureau.

Sans le connaître elle aurait reculé.

— Est-ce que je peux vous offrir un thé, docteur, avant que vous me racontiez tout ça ? Je brûle d'impatience.

— Comment est-il ?

— Stabilisé.

Et il connaît la question suivante. Qui n'en est pas une.

— Alors je peux le voir...

Elle lui laisse quelques secondes d'hésitation puis le presse à nouveau :

— Quand ?

Il lui lance un regard amusé.

— Eh bien tout de suite, docteur Lohmann. On y va ?

Elle le regarde sans y croire et se lève à sa suite.

A leur droite, le saut-de-loup bientôt comblé par les bulldozers. Ils marchent à grands pas. Elle cavale pour rester à sa hauteur. Elle ne s'attendait pas à une réaction aussi prompte. Ils croisent deux infirmières qui jettent à Suzanne un regard appuyé. Elle a à peine eu le temps d'enfiler sa blouse.

— Mais docteur, fait-elle en lui prenant le bras pour le retenir, je ne suis pas prête.

Il ne s'arrête pas.

— Ça fait des semaines que vous ne pensez qu'à lui. Vous n'avez jamais été aussi prête.

Elle inspire profondément pour chasser la douleur qui irradie dans son ventre. Le trac. Comme à ses débuts.

Une fois devant la porte du 38, il lui pose la main sur l'épaule et lui dit :

— Je suppose que vous préférez y aller seule. Comme toujours, vous avez toute ma confiance. Mais attention tout de même, hein ?

Elle lui rend un sourire contraint. Il retire sa main battoir avec laquelle en serrant il aurait pu lui briser la clavicule.

Lorsque Dante pénètre dans le bureau de consultation avec Roger, elle a la sensation qu'un cancérologue éprouverait face à un patient dont la maladie aurait subitement évolué en phase terminale. Mais d'abord, parmi ses traits, elle tente de retrouver un peu de ceux de Sylviane Bohars. Elle n'y parvient pas. La bouche peut-être. Quelque chose dans le front. Et encore. La régularité de son visage, il la doit sans doute à cet Arabe de passage qu'il faut appeler son père, même si c'est le seul nom que l'on puisse lui donner. De sa mère, il n'aura eu en héritage que la maltraitance et les mauvais souvenirs.

Elle se souvient des dizaines d'ouvrages qu'elle a lus sur le sujet, autant d'études et de théories dictées par des centaines d'observations cliniques. Par des esprits aussi acérés et habités par leur sujet que Bleuler ou Ey.

La schizophrénie. Psychose chronique qui altère profondément la personnalité. Caractérisée par la tendance à cesser de construire son monde en communication avec autrui pour se perdre dans une pensée autistique.

Devereux avait établi une thèse sociologique de la schizophrénie: «*la psychose ethnique type des sociétés civilisées complexes*». Dans le cas Dante, elle voit surtout la douloureuse empreinte familiale. La mauvaise mère, «*rencontre qui précède et crée toutes les autres*», et la mauvaise famille également. La schizophrénie résultat des défaites successives de l'enfance.

Elle l'a vu se barbouiller le corps de ses excréments. Elle l'a accueilli à l'UMD après une tentative de castration. Deux extrémités schizophréniques. La première marquant un retour au niveau primitif des réalisations instinctuelles narcissiques du nourrisson. La seconde résultant d'une sexualité impuissante à se fixer sur un objet autre qu'imaginaire.

«Stabilisé», lui a dit Hélion. Dante souffre d'une discordance psychomotrice: oscillation perpétuelle de l'initiative motrice entre exécution et suspension du mouvement.

Il existe trois formes terminales de la schizophrénie: inertie et régression quasi totale de la vie psychique, avec vie végétative, comportement automatique et stéréotypé de type catatonique; incohérence idéoverbale; délire enfin.

Quant à savoir vers laquelle de ces formes Dante bascule, le docteur Lohmann balance entre la première et la troisième. Dante à ses yeux plus que jamais victime. Qui n'avait d'autre solution que de fuir dans son monde pour échapper aux siens. Et qui dans sa fuite a eu la déveine de tomber sur l'anaconda.

Il a emprunté un chemin dans lequel bientôt il ne pourra plus être rejoint. Un enfant disparaissant dans des sables mouvants ferait un effet similaire. Elle voudrait au moins retrouver l'autre. A défaut de guérir Dante, ce serait lui rendre justice.

Il est assis dans une posture d'échassier. De ceux qui de leur long bec piquent des petits serpents. Il lève le bras droit puis le rabaisse. Il se gratte la joue et recommence.

Elle tourne la tête vers Roger. Le regard qu'il lui renvoie est rassurant.

— Dante?

La fragilité de sa voix dans le silence de la pièce l'étonne elle-même. Il lève les yeux sur elle. Il interrompt son mouvement. A son regard elle jurerait qu'il l'a reconnue. Une lueur.

— Dante. Comment allez-vous?

Un sourire éclaire son visage.

— Docteur Lohmann...

— Il faut que vous m'écoutiez attentivement, lui dit-elle en le regardant droit dans les yeux, parlant avec le plus d'application possible pour être comprise.

Elle est consciente de sa chance inouïe d'avoir une nouvelle fois renoué le fil. Ariane dans le dédale de sa folie. Elle récolte les fruits de toute l'attention qu'elle lui a prodiguée. Dans le regard de Roger passe un éclair d'admiration.

— Je sais que vous n'êtes pas coupable. Pour l'inconnue de l'aquarium. Vous savez? Mais il faut que vous m'aidiez... Vous comprenez?

Il semble acquiescer. Cet encouragement à poursuivre lui convient. Elle va aborder la phase délicate.

— Il faut que vous m'aidiez à retrouver celui qui a fait ça. Je suis allée à Strasbourg, aux urgences de l'hôpital où vous avez été admis pour votre tête. Vous vous souvenez?

Vous en avez parlé au docteur Liénart avant d'être jugé... C'est très vieux, je sais.

Il passe sa main gauche dans ses cheveux, comme pour éprouver la cicatrice qu'ils masquent.

— Il y a eu une petite Kathy à l'époque. Une gamine de seize ans, vous vous rappelez ?

Il tressaille. Il recommence à se gratter la joue. Il s'agite sur sa chaise. Roger la regarde avec inquiétude.

— Elle a disparu elle aussi. On l'a retrouvée plus tard, enterrée dans une forêt. Avec ses bras et ses jambes qui avaient été découpés.

Il émet une sorte de gémissement.

— Je voudrais savoir qui était avec vous ce soir-là. Qui voulait vous forcer à tuer la petite Kathy et vous a frappé à la tête ?

Les gémissements sont devenus un râle sourd. Roger est prêt à bondir.

— Parlez-moi du grand anaconda, Dante. Qui est le grand anaconda ? dit-elle en détachant les syllabes.

Ces mots sont autant de pics à glace. Il s'applique les mains sur les oreilles et se met à hurler. Roger lui pose une main sur l'épaule. Dante continue de hurler en secouant la tête. L'infirmier tente d'affirmer sa prise. Dante lui échappe par dessous. L'infirmier massif est surpris par sa vivacité. Il n'a pas le temps d'éviter la chaise que l'autre lui projette dans les genoux. Et Suzanne horrifiée voit Dante lever sa chaise au-dessus de lui et l'abattre sur Roger à terre. Elle attrape son trousseau de clefs et plaque la plus longue sur les deux pôles magnétiques de la borne d'alarme. La sirène retentit dans tout l'UMD pendant que l'insensé tente de briser la vitre de sûreté.

— Dante ! le supplie-t-elle. Arrêtez ! Arrêtez-vous !

Mais déjà la porte s'ouvre et deux infirmiers puis trois puis cinq se ruent sur le forcené qui hurle et se débat.

— Tu te calmes, tu te calmes, lui crient-ils sans couvrir ses hurlements.

Roger se relève, aidé par un de ses collègues, pendant que Suzanne suit les autres qui emmènent son ex-patient. Ils vont le mettre sous contention. Nu comme un ver dans cette combinaison, maintenu allongé sur un lit avec des sangles et un pistolet entre les cuisses pour uriner.

Hélion lui pose une main sur l'épaule. Elle a joué et perdu. Elle n'aura pas d'autre chance. En voyant Dante ainsi se débattre entre les bras des infirmiers, elle a l'impression de voir filer toute sa fortune.

Roger est toujours dans le bureau de consultation. Il a relevé son pantalon jusqu'aux genoux pour apprécier les contusions. Pour le coup porté alors qu'il était à terre, il a paré avec ses bras eux aussi couverts de bleus.

— On dirait que vous avez vu juste, lui dit-il en la voyant entrer. J'sais pas qui c'est, ce grand anaconda, mais ça l'a tout retourné. Ah le cochon ! j'ai même pas eu le temps d'avoir peur.

Avant de quitter le pavillon 38, elle jette un œil à travers la porte vitrée de la chambre d'isolement de Dante. Il est maintenu sur son lit en plusieurs points par la camisole couleur linceul. Sans les secousses qu'il provoque pour se dégager, il aurait l'air d'un gisant. Elle a libéré l'anaconda qu'il parvenait à tenir à distance. La bête est en train de le ronger de l'intérieur. C'est à elle qu'il essaie d'échapper. Plus qu'entraver ses mouvements, la camisole l'empêche de fuir son bourreau. Elle a réveillé le monstre. Sa souffrance est son échec.

*

— Docteur Lohmann ?

La voix est hésitante. Vieille. Elle répond un « oui » où perce sa défiance. Lorsque la voix se présente, elle croit à une mauvaise plaisanterie.

— Je suis Erwan Dantec-Leguen.

L'instant d'avant elle sirotait un verre de vodka, le troisième de la soirée peut-être, cherchant dans l'alcool un réconfort vital après les effets dévastateurs qu'a eus sur elle la crise de son patient, pleurant d'avoir touché la vérité du bout des doigts pour n'apporter aucune preuve, et se reprochant d'avoir abandonné ses filles et laissé le champ libre à l'autre pour un résultat si pitoyable. Un autre qu'elle sait, ce rat de Müller qui doit se gaver de cette histoire comme une colonie de vers d'un chien crevé. Erwan Dantec-Leguen ? Le téléphone collé à l'oreille, elle a un regard pour la bouteille en se demandant si elle n'a pas dépassé la dose raisonnable.

— Docteur Lohmann ? répète la voix face à son silence.

Le grand-père ! Le vieux paralytique à qui elle avait laissé sa carte à tout hasard. Sylviane Bohars, pas encore Bohars à l'époque, aura donné à son fils le prénom du grand-père, l'ancien marin pêcheur, dernier homme de la famille.

— Oui monsieur, se reprend-elle soudain presque suave. Que puis-je faire pour vous ?

— Le petit Erwan...

— Oui ?

Il a l'air d'hésiter. Il ne l'a pas appelée pour rien. Il a dû attendre d'être seul pour décrocher son téléphone.

— Il est venu chez nous. Ma fille vous l'a peut-être pas dit, mais il est venu.

— Quand, monsieur Dantec-Leguen ?

— Il était là vers le 20 juin.

— Vous êtes sûr de ce que vous avancez ?

— Ça faisait dans les dix ans qu'on l'avait pas vu. J'vais pas confondre. Pauvre gosse. J'crois qu'il avait besoin de revoir le pays. Et puis ça s'est pas bien passé. Ils l'ont reçu pire qu'un chien enragé. J'ai rien pu faire. Vous avez vu comment j'suis... Ils voulaient plus en entendre parler. Même sa mère avait tourné la page. Enfin, je voulais vous dire ça, parce qu'il a pas pu faire ça à la gosse à Paris, celle qu'on a retrouvée à l'aquarium...

— Il est resté quelques jours à Audierne, monsieur Dantec-Leguen ?

— Pas chez nous non. Mais dans le coin oui. Il y a plusieurs personnes qui l'ont croisé. Et puis il a fini par repartir. Vu comme on l'avait accueilli...

« *La mer Morte.* » Elle se souvient de ces mots que Dante répétait après son interpellation chez Nadia Sénégaud. Il fallait comprendre la « *mère morte* ». Sa mère, morte à ses yeux après qu'elle l'a rejeté alors qu'il était venu chercher du réconfort dans sa famille. Et c'est blessé par ce nouveau rejet qu'il a perdu les pédales et agressé Nadia chez elle.

Mais Sylviane Bohars ne lui a rien dit de sa visite. Et maintenant le vieux paralytique se manifeste. Et apporte au monde la preuve de l'innocence de Dante.

Et il faut que lui aussi s'appelle Erwan.

24.

— Vous savez que vous êtes une emmerdeuse ? On avait une affaire classée, et à cause de vous tout le monde est sur le pont.

Elle savoure. Le flic n'en pense pas un mot.

— Beaucoup doivent le penser, mais je suis contente que ce soit vous qui m'en parliez. Cela dit, on aurait aussi bien pu attendre la prochaine victime...

Ils ne se sont pas vus depuis leur retour de Bretagne. Il n'a plus de pansement sur le nez, mais ce n'est pas encore ça. C'est lui qui est venu la trouver. Cette simple démarche marque le retournement de situation au profit de la psychiatre. Elle s'amuse de son air de mépris devant son bureau vierge de toute marque personnelle.

Retrouver des témoins de la présence de Dante à Audierne aux alentours du 21 juin n'a pas été compliqué. Il avait été vu errant sur le port, un long moment devant le cap Sizun, à la criée de Poulgoazec, aux viviers couverts le long de l'estuaire du Goyen, avec leurs milliers de tourteaux, araignées, langoustes et homards, devant l'aquarium de la pointe du Raz, rue Goyen, à « Fortune de mer » dans les locaux de l'ancien hospice, rue Lesné, sur le pont du Goyen d'où l'on contemple le cimetière de bateaux...

Ce retour en Bretagne ressemblait à s'y méprendre à un pèlerinage. L'océan qui n'avait pas voulu de lui, les bateaux, la pêche, le métier de son grand-père qu'il aurait dû embrasser lui aussi. L'unique homme de son sang avec qui il aurait pu avoir une relation filiale normale, mais qui depuis son accident ne se considérait plus que comme un demi-homme.

A peine Suzanne avait-elle mis Steiner au courant de la révélation du vieux Dantec-Leguen, qu'il lançait la machine. Le lieutenant Francini fut dépêché sur place avec un autre OPJ. Quinze personnes au moins l'avaient vu. Même à la gare, un contrôleur pouvait témoigner de sa présence. Et de l'ensemble de ces témoignages, il ressortait qu'il était en Bretagne au moins du 19 au 23 juin. Vu les conclusions du médecin légiste, il y avait de quoi remettre en question sa culpabilité pour l'assassinat de Pamela.

— Cette fois c'est moi qui viens vous voir.

— Il faudra que je remercie le vieux Dantec-Leguen. La vie réserve de ces surprises.

— Je n'ai pas d'autre piste pour enquêter quinze ans plus tôt à Strasbourg.

Elle hausse les sourcils.

— L'enquête menée dans les jardins du Trocadéro et parmi le personnel affecté à leur entretien n'a rien donné. L'apparition de Dante et la certitude de sa culpabilité ont pu saboter le travail des enquêteurs. L'autre en a profité.

— N'hésitez pas à dire que mon intervention a nui à l'enquête. Tant que vous y êtes...

Il ignore la remarque.

— Qu'est-ce que vous attendez de moi?... Je vais avoir du mal à l'approcher, si c'est à ça que vous pensez. Et je n'ai aucune envie de le torturer une nouvelle fois.

Il sort un paquet de cigarettes de sa poche.

— Je peux?

— Je vous en prie.

— Vous avez le triomphe modeste. Ça ne m'étonne pas.

Elle a une moue dubitative.

— Si, si. C'est assez rare pour être remarqué.

— Ce n'est que la première étape.

Elle marque un silence puis reprend:

— Dès l'instant où on a un tueur s'autoproclamant grand anaconda, on comprend l'aquarium. Il y a un rapport évident avec l'eau, l'eau fluviale et ses créatures, proies naturelles du serpent plus à l'aise dans le fleuve et les marigots que sur la terre ferme.

— Continuez, fait-il en allumant sa cigarette.

— Il aurait pu choisir le Jardin des Plantes et son vivarium, ou le Musée des arts océaniques et africains de la Porte Dorée, avec ses aquariums et sa fosse à caïmans. Mais il n'y aurait trouvé ni la tranquillité nécessaire à ce type d'activité, ni la morbidité des lieux à l'abandon.

«En d'autres termes, je pense que le grand anaconda a fait le meilleur choix pour laisser libre cours à son inspiration et marquer les esprits.

— Et alors?

— Alors je réfléchis tout haut. Pour l'instant je n'ai que ça à vous proposer.

— Ça ne nous dit pas grand-chose sur lui.

— Où voulez-vous en venir?

Il lui fait signe de continuer.

— Dans sa volonté de reconnaissance, l'anaconda a compté sans Dante. Gamin de dix-huit ans laissé pour mort à Strasbourg quinze ans plus tôt. Comment aurait-il pu être encore présent dans son esprit, cet être insignifiant croisé une vie plus tôt? Cet être qui, lui, n'a rien oublié.

— C'est exactement ce que je voulais vous entendre dire, docteur. Et j'espère que vous allez en tirer les conclusions qui s'imposent.

— Je ne peux pas.

— Une dernière fois. Vous le dites vous-même. C'est le seul lien. Il faut le faire parler.

— Je n'ai pas le droit.

— Laissez-moi rire. Vous n'êtes pas du genre à faire les choses à moitié. Et vous n'avez fait qu'une partie du travail. Vous ne pouvez pas vous arrêter là. Maintenant, on sait qu'on a un tueur psychopathe certainement prêt à remettre ça.

— Vous avez contacté François Müller?

— Ça n'a rien donné.

Elle fait une grimace.

— Vous êtes en train de me coincer. Si j'avais su, jamais je ne me serais manifestée.

— Ne dites pas de bêtise.

*

Il ne fait pas encore nuit, mais la lumière est grise. Elle se dirige directement vers la porte du mur d'enceinte. Les marronniers sont de grandes masses menaçantes. A une cinquantaine de mètres devant elle, le pavillon 38. *Das letztes Haus der Welt.* Dernier recours d'une société malade de ses aliénés. Et trois autres UMD comme celle-ci en France. Sarreguemines, Montfavet et Cadillac. Autant de services institués par la société pour tenter de rattraper ses enfants perdus. A la raison, à la nation, à eux-mêmes.

Elle frémit. Mais ce n'est pas l'air caniculaire de cette soirée du 23 juillet. Une fois dans le pavillon, elle tombe sur Julien qui l'accueille comme une conspiratrice. Les quinze patients sont couchés depuis longtemps. Elle n'a pas l'habitude de ces couloirs déserts. Plutôt les savates traînant sur le linoléum, la fumée des cigarettes faisant un plafond nuageux à la salle commune, les gémissements de certains, la télévision ou la radio allumée, des éclats de voix, une table que l'on soulève et qu'on laisse retomber dans un fracas parce que c'est le seul moyen que l'on a pour passer sa rage. Ils dorment. Mais le silence de leur sommeil est plus inquiétant que l'activité de la journée.

Marchant à côté de Julien, elle avance le long du couloir de part et d'autre duquel donnent les chambres où reposent les patients. L'infirmier la conduit jusqu'à celle de Dante. Aucun des deux ne dit un mot. Lui aussi joue gros. Même si en cas de problème le docteur Lohmann porterait le chapeau, lui aussi aurait à payer les pots cassés. Mais il fait ça pour elle. L'autre infirmier de garde ferme les yeux.

Elle n'en mène pas large. En violation totale du règlement, elle va devoir pénétrer seule dans la chambre de Dante. Julien ne sera pas loin, mais il ne restera pas avec elle. Elle ne sait comment il peut réagir à sa présence, seule dans sa chambre la nuit. Même si son instinct et la connaissance qu'elle a de lui, lui dictent que tout va bien se passer, la zone d'incertitude est énorme. Si elle perdait le contrôle de la situation, en aucun cas elle n'aurait la force de lui résister. Innocent pour la fille de l'aquarium, mais pas pour Nadia Sénégaud.

Il n'est plus sous contention. Il n'a aucune entrave. Dans quelques secondes elle sera seule avec lui. Julien ne lui a pas donné de cachet ce soir. Pour ne pas obscurcir son esprit et lui permettre, éventuellement, de répondre aux questions du docteur. Si cette situation inhabituelle provoque en lui un stress, alors tout peut arriver. Or les aliénés détestent l'imprévu. Et ce n'est pas pour rien que la vie en asile, comme en garderie ou en maison de retraite, est faite d'habitudes.

— Nous y voici, fait Julien à voix basse. Vous êtes prête ?

— Prête, répond-elle dans un souffle.

Lorsque l'infirmier lui ouvre la porte, la chambre est plongée dans une pénombre rampante, à peine éclairée par les quelques particules de lumière qu'à l'extérieur l'atmosphère conserve encore. A son entrée dans la pièce, Dante se redresse sur son lit. Il n'y a pas d'autre meuble que ce lit. Elle est debout devant lui. Derrière elle, la porte est toujours entrouverte. Julien attend de voir comment les choses démarrent. Ses yeux s'habituent à cette pénombre. En tournant la tête, elle note que la cuvette des toilettes est à nouveau bouchée par la couverture de force. Avec ce mot maléfique, elle a réveillé en lui ses démons les plus hostiles. Il jette de rapides coups d'œil sur la cuvette, comme s'il craignait de voir la couverture soulevée par les coups de boutoir du grand serpent y appliquant son museau. Il se gratte la joue comme elle l'a vu faire trois jours plus tôt.

— Dante ? Vous me reconnaissez ?

— Bien sûr, je vous reconnais.

Elle entend Julien fermer la porte. Elle est seule maintenant. Sans filet.

— J'ai peur, docteur. J'ai affreusement peur. Vous pouvez rien pour moi. Personne peut rien pour moi. Et vous pouvez rien contre lui. Personne.

Elle ne distingue plus les traits de son visage. Tout juste une tache plus claire que le reste, et sa main qui désormais s'attarde sur le sommet de son crâne, dans les cheveux. Comme s'il s'épouillait. Sa silhouette d'échassier et sa voix toujours claire qui est une incongruité dans cette chambre d'isolement.

Elle ne doit pas prononcer le nom maudit. Sans le nommer, c'est de lui qu'il parle. Il ne parle plus que de lui. Enfermé pendant quinze ans dans un réduit de sa mémoire, il déploie désormais tous ses anneaux dans son esprit. Il est en majesté dans cet esprit malade. Il est dans cette chambre. Il habite l'UMD. Il se joue des murs et des portes. Il est là. Dans la forêt profitant du vacarme de la nuit. Mais dans ces contrées plus silencieux que la nuit silencieuse. Pour un peu, elle aussi aurait peur.

Elle s'est accroupie au sol face à lui, dos appuyé contre la porte du placard renfermant le lavabo. Parler peut être bon pour lui. C'est toujours un lien. Elle est consciente du tandem qu'elle et lui auront formé. Plus complémentaires que Steiner et elle. Jamais elle n'a établi une telle relation thérapeutique. Jamais elle n'en établira plus comme celle-ci. Le serpent les maintient serrés l'un contre l'autre entre ses anneaux. Mais pas une fois dans le flot de ses paroles il ne le nomme, niant ainsi l'identité de celui qui l'a tué quinze ans plus tôt.

Sa main au sommet de son crâne gratte la cicatrice qu'il a gardée de lui, le plus anodin des stigmates qu'il lui a laissés.

Mais son discours ininterrompu et monocorde ne doit rien au hasard. Cette logorrhée verbale est son ultime effort pour éclairer le docteur. Et pour se venger. Mais elle n'aime pas ce qu'elle entend.

— J'ai peur de lui, docteur. Et j'ai peur aussi de la mort. La mort même peut rien pour moi. Parce que de l'autre côté aussi, il sera là. Tout-puissant. Il me l'a dit. Et ce sera pire. La mort me délivrera pas. Même si des fois j'espère... Alors c'est sans issue. Des fois, vos médicaments me font du bien. Me font oublier. Je suis plus personne... Sans souvenir. Sans pensée. Entre les deux mondes... Là, il me laisse en paix. Il peut pas m'atteindre. Il sait peut-être pas me trouver... Grand voyageur. Oui, grand voyageur. Comme ceux du désert. Pour mieux répandre la parole. Aux quatre coins du monde. A l'abri de la caravane. Arche de Noé. La Bible, vous savez ? Comme le serpent qui en est issu, de la Bible.

A l'origine du monde. Pas de frontières. Avec Eve. La femme et le serpent. Qui nous ont plongés dans cet enfer. Pas la faute à Adam. La faute à Eve. Et au serpent. Pécheresse originelle. Autant d'Eve. A punir. Attirées par la fête. Faciles... Noria des âmes perdues. Bouger pour pas mourir. Pas mourir. Moi non plus, je veux pas mourir, docteur. Qui me protégera, là-bas? Vous? Mais non. J'ai si peur, docteur. Si peur. Il me voit. Il m'entend. Je suis sa chose. Sa chose, docteur.

Elle se lève, va s'asseoir à côté de lui sur le lit. Elle pose sa main sur son épaule. Elle a peur de ce qu'elle fait, mais elle ne peut pas le laisser ainsi sans lui tendre la main. Elle va à l'encontre des règles de sécurité les plus élémentaires. Il pourrait perdre tout contrôle. Il pourrait l'étrangler. Sans que Julien n'entende quoi que ce soit. Mais il pleure. Il est vidé. Il n'a plus rien à dire. Il ne lui révélera plus rien. Comme à un enfant, elle lui passe la main dans les cheveux. Elle les trouve collés par un liquide gluant. Il s'est gratté sa cicatrice jusqu'au sang. Elle ne sait plus quoi faire. Il la rappelle à l'ordre.

— Me touchez pas, docteur. Vaut mieux pas.

Elle se lève. Va taper contre la vitre de la porte. Elle est fermée à clef. Elle doit attendre Julien.

— Me touchez pas, docteur, répète Dante. Vaut mieux pas. Je suis faible maintenant. Des fois qu'il me commande.

Elle frappe plus fort. Il est toujours assis sur son lit. Elle entend des pas dans le couloir. Dante ne se lève pas. Julien lui ouvre la porte. Dans sa poche, elle stoppe le petit magnétophone qui a enregistré le monologue de Dante. Puis elle se tourne vers Julien et lui dit qu'il s'est ouvert sa cicatrice à force de la gratter et qu'il faudrait lui donner ses cachets pour la nuit.

*

Dans la forêt amazonienne, l'anaconda peut ne pas chasser pendant des mois. Chaque proie qu'il engloutit, après l'avoir étouffée entre ses anneaux, le rassasie pour une période infinie. Privé d'appétit, il devient un prédateur inoffensif et invisible. Jusqu'à ce qu'à nouveau la faim le tenaille.

Mais celui qui s'est autoproclamé anaconda, autant pour la terrible harmonie des sonorités du mot que pour ce qu'il représente, n'en a que le nom. Et il a encore faim. Alors il s'est attaqué à une nouvelle proie. Sorte de gazelle gracile et sans défense. Sans identité non plus. Un des anonymes éléments du garde-manger vivant du maître de la forêt.

Caro suit ses mouvements de ses yeux dont les vaisseaux manquent éclater à force d'être écarquillés. Il lui a tranché un bras. Elle le regarde avec horreur posé à côté d'elle sur le sol comme un morceau de bois. Elle ne pleure plus. Le grand hachoir brille comme un éclair. Il lui a appliqué un pansement occlusif pour comprimer l'artère. Pour la première fois sa voix s'élève, neutre :

— Je vais te trancher les quatre membres de ton vivant, pour que tu puisses voir la croix gammée avant de mourir.

Elle se contracte tout entière et secoue la tête dans tous les sens. De nouvelles larmes coulent le long de ses joues. Elle veut vivre. Vivre ces années pleines de promesses, voir sa famille, encore caresser le chien, respirer l'air des montagnes...

Il appuie sa main gauche sur sa poitrine pour la maintenir au sol, de la droite saisit son hachoir, le lève au-dessus de sa tête et, dans une parabole de lumière l'abat sur la jointure du deuxième bras, à peine gêné par les convulsions de la victime dont les cris sont étouffés par la balle de caoutchouc spécial jonglage qu'il lui a collée dans la bouche.

— Une fois que j'aurai tranché les quatre membres et que je les aurai disposés en croix gammée, je te placerai en face de mon œuvre. Avant de te trancher la tête. Mais t'en fais pas. Personne te verra comme ça. Je disperserai tout. Y restera rien. Pas comme à l'aquarium. T'as entendu parler ?

La douleur lui a fait perdre connaissance. Il lui applique le second pansement occlusif puis lui donne une claque.

— Pas maintenant !

Elle ouvre un œil.

— La prochaine, je l'éviscérerai de son vivant, dit-il pour lui-même. Fait proprement, on doit survivre quelque temps. Mais avant le tranchage des membres.

La petite garce pourra alors constater de ses propres yeux leur ressemblance fusionnelle, elle avec ses intestins enroulés autour de son buste, et lui avec son grand anaconda dont les anneaux tatoués lui enserrent le torse, lui noircissant le poitrail et le dos, et s'animant comme un être doué de vie au moindre de ses mouvements. Comme lui, il est aussi fort. Comme lui, il est aussi discret, capable de se mouvoir en se fondant dans le décor. Et comme lui, son territoire de chasse est son royaume, et les êtres qui s'y meuvent son cheptel. Il y vit longtemps et y règne sans partage. Même les caïmans redoutent ses anneaux. Leurs mâchoires ne l'atteignent pas et leur cuirasse d'écailles ne résiste pas à sa force.

Dans la forêt, l'organe qui lui sert d'antenne, de radar lui permettant de repérer ses proies, c'est sa langue. Fin appendice qu'il sort de sa bouche pour humer l'air et détecter dans les alentours une présence que son regard n'a pas encore saisie.

Lui, c'est la connaissance de son environnement et de ses proies, alliée à son instinct, qui lui sert d'antenne.

Et comme dans la forêt, il est toujours trop tard lorsque ses victimes réalisent à qui elles ont affaire.

Les bras séparés de son buste, sa victime gît sans vie. Il la regarde avec dégoût, lui donne une autre claque. Elle ouvre les yeux. L'espoir de la voir tenir le coup lui tire un sourire.

— T'en fais pas pour la voiture de ton copain. Ils finiront par la retrouver. Je l'ai garée sur le parking d'un hypermarché.

25.

François Müller passe sa tête dans l'entrebâillement de la porte. La pièce est dans la pénombre. Il distingue la forme de son fils assis dans son lit. Il fait un pas dans la chambre, devine qu'il ne dort pas et s'avance plus franchement jusqu'à lui poser un baiser sur le front. L'enfant se redresse pour l'embrasser et passe ses bras autour de son cou. Son père s'assied sur la chaise à côté du lit.

— Je peux allumer, ou tu préfères rester dans l'obscurité?

Grégoire tend le bras vers l'interrupteur, et l'ensemble de la chambre apparaît, le poster de Bruce Lee avec la marque des griffes d'acier dans *La Fureur de vaincre*, la photo de Mesrine épinglée à la porte du placard, la pile de jeux vidéo et leur console, le lecteur de CD et les livres audio, la porte de la petite salle de bain entrouverte et le peignoir de boxeur en éponge, avec Grégoire Müller brodé dans le dos, pendu à la patère, et sur la table de nuit, la collection de comics Marvell, au sommet de laquelle François Müller reconnaît Dare-Devil.

Il soupire et se passe la main sur le visage, puis il prend la main de son fils dans la sienne.

— Ça t'ennuie si je te parle encore de mon enquête en cours? Ma grande enquête?... C'est presque terminé. Tu sais, le docteur et son malade mental dont je t'ai déjà parlé, le fou que tout le monde soupçonnait dans l'affaire de l'aquarium, j'ai enfin la preuve que ce n'est pas lui. Tu sais comment?

Grégoire exerce une pression sur les doigts de son père.

— L'autre a continué à frapper alors que leur malade – il s'appelle Dante –, était en prison. Il y a été de 1995, l'année où il a été arrêté, à fin 2002. Presque sept ans, tu vois. Eh bien, pendant toutes ces années, le Serpent n'est pas resté les bras croisés. J'ai reconstitué une partie de son parcours. C'est un forain. Tu sais, tu as déjà vu ça à la télé. La grande roue, les montagnes russes. Quand tu étais petit, avec maman on t'avait emmené faire un tour à la Foire du Trône à côté de la maison. Tu te rappelles? On y retournera, tu voudrais?

Le petit hoche la tête.

— Mais je n'ai rien dit à personne! Comme ça j'ai récupéré mon avance... Alors toi non plus, même ici aux infirmières ou à tes copains, il ne faut rien dire... On n'est pas sur écoute? fait-il en regardant autour de lui de façon théâtrale.

Le petit rigole.

— Tu te souviens que je l'appelais le Serpent depuis le début? Eh bien, j'ai découvert qu'il se fait appeler le grand anaconda. Le plus grand serpent du monde! Pas mal, non? C'est en allant à Strasbourg que j'ai appris ça. J'espère que tu reconnais là l'infaillible instinct de ton père.

Du fond de son lit, Grégoire lève le pouce.

— J'ai dû reprendre tout mon dossier. Je me doutais que mon Serpent travaillait dans un parc d'attractions, ce qui lui permettait de voyager. Ce que je pensais depuis la fois où je suis allé pêcher en Ecosse... Tu l'as toujours, ton poisson qui danse quand on tape dans les mains?...

«Et je me suis souvenu d'un chapiteau aux reptiles en Italie, dans une ville qui s'appelle Gênes. C'était l'année dernière. A tout hasard je l'avais pris en photo, avec mon appareil numérique. Mais quand j'ai appris comment il se fait appeler, alors là je me suis mis en tête de pister ce chapiteau. Grâce à la photo j'avais son nom. Et après avoir vérifié, eh bien, figure-toi que j'ai découvert qu'il se trouvait à Strasbourg en décembre 1989.

Dans le regard de son fils qui ne le quitte pas des yeux, il croit lire une certaine admiration.

— Et en reconstituant le parcours de ce montreur de reptiles, j'ai découvert d'autres éléments intéressants. Une disparition à Munich en février 2002. Et avant ça, trois autres à Milan, en 1999. Deux filles et un garçon.

L'enfant lui presse à nouveau les doigts.

— Tu sais, si je te raconte tout ça, c'est pour que toi aussi, plus tard, tu saches comment faire. J'ai presque terminé mon livre. Enfin, il me reste les derniers chapitres. Je vais aller le trouver sur place dès demain. Il est dans le Sud. Une jeune femme qui travaillait dans une boîte de nuit a été portée disparue après qu'on a retrouvé sa voiture sur le bord d'une route avec plus une goutte d'essence dans le réservoir. Je sais que c'est lui. Une fois que je serai sûr de mon coup, je préviendrai la police pour qu'ils l'arrêtent. Et d'ici un mois, je serai riche et tu reviendras habiter à la maison, avec une infirmière pour s'occuper de toi.

Grégoire s'est endormi. François Müller se lève, traverse la pièce et ouvre le placard. D'une des poches latérales de son pantalon de treillis, il tire une enveloppe en papier kraft et la pose sur une étagère. Sans un bruit, il sort de la chambre. Dans le couloir, il avise une infirmière et la prévient que son fils s'est assoupi.

*

«*La mort même peut rien pour moi.*» Stop. Le regard de Suzanne capte celui de Steiner puis dérive sur le samovar, la photo de Rimbaud par Carjat ou la paire de gants de boxe. «*Parfois vos médicaments me font du bien.*» Stop. Régulièrement le flic coupe, revient en arrière, repasse une phrase. L'œil glisse sur les coupures de presse épinglées au mur. «*Ce grand voyageur... La faute à Eve. Et au serpent... Attirées par la fête... Noria des âmes perdues...*» Stop. La cible en forme de silhouette aux seuls côtés transformés en passoire.

— Un grand voyageur. Ça pourrait limiter l'enquête à certaines professions, comme voyageur de commerce ou routier. Mais ça élargit d'autant son champ d'action. Et par conséquent le nombre potentiel de ses victimes...

«Ce qui explique le *“bouger pour pas mourir”*. Pour ne pas éveiller les soupçons par un nombre trop important de victimes dans un certain périmètre. Même sans identité, on affine le portrait.

Coudes sur le bureau, mains jointes, doigts tendus effleurant le bout de son nez encore meurtri, regard perdu devant lui, Steiner parle comme s'il était seul. Il semble n'attendre aucun retour du docteur Lohmann.

— On trouve aussi une autre explication au choix de l'anaconda pour nom de guerre. La Bible. Exégèse de psychopathe. Dante en tout cas la lisait. Sa mère nous l'a dit. Alors d'où vient cette connerie? De Dante? Ou de l'anaconda ? Docteur, j'en ai marre de vos cinglés.

— Mes cinglés?

Il ne relève pas, continue sur sa lancée.

— Un grand voyageur qui en veut aux femmes, parce que la première d'entre elles a entraîné toute sa descendance dans l'enfer dans lequel il vit aujourd'hui. En réalité, si j'ai bien retenu ma leçon, dit-il avec un regard pour elle, parce que sa mère a dû lui faire vivre un enfer dans son enfance. Et «*autant d'Eve*» peut signifier qu'il y a déjà eu beaucoup de victimes... Qu'est-ce que vous en dites?

— Que vous allez vite.

— Ensuite il y a les énigmes. L'arche de Noé. Une ménagerie? Un zoo ambulant? Un cirque? C'est bien avec un cirque qu'il a appris à jongler. Sylviane Bohars nous l'a dit. Comme la «fête» attirant les victimes potentielles.

Elle acquiesce.

— La noria, j'ai plus de mal.

Il allume une cigarette.

— Ça ne vous gêne pas? lui demande-t-il en jetant son allumette dans un cendrier.

Elle sourit machinalement. Cette réponse lui convient.

— Je n'ai jamais essayé d'arrêter. Et je n'essaierai sans doute jamais. Autrefois je faisais du sport. Aujourd'hui même plus. Mes poumons doivent ressembler à l'intérieur d'une chaudière à charbon. C'est peut-être ce qui me fera partir... Un bourbon, docteur?

— Avec plaisir.

Il tend le bras, saisit une bouteille et remplit deux verres. Elle se penche pour attraper le sien, le lève en sa direction. Le liquide ambré lui réveille les sens.

— Du temps de Jérôme Bosch, la folie était la marque d'un savoir indicible, la conscience de la fin imminente de l'homme.

— Et alors?

— Ça concorde avec la folie de votre patient. Ce qu'il a vu en compagnie de l'autre n'a pas dû arranger les choses. Il a dû voir quelque chose se rapprochant de la fin d'une certaine humanité. Vous ne croyez pas?

Elle soupire.

— Ecoutez, je ne vois vraiment pas où vous voulez en venir. Vous avez vu l'heure? Est-ce le moment de...

— C'est toujours le moment. J'ai repris les évangiles récemment. Le Christ avait eu affaire à des insensés, dit-il en attrapant un ouvrage sur son bureau. Tenez, dans Marc, chapitre 3, versets 11 et 12. Des esprits impurs tombent devant le Christ et lui crient: «*Tu es le fils de Dieu.*» Et le Christ les fait taire, alors qu'eux seuls l'ont reconnu.

«On trouve également dans Matthieu, chapitre 8, versets 28 à 32, l'histoire des deux possédés qu'Il envoie dans le troupeau de cochons précipités à la mer. Et un autre encore, dans Marc, chapitre 5, versets 1 à 13, cet homme tourmenté que personne n'a la force de dompter. Il crie et se taille les veines. Ça me rappelle votre patient, ça.

— Vous avez une curieuse manière de mener une enquête.

— Le Christ les faisait taire. Depuis, on les enferme.

— Beaucoup de gens préfèrent savoir un Dante à Henri-Colin que dans la nature.

— Chez les Arabes, le mejnoun, vous savez, l'idiot du village, a droit de cité. On écoute ses récits parce qu'il est habité par un esprit. On ne sait jamais...

Elle le regarde en se demandant à qui elle a affaire. Elle traite ces maladies avec les dernières molécules mises sur le marché par les laboratoires, grâce aux milliers d'observations qui ont précédé les siennes, et lui philosophe sur la folie.

— Pas très optimiste, de faire taire ces aliénés parce qu'ils sauraient quelque chose. Qu'est-ce qu'ils auraient vu que nous ne devons pas voir, nous autres, gens normaux?

— Si ça fait deux mille ans que ça dure, il n'y a pas non plus de quoi s'inquiéter, répond-elle agacée.

— Vous savez ce qu'on va faire? On va aller se coucher. Enfin, je parle pour moi, ajoute-t-il en vidant son verre.

«Demain on y verra plus clair, reprend-il. Et je ne philosopherai plus. On va remuer ciel et terre. On va creuser toutes les pistes. On va l'avoir, votre reptile.

Elle va à la fenêtre, regarde en contrebas couler la Seine sur laquelle croisent des bateaux mouches balayant les rives de leurs projecteurs.

— Vous êtes mieux lotis que nous.

— Il manquerait plus qu'on réserve les meilleures places aux aliénés.

Elle hausse les épaules en riant.

— Au fait, dit-il en lui tenant la porte, je vous l'avais dit, que vous réussiriez à le faire parler, votre Dante.

La Laguna de fonction bleu nuit roule entre le palais du Louvre et les arcades de la rue de Rivoli. A sa droite, avant d'être arrêté par un feu devant les guichets, il laisse le Conseil d'Etat et le Palais Royal. Il n'avait pas envie de poursuivre cette conversation. Il a prétexté un état de fatigue avancé pour se retrouver seul.

Les arcades grouillent de touristes et les échoppes à souvenirs sont toujours allumées. Pas vraiment son chemin, pour rentrer chez lui dans le XIVe, derrière Montparnasse. En temps normal, du quai des Orfèvres, il traverse directement rive gauche et prend la rue de Rennes ou la rue Saint-Jacques, ou à la limite pousse jusqu'au boulevard de l'Hôpital pour filer sur la droite vers Denfert-Rochereau.

La rue de Rivoli lui change les idées.

Un serial killer psychopathe. A l'américaine. Sévissant sur le territoire français depuis au moins quinze ans. Combien de victimes? Combien dans le fichier des disparitions? Une par an? Plus? La voix de Dante lui a glacé le sang. Il n'en a rien montré à Suzanne mais n'en pensait pas moins.

Et les mots qu'il avait pour décrire son adversaire... A sa manière il en a dit pas mal. Sans doute assez pour remonter jusqu'à lui.

Avec un peu d'intuition.

Brave homme qui sans le savoir leur faisait quinze ans plus tôt le cadeau de laisser derrière lui un témoin vivant.

Mais il reste des zones d'ombre dans son discours. L'arche de Noé peut n'être qu'une image pour évoquer un moyen d'échapper au déluge. Par le mouvement. Et dans ce cas, point de ménagerie, point de cirque. Et la noria. Qu'entend-il par là ?

Malgré la chaleur, il n'a pas mis la clim'. Il préfère rouler fenêtres ouvertes. Tel un îlotier humer l'air de la rue, capter ce qui s'y passe.

Sur sa gauche, le jardin des Tuileries. Normalement masse sombre dans la ville éclairée. Ce soir, éclats de lumières multicolores et de musiques. Les forains ont investi l'espace tranquille. Les riverains hurlent au scandale, mais les attractions font le plein. Cela doit bien faire trente ans qu'il n'a pas mis les pieds dans une fête foraine. Rue de Rivoli, une place de livraison. S'immerger dans les allées encombrées entre les stands. Ça plutôt qu'une soirée avec le docteur Lohmann. Il traverse la rue, passe les grilles et se retrouve dans la foule, les invitations des forains dans leurs micros, les bruits de décompression pneumatique de certains manèges, les marchands de confiseries.

Vieux con solitaire reluquant des grappes de jeunes touristes. Il ne montera dans aucun manège, ni ne croquera la moindre pomme d'amour.

En d'autres temps, cette exubérance l'aurait amusé. Mais il a chaud, il a soif. Et l'amateur de Rimbaud se sent déplacé en ce lieu bruyant. Il songe à cette femme, ce soir il aurait pu la convaincre de s'offrir à nouveau. D'un œil maussade il regarde les peluches hideuses que l'on peut gagner à la carabine. Toutes arborent des couleurs criardes, jaune, rose, bleu électrique. Une femme en noir portant un tchador s'y essaie sous les regards amusés de son mari et de ses fils. On entend la détonation, le ballon qui éclate et le plomb qui s'écrase sur la plaque de fer. Il passe devant le train fantôme. Sur une dizaine de mètres l'enseigne figure des zombies, des squelettes, des sorcières, des loups garous et des lettres dégoulinantes. Un modèle du genre.

Ça plutôt que retourner directement chez lui avenue René Coti, dans son appartement de célibataire aussi dépouillé que son bureau est chargé. Il sourit de la réaction de la psychiatre devant ce bureau qui lui semble à présent combler le vide de son existence. A cinquante-trois ans et le souffle parfois court, il a l'impression que celui que l'on considère comme un grand flic n'est que cela. A mesure que le temps a passé, le commissaire est devenu son boulot. Et rien d'autre. Et le grand flic a eu besoin de l'intuition et de la persévérance de la jeune femme pour se déciller les yeux. Pour découvrir qu'en son pré carré depuis quinze ans sévit un tueur en toute impunité. Et la police malgré tous ses talents conjugués et l'ampleur de ses moyens n'a rien vu. Comme si la mission à laquelle il s'est consacré depuis tant d'années était vaine. Et sa poésie un jardin d'enfants pour oublier son impuissance et sa pusillanimité.

Un passant le bouscule. Il l'attrape et l'envoie valdinguer. L'autre fait mine de se rebeller mais devant sa carrure et son air mauvais s'éloigne.

A présent qu'on a déterminé l'existence de ce tordu, il se jure qu'il va lui mettre le grappin dessus. Dans l'ombre, un tueur malin et organisé peut échapper à une administration toute-puissante. Mais pas une fois que cette même administration sait qu'elle doit le chercher.

Au fond de l'allée centrale, vers la place de la Concorde, il y a le manège aux wagonnets qui dévalent une pente à pic jusqu'à un bassin rempli d'eau. On entend des hurlements. Personne ne reçoit jamais une goutte. Ça porte un nom genre Niagara. Les auto-tamponneuses dévoilent une autre vacuité. Au son des tubes de l'été diffusés à tue-tête et des appels du bateleur, les clients projettent leurs véhicules les uns contre les autres comme autant de particules énervées.

Il fait encore chaud. En échange d'une pièce de deux euros on lui tend une bière en canette et un gobelet en plastique transparent. Il sent le liquide glacé descendre jusqu'à son estomac. La bière lui nettoie les entrailles. Il repense au docteur Lohmann, à son rire après son étreinte. Ce rire qui l'attache à elle plus que le reste. Il pense à l'anaconda. Demain l'essentiel de son équipe sera sur l'affaire. Il reste énormément de choses à découvrir. Trop de pistes à creuser. L'artiste underground. Qui fait des body performances. Avec ses victimes. Art éphémère. Mais pas par l'empreinte laissée dans les esprits. En garde-t-il des traces? Photos. Comme Bellmer et ses poupées désarticulées.

Son regard est capté par une autre Pamela. Jeune touriste, sans doute de l'Est, arborant sur le bras gauche un barbelé tatoué. Autre victime potentielle. Semblable à l'inconnue du Trocadéro et qui aurait pu être à sa place. Il la suit du regard un moment, mais elle disparaît dans la foule.

Des gardiens de la paix patrouillent. On les repère de loin, grappe de trois portant casquette et matraque. Ceux-là ne ferreront pas le grand serpent. Des ivrognes à séparer, des voleurs à courser. Rien de plus.

Il y a des gosses aussi, fatigués, que leurs parents traînent par la main. Des candidats au grand frisson que l'on entend hurler comme des filles prépubères sur des attractions à vous décrocher le cœur.

Plus miteux, le stand d'une diseuse de bonne aventure. Tarots, boule de cristal et marc de café. La pythie doit faire des affaires. Autre frisson que le saut à l'élastique.

C'est dans cette foule que l'anaconda se sert. Troupeau d'âmes crédules en quête de sensations fortes. Son mode opératoire demeure un mystère, mais elles sont là, ses victimes. Steiner évolue au sein de son cheptel. Gazelles éblouies par les lampions, aveuglées par l'ivresse de la fête. Dans son esprit les paroles de Dante se superposent à ce qu'il voit. Cette voix qu'il entendait pour la première fois, qui par son seul timbre annihilait le décorum et la chaleur de son bureau. Il n'aurait pas pu rentrer directement chez lui après une telle expérience. Il a une pensée admirative pour la psychiatre qu'il a envoyée seule dans la chambre d'isolement pour faire parler son malade.

Et puis il lève la tête et sait pourquoi il est venu traîner ici.

Il a toujours éprouvé le besoin d'emprunter des chemins de traverse. En marge des méthodes d'investigation classiques. Sa façon à lui de s'approprier un sujet. De le posséder. Lorsque l'on bute sur un mur, soit on se met à piocher, soit on va faire un tour, avec l'espoir de le contourner. A plusieurs reprises cette seconde option lui a permis d'obtenir des résultats. A mesure qu'il s'est élevé dans la hiérarchie de la police, il a laissé le travail d'enquête sur le terrain, porte à porte et épluchage de fichiers, aux autres. Et quand on lui soumet une affaire, il aime conserver cette hauteur de vue qui lui permet parfois de voir certaines choses auxquelles ses enquêteurs n'ont même pas pensé.

Par les informations qu'elle lui a apportées, la psychiatre a donné à cette affaire une tournure différente. Et il a fini par la suivre autant pour sa réputation que pour ses yeux, son sourire et son cul.

Et à cet instant, il ressent un frisson qui lui indique qu'il est peut-être face à l'une des affaires les plus importantes de sa vie.

La grande roue tourne lentement sur son axe, élevant ses nacelles desquelles on découvre toute la ville. Emblème ancestral de la fête foraine. Plus haut point de repère dans le ciel attirant le chaland. L'étendard de la caravane. Il prend un ticket et s'assied dans l'une des nacelles. Peu à peu il s'élève, très vite à hauteur des frondaisons du jardin, découvrant à sa gauche le musée d'Orsay et ses deux horloges, puis dépassant les toits des immeubles de la rue de Rivoli avec alors tout Paris sous les yeux et ses monuments éclairés. L'obélisque, le Sacré Cœur, l'Arc de Triomphe, Beaubourg, Notre Dame, le Louvre, sa pyramide de verre... Le point de vue est unique et éphémère, à cause de la rotation de la roue qui ajoute à la magie.

Il vient de prendre une place à bord de ce que Dante appelle la noria des âmes perdues. Travaille-t-il sur une de ces grandes roues, le grand anaconda, pour avoir été ainsi inspiré? Lui en tout cas n'aurait pas trouvé ça aussi vite en continuant à gamberger dans son bureau avec la psy.

La ville disparaît derrière les arbres et les immeubles. Mais à l'approche du sol la roue ne ralentit pas, et dans ce mouvement circulaire, avachi dans sa nacelle il repart vers les hauteurs.

Il sait ce qu'il lui reste à faire. Dès demain, il s'assurera de la présence d'une fête foraine à Strasbourg en décembre 1989. Après, il lui suffira de remonter les traces de la caravane au cours de ces quinze dernières années et de recouper avec d'éventuelles disparitions relevées à des périodes correspondant aux différentes étapes.

En descendant de sa nacelle, il jette un œil au colosse blond, ressortissant type d'Europe de l'Est, préposé à l'accueil et à la réception à terre des clients. Il doit avoir dans les quarante ans. Il porte sur l'avant-bras gauche un tatouage représentant un cobra dansant devant un flûtiste arabe. Si ça se trouve, il a en face de lui le grand anaconda.

26.

Vendredi 25 juillet. 6 heures du soir. Le commissaire Steiner voit le deuxième e-mail qu'il attendait s'afficher sur l'écran de son PC. Le premier en provenance d'Allemagne, puis celui-ci d'Italie. Deux pays dans la police desquels il a gardé des contacts, pour avoir eu à travailler en commun dans le cadre d'affaires transfrontalières.

L'Allemand est un aristocrate pur jus, dernier descendant d'une famille de la noblesse bavaroise, Helmut von Wetzhausen. Malgré sa tête à porter des vestes autrichiennes et des culottes de peau, il a délaissé l'exploitation du domaine familial pour une carrière dans la police. Pour faire plus court, il se fait appeler Wetz. Les deux flics avaient croisé les gants sur le ring d'un gymnase de la police de Berlin. Dix ans plus tard, ils se disputent toujours sur l'issue de la rencontre, mais l'estime réciproque née de ces quelques rounds leur permet de s'appeler en cas de besoin.

L'Italien est un francophile parlant un français parfait, que Steiner a rencontré pour la première fois à Florence, où il œuvre encore sept ans plus tard. Un dîner à la terrasse d'un restaurant donnant sur l'Arno, au cours duquel ils parlèrent de Pic de la Mirandole, scella leur amitié. Depuis, Giovanni Boldini l'a appelé à deux reprises pour des petits services qu'il lui a à chaque fois rendus.

Il a contacté ses homologues européens en début d'après-midi, après avoir eu confirmation de ce qu'il pressentait et creusé l'information.

Il y avait bien un parc d'attractions à Strasbourg en décembre 1989. Le Ludo Polis. Une cinquantaine de manèges pour une population de près de six cents âmes.

Mais contrairement à ce qu'il croyait, ce genre de caravane ne se déplace pas d'un bloc. A cette occasion, Steiner a découvert que l'OPJ Montesantos est apparenté à une famille de forains. Il a eu droit à un topo détaillé sur les us et coutumes de cette corporation. A la fin de chaque foire ils se séparent, chaque famille ayant son programme et sa destination. Certains manèges sont acheminés vers leur camp de base, la majorité vers d'autres événements, d'autres foires, comme l'Oktober Fest à Munich, la Foire du Trône ou la Fête à Neu Neu à Paris, un Luna Parc sur la côte d'Azur ou la Costa del Sol...

Pour déterminer quels étaient les forains présents au Ludo Polis, il suffisait de contacter la municipalité: avant de s'installer sur une commune, chaque forain fait viser son livret de circulation par la mairie.

Montesantos fut chargé de ce travail ainsi que du pistage de chaque attraction. Au lieutenant Francini, Steiner demanda de répertorier l'ensemble des disparitions de jeunes femmes intervenues en France depuis 1989 et correspondant aux étapes de forains déterminées par Montesantos.

Une carte d'Europe constellée de punaises à grosse tête de couleurs vives est épinglée au mur. Comme un élève au tableau, Montesantos se tient à côté. Face à lui, dans la salle de réunion qui sert de QG, assis sur des chaises ou des tables, l'ensemble du groupe: le commandant Melchior, le lieutenant Francini, les OPJ Valdeck et Lussan, les deux femmes de l'équipe, et Steiner.

— Les épingles de couleur figurent les endroits où les forains ont planté leurs chapiteaux. Les noires celles où des disparitions ont été signalées. Le lieutenant Francini vous en parlera tout à l'heure. Je suis parti des attractions présentes à Strasbourg en 1989. A partir de là, j'ai suivi les déplacements de chacune. Comme vous pouvez le voir, on a une majorité de points en France, mais aussi des satellites en Grande-Bretagne, en Hollande, en Belgique, en Suisse, en

Autriche, en Hongrie, en Italie, et en Espagne, fait-il en pointant chaque pays du doigt.

Montesantos marque une pause. Jusque-là, les autres l'ont écouté dans un silence attentif.

— A propos, fait Steiner, je me suis permis de convier le docteur Lohmann. C'est grâce à elle qu'on a tous ces résultats aujourd'hui.

— Je dois l'attendre ? demande Montesantos.

Quelques rires fusent dans la pièce.

— On t'écoute, Montesantos. Parle-nous un peu de ta famille.

D'autres rires.

— Des foires, il y en a partout, toute l'année. Rien qu'après Strasbourg, j'en ai planté pas loin d'une vingtaine. C'est le nombre de familles qui y étaient présentes. J'ai dû les identifier pour suivre chacune d'entre elles. Deux mois plus tard, j'avais le même nombre de punaises à planter. Et ainsi de suite. Enfin, je vous passe les détails.

— Tu veux dire qu'une famille peut posséder plusieurs attractions ?

— C'est ça. Mes cousins en possèdent trois.

— On s'en fout, Montesantos, le coupe Melchior. Continue.

— En fait, c'est là qu'intervient le lieutenant. C'est grâce aux résultats qu'il a obtenus qu'on a pu faire le tri. Au passage, merci la mafia corse. Sans ça, ça aurait pas été aussi vite.

— Ta gueule, fait Francini en s'approchant de la carte.

— On t'écoute, intervient Steiner.

L'ensemble des regards est braqué sur le petit homme aux yeux noirs. Il parle, agressif et suspicieux, comme s'il avait à faire oublier sa taille et sa calvitie.

— Avant toute chose, je précise qu'une disparition peut être signalée quelque part, mais avoir eu lieu ailleurs.

— Et alors ?

— Et alors, Lussan, dit-il en se tournant vers l'une des deux femmes avec un air exaspéré, ça arrive plus souvent qu'on pense et ça limite la portée des recherches. Prenez le cas d'une fugueuse. Un jour elle disparaît de chez elle, un autre elle disparaît pour de bon. Ailleurs. Tout le monde a compris? Je peux continuer?

«Je me suis adressé à l'OCDIP. Pour les ignares: Office central chargé des disparitions inquiétantes de personnes. A leur décharge, c'est vieux d'à peine un an. C'est l'organisme chargé de coordonner les recherches de personnes disparues sur le territoire national, et d'apporter son assistance aux services de police et de gendarmerie. En plus, c'est le point de contact unique pour les relations opérationnelles internationales.

— Tout le monde ici présent est au courant, Francini.

Le lieutenant adresse à l'ancien joueur de rugby un regard mauvais.

— Mais ce que m'a demandé le patron correspond presque à l'ensemble du fichier recensant les jeunes femmes disparues en France au cours des quinze dernières années. Vu le nombre annuel de disparitions, sur la période, ça se compte en dizaines de mille.

— Je ne te demande pas de commenter la difficulté de ton travail, Francini, fait Steiner en allumant une cigarette.

— Puisque les détails ne vous intéressent pas, je vais aller à l'essentiel. Après les recoupements qu'on a faits, Montesantos et moi. Alors pour commencer, on n'a rien de probant jusqu'en 1994, inclus. En septembre 1995, on a une disparition dans la banlieue de Rennes. Une autre à Antibes en juillet 1996. Une autre à Strasbourg en décembre de la même année. Trois personnes disparues à Lille en octobre 1997: un couple et une prostituée. Une nouvelle disparition à Toulouse en octobre 1998. Puis à nouveau trois pouvant correspondre en région parisienne entre mai et juin 1999, c'est l'époque de la Foire du Trône. Une autre à Cannes, en août 2000, puis à Mâcon en octobre, alors qu'une fête foraine était installée en périphérie lyonnaise. Rien en 2001, mais une nouvelle disparition à Lyon en décembre 2002. Puis une autre en février 2003 dans la banlieue de Rennes.

«Mis à part le couple qu'on a retenu parce que la femme correspond, toutes les disparues répondent aux mêmes critères: femmes jeunes, de quatorze à vingt-sept ans, sans réelles attaches familiales, ou en rupture... prostituées, routardes, serveuses pour deux d'entre elles, sans papiers pour trois autres. La plupart n'ont fait l'objet d'une déclaration que plusieurs jours après leur disparition. En comptant Pamela, ça en fait quinze rien qu'en France.

Francini marque une pause pour mesurer l'impact de ses révélations sur le groupe. Son regard passe en revue l'ensemble de ses auditeurs, à l'affût de la moindre remarque.

— Continue, Francini. On est tous pendus à tes lèvres.

— Rien n'indique que toutes sont l'œuvre de l'anaconda. Mais rien ne prouve non plus qu'il n'a rien fait entre décembre 1989 et septembre 1995.

— Peut-être qu'après l'incident de Strasbourg, il s'est calmé pour un temps... hasarde Lussan.

— Vu ce qu'on commence à entrevoir du personnage, ça m'étonnerait qu'il soit du genre à s'arrêter. Je dirais qu'il a dû redoubler de méfiance. En choisissant ses proies entre les étapes, par exemple, ou en étendant son territoire de chasse dans un périmètre toujours plus grand.

— Comme le serpent amazonien, l'anaconda s'est mis à engloutir ses proies toutes entières.

La remarque de Montesantos provoque quelques rires.

— Le plus intéressant n'est pas là, reprend Francini. Il y a de très grandes chances qu'on l'ait plus ou moins localisé. Pour ça, je vais redonner la parole au premier de la classe. Montesantos, tu prends la suite ?

Le jeunot s'avance.

— En fait, à mesure que les résultats des disparitions tombaient, on s'est aperçu que ça coïncidait presque toujours avec les étapes d'un certain groupe. D'ailleurs, celles que Francini a mentionnées correspondent toutes aux déplacements de cette famille.

— Tu veux dire qu'on sait comment il s'appelle ?

— Laisse-le finir, Lussan, la coupe Francini.

— Dans près de neuf cas sur dix, les disparitions coïncidaient avec la présence d'une poignée de manèges, un groupe de forains voyageant toujours ensemble, sans doute liés par des attaches familiales. C'est pour ça que je parle de famille. Mais d'après les documents, ils ne portent pas tous le même nom, et je n'ai pas eu le temps de vérifier.

La petite brune serrée dans son jean opine du chef.

— Mais la bonne nouvelle, c'est que l'anaconda n'est pas à chercher parmi les six cents âmes du Ludo Polis, mais parmi quelques dizaines d'individus formant cette caravane.

A ce moment, Steiner se lève et se dirige vers la carte.

— Où sont les épingles noires?

Il attrape la boîte, puis, avec minutie, se référant aux sorties papier des e-mails qu'il a reçus de ses homologues européens, commence à en planter autour de certaines villes d'Allemagne, puis d'Italie. Les autres le regardent faire sans prononcer un mot. Une fois qu'il a terminé il commente:

— Les aiguilles que je viens de planter correspondent aux disparitions de jeunes femmes intervenues là où étaient installées des fêtes foraines. Et donc maintenant, là où est passé le groupe dont parle Montesantos. J'énumère. Deux auto-stoppeuses ont disparu à Munich en février 1995. Une prostituée d'origine polonaise à Francfort en juin 1996. Une autre à Berlin en février 1997, d'origine hongroise, cette fois. Deux autres séparément, une serveuse dans un routier et une fugueuse aux alentours de Berlin en avril 2000. Enfin une autre à Munich en février 2002.

«En ce qui concerne l'Italie, c'est aussi éloquent. Une touriste espagnole a disparu à Gênes en juin 1995. En juin 1997, deux auto-stoppeuses à Milan, puis trois d'un coup, toujours dans les environs de Milan, en 1999. Deux filles et un garçon. Italiens. Le corps du garçon a été retrouvé six mois plus tard au fond d'un étang lesté de trois parpaings. Et enfin une autre disparition, une prostituée d'origine tchèque à Gênes en juin 2002.

«Aux quinze disparitions françaises, il faut donc en rajouter quatorze, ce qui en fait vingt-neuf de février 1995 à juin 2003. Sans compter les chiffres en provenance d'Espagne, de Belgique, des Pays-Bas, d'Autriche, de Grande-Bretagne, dit-il en regardant les pays où le groupe en question est passé. Et j'allais oublier la Suisse.

«En extrapolant, on doit pouvoir monter jusqu'à une cinquantaine de victimes. Encore une fois, rien n'indique qu'elles sont toutes son œuvre, mais il pourrait y en avoir d'autres. Et l'on a pris pour point de départ décembre 1989. Or Strasbourg n'était peut-être pas son coup d'essai.

— Et Pamela, je suppose que ça correspond à la Foire du Trône... Il y était, ce fameux groupe? demande l'OPJ Valdeck en se tournant vers Montesantos.

— Affirmatif.

A l'évocation de Pamela, toutes les têtes se sont tournées vers les photos de l'aquarium. La croix gammée terminée à chacune de ses extrémités par un pied ou une main, le tronc posé à la verticale à même le sol, avec son corsage d'intestins.

— Putain, lâche Lussan.

— Mais le plus drôle, si je peux me permettre, puisque aucun de vous n'a posé la question, on va donc vous le servir pour la fin. Vas-y Montesantos, dis-leur.

— La question dont parle le patron, fait-il avec un air important, et que j'attendais, ça concerne la nature des attractions.

— Accouche!

— J'arrive, Lussan, j'arrive.

Au fond de la salle, la porte s'ouvre. Montesantos s'interrompt. Un gardien de la paix fait entrer le docteur Lohmann. Quelques murmures l'accueillent. L'ensemble des regards braqués sur elle, elle détaille chacune des personnes présentes. Tous sont en bras de chemise ou T-shirt, certains portent un holster à la ceinture. Steiner dégage une tension qu'elle ne lui connaissait pas. Une gravité de circonstance qu'arborent tous les membres du groupe.

Pendant que le commissaire la présente, le regard de la psychiatre est attiré par la carte et ses dizaines d'épingles qui font comme les points d'une tapisserie lugubre. Hypnotisée par ce qu'elle voit, elle s'approche. Il manque les dates, mais c'est assez éloquent. Steiner qu'elle croyait égaré dans des conjectures gratuites et inutiles. Et qui moins de vingt-quatre heures plus tard revenait avec la réponse. Avec une partie en tout cas.

— Vous ne l'avez quand même pas déjà localisé? demande-t-elle en se tournant vers Steiner.

— Il est ici, dit-il en pointant du doigt sur la carte une punaise piquée quelque part sur la côte d'Azur. En un sens on a de la chance. Il est sur la commune de Grimaud dans le Var. C'est donc à nous que va revenir le privilège de l'épingler.

— Ne me dites pas que vous l'avez déjà identifié?

Dans cette question éclate toute la stupéfaction qu'elle éprouve devant ce que Steiner et son équipe ont découvert depuis la veille. Steiner émet un petit rire dans lequel transparaît sa fierté.

— Le groupe de forains dont il fait partie, qui est actuellement installé dans le Luna Park, doit compter une demi-douzaine de manèges et attractions et une cinquantaine de personnes. Montesantos, tu reprends où tu en étais?

L'inspecteur s'avance, gonflé d'importance.

— Alors, parmi ces attractions, on trouve, une grande roue, un train fantôme, un casse-pipes, une baraque à frites, des montagnes russes et, je vous le donne en mille, un montreur de reptiles. Dont la raison sociale est Total Sobek. Et j'ai même été jusqu'à me renseigner pour vous dans le dico. Ça vient du nom du dieu égyptien à tête de crocodile.

— Mais non!

La stupéfaction de la psychiatre provoque quelques rires. Elle sourit, un peu gênée.

Les terreurs et le monologue de Dante prennent toute leur signification. Autant d'Eve. Attirées par la fête de ce village itinérant. Comme des insectes par une lampe allumée dans la nuit. Et ce passage des frontières, incessant, régulier, idéal pour brouiller les pistes, pour ne pas même exister. La caravane ne devant sa survie financière qu'à ce mouvement. Qu'à l'aspect exceptionnel de ces rendez-vous. Et l'anonymat de cette ville nomade dans laquelle l'anaconda a pu se fondre pendant tant d'années.

Dans la salle de réunion l'ambiance est un mélange de gravité et de surexcitation. Aucun des membres du groupe n'a le moindre doute quant à la réalité de ce qu'ils découvrent. Le tueur européen. Poursuivant sa moisson humaine au gré des étapes de son attraction. Et l'aspect méthodique et systématique de cette chasse, tout comme le nombre de victimes et le mystère de ses motivations donnent le vertige et la nausée.

Dans les trois pays d'où les informations sont remontées, à chaque étape correspond au moins une disparition. Et à part celle de Strasbourg, des inconnues, des sans famille, de celles que l'on ne recherche pas, dont très vite on classe l'affaire. Faute de pressions familiales et sociales. En plus de sa méthode et du reste, l'anaconda a le talent pour choisir ses proies.

— Et après? demande Suzanne. Une fois identifié, vous n'aurez plus qu'à l'arrêter?

— Pour l'instant, on n'a rien contre lui, pas la moindre preuve, pas la moindre empreinte. Et s'il a été assez malin pour ne jamais laisser aucune trace, ou pour ne laisser que ce qu'il voulait bien qu'on trouve, il ne faut pas s'attendre à trouver quoi que ce soit de compromettant dans sa caravane.

— On comprend mieux les prélèvements de chair, intervient Francini. Ce doit être pour ses sauriens. Y aura qu'à leur ouvrir le ventre.

Quelques rires ponctuent sa remarque.

— J'allais oublier le seul témoin, actuellement interné à l'UMD, et dont le témoignage ne vaudra pas cher face à n'importe quel avocat. Alors, pour le cas improbable où il aurait conservé quoi que ce soit, pas question de lui laisser l'opportunité de détruire les preuves. Je pense à des restes, des ossements, des dents, des cheveux, à des effets personnels, tout ce que par fétichisme il aurait pu garder. Même si notre homme se trouve parmi un nombre limité de suspects, il va falloir faire preuve de discrétion. Et de doigté. Le docteur Lohmann est intarissable sur le caractère paranoïaque du psychopathe. Alors pas question d'envahir le parc avec des uniformes.

«Autre chose, d'après le docteur, un certain François Müller, journaliste spécialisé dans le fait divers, aurait flairé le coup avant nous. Si ça se trouve, il détient des informations que nous n'avons pas. J'ai essayé de le joindre, sans succès. Valdeck, vous lui mettez la main dessus et vous vous débrouillez pour qu'il crache ce qu'il sait. Et qu'il aille pas se retrancher derrière le secret professionnel ou la protection de ses sources. Compris?

A nouveau, Suzanne est absorbée par la contemplation de la carte et ses épingles à tête noire. Sans compter toutes celles en attente d'être piquées. Autour de Londres, Glasgow, Manchester, Amsterdam, Bruxelles, Genève et Vienne. Madrid aussi, et Barcelone. Partout où il est passé, l'anaconda a semé la mort. Cette carte pourrait figurer les zones touchées par une épidémie. Maladie au porteur unique, qui depuis des années fait des ravages en se jouant des frontières. L'anaconda pendant quinze ans au moins aura été un virus non identifié, un virus ayant besoin de l'ombre pour prospérer, grandir en puissance et apprendre à lutter contre les anticorps. Elle est à l'origine du diagnostic. Elle a rempli son rôle. Elle espère que l'épidémie touche à sa fin.

27.

«Total Sobek». L'enseigne en lettres rouges formées de serpents entrelacés surplombe la porte d'entrée du chapiteau, elle-même encadrée de chaque côté par une représentation du dieu égyptien à tête de crocodile. Devant l'entrée, un panneau annonce ce qui attend le spectateur à l'intérieur: caïmans, gavials, python royal, cobras, boas constrictors, mygales, mamba noir, anaconda, repas, démonstrations, manipulations. Le chapiteau est adossé à un gros semi-remorque qui en forme le fond et doit servir à transporter tout ce bestiaire. François Müller n'a jamais été aussi proche du but.

Cinq euros l'entrée. Il sort sa carte de presse. Sésame qui souvent permet d'éviter les files d'attente et les droits d'entrée. Une vieille habitude. Apparemment le type derrière son guichet n'est pas au courant. Il s'éclipse et revient en le laissant passer. Une fois à l'intérieur, le journaliste est saisi par l'odeur et le silence. D'une des poches latérales de son treillis, il sort un petit numérique. L'appareil lui sert de carnet de notes. Il avise quelques piranhas. Les plus sympathiques bestioles de la Création sont réunies sous ce chapiteau. Arche de Noé carnivore et vénéneuse. Qui à cette heure n'attire pas grand monde: il est seul. Avec les reptiles.

A quelques-uns d'entre eux, il reconnaît une certaine beauté. A leur façon de se mouvoir, de glisser sur toute chose, les dessins de leurs écailles ondulant comme des tatouages sur des muscles saillants, ils dégagent une impression de puissance sereine. De majesté aussi. Impassible. François Müller vérifie les images affichées sur l'écran à cristaux liquides de son appareil.

Il est soudain saisi par celui qu'il n'avait pas vu, seul en son vivarium, ses lourds anneaux reposant pour partie sur les branches d'un arbre mort planté au centre de l'espace, le restant baignant dans l'eau d'une flaque. Sous la cage de verre, une pancarte avec deux mots: «Anaconda» et «Amazonie». A cet instant, il sait qu'il est chez le tueur.

Mais à présent le prochain mouvement lui paraît problématique. Parvenu au bout du voyage, il ne sait plus quoi faire et se sent désemparé. L'idéal serait d'avoir une preuve. C'est trop demander. Le dossier qu'il a constitué convaincra n'importe qui.

Il se voit difficilement le filer, rester à l'affût et attendre qu'il passe à l'action. Et encore moins aller le trouver et se présenter la bouche en cœur. Les inquiétudes de Coquelicot lui reviennent à l'esprit.

A moins de lui proposer un marché. Lui faire comprendre que c'est terminé. Qu'il n'en a plus que pour quelques heures de liberté. Mais que lui peut travailler à sa légende. L'interview ferait le tour du monde. Elle ferait leur fortune et sa gloire.

Il échafaude, pour un peu il s'emballerait. Perrette et son pot à lait n'est pas éloignée. Une vibration dans la poche latérale gauche de son treillis l'arrache à ces velléités. Son portable. Il s'en saisit, ne reconnaît pas le numéro affiché et décroche. Une voix féminine lui demande s'il est bien François Müller.

— De la part de qui? fait-il.

La communication est mauvaise. Il est obligé de crier pour se faire entendre. A l'autre bout du fil, la voix se présente.

— Inspecteur qui?... Connais pas. Ecoutez, là je peux pas. Rappelez-moi plus tard, dit-il avant de raccrocher et de couper son téléphone.

En se retournant, il regarde autour de lui pour s'assurer qu'il n'y a personne. Ça l'ennuie d'avoir prononcé le mot «inspecteur». Il ne se sent pas tranquille. Il ne se voit plus du tout allant proposer son marché à l'anaconda. D'ailleurs il ne l'a pas vu. En aucun cas le type du guichet. Trop jeune. Certainement pas dix-huit ans à Strasbourg en 1989. Et parlant à peine français.

Il se sent soudain très seul sous ce chapiteau désert. Et observé. Les reptiles le fixent de leurs yeux vides, comme s'il était indésirable. Il a été stupide de montrer sa carte de presse. Tout ça pour ne pas débourser cinq euros. Il a froid. C'est absurde, un 25 juillet en cet été qui bat tous les records de chaleur. Même à l'ombre de ce chapiteau il ne peut pas faire froid. Il connaît un instant de panique en espérant ne pas être tombé dans une souricière. D'un geste vif, il écarte la tenture qui le sépare de l'extérieur.

Dehors, la musique, la chaleur retrouvée et les milliers d'ampoules tournoyant et dansant au rythme des manèges, des montagnes russes, le ramènent à la vie. D'un pas rapide, il se mêle à la foule et regagne la sortie de la fête. La nuit est tombée. Il saute dans un taxi.

Une fois dans Grimaud, il s'assied à la terrasse d'un café et commande un double scotch. Il a eu peur comme rarement. A présent, cela lui semble idiot. Il tente de se raisonner. Mais il ne s'est pas trompé, il en a la certitude. Et il a pris un risque immense en s'approchant d'aussi près. Aucun des individus qu'il a pu croiser depuis trente ans n'est aussi dangereux que celui-ci. Le whisky l'apaise. Il adresse un signe à la serveuse. En commande un autre, lui fait une plaisanterie. En riant elle découvre des dents charmantes.

En attendant son second verre, il sort son téléphone et regarde le dernier numéro appelant. Celui de l'inspecteur Valdeck. Il se demande s'il ne devrait pas la rappeler. Il s'agit forcément de l'anaconda. Ce serait plus raisonnable. Et ça ne l'empêcherait pas de mener à bien son projet. Il s'apprête à la rappeler. Mais la serveuse revient avec son verre, et il y renonce.

La jeune femme déjà appelée à une autre table lui fait ressentir le besoin d'une présence féminine. Coquelicot s'impose à lui comme une fleur sauvage prête à cueillir.

Son souvenir lui arrache un sourire presque aussi spontané que ceux qu'il adresse en songe à Grégoire.

*

Allongée sur son lit dans sa chambre éclairée par la seule lueur changeante de la télé, Coquelicot décroche son téléphone posé à côté d'elle.

— Je te réveille ?

— Pour qui me prends-tu ? dit-elle sans perdre une miette de ce qui se passe à l'écran. J'étais justement en train de penser à mon avenir.

— J'ai plutôt l'impression que tu regardes la télé. Qu'est-ce que c'est ?

— *Apportez-moi la tête...*

— *d'Alfredo Garcia* termine-t-il. Tu en es où ?

— Au moment où Benny et Elita sont sur la tombe d'Alfredo.

— Alors je te dérange.

— Et puis quoi encore ? Mon chasseur de baleines préféré ! s'exclame-t-elle tandis qu'à l'écran Warren Oates et Isela Vega sont à moitié ensevelis sous la terre.

— Tu ne crois pas si bien dire. Je l'ai localisé.

— Ton serpent ? Tu l'as vu ? demande-t-elle les yeux toujours rivés à l'écran.

— J'ai vu son bestiaire. Lui se laisse encore désirer. Il fait planer le mystère. Mais il était là.

Elle hésite quelques secondes avant de se lancer :

— Tu devrais aller voir les flics. Elle pue, ton histoire. Je n'aime pas ça.

— Je vais le faire, chérie... Et n'oublie pas que s'il m'arrivait quelque chose, je t'ai couchée sur mon testament.

— Je te préfère encore en vie.

— Il faut que je te laisse. J'étais content de t'entendre.

Coquelicot a reposé le téléphone sur le combiné. Plongée dans l'obscurité, sa chambre est illuminée de façon aléatoire en fonction des images qui passent à l'écran. Une seconde elle songe à Müller, mais le film absorbe aussitôt ses pensées.

*

Trois heures plus tard, François Müller en est à son sixième verre, toujours à la terrasse du café dont il ne sait pas le nom. Il est près d'1 heure du matin, mais il y a encore du monde, et pas de musique. Un luxe. Les verres aidant, il a de moins en moins réfléchi à son affaire. Les conversations des autres clients le bercent. Un murmure feutré auquel il ne fait pas particulièrement attention, mais duquel se dégage une insouciance éloignée de son état d'esprit. Il y a des voix d'hommes et de femmes qui s'entremêlent, des rires aussi parfois.

A contrecœur il se lève, décidé à regagner son hôtel. Certaines des rues qu'il emprunte sont désertes. Il se prend à regretter l'assistance de la terrasse du café. Mais les verres qu'il a bus l'aident à marcher d'un pas chaloupé. Ils l'aident aussi à ne pas faire attention à un fourgon bleu qui dans une ruelle le dépasse au moment où il croise un couple rentrant chez lui, et se gare un peu plus loin le long du trottoir.

Il ne sait plus sur quelle décision il s'est arrêté. Il croit avoir opté pour rappeler l'OPJ. Il ignore comment le prendre, cet anaconda. Pour une fois il a flanché, mais il pense qu'il a bien fait. Il sera toujours celui qui aura permis de lui mettre la main dessus. Sous le coup d'une impulsion, il se demande s'il ne peut pas l'appeler tout de suite. Il n'a plus vraiment de notion de l'heure. Même s'il est tard, un flic ça peut avoir son téléphone branché 24 heures sur 24. C'est comme ça qu'il envisagerait ce métier. Il sort le sien de sa poche. Devant lui, il remarque le fourgon, celui qui a dû le dépasser quelques instants plus tôt. Il se retourne pour s'apercevoir que le couple qu'il a croisé au même moment n'est plus là. Il continue son chemin, réalise qu'il a son téléphone à la main. Il se souvient que c'est pour appeler le flic. Et le range dans sa poche en se disant que ça attendra le lendemain.

La porte coulissante du fourgon est ouverte et la veilleuse intérieure allumée. A l'intérieur une femme nue, jambes écartées, le fixe. Il a un mouvement de recul puis s'avance. Une poupée? Un mannequin de prêt-à-porter?

Lorsqu'il reconnaît une poupée gonflable et qu'il réalise que l'intérieur du fourgon est entièrement tapissé de plastique, il est projeté à l'intérieur tandis qu'un fil d'acier enroulé autour de sa gorge lui rentre dans la chair. Alors qu'il croit son dernier souffle venu, le fer se relâche, et un coup dans les reins d'une violence inouïe l'envoie dans les vapes.

Lorsqu'il revient à lui, le fourgon est en train de rouler. Il a du chatterton sur les yeux, sur la bouche et autour des poignets joints dans son dos. Une douleur atroce irradie à la hauteur de ses reins, et il réalise qu'il ne sent plus ses jambes. Gregory Peck en capitaine Achab emporté par sa baleine dans les abysses s'impose à ses rétines.

28.

L'avion décrit une boucle au-dessus de la Méditerranée. De son hublot, Suzanne contemple le bleu de l'eau. Dur et profond, exempt de moutons, paisible. Comme les voiles blanches qu'elle y distingue. De cette hauteur, l'existence paraît sans aspérité, et les hommes des insectes. Le spectacle de cette oisiveté sur cette eau outremer ne lui apporte aucune distraction. Il contraste beaucoup trop avec ses pensées habitées par son tueur.

L'hôtesse lui demande d'attacher sa ceinture. L'avion va entamer sa descente sur Hyères. Elle ne pensait pas que la psychiatrie la mènerait aussi loin. Jamais elle ne s'était doutée que les tréfonds de l'âme humaine la conduiraient à témoigner de telles atrocités. A l'UMD, son lot quotidien c'est la souffrance de ses patients, la solitude dans laquelle leur maladie les plonge. Dans le cas présent rien à voir. L'étudiante appliquée qu'elle était se rappelle une phrase de Levine, spécialiste américain, retenue vingt ans plus tôt: «*Le vrai psychopathe résout ses conflits en rendant autrui malheureux, alors que le névrosé résout ses conflits en se rendant malheureux*». Elle a devant elle la photo de ce qu'il a fait de Pamela. A l'affirmation de Levine, il faut ajouter celle de Horney: «*A chaque victoire sur les autres, le psychopathe gagne un sentiment de triomphe exalté qui masque sa propre défaite sans issue.*» Par ces mises en scène, par cette objectivation de ses victimes, l'anaconda ne fait pas autre chose qu'expulser et projeter sur elles son objet-soi honteux et sans valeur.

Dès la sortie de l'avion, elle est écrasée par la chaleur que l'air conditionné lui a fait oublier. Vingt minutes plus tard, elle est au volant d'une Ford Fiesta de location.

La dernière maison du village, lui a rappelé Olga. Mais ni la maison, ni la femme qui l'accueille, ne donnent cette impression de solitude évoquée par Rilke.

Elle sort de sa voiture. Olga est sur le pas de la porte. Petite, droite, vêtue d'une jupe de jean, d'une chemise provençale à dominante noire, les pieds chaussés d'espadrilles rouille à talons compensés. Elle se tient dans sa posture d'attente habituelle : bras gauche croisé sur le ventre, le coude droit reposant sur sa main gauche, l'avant-bras droit à la verticale, les doigts de la main prolongés par un fume-cigarette d'où s'échappent des volutes de fumée qui semblent achever la silhouette. En marchant vers elle, Suzanne rit de bonheur.

Elles se sont parlé il y a deux semaines à peine, mais une vie est passée depuis. Elle presse le pas vers son amie, la prend dans ses bras. Elle a peur de serrer trop fort. Si frêle à cet âge. Mais son regard dément cette impression, dans lequel la lueur d'ironie n'est jamais loin d'affleurer.

— Entre, on sera mieux à l'intérieur, lui dit la vieille dame de sa voix de fumeuse.

Avant de pénétrer dans la maison, Suzanne se retourne sur la cour : les anciennes porcheries sur la gauche aux murs décrépis, la grange au sol de terre battue imprégnée d'huile de tracteur, les deux figuiers qui répandent leur parfum, le chien noir endormi à l'ombre du platane au bout de sa chaîne. Seule la calade, pavage provençal de petites pierres rondes, le long de la façade, apporte une note plus raffinée à l'ensemble.

A l'intérieur, elle est agréablement surprise par la fraîcheur. Olga la précède avec la fumée de sa cigarette, qui derrière elle fait comme la traîne d'une locomotive à vapeur.

— Où est Serge ?

— Dans son atelier au fond du jardin, répond la voix rauque. Je vais l'appeler.

— Tu fumes toujours autant ?

— Deux paquets par jour. Si j'arrêtais maintenant, mon organisme ne s'en remettrait pas.

La cuisine est aussi rustique que la cour. Un évier en pierre usée avec un coude de cuivre en guise d'arrivée d'eau, un sol irrégulier, une gazinière qui en dit long sur les qualités de la cuisinière. Une armoire en bois ciré en guise de vaisselier, des murs recouverts d'une multitude de cadres et d'objets en tous genres. Carapaces de tortues luth, brochet naturalisé, rostre d'espadon, assiettes en barbotine, un tableau réaliste des années quarante représentant des joueurs de boules... au-dessus de la table, un lustre en verroterie de Venise, et dans le manteau de la cheminée, un poêle en fonte émaillée, par endroits découpée comme de la dentelle. Sur le Frigidaire, des autocollants Panini aux couleurs passées représentant des joueurs de foot sans doute aujourd'hui à la retraite. Un souvenir de leur fils disparu.

— Qu'est-ce que je te sers? Thé, jus de fruit, autre chose?

— Pastis?

— Ça, c'est pour m'accompagner que tu dis ça, dit-elle en sortant la bouteille de l'armoire. Tu veux bien prendre la glace dans le congélateur?

Le salon baigne dans une semi-pénombre que les yeux apprivoisent en quelques secondes. Suzanne pose le plateau sur la table basse. Olga ouvre la porte-fenêtre donnant sur le jardin et appelle son mari d'une voix plus éraillée encore quand elle crie.

Assise en face de Suzanne, elle attrape un étui à cigarettes en argent cannelé et en sort une.

— Toujours tes Craven A?

— Oui, mais tu vois, j'ai renoncé aux paquets. A mon âge, je ne trouve pas drôle de voir «Fumer tue» à chaque fois que je veux prendre une cigarette. Je le sais, que je suis au bout du rouleau. Je n'ai pas besoin qu'on me le rappelle quarante fois par jour. D'autant que jusqu'ici, ça ne m'a pas si mal réussi. A part ma voix...

Elle enfonce sa Craven A dans son fume-cigarette. Qu'elle utilise soi-disant pour éviter que la fumée lui jaunisse les cheveux et les doigts. Coquetterie qui ne trompe personne, et marque de sa passion pour les objets comme ceux qui encombrent sa maison: chefs-d'œuvre de compagnons du tour de France, assemblages compliqués en bois, automates délicats, instruments de navigation en cuivre rutilant. Dans ces travaux de précision, l'homme étouffe les complications de son esprit, a-t-elle coutume de dire.

— Ah, le voilà, fait-elle en allumant sa cigarette.

Suzanne se lève pour accueillir Serge. A peine a-t-il franchi le pas de la porte que sa femme le rabroue comme un gosse. Vieux couple figé dans ses habitudes. Suzanne en sourit d'aise.

— Je devrais venir plus souvent, dit-elle, vous me rajeunissez de vingt ans.

Le vieux bonhomme vient l'embrasser en riant. Petit lui aussi. Pas beaucoup plus de trois mètres vingt à eux deux. Mais plus épais que sa femme.

— Tu seras gentille de ne pas attendre vingt ans pour revenir.

— Qu'est-ce que vous peignez, Serge?

— Des oliviers. Toujours des oliviers. Tu sais à quel point je suis têtu.

— Il se prend pour Van Gogh, fait Olga en exhalant la fumée de sa cigarette.

Le vieil homme va farfouiller dans un coin de la pièce.

— Olga, crie-t-il, tu n'as pas vu mon appareil?

— Dans la cuisine!

Puis, à Suzanne:

— La vieillesse est un naufrage, ma chère. Il cherche son appareil auditif. Son accident cardiaque a accéléré les choses.

Olga a l'air fier de mieux tenir le coup. Ensemble depuis un demi-siècle. Serge revient, les doigts collés à l'oreille droite. On entend un ultrason.

— Alors, de quoi allez-vous parler? demande-t-il.

Il parle moins fort.

— D'un grand méchant, lui répond Suzanne en souriant.

— Bon alors, je vais vous laisser. Toi aussi, Suzanne, Olga t'a contaminée avec son goût pour les histoires sordides...

— En attendant, heureusement qu'il y a des gens comme nous pour les soigner, ces malades.

— Vous m'appellerez quand vous aurez terminé.

— C'est ça, retourne à tes oliviers, lui fait sa femme en levant les yeux au ciel.

A travers la porte vitrée, Suzanne le voit s'éloigner d'un pas vif vers son atelier.

— Tu ne l'as pas vexé?

— Penses-tu! Ça fait longtemps qu'il se fout de ce que je lui dis. Mais raconte-moi plutôt ton histoire.

— Quelle idiote j'ai fait de ne pas venir plus tôt... dit-elle en promenant son regard dans la pièce.

— Je t'écoute, Suzanne, dit la vieille dame sans s'attendrir.

— C'est ici que ça se passe. A Grimaud. Le parc d'attractions, tu as entendu parler?

— Je n'ai jamais été très concernée, tu sais, dit-elle en lui versant son pastis.

La jeune femme lui raconte alors le résultat de leurs recherches, le groupe de forains, la trentaine de disparitions, et guette chez son maître un signe d'admiration. Olga ne répond rien, avale une gorgée de pastis, fait tinter les glaçons dans son verre.

— Mon Dieu... Comment es-tu remontée jusqu'à lui? finit-elle par demander.

Suzanne lui raconte alors Strasbourg, Lucien Mauser, l'anaconda puis la Bretagne.

— Et tu es allée trouver ton patient pour lui parler de ce grand anaconda... Et les vannes se sont ouvertes... Ce qui t'a permis d'aboutir au tueur en série... Bravo. Tu m'impressionnes.

— C'est toi qui avais raison.

— Mais tu n'as pas eu besoin de moi. Et maintenant?

— Maintenant, il va falloir l'identifier.

— Ce n'est plus ton rôle.

— L'équipe de la Criminelle en charge de l'affaire est sur place.

— Mais toi... Ce n'était pas une raison pour descendre, dit-elle vivement. Je vois que tu as pris goût à cette traque, et maintenant tu ne veux plus lâcher!

— Disons que j'avais du mal à accepter l'idée de rester trop éloignée de l'action au moment du dénouement.

— Eh bien permets-moi de te dire que c'est idiot! Tu n'es pas en train de lire un manuel, ma chère... Ce genre de personnage est imprévisible. Tu devrais le savoir.

— Olga... Je ne suis plus une petite fille.

— Eh bien parfois je me le demande... Enfin, si tu le dis... Mais une fois qu'on l'aura identifié, ça suffit pour l'interpeller?

— C'est en effet le problème. Pour l'instant, on n'a pas de charge contre lui. C'est un comble, non?

— Bah... Je suppose qu'à partir du moment où il sera identifié, ces messieurs de la Criminelle vont bien trouver quelque chose... Mais il y a autre chose qui me chagrine, dit-elle en allumant une nouvelle cigarette.

— Oui?

Sur les rayons de la bibliothèque entourant la pièce, à intervalles plus ou moins réguliers sont intercalées entre les livres des boîtes à fond blanc et couvercle de plexiglas, abritant d'énormes insectes tropicaux. Dans la pénombre on distingue moins leurs couleurs que leurs formes, des pattes aux articulations compliquées, des pinces, des antennes parfois immenses et recourbées comme des arcs, des rostres et des mandibules, des élytres enfin qui ornent des hannetons herculéens. Créatures qui dans la mort n'ont rien perdu de leur majesté. Sous chacune, une étiquette où figurent en élégante calligraphie lilliputienne le nom et la provenance du spécimen. La vieille dame les a toujours aimés pour leur beauté intrinsèque, mais également parce que leur étude la repose de celle de ses semblables. Pas de psychiatre chez les insectes.

— Ils sont beaux, tu ne trouves pas? Ils sont apparus sur Terre il y a plus de trois cent millions d'années. Il en existe plus de cinq millions d'espèces. Ils n'ont pas cette masse composite de cellules grises qui nous fait douter et évoluer, mais ils semblent capables de s'adapter à tout. Parfois, on envierait cette simplicité. Chacun à sa place, à œuvrer pour le bien de la communauté. Enfin, là je parle des insectes sociaux, fourmis, abeilles, termites... En ce qui concerne les solitaires, c'est différent. Sais-tu qu'il n'existe pas de comportement maternel chez eux ? Je suppose que ça leur évite bien des névroses.

Suzanne rajoute de la glace à son verre. Elle jette à son ancien maître un regard perplexe.

— Tu te demandes pourquoi je te raconte tout ça ?

Elle acquiesce.

— J'ai toujours tendance à me méfier des choses trop simples, trop noir et blanc. Pas comme les insectes... En quarante ans d'enseignement, tu as été l'une de mes élèves les plus brillantes. Certainement la plus pugnace. Et là, tu viens de mettre cette pugnacité au service de ce patient.

Devant l'absence de dénégation, de sa voix éraillée elle poursuit :

— C'est justement lui qui m'intéresse. Tu as vu en lui une croisade. Une nouvelle erreur judiciaire à combattre de toute ton énergie. Lui-même n'en a pas sciemment profité, il en est incapable. Enfin, je suppose... Comme je suppose que tu as trouvé en Bretagne les fantômes d'une enfance épouvantable. Tu as vu sa mère ? Comment est-elle, sa mère ? Inexistante aujourd'hui, peut-être... Et tu as redoublé d'affection pour lui, pour cette victime.

Elle marque une pause. Exhale la fumée de sa cigarette. Puis reprend. Avec précaution. Suzanne craint de savoir ce qui va suivre. Elle se ferme.

— Tu te souviens du jour où tu m'as parlé de ton père ? L'erreur judiciaire... L'opprobre général. Sa dépression... Mais ayant tenu bon pour toi. On trouvait concentrés dans cette histoire les deux piliers de ta vocation : l'erreur judiciaire et la maladie psychique. D'où le médecin psychiatre expert auprès des tribunaux.

Pincée, Suzanne sourit. Elle revoit son père. L'instituteur accusé d'attouchements par deux de ses élèves. Fait rarissime au début des années soixante alors qu'on ne parlait pas encore de pédophilie. Deux petites imbéciles qui par jeu avaient ruiné son existence. Son père, qui malgré cela parvenait à la faire rire sur la balançoire.

— Et alors? fait-elle avec plus d'agressivité qu'elle ne l'aurait souhaité. Tu essaies de me dire que j'ai pu me tromper sur Dante? Que je me suis laissé abuser par son côté victime?

Olga lui adresse un regard laser en retirant un mégot de son fume-cigarette.

— D'abord une question. Ou deux plus exactement. Sais-tu quelle était la nature exacte des relations de ton patient avec l'anaconda? Et sais-tu combien de temps ils se sont trouvés ensemble?

La sonnerie de son portable la coupe alors qu'elle allait répondre. Son écran affiche Gilbert.

— Excuse-moi, fait-elle à Olga en décrochant.

Olga la voit froncer les sourcils, nier puis blêmir.

— Trois jours sans nouvelles! Et c'est seulement maintenant que tu m'appelles. Mais dis-moi que ce n'est pas vrai! Et pendant ce temps, je suppose que tu te faisais crémer le dos par ta cliente. Cette salope-là...

— ...

— Parce que je le sais, c'est tout. Et Emma? Tu t'en occupes, au moins? Elle va bien?

— ...

— Chez sa cousine? De mieux en mieux. Si jamais... Mais... tu n'es plus à La Baule?

— ...

— Ah?... A Paris?... A la maison?... Bon... C'était Gilbert, fait-elle en raccrochant. Il est sans nouvelles d'Angélique avec qui il était censé être en vacances et qu'il a laissée partir avec une copine à Saint-Tropez... Tout ça pour rester tranquille avec sa... D'ailleurs, il m'a à moitié raccroché au nez parce qu'on sonnait. Sûrement elle...

Olga la regarde à travers la fumée de sa cigarette avec des yeux qui n'expriment rien.

— Je pense que tu as compris que lui et moi ne vieillirons pas ensemble comme Serge et toi. Mais parle-moi plutôt de Dante, c'est plus intéressant.

— Tu es sûre? Je suis quand même atterrée.

— Mais je m'étonne que tu ne m'aies pas mise en garde à l'époque! Allez, qu'as-tu à me dire sur Dante?

— Et Angélique?

— Angélique? dit-elle soudain paniquée.

— Tu t'es peu occupée de tes filles ces derniers temps...

— Tu as raison... Mais il ne faut pas m'en vouloir.

— Ce n'est pas moi qui t'en voudrais.

— Je vais essayer d'appeler tous ses amis, je devrais bien la retrouver... Qu'est-ce qu'il y a? Tu as l'air tendu.

— Ce qui m'inquiète, c'est l'autre. C'est de la folie de t'être mise à découvert comme ça.

— Mais de quoi parles-tu? Il ne m'a jamais vue, n'a jamais entendu parler de moi. Que veux-tu que je risque?

— Et cet article qui parlait de ton idylle avec ton patient?

— Quoi? Tu veux dire que...

— Dis-toi qu'il sait qui tu es, où tu habites, que tu es mariée, que tu as deux filles. Obtenir ce genre d'informations n'est rien pour quelqu'un capable d'agir ainsi depuis quinze ans sans avoir éveillé le moindre soupçon. Et dis-toi qu'il y a de fortes chances pour qu'il cherche à t'éliminer. Soit pour couper le fil permettant de remonter jusqu'à lui, soit pour se venger avant de tomber à son tour. Et ne va surtout pas te dire que j'exagère, que je m'inquiète pour rien parce que je vieillis. Je n'ai jamais été aussi lucide. Alors ne reste pas dans les parages, et retrouve ta fille. Tout cela n'a rien d'une étude de cas théorique. Et encore moins d'un jeu.

Suzanne ne l'a jamais vue aussi sèche. Elle n'a pas envisagé les choses sous cet angle. Oui, elle pourrait avoir tendance à penser qu'elle exagère. Mais son ancien maître n'est pas réputé pour parler à la légère. Très récemment encore, elle a prouvé que son intuition et son jugement étaient intacts.

— Tu me fais peur. Il faut que j'y aille.

Dans la cour, elle crie au revoir à son maître, s'excuse, lui dit de saluer Serge. Elle n'entend pas ce qu'Olga lui dit. Elle est déjà dans sa voiture. Dans son rétroviseur, elle voit la vieille dame, bras encore levé en guise d'au revoir. Lorsqu'elle s'engage sur la route, Olga disparaît dans le rétro. Comme elle disparaîtra bientôt. Suzanne accélère.

Maudit coup de fil qui lui rappelle qu'elle a une famille. Qu'elle avait oubliée ces jours derniers. En compagnie de ses fantômes. De ses malades, de ses psychoses. En compagnie de Steiner aussi. Vers qui elle va encore se retourner. Elle enfile un à un les virages dans le paysage idyllique du sud de la France. Elle attrape son téléphone posé sur le siège passager, compose le numéro du flic. La sonnerie dans son mobile la raccroche à quelque chose de concret. Steiner.

Et Angélique. Partie pour Saint-Tropez. A quelques kilomètres de Grimaud, son parc d'attractions, son psychopathe... Et Olga n'a pas eu le temps de développer ce qu'elle voulait lui dire sur Dante.

Il sera toujours temps de lui demander.

29.

Derrière le comptoir aux odeurs sirupeuses, deux femmes entre cinquante et soixante ans, l'une d'elles le regard d'une ancienne pute; et un homme dans les vingt-cinq ans, maigre, la peau du visage blanche et vérolée, les cheveux corbeau coiffés en un semblant de banane, une chaîne en argent sur un torse creux que découvre une chemise de baseball. A force de tours de bras au-dessus de la centrifugeuse, le rocker donne naissance à des barbes à papa au rose appétissant, qu'en souriant dents gâtées dehors, il tend comme un magicien à un groupe d'enfants avides. L'une des femmes s'affaire au-dessus de la machine à gaufres, l'autre enroule autour de bâtonnets des rubans de guimauve verte et jaune comme des serpents lourds et paresseux. Suzanne prend un Ice Tea en boîte. Steiner commande une gaufre au sucre.

Elle se demande si ces trois personnes sont au courant. Et si c'est le cas, jusqu'à quel point. Quel type de relations ont-elles avec l'anaconda? Albert DeSalvo, l'étrangleur de Boston, auteur d'au moins douze homicides, David Berkowitz, connu comme «Fils de Sam», condamné pour assassinat en série de cinq jeunes femmes et d'un homme à New York entre 1976 et 1977, ont pu pendant des années tromper leur monde.

Après l'intimité de la route, le psychopathe peut se fondre dans la masse de la ville de lumière née du néant, échapper à l'éventuel regard inquisiteur de ses compagnons de route.

Steiner n'a pas apprécié de la voir débarquer, mais à présent qu'elle est là, il aurait mauvaise grâce à ne rien lui dire, à elle par qui tout leur est arrivé. Au fur et à mesure qu'il la briefe, elle a l'impression d'assister à l'avancée d'une ébauche lui révélant les traits de celui qui la hante.

A l'origine, il s'agit d'une famille. Comme toujours chez les forains. A des degrés divers, les membres de ce groupe ont entre eux des liens de sang. Tout a démarré à la fin des années quarante, avec la grande roue détenue par un dénommé Schmidt. Lucien Schmidt, le patriarche.

Grande roue à laquelle assez vite vinrent s'ajouter le casse-pipes et la baraque à frites. Les montagnes russes furent acquises en 1979. Le vieux n'était plus de ce monde depuis quelques années. A sa mort, c'est son fils aîné, Alain, qui avait repris la gestion de la grande roue, et apparemment le rôle de chef de clan. Lequel Alain aujourd'hui approche les soixante-dix ans. Le train fantôme datait de 1981. A mesure que la famille s'agrandissait, il fallait augmenter le nombre de manèges, histoire d'occuper tout ce petit monde.

Le chapiteau aux serpents s'était greffé à la caravane en 1983. Il appartenait à l'époque à deux frères, dont l'un avait épousé l'une des filles Schmidt, Andrée, cousine germaine d'Alain. Et les reptiles naturellement avaient rejoint la grande roue, les montagnes russes, le train fantôme, le casse-pipes et la baraque à frites, dans leur périple sans fin à travers la France et l'Europe.

Au fil des années, l'amélioration du réseau routier, puis l'avènement de l'Europe sans frontières, avaient raccourci les distances et allongé d'autant le rayon d'action des forains. D'où la carte de l'Europe recouverte de punaises. Et de têtes d'épingles noires.

Les deux frères aux reptiles s'appelaient Kovak, diminutif officialisé d'un Kovakovski raboté dans les années cinquante. L'aîné, Stanislas, avait épousé la fille Schmidt en 1983. Son cadet avait vingt-cinq ans à l'époque, ce qui aujourd'hui lui en fait quarante-cinq. L'aîné est mort en 1987, à Bordeaux, après avoir été mordu par un de leurs serpents. Un temps, un bruit a couru d'une histoire de jalousie amoureuse entre les deux frères. Mais à la mort de son mari, la fille

Schmidt abandonnait son beau-frère et ses reptiles pour regagner son clan. Et Laurent Kovak, maître sans partage de son bestiaire rampant, est resté collé aux Schmidt.

C'est à partir de ce moment qu'il a commencé à s'adjoindre l'aide de manœuvres intérimaires, pas plus de deux à la fois, très souvent payés au noir, et ne restant jamais longtemps à son service. La plupart, des gars trouvés traînant aux abords ou dans les allées de la fête foraine, désœuvrés, sans attaches ni buts, qui acceptaient en l'échange de quelques billets de donner un coup de main au démontage du chapiteau, au chargement des vivariums dans le camion, puis de s'asseoir à côté de leur nouveau patron dans le quinze tonnes en partance pour une destination plus ou moins connue et un autre chapiteau, une autre fête. Mais l'apparente aversion du dernier des Kovak pour toute forme de document administratif en faisait des témoins insaisissables, fantômes sans identité ni visage, pour certains peut-être morts pour en avoir trop vu.

Suzanne songe à Dante, probablement l'un de ces hommes à tout faire recrutés au pied levé par l'anaconda. Dante le routard jongleur, séduit par l'offre de ce Laurent Kovak qui lui proposait le transport et la fête perpétuelle. Dante nourrissant les serpents, observant souris, hamsters et rats disparaître dans la gueule béante, puis le renflement des écailles du serpent, leur cheminement dans le tube digestif du prédateur; jetant aux sauriens des morceaux de viandes. Dante nettoyant leurs vivariums, changeant leur eau, les soignant également, ayant peut-être assisté à des naissances, nids de reptiles grouillant, leurs œufs tout juste éclos, leur ayant laissé le loisir de s'immiscer dans son esprit, de s'y lover confortablement, d'épouser les méandres de ses cellules grises. Et les serpents ayant pris possession de ses pensées ne le lâchant plus, au point d'habiter quinze ans plus tard ses songes, et de nourrir ses pires cauchemars.

Steiner a fini sa gaufre. Il époussette sa chemise.

— Je devrais pas manger ces cochonneries. On va faire un tour de roue? On y sera aussi bien pour parler. Vous paraîtrez plus naturelle.

— J'ai l'impression d'être épiée.

— Vous ne lui trouvez pas un air de «Bergère Tour Eiffel»? dit-il en se dirigeant vers le manège.

— Pardon?

— La grande roue, avec son côté phare breton.

Il prend deux tickets, puis ils s'assoient l'un en face de l'autre dans une nacelle.

— J'ai toujours trouvé ça complètement con, fait-il.

Après qu'ils se furent élevés dans le ciel, à quinze mètres une légère brise rend l'air plus respirable.

— Même si tous les soupçons convergent vers ce Laurent Kovak, on ne sait rien de l'implication ou non d'un ou plusieurs autres forains dans les activités de l'anaconda.

— Vous voulez dire?

— Eh bien, ne sachant de quelles complicités ou bienveillance l'anaconda dispose, on ne doit être repéré par aucun des forains.

— Qui est avec vous?

— Le groupe que vous avez vu hier. Melchior, Francini, Montesantos, Valdeck et Lussan.

— C'est tout?

— Il y a aussi quatre OPJ du coin, des locaux. Ils ont été surpris par notre débarquement, mais ils jouent le jeu.

Leur nacelle s'immobilise au sommet de la rotation.

— Et où sont-ils?

— Autour de nous. Tenez, vous apercevez le chapiteau aux reptiles, là? Eh bien, il y a justement Montesantos et Lussan qui en sortent.

Son regard plonge sur le spectacle qu'ils surplombent. La musique est moins agressive, les lumières et la foule moins violentes. Une multitude de Lilliputiens s'affairant dans un village aux activités bizarres. Elle repère les deux OPJ en question.

— En shorts?

— Fondus dans la masse.

— J'aurais voulu vous voir en short.

— Ne soyez pas vulgaire.

— C'est Montesantos qui vous a obtenu tous ces renseignements?

— Grâce à l'un de ses parents forains. Une aubaine.

— Mais Dante n'a évoqué que l'anaconda. L'éventualité d'une affaire de famille paraît improbable. On imagine mal le clan Schmidt assistant aux barbaries de leur ex-parent.

— Il suffirait qu'il ait la sympathie d'un seul, peut-être vaguement au courant de ses trafics, pour qu'il disparaisse.

— Et... comment s'appelle-t-elle déjà, votre OPJ ?

— Valdeck ?

— C'est ça. Elle a réussi à joindre François Müller ?

— Une seconde. Lorsqu'il a reçu son appel, il se trouvait dans le coin. L'appel était relayé par l'antenne couvrant cette zone exactement. On a vérifié auprès de son opérateur. Mais on a autre chose.

— Quoi ?

— Edwige Terrasse, ça ne vous dit rien ?... Apparemment la copine de Müller, plus connue dans un certain milieu sous le nom de Coquelicot, dit-il en faisant mine de sniffer avec un regard entendu. Elle a appelé tout à l'heure folle d'angoisse. Et elle devait vraiment l'être, pour que quelqu'un comme elle se résigne à nous appeler. Elle lui a parlé hier soir au téléphone vers minuit. Il était à la terrasse d'un café de Grimaud.

— Et alors ?

— Il sortait du chapiteau aux reptiles.

— Et vous en déduisez quoi ?

— Que grâce à cette Coquelicot on est maintenant à peu près certain que notre homme est bien Laurent Kovak. Quant au reste, ne sautons pas trop vite aux conclusions... Si ça se trouve, il est en train de le filer je ne sais où, et il a coupé son portable. C'est sûrement ce que je ferais à sa place...

Leur nacelle s'immobilise au niveau du sol. Le préposé leur tient le portillon ouvert. Absorbés dans leur discussion, ils n'ont pas fait attention à la descente. Elle le précède et descend les quelques marches métalliques avant de se retrouver sur le gravillon.

— Elle vous a dit autre chose ?

— Coquelicot ? Que Müller était sur le coup depuis des années. Ce qui confirme aussi la série.

Ils arpentent à nouveau les allées entre les manèges et les attractions, elle ayant l'impression que le moindre de ses mouvements est épié, lui plus à l'aise dans son rôle de plouc tuant deux heures de ses vacances entre les manèges.

Après la baraque à frites et la grande roue, le casse-pipes. Le flic empoigne une carabine calibre 22 hornet. Sous le regard blasé du forain. Gros type assisté d'un jeune garçon, arborant un ventre barrique, un crâne rutilant sur lequel se reflètent les lumières de la fête, et des moustaches de cavalier mongol. Sur l'avant-bras, une femme nue mains jointes au-dessus de la tête qui semble danser en appui sur ses genoux. Gabriel Schmidt, d'après ses renseignements. Suzanne préfère s'attarder sur le tireur. A une distance de quatre mètres environ, les pipes défilent devant lui sur leur rail. La première détonation claque et l'une des pipes s'efface, décapitée par le projectile. Il recharge. Tire une deuxième fois, décapite une nouvelle pipe, juste derrière la première, dans le claquement de la détonation. Suzanne se prend au jeu. Troisième détonation, troisième pipe, celle derrière la deuxième. Etc.

— Dites-moi, fait-elle une fois qu'il a rendu son arme et qu'il lui tend une peluche à l'effigie d'un Pokémon, la cible dans votre bureau, c'est n'importe quoi...

— C'est votre présence qui me donne des ailes, dit-il en riant.

Elle regarde la peluche jaune vif avec dédain.

— Quand est-ce que vous passez à l'action ?

— Pas avant de l'avoir retrouvé.

— Je vous demande pardon ?

— A l'heure actuelle, son chapiteau est tenu par l'un de ces esclaves qu'il emploie comme factotum. Celui-là parle à peine français. On pourrait lui demander ses papiers ou lui envoyer l'inspection du travail, mais c'est trop tôt. Mais qu'est-ce qui vous arrive ? Vous êtes aussi blanche qu'un linceul.

La foule autour d'eux, les groupes qui passent et les frôlent, les lumières des manèges dans la nuit, la musique, les rires et les cris ne sont plus pour elle qu'une masse compacte et indistincte. Les filles en mini short et débardeur, une grappe de matelots en uniforme, des motards à queue de rat leur casque sous le bras, une patrouille de gardiens de la paix... Aucun détail dans son état de panique et de confusion ne s'impose à elle.

— Vous voulez dire qu'on ne sait pas où il est?

— C'est exact. Il aurait disparu hier. En même temps que Müller. Après 20 heures donc. Mais qu'avez-vous?

— Je ne sais pas... J'étais tout à l'heure chez mon ancien maître. Elle m'a dit que l'anaconda chercherait à éliminer les personnes pouvant remonter jusqu'à lui. Ou à se venger de celles ayant permis son identification, s'il se considère repéré. Depuis ce fameux article qui a dû lui rappeler l'existence de Dante, il y a Müller et moi. D'après elle, il sait qui je suis, où j'habite... Surtout s'il a mis la main sur le journaliste... Et ma fille qui a disparu. Oh mon Dieu!

— Mais qu'est-ce que vous racontez? Vous allez commencer par vous calmer, et ensuite m'expliquer... Quand? Où?

— A La Baule. Avec son père. Il m'a appelée tout à l'heure. Pour m'expliquer qu'elle avait filé il y a deux jours avec une copine, pour Saint-Tropez. Et depuis plus de nouvelles.

— Mais comment voulez-vous qu'elle soit tombée sur lui? Moi je vois que vous avez une gamine qui s'emmerdait avec son père en vacances et qui a préféré aller faire la bringue ailleurs! Quoi de plus naturel? Et même si par le plus grand des hasards il la croisait, comment voulez-vous qu'il fasse le rapprochement? Surtout qu'elle a pas le profil type de ses victimes. Pas vraiment le genre paumée sans attaches familiales. On va la retrouver, votre fille... Angélique, c'est ça? Vous avez une photo?

Elle fouille dans son sac en tremblant, finit par en sortir une photo d'identité noir et blanc.

— C'est dans la poche. On va faire diffuser ça. Ne vous en faites pas. Et l'autre? Où est-elle?

— Chez une cousine.

— Parfait. Qu'elle y reste.

— Et l'anaconda?

— On reste en planque ici. Ça m'étonnerait qu'il ait définitivement disparu en laissant tout en plan. Son petit univers dans lequel il vit depuis une vingtaine d'années. Et si par hasard je me trompais, dans quelques jours on lancera un avis de recherche général. On a son signalement, on a son nom. Et on finira par lui mettre la main sur le colback... Quant à vous, vous disparaissez. Mais je commence à me demander si vous êtes capable de faire autre chose que ce que vous avez en tête. Vous rentrez chez vous, où vous voulez, mais je ne veux plus vous voir aux abords de cette fête foraine. Et cette fois, c'est un ordre. Compris?

— Vous dites que vous avez son signalement... Il ressemble à quoi, l'anaconda?

— D'après la photo d'identité, type caucasien. Cheveux clairs. Yeux clairs. 1,85 m. Rien de particulier.

— Il fallait pas non plus s'attendre à trouver un monstre.

— Au fait! j'oubliais. On a autre chose. Des nouvelles en provenance d'Autriche. Notre ami y aurait aussi frappé: trois disparitions à Vienne en avril 1997, et deux autres en février 2000. Cinq de plus à rajouter à notre liste. Ce qui en ferait déjà trente-quatre. Toutes correspondant au profil type de la victime, évidemment.

— Evidemment. Et nous restons dans l'attente des résultats obtenus dans les autres pays visités par la petite caravane.

— Dites, vous avez besoin de quelqu'un pour rentrer chez vous? Je ne me propose pas, je dois rester ici.

— Personne, je vous remercie... Mais pourquoi me proposez-vous de me faire accompagner? Vous ne pensez tout de même pas que l'anaconda m'attend chez moi?

Il lève les sourcils.

— S'il faut croire votre professeur, c'est une éventualité à ne pas écarter trop vite.

— Ecoutez, ça me paraît absurde. J'ai peut-être peur pour mes filles, mais pas pour moi... En plus, je ne crains rien. Il y a Gilbert, fait-elle en émettant un petit rire grinçant. Serial killer contre chirurgien esthétique. Deux amateurs de scalpel. Intéressant, non?

Il ignore la remarque.

30.

La Mercedes roule à près de 150 sur la voie rapide. Elle passe les rares véhicules partageant la route avec elle en roulant droit sur eux jusqu'à leur coller au train et déboîter à la dernière seconde. A la radio réglée à tue-tête, on parle du carnage occasionné par un forcené retranché chez lui à Mantes-la-Jolie. Quatre victimes, dont une vieille dame et une enfant.

— Tous des dingues, lui dit le chauffeur en attendant sa réaction dans le rétroviseur auquel pend une main de Fatima.

Devant son silence il poursuit:

— A la limite je comprends, le gars qui dévisse et qui fait un carton dans la rue pour finir en beauté. Mais faut pas hésiter à le flinguer! Y demande que ça. Une façon de se suicider en partant pas seul.

Qu'est-ce qu'il en sait le gros con? Mantes-la-Folie. Elle pense achever le parcours de son existence dans quelques secondes, avec ce chauffeur qui se prend pour Schumacher, encastrée sous le poids lourd dont elle voit l'arrière grandir à une vitesse phénoménale.

Elle a eu Emma au téléphone. Chez sa cousine, la petite était à des années-lumière de ses angoisses. Mais Angélique reste injoignable. Et son silence lui apparaît comme un appel à l'aide. De ses deux filles, c'est l'aînée qui a le moins bien supporté les tensions des dernières semaines. Elle s'en veut de son absence.

Le chauffeur donne un coup de volant à gauche, et le camion disparaît de son champ de vision.

Ce genre d'introspections ne la mènera à rien.

La voiture roule toujours aussi vite, parvient au faîte de la colline d'où l'on surplombe Paris, la tour Eiffel, Montparnasse, le Panthéon, les quelques monuments qui dépassent, avant de plonger vers la porte d'Orléans et l'entrée du périphérique. Le taxi s'engouffre sous le tunnel quarante kilomètres au-dessus de la vitesse autorisée, pneus crissant dans le virage, débouche sur le périph en quasi vol plané et accélère sur la trois voies déserte.

Le tueur occupe ses pensées. Dont la réalité révélée la veille par Steiner au milieu des attractions l'a fascinée. Son identité, son passé, son apparence... Tout ce que son esprit avait en vain imaginé, tout ce qui avait conservé son mystère pendant sa traque.

Il reste des lacunes. La genèse de cette psychopathie. Elle ne sait encore rien de ses parents. Le pourquoi de cette attraction, des reptiles... L'origine de son nomadisme... Laurent Kovak, éternel déraciné ne pouvant nouer aucune amitié nulle part, ce qui pourrait expliquer l'aspect antisocial de sa personnalité... Et sa mère, comment était-elle, pour que son fils tourne ainsi? Autant de questions auxquelles sa capture permettra peut-être de répondre.

Elle rêve de pouvoir étudier un aussi beau spécimen autrement que dans des livres. Celle qui pourrait être considérée comme ayant permis sa capture, et à qui reviendrait le privilège de diriger l'étude.

Le cadet a tué l'aîné. Mais pourquoi? Que s'est-il passé en 1987 à Bordeaux? Il a dû être témoin de quelque chose... Et le cadet en aura profité pour mettre un terme à une inimitié fraternelle très ancienne. Cette mort lui aura laissé pour uniques compagnons ses reptiles. Et cette seule compagnie a favorisé la montée en puissance de ses fantasmes, leur développement, leur maturation.

Et le passage à l'acte.

Maintenant elle doit anticiper. Elle en a assez de jouer les archéologues, de reconstituer les événements passés, sans jamais être capable de prévoir quoi que ce soit.

Le taxi a quitté le périphérique et se rapproche du boulevard de Courcelles ayant à peine réduit sa vitesse. Il s'arrête devant son immeuble. Elle règle la course, laisse au chauffeur un pourboire et sort en lui conseillant d'être prudent. Il ricane, lui fait un clin d'œil et lui conseille aussi de se méfier, en mimant un tireur à la carabine. Devant son air de ne pas comprendre, il lui dit: «Les tireurs embusqués, les forcenés.» Il enclenche la première et s'éloigne sur le boulevard en direction de la place des Ternes.

En face, derrière les grilles le parc étend ses pelouses, ses parterres et ses massifs bourgeois et ordonnés. Elle lève les yeux vers les fenêtres de leur appartement et hausse les épaules. Elle tape le code de la porte cochère, traverse le hall jusqu'à l'ascenseur, s'y engouffre et appuie sur le trois. A travers les vitres de la cabine, elle voit défiler l'escalier majestueux aux marches recouvertes de velours. Arrivée à l'étage, vérifie que la porte n'a pas été forcée puis sort sa clef, par précaution.

La sonnerie de son portable l'interrompt dans son geste.

— Steiner. J'appelle pour m'assurer que tout va bien. Vous êtes chez vous?

La voix, aussi bourrue. Et lui toujours aussi direct et laconique au téléphone. Elle ne peut s'empêcher de rire.

— Vous faites un vrai chaperon. J'allais justement introduire ma clef dans la serrure de chez moi.

— Pas d'effraction?

— Vu de l'extérieur, rien du tout. Je suis sur le palier. Mais vous avez vu, c'est Fort Knox chez moi. Toujours pas de nouvelles de Müller? Et pas de nouvelles de Kovak non plus?

— Non plus.

— Steiner?

— Oui?

— Merci, lui dit-elle avant de raccrocher.

La porte n'est pas fermée à double tour. Un dimanche à 4 heures de l'après-midi, elle pensait trouver l'appartement désert. Gilbert doit s'y trouver. Elle espère seul.

— Gilbert? C'est moi! s'annonce-t-elle en poussant la lourde porte blindée qui claque dans son dos.

Elle imagine une panique dans la chambre conjugale.

— Gilbert? crie-t-elle plus fort.

Toujours pas de réponse. Elle pose son sac sur le tapis de l'entrée. Elle passe devant le salon et presse le pas vers la chambre, des fois qu'il y ferait la sieste. Personne. Le lit est défait. Une robe de femme est posée sur l'un des fauteuils. Dans la salle de bain, un désordre qui ne ressemble pas à Gilbert, et au moins une brosse à cheveux qu'elle ne reconnaît pas. Elle retourne dans l'entrée. Elle avoue ne pas être la mieux placée pour lui reprocher d'avoir amené cette femme à la maison. Encore qu'elle a su faire preuve de plus de discrétion. Elle se demande si cette femme lui aurait tourné la tête au point de lui faire renoncer à ses obsessions sécuritaires.

Elle a la gorge sèche. Il fait toujours aussi chaud. Elle se rend à la cuisine, attrape une bouteille d'eau dans le frigo, s'en sert un grand verre, le vide et le remplit à nouveau. Son verre à la main, elle se dirige vers le salon. A peine un pied engagé dans la pièce qu'une odeur étrange, indéterminable, incongrue dans cet endroit habitué aux bougies parfumées, la surprend. Elle pique vers la fenêtre pour faire pénétrer de l'air neuf. En longeant le mur jusqu'à l'autre, son œil droit perçoit quelque chose de nouveau, un objet peut-être, auquel dans son élan elle ne prête pas attention.

Au moment d'ouvrir la seconde fenêtre, elle fronce les sourcils alors que la réalité de ce qu'elle a perçu éclate dans son esprit. Comme un ressort elle se retourne sur la pièce et lâche son verre qui vole en éclats sur le parquet. Elle manque tomber à la renverse, se cogne le dos à la fenêtre, porte ses mains à sa bouche pour étouffer un cri.

Elle reste tétanisée dans ce coin contre la fenêtre. Son regard ne peut se détacher de cet objet nouveau, de ces choses en fait, qu'elle pensait bien avoir distinguées et qui expliquent l'odeur. Sur les étagères, disposées parmi les statuettes, la tête de Gilbert et celle de sa maîtresse!!!

Les jambes flageolantes elle se laisse glisser au sol. Ses mains lui recouvrent le visage mais elle s'est ménagé des meurtrières entre les doigts pour ne pas quitter des yeux l'horreur. Elle ne peut en détacher le regard. Elle suffoque. Elle n'ose faire un geste mais son souffle émet le bruit d'une pompe à vélo. Après le cauchemar, c'est la terreur qui l'envahit. On ne sait toujours pas où est l'anaconda. Elle promène son regard dans la pièce en quête du moindre indice de sa présence. Pour le cas où il serait toujours là à l'épier. Elle laisse à sa respiration le temps de se calmer. Elle est à l'affût du moindre bruit, du moindre grincement de parquet.

Au bout d'un moment, n'ayant perçu aucun bruit, elle finit par se lever et s'approcher. Avec autant de précautions que s'il s'agissait d'une charge explosive prête à lui sauter au visage. Elle se cogne le tibia à la table basse. Le bruit que font trois coupelles d'argent s'entrechoquant la fait sursauter.

Dans la mort, Gilbert a conservé les yeux ouverts, comme s'il avait souhaité être témoin de sa réaction. Des statuettes ont été poussées pour faire de la place et poser ces nouvelles têtes. La femme a un œil fermé. Elle la reconnaît à peine. Une flaque de sang en guise de socle sous chacune. Qui a débordé de l'étagère et dégouliné sur le sol. Son mari parmi sa collection la fixe. Elle détourne les yeux. Son sang-froid peu à peu lui revient. Elle se demande où sont les corps. D'un geste hésitant, elle lui replace une mèche de cheveux. Elle embrasse la pièce du regard. Ils ne sont pas là. Le bureau-bibliothèque. Comme un automate elle y va.

Elle a un mouvement de recul. Ils sont là. Lui allongé sur le sol. Elle assise dans le canapé, un livre sur les genoux qu'elle tient entre ses mains, comme si ce corps sans tête était en train de lire. Elle s'approche. Reconnaît l'ouvrage, dans sa nouvelle édition, couverture cartonnée de couleur turquoise, avec un tableau de Brauner en couverture. Le *Psychopathia Sexualis*. La femme a fait l'objet d'une mise en scène, pas Gilbert.

Elle commence à comprendre ce qui s'est passé. Müller a lâché son adresse à l'anaconda. Ce qu'ils craignaient est arrivé : le reporter est tombé entre ses mains.

Et après l'avoir éliminé, Laurent Kovak s'est rendu chez elle. Il est tombé sur Gilbert et sa maîtresse. Qu'il a prise pour elle. Aucune photo d'elle dans le salon. Et ni Anne-Marie ni Gilbert n'ont eu le temps de convaincre Laurent Kovak qu'il faisait erreur. D'où la mise en scène pour la tourner en dérision. Avec ce livre, que décapitée elle continue à étudier. Trop tard pour étudier, chérie.

Elle s'attarde sur le corps de Gilbert. S'agenouille à côté de lui. Sa chemise, en dépit du bavoir de sang séché, a conservé les plis de repassage. Elle se relève, fait trois pas vers le salon. Son regard est heurté par les deux têtes disposées parmi les idoles. Elle a besoin de se raccrocher à quelque chose de concret. Que se disait-elle, tout à l'heure, dans le taxi? Un verbe lui revient à l'esprit. Anticiper. La tête lui tourne. La dernière œuvre de l'anaconda semble l'observer en ricanant. A nouveau elle regarde la tête de la femme. De son unique œil ouvert, elle a l'air de regarder quelque chose. Suzanne lève la tête dans la direction de ce regard et a un sursaut: l'œil de la caméra de surveillance.

Elle se rue vers le réduit comportant l'appareillage électronique. Intact. La fonction enregistreuse liée à un détecteur de mouvements couplé à la caméra. En adressant une prière à elle ne sait qui, elle appuie sur la touche permettant de visionner les derniers mouvements. Elle songe à la dernière fois qu'elle était dans ce réduit avec Steiner.

En noir et blanc sur l'image instable, elle voit Gilbert au téléphone devant ses statuettes, puis sortant de la pièce après avoir raccroché, mais le téléphone toujours à la main. Il disparaît à la droite de l'écran. Qui s'obscurcit. Probablement la veille alors qu'il était en ligne avec elle pour lui demander des nouvelles d'Angélique. Dans le coin supérieur droit de l'écran, un compteur digital indique l'heure. Ça correspond. Quelques instants plus tard, il recule depuis l'entrée, les mains levées, suivi par un homme, qui pourrait être Laurent Kovak, d'après ce que lui en a dit Steiner, tenant la femme contre lui, un couteau plaqué contre sa gorge. A son tour, le couple disparaît sur la gauche. L'écran s'obscurcit. L'homme réapparaît, avec une forme entre les mains. Suzanne pousse un nouveau hurlement. La tête de Gilbert. Qu'il pose sur l'étagère. Ses mains ont un aspect brillant. Il porte des gants chirurgicaux. A nouveau il disparaît. L'écran s'obscurcit. Et l'homme réapparaît, la tête de la femme entre les mains, dans son esprit celle du docteur

Lohmann, qu'il pose à côté de celle de Gilbert. Il se retourne et jette un coup d'œil circulaire à la pièce. Elle le voit balayer du regard l'œil de la caméra, et ce contact visuel la glace. Tout s'est passé alors qu'elle venait de raccrocher avec Gilbert. C'est la femme qui est allée ouvrir la porte pendant qu'il était en ligne avec elle. Lui se serait méfié... Une deuxième fois, elle visionne les événements de la veille. L'écran s'obscurcit. La neige grisâtre du moniteur ne lui apporte aucun réconfort.

Enfin elle se voit apparaître à son tour, traverser la pièce en direction de la fenêtre, s'approcher des étagères d'une démarche qu'elle ne se connaissait pas, regarder avec terreur autour d'elle et se diriger vers le bureau.

Elle ne sait pas quoi faire. Elle reste tétanisée dans le réduit devant les appareils électroniques. Elle est près de vomir. Elle se retient. Elle entend son cœur taper contre ses tempes et sous ses côtes. Elle écoute les bruits de l'appartement, le murmure du boulevard que la fenêtre ouverte du salon laisse pénétrer. Pour un peu, elle aurait peur de voir l'anaconda surgir derrière la porte.

Soudain la sonnerie de son portable la fait bondir. Il est dans le sac qu'elle a laissé sur le tapis dans l'entrée. Elle prend appui sur ses mains pour se lever, lorsqu'elle entend la porte d'entrée s'ouvrir et le parquet grincer. «Oh! Mon Dieu!» fait-elle. Plus paniquée que jamais elle retient son souffle. Elle ruisselle de sueur et de larmes. Elle croit son tour venu.

Puis elle entend farfouiller dans son sac, et la voix d'Angélique répondre au téléphone.

Comme une folle elle jaillit dans l'entrée. Le téléphone à la main, sa fille a pénétré dans le salon et l'appelle en criant dans l'appartement. Elle n'a pas perçu sa présence derrière elle. Son sac de voyage est posé dans l'entrée à côté du sien. Les étagères sont sur sa droite un peu en retrait. Elle ne peut pas les voir.

— Non!!! hurle Suzanne en se ruant vers elle.

Angélique se retourne vers sa mère. Suzanne voit la stupéfaction sur son visage et son mouvement de recul. Un pas de plus en arrière et elle va voir les têtes. Elle l'entoure de ses bras et l'entraîne hors du salon.

Dans la précipitation, Angélique a lâché le portable. Il est sur le tapis au milieu du salon. Suzanne peut entendre la voix de Steiner qui répète des « allô » impatients.

La mère et la fille sont dans l'entrée. La seconde regarde la première comme si c'était une folle. Suzanne lui fait signe de ne pas bouger et va chercher le téléphone.

— Joseph ? prononce-t-elle d'une voix qu'elle a du mal à reconnaître.

— Vous m'appelez par mon prénom. Il doit y avoir une bonne raison. Qu'est-ce qui ne va pas ?

Le ton de sa voix a dû l'alerter.

— Laurent Kovak... Mon mari. Sa maîtresse...

— Mais que se passe-t-il ?

— Je vous rappelle.

— Mais attendez !! entend-elle avant de couper.

Avant que sa fille ait eu le temps de dire quoi que ce soit, Suzanne l'attrape par le bras et l'entraîne avec elle vers la porte.

— Mais qu'est-ce que tu fais ?

— On ne peut pas rester là, ma chérie. Il ne faut pas, dit-elle en ouvrant la porte et en poussant sa fille sur le palier.

— Mais qu'est-ce qui se passe ?

Elles sont à quelques centimètres l'une de l'autre. Suzanne est appuyée à la porte. Elle contemple sa fille bronzée après un mois de bord de mer. Auréolée de la distance que lui confère ce mois d'absence. Il lui semble qu'elle a grandi. Elle est incapable de trouver quoi que ce soit à dire. Ses mains sont plaquées contre la porte comme si elle en bloquait l'accès.

— Maman ? Qu'est-ce qui t'arrive ? Tu as l'air d'un cadavre.

— Quoi ?

Ni à l'une ni à l'autre, il ne vient à l'esprit qu'elles ne se sont pas encore embrassées.

— Tu vas bien ma chérie ? Je me suis inquiétée, tu sais. Ta sœur est chez sa cousine ?

— Mais qu'est-ce qu'on fait sur le palier ? Pourquoi est-ce qu'on ne peut pas rentrer ?

— Rentrer ? Mais... je suppose que non.

— Maman!!

— Ne crie pas si fort, dit-elle en regardant autour d'elle dans la cage d'escalier déserte.

L'ascenseur est toujours à l'étage.

— Où est papa? Qu'est-ce que tu voulais dire sur lui et sa maîtresse à cette personne au téléphone? Il leur est arrivé quelque chose?

— Papa? Oui. Il... Il a eu un problème. Viens, ne restons pas ici. Il vaut mieux qu'on s'en aille, fait-elle en passant son bras autour des épaules de sa fille et en l'entraînant dans l'escalier.

— Mais quel problème?!! hurle sa fille.

— Angélique... Je t'en parlerai plus tard. Viens, allons-nous-en, fait-elle en lui prenant le bras.

— Mais, tu es pieds nus! Maman! Qu'est-ce qu'il y a derrière cette porte? Un mec?

— Un mec? Oh ma chérie, mais non, tu n'y es vraiment pas, dit-elle en riant presque.

Angélique sanglote. Son téléphone dans sa poche se met à vibrer. Elle identifie le numéro de Steiner. Angélique la regarde en secouant la tête de droite à gauche avec dédain avant de détaler dans les escaliers.

— Steiner, il est passé chez moi, murmure-t-elle dans son appareil. Mon mari, Gilbert, sa maîtresse... Morts, oui. Tout est filmé. La caméra de surveillance... que vous connaissez... Ecoutez, je ne peux pas vous parler. Ma fille...

Elle raccroche et se rue pieds nus sur le boulevard pour cavaler après Angélique qu'elle aperçoit sur sa gauche courir en direction de la place Clichy.

Elle ne fait pas attention aux passants qui se retournent sur elle. Elle tente de ne pas perdre de vue sa fille, plus rapide, qui oblige les voitures à piler devant elle. Après trois cents mètres de course, à bout de souffle elle s'arrête, le cœur dans les tempes, au bord de l'asphyxie, et finit par s'écrouler sur un banc public.

31.

Une centaine de personnes se presse sous le chapiteau. On dit que le numéro est formidable. On dit que le type laisse l'anaconda s'enrouler autour de lui et qu'il se dégage de son étreinte. Dans le temps, il a tenu une saison sur la scène d'un des plus grands casinos de Las Vegas. On dit beaucoup de choses.

Ils sont assis autour d'un espace vide, au centre duquel trône une cage de verre où dort un serpent lové sur lui-même. Au fond, des vivariums alignés délimitent la scène. Certains masqués par une tenture. Les sauriens captent l'attention. On va assister à un repas. On imagine un lapin disparaissant dans une gueule béante. Ces bêtes ne mangent qu'une fois par mois. Elles digèrent os, poils et dents. Le tout dissous par des sucs gastriques hautement corrosifs.

Une tenture se soulève. Le dresseur de serpents apparaît. Les murmures s'éteignent. A lui seul il valait le déplacement. Sans doute le spécimen le plus impressionnant de sa ménagerie. Il porte un débardeur qui découvre deux bras longs et noueux recouverts de tatouages à l'encre noire. Sur chaque main, la tête d'un cobra, dont le corps enroulé autour du membre se termine sous l'aisselle. Il a les épaules larges et une petite tête. Son visage tient du reptile : le crâne dégarni, le front fuyant, le nez, une arête verticale fondue dans la masse, les yeux translucides, la bouche fine et large, les oreilles presque invisibles et la peau grêlée qui fait penser à des écailles.

Il enlève son débardeur et lève les bras en majesté. Un mouvement de stupeur soulève l'assemblée. Un tatouage lui court tout autour du torse, un serpent tacheté dont la tête se dresse à l'endroit du cou, gueule ouverte, comme si la bête s'apprêtait à le dévorer. A la taille, la partie postérieure du tatouage disparaît sous le pantalon, laissant deviner que la queue du serpent est enroulée autour de l'une des jambes de l'homme.

La même tenture se soulève, un aide apporte un chevreau qui se débat dans ses bras. Grand type maussade à la face inexpressive et au cheveu ras, qui vendait les billets dans la casemate à l'extérieur du chapiteau. Nouvelle rumeur. On s'attendait à un rat de laboratoire. Une fillette se met à hurler. Cri strident qui attire l'œil du dresseur. La mère emmène la petite dehors en courant.

L'aide pose le chevreau dans la cage de verre. L'animal hésite, en équilibre instable sur ses pattes raides. On entend ses sabots marteler délicatement le fond de la cage. Dans le coin opposé, le python réticulé se déroule, la tête dressée avance vers sa proie. Le chevreau cavale dans un autre coin, ses sabots glissent sur le revêtement de la cage. Le serpent est déjà au centre et fait route dans cette nouvelle direction. Steiner pense à un combat de boxe inégal, quand l'un des pugilistes tente de coincer l'autre dans les cordes. Le chevreau ne bouge plus. Le serpent s'enroule autour de lui, comprime le pelage blanc. Le chevreau émet un gémissement presque humain, très vite étouffé.

Le reptile se décroche les mâchoires pour engloutir la tête caprine. Un mouvement de recul s'empare de l'assistance. L'animal inerte disparaît par à-coups dans le corps recouvert d'écailles. Deux pattes fragiles comme du verre dépassent de la gueule. Le serpent ressemble à un estomac effilé malaxant sa proie dans son tube.

Le maître des lieux laisse à l'assemblée le temps de s'imprégner de ce spectacle.

Puis l'aide pousse la cage de verre sur ses roulettes et disparaît derrière une tenture.

Laurent Kovak écarte un autre rideau, dévoilant un vivarium aux locataires accrochés à un assemblage de branches émondées. Il ouvre une trappe, plonge son bras à l'intérieur et en ressort un serpent jaune pâle qu'il met autour de son cou, comme un boxeur ferait d'une serviette éponge. Il replonge son bras dans le vivarium et en ressort un semblable, aussi docile et indolent, qui vient rejoindre le premier. Une famille s'ajoute à ceux qui habillent sa peau. Un nid de serpents réels et fictifs grouille sur son torse et sur ses bras. Ses petits yeux balayent l'assistance en quête de respect et d'effroi.

Quand ce regard croise le sien, Steiner ne peut réprimer un frisson. Il a vu l'enregistrement que Suzanne lui a fait parvenir. C'est bien le même homme qui disposait les têtes de ses victimes sur les étagères dans l'appartement du boulevard de Courcelles. Qui a fait un aller-retour à Paris pour éliminer celle qui pouvait remonter jusqu'à lui. A présent qu'il pense avoir tué la psychiatre, il doit se croire en sécurité. A moins que cette alerte ait déclenché un état paranoïaque propre aux psychopathes. L'hypothèse vers laquelle penche la psychiatre. Steiner regarde sa montre. Le chapiteau est cerné.

Devant lui, il aperçoit la tignasse rousse de Melchior. Près de la sortie, il voit le Corse. A côté de la tenture derrière laquelle a disparu l'aide poussant la cage de verre, Montesantos et Valdeck. Lussan ne supporte pas les serpents. Elle a préféré rester dehors. Pour l'instant, l'idée est de ne pas le lâcher et de se tenir prêt à saisir la première occasion.

En couverture, à l'extérieur, il y a des gars du RAID. Des professionnels habitués à ce genre de situation.

Kovak dévoile un autre vivarium, trois fois plus grand que le précédent. Nouveau murmure sous le chapiteau. Il ouvre une porte de verre et pénètre à l'intérieur. La tête du monstre repose sur l'un de ses anneaux en appui sur une branche. Il n'hésite pas à la tapoter de ses doigts. La tête a un mouvement de recul. Kovak enroule son bras à sa base, comme s'il s'agissait d'un adversaire de lutte gréco-romaine, et tente de l'attirer à l'extérieur de la cage. Au bout de quelques instants, l'anaconda se déroule tout seul pour sortir de son vivarium. L'assistance est horrifiée par la longueur de son corps qui n'en finit pas d'apparaître sur la piste. Dans les premiers rangs, on sent un vent de panique. Rien ne les sépare du serpent qui s'avance avec l'air de choisir sa prochaine victime. L'animal doit bien faire ses dix mètres. Sorti à son tour du vivarium, le dresseur pose son pied sur le dos de la bête qui se retourne en se dressant avec toute la vivacité que son poids lui permet. La tête du monstre dépasse celle de Kovak qui l'attrape à sa base de ses deux mains.

La lutte s'engage. La bête s'enroule autour de son maître encore debout. Les sanglots d'un enfant et les grognements du forain troublent le silence. De l'homme, seuls les épaules, la tête et les bras dépassent, le reste est enserré dans les anneaux aux dessins doués d'une vie captivante. L'aide taciturne se tient prêt à intervenir en cas de problème.

Parmi les spectateurs des premiers rangs, Melchior se retourne vers Steiner avec un air interrogateur. Ils ont eu la même idée. L'ancien rugbyman sort sa carte tricolore et fait un signe à Montesantos à l'autre bout du chapiteau. Francini a compris. Il fait deux pas sur la piste et se retourne vers l'assistance en brandissant sa carte.

— Police ! On évacue le chapiteau ! Tout le monde dehors ! Allez, on pulse !

Kovak jette un regard paniqué autour de lui. Avec ses bras il entreprend une clef à la base de la tête de l'anaconda.

Les spectateurs ont commencé à se diriger vers les sorties. La plupart se retournent sur le couple que forment l'homme et son serpent. Les flics regardent le troupeau s'écouler vers la sortie.

La tête coincée entre les avant-bras de son maître, crocs dehors à quelques centimètres du visage de Kovak, le serpent commence à relâcher son étreinte. Steiner sort son 38 spécial et, en surmontant son aversion pour le monstre, parvient à s'approcher et à coller le canon de son arme contre la tempe du tueur. Le serpent émet des sifflements rauques et effrayants.

— On bouge plus.

Les avant-bras et les mains bloquant la tête de son serpent, Kovak regarde le flic. Sans un mot, il desserre sa clef de bras, et l'anaconda resserre doucement ses anneaux.

Aux touristes succèdent dans le chapiteau une nuée de flics de la brigade locale, les membres du RAID en tenue de commando urbain, treillis moulants et cagoules noirs, fusil à pompe ou arme automatique dans leurs poings gantés, et quelques pompiers prévus pour attraper le grand reptile et le rentrer dans son vivarium.

Soudain Steiner voit la tête du psychopathe virer au rouge. Son serpent l'enserre comme une de ses proies. Quelques secondes, le flic reste interdit, fasciné par le spectacle de cet homme qui lui adresse un premier et ultime sourire.

Le flic parvient à s'arracher à cette hypnose.

— Le serpent, bordel! hurle-t-il. Enlevez-lui ce foutu serpent! Il va le tuer! Il nous le faut vivant!

Trois pompiers s'agrippent au reptile pour tenter de lui faire lâcher prise. Leurs mains glissent sur les écailles. L'un d'eux perd l'équilibre et tombe en arrière. L'animal se contracte. Ses dessins bougent de quelques centimètres encore autour du buste du forain. Les yeux de Kovak paraissent proches de sortir de leurs orbites. Sans hésiter une seconde, pour la deuxième fois, Steiner sort son 38 de son holster. Le bras tendu il appuie le canon du revolver chien relevé sous la mâchoire de l'anaconda et presse la détente.

La détonation éclate dans le chapiteau.

La tête du monstre est projetée en arrière dans un jet de sang et de matière gélatineuse. Et les anneaux du serpent se détendent et libèrent leur proie.

Le corps de l'anaconda est secoué de convulsions nerveuses. Sa longue queue fouette l'air au-dessus du forain qui gît inanimé, et fait reculer la flicaille.

En se baissant pour éviter le monstre, d'un geste vif Steiner colle le majeur et l'index de sa main gauche sur l'aorte de Kovak. Il reste ainsi quelques secondes. Les convulsions de l'anaconda diminuent. Il bouge toujours mais sans décoller du sol. Le flic se relève en soupirant.

— Qu'on appelle une ambulance, lâche-t-il en s'épongeant le front. Et vite, bordel!

32.

Mardi 29 juillet. Deux gardiens de la paix vêtus de gilets pare-balles et armés de pistolets-mitrailleurs encadrent l'entrée de la pièce. Les fonctionnaires qui passent dans le couloir tournent la tête vers la porte avec des regards de curiosité.

Depuis le retour de Steiner et son groupe de Grimaud à la préfecture, la présence de l'anaconda dans les murs est connue du moindre planton. Il n'était pas arrivé que la nouvelle de sa capture et sa légende avaient fait le tour des étages à la vitesse d'une traînée de poudre. Le secteur grouille de reporters et photographes aux aguets.

La Brigade criminelle est en ébullition. De nouvelles informations en provenance des quatre coins de l'Europe tombent avec la régularité d'un téléscripteur d'agence de presse. Avec le parcours précis du montreur de reptiles, et en remontant jusqu'en 1987, Wetzhausen et Boldini ont pu affiner les recherches en Allemagne et en Italie, triplant ainsi le nombre de disparitions et de victimes potentielles du grand anaconda.

Même comptabilité macabre en provenance du Royaume-Uni, de Belgique, des Pays-Bas, de Suisse, d'Autriche et d'Espagne. Et un tableau de chasse à l'estimation désormais comprise dans une fourchette entre soixante-dix et une centaine de victimes. Autrement dit, une masse colossale de travail pour tout vérifier, sans compter les joies de la coordination entre les différentes polices européennes.

L'excitation que l'on sent au-delà des frontières ajoute au cirque. Steiner et son groupe imaginent déjà les réclamations émanant de l'ensemble des polices de la Communauté européenne.

Le flic a eu le bon réflexe en shootant le serpent à bout portant: sous la pression exercée par les anneaux, Kovak a eu six côtes cassées, et quelques secondes de plus auraient suffi à l'envoyer dans l'autre monde.

Sur son torse, un bandage allant du nombril aux aisselles masque l'essentiel de son tatouage. Un autre serait recouvert d'un linceul. Au grand soulagement de Steiner, les médecins du service hospitalier ont jugé son état compatible avec la garde à vue. Le bandage pour limiter les mouvements et une dose massive d'antalgiques le maintiennent sur pieds.

Il est assis sur une chaise dans une pièce aux murs nus et à la fenêtre garnie de barreaux. Pour lui éviter la tentation de se défenestrer. Une paire de menottes entrave ses mains dans son dos. Sa chemise ouverte laisse entrevoir à la base de son cou le museau du serpent prêt à lui avaler la tête.

Dès l'instant où on lui a fait visionner le film de l'appartement du docteur Lohmann, son attitude hostile et butée s'est adoucie.

En outre on a contre lui un appareil photo numérique ayant appartenu à Müller retrouvé dans sa caravane, et un certain nombre d'objets saisis pendant la perquisition, dont une série de couteaux, hachoirs, scies et autres ustensiles tranchants, certainement nécessaires à la découpe de la viande pour ses reptiles.

L'appareil photo doit la découverte de sa provenance à une intuition de Melchior. A peine rentré à Paris, il se rendait chez François Müller à Saint-Mandé, avec l'idée d'y trouver des éléments pouvant les éclairer. Le journaliste devait avoir consigné les résultats de son enquête quelque part.

Francini et lui ne trouvèrent rien, à part la collection de photographies de l'identité judiciaire épinglées aux murs, dont il ne fut pas difficile d'identifier l'auteur d'un grand nombre d'entre elles.

Melchior rendit ensuite visite au fils du reporter. La vue du petit myopathe dans sa chambre médicalisée lui déchira le cœur, mais il trouva l'enveloppe que son père avait déposée. Le flic n'oubliera jamais le regard désespéré de l'enfant cloué sur son lit, qui le suivit jusqu'à la porte alors qu'il repartait l'enveloppe sous le bras. Elle contenait trois feuillets rédigés à la main en forme de justification et de testament, quelques dizaines de pages dactylographiées, ainsi qu'un certain nombre de coupures de presse issues de différents quotidiens européens.

La lettre était écrite dans un style sec, un peu solennel sur la fin. Müller avait conscience du danger, comme de la valeur de sa découverte. Elle était datée du 21 juillet. Quelques jours avant son départ pour Grimaud et sa disparition. L'écriture était soignée, sans rature, élégante même, comme si malgré la tension, le reporter s'était appliqué.

La lecture du compte rendu de son enquête fit à Melchior, puis à Steiner et aux autres, froid dans le dos. Elle s'appuyait sur les coupures de presse jointes au dossier, la première datant de juillet 1986. La rédaction de ces pages avait dû être une affaire de longue haleine, commencée quelques années plus tôt, puis reprise et enrichie à mesure de l'obtention de nouveaux éléments.

Au fur et à mesure de leur lecture, s'esquissait le portrait de celui qu'ils venaient d'arrêter. Un portrait bâti sur des années, plein de mystère et d'hypothèses, ces dernières confirmées ou infirmées en fonction des produits de sa pêche.

Contrairement à eux, Müller avait vécu avec son idée pendant des années. Il avait eu le temps de l'imaginer, d'établir des conjectures. Et la fascination qu'avait exercée sur lui ce portrait en creux, transparaissait dans son texte. Tout comme transparaissait le dessein du reporter, dicté par l'orgueil et l'appât du gain, celui de finir seul cette traque entamée seul.

Juillet 1986. Il était sur le coup depuis dix-sept ans. Mais son enquête n'avait vraiment décollé qu'à partir de Pamela.

La psychiatre était mentionnée. Il stigmatisait la crainte qu'il lui avait inspirée, et son réflexe de peur consistant à se retrancher derrière le secret professionnel. Comme si le serment d'Hippocrate pouvait tenir en de telles circonstances. A ses yeux, le fait d'avoir alerté la police avait été une erreur. La course qui s'était engagée entre elle et lui l'avait amusé. Même si en additionnant leurs connaissances ils auraient pu aller plus vite.

Il était surtout vertigineux de réaliser que par la seule lecture des journaux, par le simple jeu des rapprochements et des correspondances, il avait pu bâtir un tel dossier. Là où aucune des polices européennes n'avait rien vu.

Et l'on comprenait l'excitation qui s'était emparée de lui dans les dernières semaines.

Nice 1986, Bègles 1987, Strasbourg 1989, Glasgow 1993... Les quatre piliers de sa théorie que tout un chacun aurait pu décrypter.

Dans les dernières pages, apparaissait la raison sociale du manège, «Total Sobek», dont un tirage numérique avait été glissé dans l'enveloppe. Ce qui donna à Melchior l'idée de rechercher la provenance de l'appareil trouvé chez Kovak. Grâce au numéro de série, il fut facile de prouver qu'il avait été acheté en février 2002 chez un revendeur de Vincennes, payé avec une carte bancaire appartenant à François Müller.

La preuve de la provenance de l'appareil numérique a eu raison du silence de l'anaconda. Il a fini par indiquer une décharge sauvage à l'abri d'un bois de chênes verts dans l'arrière-pays varois où il avait abandonné la dépouille du journaliste.

Quatre heures plus tard, les flics de la brigade locale confirmaient la présence d'un cadavre décapité qui avait dû être salement amoché avant l'exécution.

Ces mêmes flics signalèrent à leurs homologues parisiens la disparition d'une certaine Carole Jay, serveuse de vingt-sept ans au Mérou, night-club de la périphérie marseillaise. Elle avait été vue pour la dernière fois le lundi 21 juillet, à la fermeture de l'établissement, vers 5 heures. Sa R5 avait été retrouvée en panne sèche sur le bas-côté de la départementale qu'elle empruntait pour retourner à Marseille. La Golf d'un des videurs de la boîte avait été volée puis retrouvée intacte sur le parking d'un hypermarché, avec à l'intérieur un tube de rouge ayant appartenu à la fille. Le videur en question, un certain Pablo Ortiz, était hors de cause.

A l'évocation de cette affaire, Laurent Kovak s'est contenté de sourire. Mais par rapport à Grimaud, Marseille se situe à une distance largement supérieure au périmètre dans lequel les enquêteurs ont limité les recherches de disparitions autour des parcs d'attractions. Sa culpabilité dans la mort de cette Carole Jay sous-entendrait un nombre de victimes bien plus important que celui qu'ils estiment.

Les mains entravées dans son dos par les menottes, le buste empreint d'une raideur due à ses lésions costales et à son bandage, les bras recouverts de manches longues, mais le dessus de chaque main figurant une tête de cobra, Laurent Kovak jouit de la crainte qu'il inspire. Il ne semble pas en vouloir à Steiner d'avoir tué son serpent. Pour la première fois sous les projecteurs après des années d'ombre, il apprécie le fait d'être le centre de toutes les attentions. Ceux qui entrent dans la pièce ont autant de respect que les servants d'une divinité cruelle et capricieuse. Cela lui fait oublier son malheur. Il n'a montré aucun signe d'inquiétude pour l'avenir de son bestiaire. Mais le flic sait qu'à la première occasion, l'autre n'hésiterait pas à le tuer.

— Tu sais que tu avais un vrai fan en la personne de François Müller. S'il avait pu, il aurait reconstitué le moindre de tes faits et gestes. Tu te croyais peut-être discret, mais lui te suivait à la trace depuis juillet 1986. Nice. C'était ta première ?

Laurent Kovak ne répond pas.

— C'est avec celle de Bègles un an plus tard, avec la couleuvre enroulée autour de son corps, qu'il a fait le rapprochement. Ensuite, il ne t'a pas lâché. Pire qu'un chien de sang. Pas mal non ? Moi je suis assez admiratif. Surtout qu'on ne peut pas en dire autant de nous autres. Pas vrai ?

Laurent Kovak voudrait rire, la douleur l'en empêche.

— Müller c'était de la petite bière.

Steiner hausse les sourcils. Jusqu'à présent, l'homme n'a prononcé que quelques mots à contrecœur. Le ton qu'il emploie est différent, la voix plus ouverte, comme s'il était décidé à engager une conversation.

— Moi je ne trouve pas.

— Mais vous...

A nouveau il veut rire, ébauche un sourire qui se termine en grimace.

— Là tu deviens vexant.

— S'il avait pas été aussi avide. Il aurait peut-être pu sauver sa peau... C'est tellement simple, quand ils sont guidés par l'appât du gain. Tellement prévisible... Tant d'années à me pister pour en arriver là... Il m'a parlé de son fils avant de mourir. C'est pour lui qu'il faisait tout ça. Il m'a dit. Mais je suis pas là pour payer les soins nécessaires à un petit myopathe. Qu'est-ce qu'il croyait?

Derrière lui, Melchior baisse les yeux.

Il s'exprime plutôt bien. De façon parfois hachée, avec des silences entre les phrases, mais mieux que ce à quoi Steiner s'attendait. La voix est plus rustre, plus âpre. Elle renferme une certaine dureté. Ce n'est rien par rapport au regard. Les nombreuses descriptions que la psychiatre lui a faites du regard reptilien lui reviennent à l'esprit. Lui-même détourne parfois le sien.

— Erwan Dantec-Leguen, lâche le flic.

L'anaconda a un sourire mélancolique.

— Qui aurait pu croire... Pas Müller, pas la psy non plus. Ce fantôme... Un bon petit élève...

— Pardon?

— Mais c'est peut-être aussi bien ainsi... continue-t-il le regard perdu. Peut-être que c'est mieux que je l'aie pas tué.

— Pour lui je ne sais pas.

— Pour son psychiatre non plus, dit l'anaconda en riant. A moins qu'elle n'aimait plus son mari. Dans ce cas je lui aurais rendu service.

Steiner ne relève pas.

— J'aimerais lui parler.

— A qui?

Le regard de Steiner croise celui de Melchior.

— Ecoute, flic, fait Kovak avec un brusque changement de ton. On va pas y arriver. Je suis prêt à te parler de beaucoup de choses, de l'art de la découpe, de la façon d'éviscérer quelqu'un encore vivant, ou de couper une tête proprement... Mais je suis pas prêt à être pris pour un imbécile.

— Qui a parlé de te prendre pour un imbécile? Ce serait plutôt stupide pour le coup, non?

— Je veux parler avec la psy. Quand tu m'as montré le film, j'ai compris.

Le flic ne peut réprimer une grimace.

— Je ne te garantis rien. Elle a subi un choc émotionnel récemment, en rentrant chez elle. Tu ne devines pas?

L'anaconda commence à rire. Steiner imagine l'hilarité d'un serpent. Sa douleur le rappelle à l'ordre. Mais il jubile.

— J'aime ton humour. Et puis toi, au moins, t'as eu l'intelligence de savoir t'y prendre... Je m'étais toujours dit que je pourrais pas en vouloir à celui qui réussira à m'arrêter.

«Dis-lui qu'on doit avoir une petite conversation tous les deux. J'ai quelque chose qui devrait beaucoup l'intéresser... Et si ça suffisait pas pour la décider, dis-lui que j'ai à lui parler de notre ami commun, le jongleur.

— Le jongleur?

— D'après ce que je crois savoir d'elle, ça devrait marcher... Elle a tant cherché à me voir. C'est pas maintenant qu'elle va reculer.

— Je vais essayer. Moi aussi, tu m'intéresses au plus haut point. Tant de mystère...

— Tu crois pas si bien dire, flic.

*

La sonnerie du téléphone hurle avec insistance. Plus rien ne ferait bouger les gros insectes dans leurs boîtes. Un chat s'étire sur un fauteuil. La porte donnant sur le jardin s'ouvre. Olga Enguelhaert décroche.

— Vous êtes tenace. Qui est à l'appareil?

— Joseph Steiner. Vous êtes le docteur Enguelhaert? Je suppose que Suzanne Lohmann est chez vous. Il faudrait que je lui parle.

— Je n'irai pas vous mentir. Ne quittez pas. Je vais voir ce que je peux faire.

Elle pose le combiné et retourne dans le jardin.

Une minute plus tard, Suzanne s'empare du téléphone.

— Steiner?

— Suzanne, comment allez-vous?

— Mal. J'essaie de me reposer. Je suis venue me réfugier ici avec mes filles. L'aînée est choquée. La petite, je ne me prononce pas. On a enterré leur père hier, vous savez... Ça me fait plaisir de vous entendre.

— Moi aussi. Je suis content de vous savoir là-bas. Je me suis douté que vous étiez retournée chez votre amie.

— Je vous reconnais bien là... Steiner?

— Oui?

— Je me sens responsable, vous comprenez? Je suis inquiète pour mes filles. C'est pour ça que j'ai besoin du soutien d'Olga. Je suis en morceaux. Cette quête pour aboutir à ça...

— Je sais. Même si vous n'y pouvez rien.

— Je ne sais pas...

— C'était impossible à prévoir. Vous avez fait ce que vous aviez à faire. C'est grâce à vous qu'on l'a eu.

— Il a parlé?

— Justement.

— Quoi, justement?

Il la devine tourner livide.

— C'est en partie pour ça que je vous appelle.

— Oh Steiner! Qu'est-ce que vous voulez?

— Il veut vous voir.

— ...

— Laurent Kovak.

— Vous vous foutez de moi?

— Il a quelque chose à vous dire... Quelque chose qu'il ne veut dire qu'à vous.

— Le film ne vous a pas suffi?

— Il a déjà avoué beaucoup de choses. Mais là il bloque. Il m'a dit qu'il avait à vous parler du jongleur.

Elle soupire.

— Vous vous rendez compte de ce que vous me demandez?

— Je me rends compte Suzanne...

— ...

— On peut faire sans, mais je crois que ce serait bien que vous veniez. Les choses ne sont pas claires avec Dante. Vous êtes d'accord ?

— Vous me mettez au supplice, là.

— Je sais.

Elle ne dit rien. Elle regarde les insectes, ses yeux passent de l'un à l'autre sans les distinguer. Dans son esprit leurs formes se confondent. Bien que ses yeux se soient accoutumés à la semi pénombre de la pièce. Passion d'Olga. Plus reposante. Forcément plus reposante.

— Steiner ? finit-elle par dire dans le salon silencieux. Laissez-moi quelques minutes. Je vous rappelle.

— Je reste à côté du téléphone.

*

Alors qu'elle aperçoit les gardiens de la paix armés de leurs pistolets-mitrailleurs au bout du couloir, elle ne sait plus si la décision prise est la bonne. Steiner marche à côté d'elle. Le parquet grince sous leurs pas. Son cœur cogne plus fort que leurs talons sur le sol. Elle a peur à l'idée de se retrouver face à lui, comme elle redoute ce qu'elle va entendre.

Elle doit faire de ses connaissances médicales une carapace.

— Je n'ai pas grand-chose à vous conseiller. Vous connaissez ce genre de personnage mieux que moi, lui dit-il en marchant. Il a le regard statufiant dont vous m'avez parlé à plusieurs reprises. Je suppose que vous savez y faire.

— Je suppose, dit-elle avec un hoquet nerveux.

Ils sont arrivés devant la porte. A la dérobée, les deux plantons l'observent.

— Vous n'avez rien à craindre, vous savez ?

— J'espère. C'est juste voir sa tête, me retrouver en face de lui après ce qu'il a fait.

— Vous préférez reculer ?

— Non.

— Alors on y va ? dit-il en posant la main sur la poignée de la porte.

— Allons-y.

Laurent Kovak est assis sur sa chaise, mains dans le dos. Melchior est avec lui. Suzanne est saisie par l'aspect reptilien de son visage. Elle ne s'en était pas rendu compte sur le petit écran noir et blanc du moniteur de surveillance.

— Alors voilà la miraculée, dit-il en la voyant entrer. Je me lève pas, mon serpent a failli me broyer tout le squelette. Heureusement, le commissaire Steiner m'a sauvé la vie.

Elle se tourne vers Steiner qui lui fait signe de s'asseoir derrière le rempart illusoire de la table.

— C'est parce que votre mari était avec une autre femme au domicile conjugal que vous avez eu de la chance. En fait, vous lui devez une fière chandelle à votre...

— Qu'est-ce que vous me voulez? le coupe-t-elle avec une sécheresse extrême qui tranche avec son attitude à son entrée. Je ne suis pas venue pour entendre ces saloperies. Si vous continuez je m'en vais.

Les deux policiers la regardent. Kovak aussi.

— Et qu'est-ce que ça fait, de se retrouver face à celle que l'on croyait avoir tuée? Des remords? Non, vous en êtes incapable, dit-elle avec une once de mépris.

Il se racle la gorge.

— Je veux parler seul avec le docteur, si c'est possible, dit-il en s'adressant à Steiner.

— Je crains que tu en demandes trop.

— C'est parce que je pense que le docteur préférera parler du jongleur seule.

— Docteur? fait Steiner en se tournant vers elle.

Son regard soutient celui de l'anaconda qui la fixe avec intérêt.

— Je pense que ça ira, dit-elle entre ses dents. Quitte à avoir fait le déplacement, autant aller jusqu'au bout. Et le laisser jouir de ses derniers instants de pouvoir, dit-elle plus bas encore.

— Pardon?

— Rien.

— Alors dans ce cas, on va être obligé de t'attacher au radiateur. A prendre ou à laisser. Melchior?

Le commandant demande à Kovak de se lever, tire sa chaise vers le mur, puis le fait se rasseoir, et sort une deuxième paire de menottes de sa poche, cercle le poignet droit du prisonnier déjà maintenu par la première paire, puis le relie au radiateur en fonte.

— Voilà. Avec deux paires, ça devrait pas poser de problème, lâche-t-il en se relevant. De toute façon, nous sommes derrière la porte.

— Je crois que vous avez rien à craindre, dit Laurent Kovak.

— Alors maintenant, je vous écoute, lâche-t-elle sur un ton agressif une fois qu'ils sont seuls.

— Comme je vous l'ai fait dire, je voudrais parler du jongleur. Comment il va?

— Mal. Depuis la nuit de Noël 1989 à Strasbourg. Et le coup que vous lui avez porté à la tête.

— Il a le crâne dur, pas vrai? Comme vous.

— Je n'ai rien à faire du jugement que vous pouvez porter sur moi.

— Qu'avez-vous pensé de ma petite mise en scène avec le manuel de psychiatrie?

— Allez vous faire foutre, murmure-t-elle.

A ce moment, son regard se perd dans ses souvenirs. Une seconde il a l'air de regretter. L'échantillon qu'elle en a eu jusqu'à présent cadre avec ses lectures sur les tueurs en série psychopathes objets de ses études. Peut-être s'attendait-elle à une élocution moins évoluée. Un a priori sur les forains. Malgré sa posture qu'il essaie de faire oublier, il est le centre du monde. Et il a ce sourire qui se veut supérieur, et ces yeux qui tentent de la faire plier.

— J'sais pas ce qui lui a pris cette nuit-là, dit-il les yeux translucides toujours dans le vide. D'habitude, il était partant. C'est peut-être l'âge de la petite. Ou parce que je lui ai demandé de découper... Il avait réussi à en attirer plusieurs, avec son numéro de jonglage. Ça les mettait en confiance... On formait une équipe. Ça lui plaisait... Il voulait se tatouer un grand serpent, comme moi... On n'aura pas eu le temps...

«J'ai pas pu faire autrement que le frapper, dit-il soudain plus vif, quand j'ai vu comment il tournait. Fou furieux. C'est pourtant lui qui avait insisté pour qu'on l'attrape. Je croyais l'avoir tué. Il était allongé par terre. Pendant ce temps, j'ai dû finir ma besogne. J'étais énervé. Et puis à un moment, je l'ai vu filer comme un lapin. J'ai pas pu le rattraper... Ça, il était vif. Et l'autre qui bougeait encore... Après j'ai compris que c'est une activité solitaire.

Les événements de cette fameuse nuit de Noël avant l'admission aux urgences de l'hôpital de la Robertsau. A peu de choses près, comme elle les avait reconstitués mentalement.

— Mais... on dirait que ça vous étonne. Vous êtes livide...

Les doubles menottes, le radiateur et la table lui semblent ridicules pour contenir la violence et le danger près d'exploser. Elle regarde en direction de la porte vitrée, aperçoit la tignasse rassurante de Melchior.

— C'est pas comme ça que vous l'avez vu votre patient, hein? dit-il en voulant rire.

La douleur le rappelle à l'ordre.

— Je comprends, maintenant. L'article de Müller m'avait alerté, mais là, je comprends... Vous m'avez cru coupable, hein?... Il aura réussi son coup, en vous parlant de ses fantasmes... C'est vrai qu'il était bien renseigné, Müller. C'était sûrement un bon. Mais pas aussi fort que moi. J'suis pas le genre qu'on utilise.

«Après, vous êtes allée trouver la police. Mais vous le pensiez pas coupable. Ça pouvait pas être lui, votre petit malade. Schizophrène, c'est ça?... Et moi qui avais fini par l'oublier. Il avait pas oublié lui.

— Mais de quoi est-ce que vous parlez? demande-t-elle d'une voix blanche qui se voudrait dure.

Ses yeux la tiennent sous leur domination. Devant sa stupeur il reprend:

— Vous pensez pas que je me serais montré d'un coup, alors que j'ai su rester invisible pendant tant d'années?... On vous apprend des choses comme ça, à l'école des psychiatres?... C'est le jongleur, le coupable... J'ai l'impression qu'il a bien reproduit le rituel. Il avait bien appris sa leçon...

Le docteur Lohmann tente de rester impassible. Mais les révélations de l'anaconda rouvrent à ses pieds l'abîme que sa capture avait fait disparaître. Il peut bluffer, chercher à la déstabiliser pour ternir sa victoire. Par pure perversité. Et elle réalise qu'il est en train de la soumettre à son emprise. Et qu'elle se laisse manipuler comme une interne.

— Je peux vous poser une question ?

Il prend son silence pour une invitation à poursuivre :

— J'me demande s'il a fait tout ça, après tant d'années... vous parler de ses fantasmes, et puis attendre de sortir de prison pour passer à l'action, et espérer me faire porter le chapeau... Il a fait tout ça de façon consciente, ou sans vraiment avoir l'idée de ce qu'il faisait ?

« Parce que d'un autre côté, docteur, dit-il en appuyant sur ce mot, s'il m'a pas dénoncé, ce qui aurait été plus simple pour lui, c'est qu'il devait avoir un sacré problème, de mémoire, ou de je sais quoi...

— Un problème de schizophrénie. En partie à cause du coup que vous lui avez donné. Et de ce que vous lui avez imposé, lui répond-elle sèchement pour échapper à son emprise.

Il ignore la remarque.

— Alors, est-ce qu'on peut manigancer un truc pareil par vengeance, alors qu'on a le cerveau à moitié cuit ? Qu'est-ce que vous en dites, docteur ?... Moi, j'lui tire mon chapeau, à ce petit salopard. Même si j'aimerais le découper en morceaux. Si on m'en laissait l'occasion...

L'anaconda est dans son coin, courbé sur sa chaise, les mains dans son dos attachées au radiateur. Il semble attendre une réponse. Un homme à tête de serpent présentant l'image d'un démon vaincu. Elle ignore si sa dernière question est sincère ou pure malice.

— Qu'est-ce qui me prouve que ce que vous dites est vrai ?

— Ça vous chagrine, hein ? Vous savez, j'ai déjà avoué pas mal de choses. Et je suis prêt à en avouer d'autres. Mais pas un crime que j'ai pas commis.

Ses yeux brillent de malice. Elle lui renvoie un regard morne.

— Ah oui, vous voulez votre réponse... Dites, vous croyez qu'ils s'impatientent ? fait-il avec un regard en direction de la porte vitrée. Vous croyez qu'ils se demandent ce qu'on se raconte?

«J'étais pas à Paris au moment de la mort de Pamela, dit-il en plantant ses yeux dans les siens.

— Votre chapiteau y était.

— Vous le prenez toujours pour un oiseau? J'y étais pas. On peut vérifier. J'ai des preuves, dit-il avec mépris. J'étais en Allemagne pour faire soigner un de mes serpents.

«Sinon, j'vous conseille d'aller lui demander. Parlez-lui de notre conversation, ça devrait lui débloquer l'esprit. M'étonnerait qu'il continue à jouer au cinglé très longtemps, quand vous lui apprendrez que vous m'avez vu les menottes aux poignets.

— Dante est un légume.

Il éclate de rire.

— Soyez pas abattue. Même si vous avez marché dans son cinéma. C'est grâce à vous qu'ils m'ont eu. Vous avez bien vu que Müller aurait pas réussi. C'est grâce à vous, la capture du grand anaconda! Vous en faites pas, j'leur dirai aux journalistes.

Sous sa chemise, elle voit dépasser le museau du serpent qu'elle n'avait pas remarqué. Il surprend son regard écœuré. Il fait mine de rire. Une nouvelle fois la douleur l'en empêche.

— Et maintenant, qu'est-ce qu'on fait, docteur?

Son ton presque enjoué la surprend.

— On garde ce secret pour nous, et votre réputation est sauve? Ou bien on leur dit à tous qui c'est le vrai coupable? Le choix est entre vos mains. J'ferai comme vous me direz.

— Quoi??

Elle le regarde horrifiée. Il ne la lâche pas des yeux, il se régale du dilemme qu'il vient de faire naître en elle. Attaché à son radiateur, il parvient encore à faire peur et à cracher son venin.

Elle se lève et se dirige vers la porte, rasant le mur pour rester le plus éloigné possible de lui alors qu'il tire frénétiquement sur ses menottes en faisant chanter le bracelet contre la tubulure en fonte.

— Ça doit vouloir dire qu'on leur raconte tout!

Elle ne se retourne pas.

— Vous voulez que j'vous rapporte les dernières paroles de votre mari? crie-t-il tandis qu'elle a déjà fait un pas dans le bureau d'à côté. Y m'a demandé si c'était vous qui m'aviez envoyé pour le descendre lui et sa poule!

Elle s'extirpe de la pièce et referme la porte au plus vite derrière elle. Steiner et Melchior l'accueillent comme une naufragée sortie de la gueule du Léviathan.

A travers la porte, ils entendent Laurent Kovak ricaner puis hurler «Personne manipule l'anaconda! Personne!», des bruits de chaises qu'on racle sur le plancher et les exhortations au calme des flics qui tentent de le maîtriser.

ÉPILOGUE

Debout devant le plan de travail, Suzanne s'emploie à séparer en deux et dénoyauter une livre d'abricots qui débordent d'un sac en papier comme d'une corne d'abondance. Les fruits mûrs s'y prêtent à merveille. Ses doigts déchirent la chair orange et juteuse qui, mise à nu, exhale son parfum doucereux. Chemisé de beurre et de farine, un moule attend les moitiés de fruits rondes comme des fesses. Pour achever de s'occuper l'esprit, elle fredonne *You were allways on my mind* d'Elvis Presley.

Sans se retourner, elle peut sentir la présence d'Emma assise sur la banquette. Le bruit des pages que sa fille tourne ne la distrait pas de sa tâche qui exige d'elle toute l'application d'une débutante.

C'est qu'il lui a fallu attendre quarante-trois ans et la mort de son mari, pour se laisser enseigner par son ancien maître, lors de sa convalescence à Ramatuelle, les joies inépuisables de la cuisine. En sa sagesse insondable, Olga a en effet su que cette activité simple, au résultat immédiat, et tournée vers les autres, était ce qu'il lui fallait pour oublier. Et à cet instant, absorbée par la préparation de son dessert dont elle suit scrupuleusement la recette, pour un peu le docteur Lohmann considérerait que c'est ce que la psychiatre lui a appris de plus précieux. Après les ateliers de travaux pratiques prescrits pendant des années à ses patients de l'UMD, elle découvre enfin sur elle-même les bienfaits d'une activité manuelle.

Munie d'un fouet, elle bat les blancs d'œufs pour les incorporer au mélange à base de jaunes, de farine, de sucre, de beurre fondu, de levure et de zeste de citron. Elle ne fait pas attention à Angélique qui pénètre dans la cuisine.

— Je peux ? lui demande-t-elle en lui prenant l'ustensile des mains.

En souriant, Suzanne regarde sa fille s'activer sur la neige qui sous ses coups de poignet s'épaissit. Ses cheveux sont tirés en arrière et son visage impassible. Les yeux baissés sur son travail, elle n'exprime rien que la concentration.

Olga ne lui avait pas précisé que la cuisine était aussi un moyen de rapprocher les êtres, se dit-elle alors que sa fille aînée ne lui a pas adressé la parole depuis l'enterrement de son père.

Elles ont pourtant eu le temps d'emménager dans cet appartement de la rue de Navarre, à deux pas des arènes de Lutèce et du Jardin des Plantes, et elle de trouver un cabinet de consultation rue Rollin, à cinq minutes à pied et cinquante mètres de la place de la Contrescarpe.

— Quand tu auras terminé, tu pourras l'incorporer au mélange et verser le tout sur les abricots dans le moule. Après, on le mettra au four, trente-cinq minutes à 210 degrés, dit-elle en se référant à ses notes.

Sa fille aînée lui jette un coup d'œil et continue à battre presque rageusement. Elle y met une détermination qui, en accentuant la ressemblance avec son père, trouble Suzanne. Ces traits de Gilbert surgissant sur le visage d'Angélique aux moments les plus inattendus sont autant de reproches d'un fantôme insistant et rancunier, qui ravivent ses remords et retardent la paix avec sa fille.

— Emma, tu peux mettre le couvert ? Pour cinq.

La petite lève les yeux de son ouvrage.

— J'ai invité le docteur Hélion et le commissaire Steiner. Ça ne vous dérange pas ?

— Une réunion d'anciens combattants. Génial.

Elle regarde Angélique qui ne quitte pas des yeux ses blancs. On n'entend que le tintement du fouet contre le saladier de verre.

— Si on veut, fait-elle en essayant un air enjoué. Mais si vous préférez, on peut annuler.

— A cette heure? On va pas te faire ça.

Emma disparaît dans le salon avec cinq assiettes et autant de couverts.

— Tu as déjà allumé le four? Il ne faut pas le préchauffer?

Angélique a versé le mélange sur les abricots et, accroupie devant le four ouvert, regarde sa mère en tenant le plat.

— Oh! tu peux l'allumer.

A côté, elle entend Emma dresser la table sous la mezzanine. Les anciens combattants devraient arriver d'ici une heure. La charmeuse de serpents n'a pas éprouvé une telle plénitude depuis une éternité.

C'est ainsi que la presse l'a surnommée après le dénouement de l'affaire de l'anaconda. A la manière de Steiner, elle a accroché un de ces articles sous verre dans son nouveau cabinet, illustré par une photo d'elle un peu hallucinée prise à la sortie de la préfecture. Avec les portraits de Patti Smith et de Robert Plant, elle confère à son bureau un genre particulier qui n'est pas pour déplaire à certains de ses patients. Elle se souvient du premier d'entre eux, travesti candidat au grand saut vers le transsexualisme qui, avec une intonation digne de la duchesse de Guermantes, s'exclama qu'il ne manquait plus que la guitare de Jimi Hendrix et le costume de scène d'Elvis pour se croire au Hard Rock Café. Depuis, ses amis et lui ont dû se passer le mot, car régulièrement elle voit débarquer un de ces gaillards fardés et vêtus de nippes féminines venus grossir les rangs de sa clientèle toujours plus nombreuse, d'individus insatisfaits du sexe avec lequel ils sont nés.

L'alibi de Laurent Kovak en Allemagne n'a pas tenu la route. En bon psychopathe il a voulu lui faire croire à la culpabilité de Dante pour la déstabiliser. Il attend en détention préventive un procès qui promet de faire du bruit.

Mais l'innocence avérée de son ex-patient n'a pas arrangé son état: aux dernières nouvelles il croupissait toujours à l'UMD, désormais dirigée, après son départ suivi par celui d'Hélion, par le docteur Mangin, à l'ambition finalement satisfaite.

Emma a terminé de dresser le couvert. Suzanne n'a pas débouché de vin, Steiner lui ayant dit qu'il s'en chargeait. Sur la cheminée, son regard s'attarde sur le bilboquet en ivoire et le gros insecte amazonien qu'Olga lui a offerts pour son installation. Le fait que ce dernier provienne d'Amazonie lui rappelle le serpent, mais il s'agit là d'une marque de l'esprit facétieux d'Olga Enguelhaert.

Leur nouvel appartement est trois fois plus petit que celui du parc Monceau, il aurait besoin d'être repeint, le parquet poncé... Elle l'a meublé de bric et de broc, un tapis râpé trône au centre du salon, mais elle s'y sent en harmonie.

Et elle ne peut s'empêcher d'éprouver une certaine culpabilité parfois, lorsque, songeant à cette liberté et à ce bonheur nouvellement gagnés, elle se rappelle les conditions dans lesquelles Gilbert a été tué et ce que peut-être elle aurait pu anticiper pour l'éviter.

*

Le docteur Hélion est parti, une vacuité se lisant sur ses épaules affaissées et un sourire incertain caché sous sa barbe, panique face au néant passager de sa retraite toute récente.

Les filles sont montées chacune dans sa chambre, au sommet de cette sorte de tour de guet juchée aux derniers étages d'un immeuble qu'est leur appartement. Elle-même dort dans la mezzanine au-dessus du salon.

Steiner est assis dans un des fauteuils au cuir tanné, elle dans le canapé d'angle en velours amande usé jusqu'à la trame. La table basse en acier chromé et plateau de verre les sépare. L'une des hautes fenêtres de cet ancien atelier d'artiste est ouverte et l'air du soir rafraîchit la pièce.

— Auriez-vous du bourbon, par hasard? demande le commissaire au bout d'un moment.

— J'ai pensé à vous. A droite de la cheminée.

Il se lève et se remplit un verre.

— Vous en prendrez? lui demande-t-il en tendant la bouteille vers elle.

— J'ai assez bu, merci.

— On se sent bien chez vous, dit-il en s'asseyant. Comment ça se passe avec vos filles? Pas si mal, d'après ce que j'ai pu voir ce soir.

Elle sourit.

— La situation reste fragile.

Il lève son verre.

Le vent du soir soulève le rideau de lin couleur prune. Ils restent sans dire un mot. Elle voudrait mettre un disque mais a la flemme de se lever.

— Vous êtes bien silencieux. Vous êtes tendu?

— Ma mère est morte.

Il a dit ça sans la regarder, son verre à la main comme une peluche tenue par un enfant pour se consoler.

— Je l'ai enterrée hier.

— Mais... c'est seulement maintenant que vous me l'annoncez?

— Je ne voulais pas gâcher le dîner.

— ...

— Je crois que je vais accueillir un chien. Ou un perroquet. Ça vit vieux un perroquet. Certains gris du Gabon sont capables de soutenir des conversations tout à fait acceptables. Je me demande s'ils pourraient être accessibles à la poésie. Vous imaginez?

— Je ne préfère pas, dit-elle en riant.

— Suzanne?... J'ai une mauvaise nouvelle.

— Je vous écoute.

Il marque un temps d'hésitation qui lui fait craindre le pire.

— On a découvert qui était Pamela. Une certaine Dolorès Pinto. Vingt-deux ans. Elle habitait une chambre de bonne rue de Bassano. A quelques centaines de mètres du chantier où travaillait Dante. Sa disparition n'a inquiété personne parce qu'on la croyait au Portugal.

— Et alors? demande-t-elle soudain blême.

— Dans sa chambre...

— Oui? Vous pouvez parler, je ne suis pas en sucre.

— On a retrouvé une empreinte digitale de Dante.

— Merde... dit-elle avec la résignation de quelqu'un dont le monde s'écroule.

*

La Renault vient de quitter la porte d'Italie. Elle roule sur la N7 en direction de Villejuif. A côté de Steiner au volant, Suzanne a les yeux braqués droit devant elle. Un regard sombre qui aspire le bitume et les voitures qu'ils dépassent. Ils n'ont pas dit un mot depuis le départ du quai des Orfèvres. Le volume réglé au minimum audible, une station de radio meuble le silence.

— Vous pensez que le vieux Dantec-Leguen a menti?

— Possible. Mais ça m'étonne pourtant.

— Et les autres témoignages recueillis à Audierne?

— Il suffit de quelques heures d'écart. Est-ce qu'il n'a pas pu débarquer là-bas juste après l'aquarium?... Nous aussi on y a cru.

Elle ne répond rien.

— Vous y avez cru jusqu'au bout, hein?

— Oui... Enfin je crois, reprend-elle après un silence. Tout s'enchaînait si bien. Et puis ça m'arrangeait. Je suppose que si je n'y avais pas cru, j'aurais abandonné depuis longtemps.

— Et Laurent Kovak courrait toujours.

— ...

Il pose sa main droite sur la sienne appuyée sur son genou. Elle la retire pour monter le son.

— Ecoutez ça.

Suivant une intro batterie-guitare, une voix masculine suraiguë accompagnée par une basse implacable emplit l'habitacle de la voiture. Sans lâcher le volant, Steiner tourne la tête vers elle.

— *Rock and Roll*, Led Zeppelin. Sur l'album, la suivante est meilleure encore, *The battle of evermore*, dans un autre registre. Sans parler de *Stairway to heaven*. Vous connaissez?

— De nom.

— Vous avez tort...

— J'en ai sûrement beaucoup d'autres, lâche-t-il avec un petit rire.

Il la préfère comme ça que ruminant ses erreurs.

— Sorti des Beatles et des Rolling Stones, je suis perdu. Et encore... C'était pas mon truc.

— Je vois ça. C'est plein de poésie, vous savez.

— Sûrement.

— J'ai grandi à Nice. Y avait le soleil et la plage toute l'année. Mais ce sont les études et le rock qui m'ont sauvée. Si j'avais eu le talent et les couilles, je serais devenue rock star, dit-elle avec un sourire empreint de dérision. Je suppose que j'ai choisi la facilité.

— Je vous préfère sans les couilles, si vous permettez.

Au clavier, une main droite frénétique s'est mise de la partie. A nouveau il la regarde.

— Au deuxième feu vous prendrez à droite. Ce sera indiqué. Paul-Guiraud...

— Je connais, vous avez oublié ?

— Avec le travail, et mon mariage surtout, j'ai fini par décrocher. Et pourtant, c'est ce qui me donne l'énergie vitale pour ouvrir la porte des cellules et me confronter à mes malades.

Elle a un rire nerveux.

Dans l'habitacle climatisé, Jimmy Page, Robert Plant et leur bande se sont tus. Elle coupe le son.

— Voilà.

Steiner roule au pas le long des allées ombragées. Il gare la voiture sous les fenêtres du bâtiment administratif. Leurs portières claquent en même temps.

— La dernière maison du monde, dit-elle en regardant ce bâtiment et ce mur d'enceinte qu'elle n'a pas franchi depuis des mois, août 2003, date de sa démission.

A l'accueil, Gisèle se lève pour l'embrasser.

— Mangin est là ?

— Dans son bureau, lui répond Gisèle impressionnée par sa sécheresse inhabituelle.

Elle s'engage dans le couloir et bute sur le nouveau chef de service. Elle rebondit presque sur son ventre, s'excuse. C'est la première fois qu'elle le voit dans ses nouvelles fonctions. Il se recule pour mieux l'observer et, rabattant sa frange, de ce ton satisfait qu'elle était parvenue à oublier, il s'exclame :

— Docteur Lohmann ! Vous m'avez l'air bien pressé.

— Je vous cherchais. Vous connaissez le commissaire Steiner ?

Les deux hommes se serrent la main.

— Alors? reprend le psychiatre. Ne me dites pas que votre ancien service vous manque déjà? Qu'est-ce qu'on peut faire pour vous?

Il y a dans sa question toute la complaisance qu'elle déteste. La satisfaction de son ambition ne lui a pas apporté l'élégance de la victoire. Il ne fallait pas rêver.

— Me laisser voir Dante.

— Encore?? C'est donc lui qui vous manque tant que ça? Mais c'est une passion!!

— Ecoutez... commence-t-elle en prenant sur elle. Epargnez-moi vos sarcasmes. C'est une faveur que je vous demande.

Il la dévore de ses yeux malicieux. Il jubile.

— Mais bien entendu. On ne va pas vous le refuser. Vous avez du nouveau, pour vous intéresser subitement à lui?

Elle soupire.

— Comment est-il?

— Vous devriez pouvoir l'interroger. Vous voulez y aller tout de suite?

— J'enfile une blouse.

— Je préviens Roger. Mais je vous demanderai quand même de faire attention à vous, lâche-t-il avec une sollicitude aussi inattendue que suspecte.

A l'instant où Dante s'assied en face d'elle, elle sait que c'est la dernière fois qu'elle le voit. Une bande de peau grise et une boursouflure rougeâtre coupent en deux sa tignasse hirsute.

Dans les lunettes de Matthieu appuyé contre le mur du fond, Suzanne aperçoit son propre reflet, de face, et ceux de Dante et de Roger, de dos, l'infirmier en premier plan, sa blouse faisant une tache blanche sur le verre fumé.

Dante paraît shooté. Il a toujours ce mouvement de la main gauche, la lève vers le sommet de son crâne comme s'il voulait gratter sa cicatrice puis s'interrompt, la lève et s'interrompt.

— Dante?

Il lève les yeux vers elle, la main gauche à hauteur de sa tempe.

— Il ne faut plus me raconter d'histoires maintenant. Le Trocadéro, l'aquarium, Pamela la fille au bras tatoué, vous savez ? Dolorès Pinto ! C'est vous qui avez fait ça. Maintenant je le sais. J'avais cru que non, au départ, et pendant longtemps. Mais je m'étais trompée.

Les deux infirmiers la regardent, Roger avec des yeux comme des calots, Matthieu derrière ses verres impénétrables. Les doigts de Dante courent sur sa cicatrice.

— Celui qui vous appelait le jongleur me l'avait dit. Mais je ne l'avais pas cru. Vous voyez de qui je parle ?... Vous voulez pas que je dise son nom. Il vous appelle encore comme ça, jongleur... C'est à lui que je pensais, comme coupable. Vous aussi, c'est à lui que vous pensiez. Je me trompe pas ?...

Sur son crâne ses doigts triturent le bourrelet de chair.

— Vous savez où je l'ai vu, celui qui vous appelle le jongleur ? A la préfecture de police. Avec des menottes aux poignets. Son grand voyage est terminé. C'est grâce à vous, Dante, grâce à vos récits à l'UMD... et à ce que vous avez fait. C'est grâce à vous qu'on l'a arrêté.

— Grâce à moi ? demande-t-il soudain dans un rire d'enfant. Alors c'était bien, d'avoir fait ce qui a été fait dans l'aquarium, si ça a permis ça. Si son voyage est terminé... C'était bien.

— Vous trouvez que c'était bien pour la victime aussi ?!!

Il la regarde et rit en se grattant la tête.

— Alors c'était bien, répète-t-il en riant. Lui aussi disait que c'était bien, que c'était utile. Il avait raison alors. J'étais sûr.

— Vous trouvez que c'était bien pour la victime ? hurle-t-elle presque.

Il rit de plus belle, d'un rire qu'elle ne lui connaissait pas, pour un peu sarcastique.

— Alors c'était vous, Dante ? C'était vous l'aquarium ?

— Dans l'aquarium ? Avec la fille ? Mais il vous l'a dit !

— Mais c'était vous, Dante ? le supplie-t-elle presque.

— Dante a pas fait ça ! Dante a pas fait ça ! crie-t-il apeuré.

— Mais alors qui ? Le jongleur ?

Un râle inhumain sort de sa bouche, ses yeux se révulsent, ses doigts sont recouverts de sang. Matthieu pose une main sur son épaule.

Quelques secondes plus tard, Suzanne contemple la nudité de la pièce, dans les cris de son ex-patient que l'on éloigne. Tripotant ses clefs dans la poche de sa blouse, elle se dirige vers la sortie du pavillon 38. Les patients sont au réfectoire. Dante est bon pour la chambre d'isolement.

— Une déception, docteur?

Elle n'a pas vu Mangin venant à sa rencontre.

— Notre art n'est pas une science exacte, vous savez, lui dit-il avec ironie.

— Pardon?

— Au fait! J'allais oublier! Laissez-moi vous présenter notre nouveau pensionnaire, dit-il en lui prenant le bras.

Elle se laisse conduire jusqu'à l'une des chambres d'isolement. Derrière la porte, un patient vêtu du pyjama bleu leur tourne le dos. Mangin donne trois coups de clef sur la vitre. L'homme se retourne et Suzanne pousse un cri d'horreur.

— Il a été transféré hier. Il n'a pas supporté le régime carcéral.

— Mais comment avez-vous pu accepter une chose pareille? Vous vous rendez compte du danger que ça représente?

— Allons docteur! N'envisageons pas forcément le pire... comme aurait dit Hélion. Et où est passée votre confiance dans ce service?... Je me réjouis déjà d'étudier son cas.

Elle se recule en le fixant comme un fou, puis gagne la sortie en courant. Une fois dehors, elle regarde les ramures des grands arbres et inspire profondément. Ses pas font crisser le gravier. Elle referme la porte en fer derrière elle dans un grincement.

Appuyé contre sa voiture, Steiner la regarde approcher.

— Laurent Kovak a été transféré ici hier.

— Qu'est-ce que c'est que cette connerie?

— Ne me demandez pas... je ne réponds plus de rien. On y va? Je préfère m'éloigner d'ici au plus vite.

La Renault s'engage dans l'allée centrale entourée de plates-bandes en fleurs. Suzanne monte le son de la radio. Elle a reconnu les premières mesures de *Flesh for fantasy* de Billy Idol. Le flic se tourne vers elle et lui effleure l'oreille.

*

Derrière le saut-de-loup, les singes au cul rouge du zoo de Vincennes offrent un spectacle aux variations innombrables. Celui d'une petite société vivant dans une autarcie assistée et reproduisant les comportements de tout groupe d'individus en vase clos. Ils vont et viennent les uns vers les autres, s'épouillent, s'ignorent et se chamaillent, cavalent sur les rochers en proie à une excitation soudaine, puis laissent choir leur derrière écarlate sur le ciment de leur enclos.

Absorbée comme une enfant dans leur contemplation, Coquelicot se revoit soudain avec Müller dans la chambre de ce dernier, lorsqu'il lui a demandé si elle serait prête à s'occuper de Grégoire, en cas de malheur. Et, caressant les cheveux du garçon dans son fauteuil, lui aussi face aux singes, elle est traversée par l'une de ses phrases, déclarations dont il avait parfois le secret: «*Au fond, on aime tout le monde, non? Qu'est-ce que tu en penses?*»

— Tu sais, dit-elle à Grégoire en regardant d'un œil distrait les babouins, ton père était quelqu'un de formidable...

Puis, alors qu'il tourne la tête vers elle en souriant:

— Ça te dirait, une glace à la fraise?

Photocomposition réalisée
par Softwin

Impression réalisée sur CAMERON
par BRODARD ET TAUPIN
La Flèche
en février 2005

Édition exclusivement réservée aux adhérents du Club
Le Grand Livre du Mois
15, rue des Sablons
75116 Paris
avec l'aimable autorisation des Éditions J.-C. Lattès

Imprimé en France
Dépôt légal : mars 2005
N° d'impression : 28835
ISBN : 2-286-00354-8